蔡仁厚撰述

宋明理學

北宋篇

心體與性體義旨述引

臺灣學生書局印行

自序

中國文化的主流，是儒家。儒家思想有兩個最光輝的時代，一是周秦時期（西元前六世紀至西元前三世紀），亦卽孔、孟、荀、與中庸、易傳的時代。一是宋明時期（西元十一世紀至十七世紀），亦卽周、張、二程、胡五峯、朱子、陸象山、王陽明、劉蕺山諸賢的時代。宋明儒者之學，是上承孔孟的成德之教：孔子「踐仁以知天」、孟子「盡心知性以知天」的天人合德之教，而更臻於精微徹盡的一步大開發，可以視爲儒家內聖成德之學充其極的發展，亦足以代表儒家「道德的形上學」之究極完成。

宋明儒者的學術，大致可分爲北宋、南宋與明代三個階段。北宋諸儒，上承儒家經典本有之義，以開展他們的義理思想，其步步開展的理路，是由中庸易傳之講天道誠體，回歸於論語孟子之講仁與心性，最後纔落於大學以講格物窮理。至宋室南渡，儒學開爲三系：程明道開胡五峯之湖湘學統，程伊川開朱子之學，陸象山則直承孟子而開出心學一派。湖湘之學受朱子貶壓，一傳而衰，故南宋以後，只有朱陸二系傳續不絕，而元明之時，朱學且進居正統之位。及明中葉，王陽明出而唱心學，創立致良知教，王學遂遍天下。至明末劉蕺山，則又呼應胡五峯而盛言以心著性之義，宋明六百年之學術，亦到此結穴，而完成了發展之使命。

自滿清入主，學絕道喪者垂三百年。民國以來，雖賴三五師儒提撕點示，亦時有開光醒目之言，但一般對於宋明儒學之了解，仍甚浮泛而儱侗。眞能上下通貫宋明六百年之學術，而釐清其思想脈絡、疏導其系統分合，確立其義理綱維者，則自牟師宗三先生之鉅著「心體與性體」始。

九年前，我承乏中國文化學院哲學系「宋明理學」一課。那時，「心體與性體」出版不久，由於卷帙浩繁，義理深湛，不但初學讀之無由得入，一般學界中人，亦鮮能相應會解以得其肯要。猶記授課之初，介紹同學購閱，皆以看不懂相告，且有人目爲「有字天書」。這是當時的實情。爲應教學之需，乃依師書之綱脈理序，編爲講義，同學稱便。久之，亦有能稍稍得其義理之綫索者。爲求講習日熟，又絡續承述書中義旨，撰爲文章發表於各雜誌，三數年間，計達二十餘篇。青年初學因讀拙文而有感悟者亦頗有人。雖自度愚蒙，愧無開發，而數年切磋之益，與講習之樂，亦正有不欲自掩者。

最近幾年，牟師僕僕於台港間，先是應中國文化學院之請作短期講學，並分別在台北台中台南各大學，連續作學術講演，青年學子嚮風影從，興發甚衆。之後，又應台灣大學之聘，主講魏晉玄學、南北朝隋唐佛學、宋明儒學。兩年以來，台北各大學學生聞風前往聽課者，每堂不下百數十人，而後一輩之教授先生亦多預焉。眞有風行草偃之氣象。我每週隨侍聽講，非但沐浴熏化之樂與昔時同，而慕道之情與勵學之志，亦與日而俱增。

年前，同門諸友爲慶賀牟師七十晢誕，特編印「牟宗三先生的哲學與著作」一書。窃不自揆，勉力撰一長文，分五階段以敍述牟師之學思歷程與所著各書之綱脈旨趣，益知師學之涵容深廣，義理精奧，而廻思往昔講述師學諸文，實愧未足發其義蘊，以盡傳習之責。

如今師學日明，讀師書者亦漸能循序而入，以求自得。因念近年來以接引初學爲心，而直承師門義理以撰述之方式，似應隨宜更張，而擬於「北宋篇」再版時，更名爲「心體與性體義旨述引」（述引二字，由友人周群振先生提議，述謂承述師學，引謂引申義旨、接引初機）。唯「心體與性體」三大册講到朱子，並不止於北宋，乃於年前撰成「湖湘之學」與

「朱子學綱領」二文，意欲補入書中爲十九、二十兩章，如此，庶可與新訂書名相副。計慮旣定，商之學生書局，而書局以爲更換書名，有所不便。幾經商酌，決定書名不變，而增列「心體與性體義旨述引」爲副書名。至於南宋部分，則另作區處。

初版自序所提撰述構想，旣有所變更，乃乘此再版之便，改寫序文，並略述原委如上。書後「關於講習與師門之學」一文，可以略見我近年爲學與撰述之衷懷，故特附錄以代跋。

蔡仁厚謹識於六十八年夏月

宋明理學 北宋篇

心體與性體義旨述引

蔡仁厚撰述

目錄

緒論

一、儒學的特質及其內容綱領

儒家學問重視實踐，而不着重於知識理論的論證和概念的思辯。因爲它的重點並不落在「知識」上，而是落在「行爲」上。它不太着重於滿足理論的要求，而是着重於滿足實踐的要求。所以儒家之學可以說是行爲系統的學問，而不是知識系統的學問。它很重視所學的和所做的通而爲一，所知的和所行的打成一片。因此，主張學行合一、知行合一。這都是重實踐的表示。因爲重實踐，所以特別正視這個實踐的主體——生命。它以自己的生命作爲學問的對象，因而形成了以生命爲中心的所謂「生命的學問」。

人的生命，有正負兩面。正面的是德性生命，負面的是氣質生命或說情欲生命。對於正面的德性生命，要求涵養、充實、發揚、上升，以求得最後的圓滿的完成。對於負面的氣質生命或情欲生命，則須予以變化和節制。變化，是對氣質而言，化掉氣質中的偏與雜，使生命變得中正合理而無所偏，變得清澈純一而無所雜；節制，是對情欲而言，要使情欲納入軌道的限制中而不放縱、不泛濫。這負面的變化氣質、節制情欲，固然爲儒家所重視；但他們用心用力的重點，則集中在正面的積極的德性實踐方面。

道德實踐又可分爲主觀的實踐和客觀的實踐。主觀面的道德實踐，以完成德性人格爲目標，這就是所謂「內聖」之學。客觀面的道德實踐，以淑世濟民、成就天下事物爲目標，這就是所謂「外王」之學。內聖一面，是各歸自己，以要求生命內部的合理與調和。外王一面，是由自己出發，而關聯着社會人群與天下事物，以要求自己與他人、自己與事物之間的合理與調和，也就是說，要求群己關係、物我關係的合理與調和。無論主觀面或客觀面的實踐，要想得到合理與調和，都必須從內省修德做起，以培養「德性的主體」。所謂德性的主體，就是內在的道德心、內在的道德性，也就是孔子所說的「仁」和孟子所說的「本心、善性」。而仁心善性這個道德的心性，又不只是內在的，它同時亦是超越的。中庸說：「天命之謂性」。天道天命貫注到我們生命之中而成爲我們的性，這是由上而下，由超越而內在。人有了這天所賦予的仁心善性，再通過盡心盡性的工夫，上達天德，以與天道天德相合，這是由下而上，由內在而超越。由上而下是來，由下而上是往。這一來一往，於是乎，主觀內在面的心性與客觀超越面的天道天德，便通而爲一，這就是所謂「天道性命相貫通」。——儒家就是根據這個「既內在而又超越，既主觀而又客觀」的心性本體，來進行他們學問的講論，來展開他們人生的實踐，來完成他們價值的實現和創造。

總括地講，儒家這「生命的學問」，(1)由主觀面的縱的實踐，要求與天道天德合而爲一，這是成就生命之「質」的純一高明；(2)由客觀面的橫的實踐，要求與天下民物通而爲一（連屬家國天下而爲一體，與天地萬物爲一體），這是成就生命之「量」的廣大博厚。高明以配天，博厚以配地，這兩面合起來，人之莊嚴高貴和充實飽滿的生命，便可以得眞實的完成。

以上是關於儒家學問的特質、一個粗略而簡要的說明。至於它的內容，當然很深廣，我們不想採取列舉的方式，而願意就便順着「內聖」與「外王」這兩個老名詞，來作一個綱領性的指述。

甲、內聖之學

內聖之學，以成聖成賢爲目的。儒家認爲人人都可以成聖賢，都可以通過道德實踐，完成自己的德性人格，以進到聖人的境地。——眞的可能嗎？可能的根據在那裡呢？我們如此追問道德實踐所以可能的、超越客觀的根據，便是關於「本體」的問題；追問道德實踐所以可能的，內在主觀的根據，便是關於「工夫」的問題。內聖之學，主要就是集中在本體與工夫這兩個問題上。重視工夫，固然是滿足實踐的要求；而討論本體，亦不是理論的興趣，而仍然是爲了滿足實踐的要求。這是儒家學問的一大特色。

1先說本體的問題：

所謂本體，超越地說，是意指形上的實體。在這方面，無論說天道、天命、天德、天理，或者說乾元、太極，全都是意指天道本體，簡稱「道體」。又中庸說「誠者，天之道也」，所以誠也是本體，可名曰誠體，誠體卽是道體。這個「體」，既是形上的實有，而又能發出創造生化的作用。這是在詩經、中庸、易傳都有明顯的表示的。詩經說「維天之命，於穆不已」，這是說天命之體深奧深邃，而又流行不已。中庸說「天地之道，可一言而盡也。其爲物不貳，則其生物不測」。所謂生物不測，是說天道生化萬物，神妙而不可測。繫辭傳說「易無思也，無爲也，寂然不動，感而遂通天下之故。非天下之至神，其孰能與於此」。無思無爲的易，是易道、易理，它卽寂卽感，而通天下之故，成天下之事，正表示它能自起創造生化。總之，儒家所講的道體，是卽體卽用、卽寂卽感，能發用流行，能自起創造生化的本體。

這個道體，由超越而內在化，下貫而爲人之性，它就是性體、心體、仁體。這是天之所命，是天所與我者，是我固有之的，而且是人人莫不皆然的。所以儒家講心性，一定要透到心性之源，要通到天道誠體上。這個超越與內在通而爲一的心性本體，亦可以叫做天心仁體。（天心，表示它是超越的；仁體，表示它是內在的。總之，天心仁體是超越而又內在的。）它就是道德實踐所以可能的超越客觀的根據。以上是本體方面。

2再說工夫的問題：

人具備了這個心性本體，它是否就能在我們的生命之中起作用呢？換句話說，內在於我們自己、或者說在自己主觀這一面，道德實踐是否必然地可能呢？這步追問，就是實踐入路的問題，也就是工夫的問題。

遠從孔子的「踐仁以知天」，孟子的「擴充四端，盡心知性知天」，中庸的「愼獨，致中和」，易傳的「窮神知化，繼善成性」，大學的「明明德」，以至於周濂溪的「主靜，立人極」，張橫渠的「變化氣質，盡心成性」，程明道的「識仁，定性」，程伊川的「居敬窮理」，朱子的「涵養察識，卽物窮理」，陸象山的「先立其大，辨志辨義利」，王陽明的致良知」，以及胡五峯、劉蕺山的「盡心成性，以心著性」，凡此等等，全都是指點工夫的進路，也就是指點爲學入道之方。其目的，是要體證本體，使本體通過工夫而呈現起用。本體既已呈現，我們便能自覺，自主，自律，能自定方向，自發命令，來好善惡惡，爲善去惡，以完成道德的實踐，不容已地表現道德行爲。儒家這樣鄭重注意實踐工夫的問題，就是爲了要建立道德實踐所以可能的內在主觀的根據。

等到本體與工夫的問題都透澈了，最後一定是體用合一：承體起用，卽用見體，而卽體卽用。所以明儒就常說「卽本體卽工夫，卽工夫卽本體」。這時，內聖成德之學纔算達到通透圓滿的境地。

乙、外王之學

外王是內聖的延伸，內聖一定要通向外王。因爲道德的心性，不僅要求立己，同時亦要求立人；不僅要求成己，同時亦要求成物。所以一定要往外通，通向民族國家、歷史文化，要連屬家國天下而爲一體。尙書所謂「正德利用厚生」，孔子所謂「修己以安人，修己以安百姓」，孟子所謂「親親而仁民，仁民而愛物」，全都表示要通出去，以合內外、通物我，以開物成務、利濟天下，這就是外王之學。

儒家講外王，在以往是聖君賢相修德愛民的仁政王道。這方面理想很高，但今天看來，在客觀義理上還是不足夠的。最主要的癥結，是「只有治道而沒有政道」，連帶地「開物成務」的知識條件也有所不足。在中國傳統的政治上，對於政權的轉移，當然有它的轉移之道。那就是禪讓、世襲、革命、打天下。「禪讓」是公天下，但讓賢傳位並沒有客觀的法制，所以不能保證天下爲公這個理想的實現，終於轉爲家天下的「世襲」制度。由於世襲家天下不合理，促成了湯、武的「革命」。革命本是應乎天理、順乎人心之事，但湯武革命的結果還是家天下。到了秦漢以後，乾脆就是用武力「打天下」，搶奪政權，而形成私天下，連三代家天下的半私半公亦說不上了。（按，三代雖是家天下，但封侯建國，則也表示與諸侯共天下，其中含有相當的公性。所以黃梨洲在明夷待訪錄原君篇中，說三代以上是藏天下於天下，秦漢以下是視天下爲私產，藏天下於筐篋。）——從禪讓而世襲，而革命，而打天下，正明顯的表示，在政權轉移這個問題上，並沒有建立客觀的法制。亦就是說，安排政權的「政道」，還沒有開出來。所以在今天講外王，必須有新的開擴和充實。新外王的內容，應該含有兩方面：

1.政治方面，要開出政道，以消解「朝代更替」、治亂相循的問題，並解決「君位繼承」的問題，以及代表治權的「宰相地位」的問題。具體地說，就是要完成民主建國的大業。

2.要開出知識之學，以極成事功。外王事功，不只是英雄主義、事功主義的事功，亦不能停在聖君賢相的形態上。而應該眞正「開物成務」「利用厚生」，進而「爲生民立命，爲萬世開太平」。要想達成這個使命，除了要開出政道，另一方面還要開出知識之學，以建立純知識的學理，同時亦要解決成就事物的具體知識和實用技術的問題。

總括地說，新外王的內容，一是國家政治法律——要求民主建國的完成。二是邏輯數學科學——開出知識之學，以眞正做到開物成務，利濟天下。（按、儒家的外王之學，不屬於本書的範圍，須別論。）

二、「理」之六義與有關宋明儒學立名定位的問題

通常稱宋明六百年的儒學爲「理學」，這個「理」字當然有其實指，而不只是平常所謂義理、道理的意思。在先秦典籍中，從來沒有以「理」的不同來劃分學問的。到漢末魏初，劉劭撰人物志，纔在材理篇中提出「道理」「事理」「義理」「情理」的分別。照這四理之分，宋明儒所講的應該是統攝「道理、義理」而爲一的學問。道理，指儒家所講的天道天命之理；義理，是自覺地作道德實踐時所見到的內在的當然之理。但人物志的四理仍然不能盡

這個「理」字的全部意義。唐君毅先生在中國哲學原論第一章導言中，曾經分理爲六義：⑴文理之理，指先秦思想家所重的理，是人文、人倫之理。⑵名理之理，指魏晉玄學所重的理，是思想名言所顯之理。⑶空理之理，指隋唐佛學所重的理，是由思想言說而超思想言說所顯之理。⑷性理之理，指宋明理學所重之理。⑸事理之理，指王船山以至淸儒所重之理。⑹物理之理，指現代中國受西方影響後所特爲重視的理。——這個講法，確能綜括中國思想史中「理」字的全部意義。但若就學門的觀點而論，「文理」的理嫌太通泛，很難歸到某一個學門。所以牟宗三先生又重列如下：

1. 名理——此屬於邏輯，廣之，亦可該括數學。
2. 物理——此屬於經驗科學，自然的或社會的。
3. 玄理——此屬於道家。
4. 空理——此屬於佛家。
5. 性理——此屬於儒家。
6. 事理（亦攝情理）——此屬於政治哲學與歷史哲學。

依照這個分法，3.4.5.三項是屬於道德宗敎的理，宋明儒所講的乃是「性理之學」。⑴「性理」一詞，並不意謂是屬於性的理，而是「卽性卽理，性卽是理」。但程伊川和朱子所說的「性卽理也」，卻並不能概括「本心卽性」的「性理」義。所以，與其稱爲「性理之學」，又不如名之爲「心性之學」，或許更爲恰當。⑵「心性」不是空談的。人要自覺地作道德實踐、過精神生活，便不能不正視心性。念玆在玆，時時講習省察，不能說是空談。雖或有人落於空談，但魚目不能混珠。空談者自是空談，不可因此而忽視心性之學的本質和價值。

(3)心性之學亦就是「內聖之學」。內而在於自己，而自覺地作聖賢工夫（道德踐履），以完成自己的德性人格，這就是所謂「內聖」。儒家之學，立己以立人，成己以成物，必然地要求由「內聖」通「外王」（外而達之天下，以行仁政王道）。所以「內聖外王」一語，最足以表徵儒家的學問與心願。但宋明儒所講習的，着重在內聖一面，外王一面則沒有積極的開發。所以牟先生常說宋明儒「內聖强而外王弱」。(4)內聖之學又可名之爲「成德之教」。成德的最高目標，是「聖」、是「仁者」、是「大人」。而其眞實的意義，是要在個人有限的生命中，獲致無限而圓滿的意義。這就是卽道德卽宗教的儒家之教。

儒家的「道德的宗教」旣和以捨離爲首要義的「滅度的宗教」（佛教）不同，也和以神爲中心的「救贖的宗教」（耶教）不同。依照儒家的教義來說，道德卽通無限。——道德行爲雖有限，而道德行爲所依據的實體，以成其爲道德行爲者，則無有限極。人隨時體現這個實體以成其道德行爲之「純亦不已」，便能在有限之中取得無限的意義，有限而無限，性命天道通而爲一，這就是儒家的宗教境界。——盡心盡性以成德，這個以生命體現實體的成德過程，是無窮無盡的。要說不圓滿，便永遠不圓滿，所以孔子從來不以聖與仁自居；但要說圓滿，當體卽是圓滿，聖與仁亦隨時可至，所以孔子又說「我欲仁斯仁至矣」。要說解脫，這就是解脫。要說得救，這就是得救。要說信仰，這就是信仰。（不是藉祈禱以得救贖的外信外仰，而是內信內仰——依於道德心性本體以自主自律、自定方向，卽是內信內仰。若偏就畏天命、遙契天道而言，似乎也有外仰的意味，實則，卽心卽性卽天，通內外而爲一，仍然是內仰而非外仰。）人自覺地作道德實踐，本乎仁心善性以徹底清澈自己的生命，乃是一個無限的工夫過程，一切道德宗教的奧義都含在其中，一切關於內聖之學的義理亦全部由此展開。

這內聖成德之教，並不是宋明儒者的憑空新創，而是先秦儒家本有的弘規。宋明所講習的，便是順着這個弘規而引申發揮、調適上遂。——⑴孔子不厭不倦，旣仁且智。他雖不輕易以「仁」許人，但敎人要做「仁者」。他踐仁以知天，便正是這成德之教的弘規。中庸所謂「肫肫其仁，淵淵其淵，浩浩其天」，亦是就這個弘規而言。對於聖人生命之「上達天德」，這三句話正是最恰當的表示。⑵曾子守約、愼獨，是眞能自覺地作道德實踐者。他說「士不可以不弘毅，任重而道遠。仁以爲己任，不亦重乎？死而後已，不亦遠乎？」這是對成德之教的精神，最爲相應的話。⑶孟子說「仁義禮智根於心」，說「盡心知性知天；存心養性事天；夭壽不貳，修身以俟，所以立命」，這就是成德之教的全部展開。所以象山說「夫子以仁發明斯道，其言渾無罅縫。孟子十字打開，更無隱遁」。所謂「十字打開」，便是將成德之教的弘規，通過「心、性、天」而全部展開。⑷荀子亦說「學惡乎始，惡乎終？其數，則始乎誦經，終乎讀禮。其義，則始乎爲士，終乎爲聖人」。荀子講心性，雖與正宗儒家相異，但在「成德之教」上，則仍然不相外。⑸易乾文言云：「夫大人者，與天地合其德，與日月合其明，與四時合其序，與鬼神合其吉凶。先天而天弗違，後天而奉天時。天且弗違，與而況於人乎？況於鬼神乎？」這就是成德之教的極致。——通觀宋明儒者所講習的義理綱維，實無人能違異這先秦儒家所本有的「成德之教」的弘規。

儒家的「成德之教」也可用今語而名之爲「道德哲學」，但卻與西哲所謂道德哲學不很相同。玆先列一表，以便說明：

成德之教：
- 道德實踐所以可能之超越的客觀的根據—心性本源—本體問題
- 道德實踐所以可能之內在的主觀的根據—實踐入路—工夫問題

宋明儒學由此兩面而展開，最後：
- 即本體即工夫
- 即工夫即本體

在實踐中稱體起用，性命天道相貫通

道德哲學是討論道德的哲學，或者說是關於道德之哲學的討論，所以亦可轉語爲「道德底哲學」。而就心性本體問題而言，這由「成德之教」而來的「道德底哲學」，實相當於康德所講的「道德底形上學」。但康德在「道德底形上學之基本原則」一書中，並沒有涉及工夫問題。那是因爲西哲只把這套學問看做純哲學的問題，而不知它同時亦是實踐的問題。宋明儒者之學，如果當做「道德底哲學」來說，則必須兼顧本體和工夫兩面，纔算完備。而且，他們首先所注意的實是工夫問題，至於本體的問題，則是由於自覺地作道德實踐，在反省中通澈而至的。在道德實踐中既然有限卽通無限（如上所說），則在本體一面所反省澈至的本體（本心性體），亦必然地須是：絕對而普遍。這亦就是「體物而不可遺」、「妙萬物而爲言」諸語的意指所在。在儒家，「仁心無外」與「天道無外」是同一的。所以，這個本體不但是道德實踐的本體，同時亦必須是宇宙生化的本體，是一切存在的根據。而且，不但在「仁心無外」之理上，是如此，由「肫肫其仁，淵淵其淵，浩浩其天」的聖證之示範上，亦可以驗證它是如此。由於這一步澈至和驗證，便決定了這「道德底哲學」函着一個「道德的形上學」。

「道德的形上學」，意卽由道德的進路來接近形上學，或者說形上學是由道德的進路來證成，所以它的重點在形上學；這和重點在道德、重在說明道德之先驗本性的「道德底形上學」不同。依牟先生的分疏，康德建立起一個「道德的神學」，而並沒有提出「道德的形上學」這個名稱。（「道德的形上學」，是相應儒家「道德的宗教」而成者。）但他由意志之自由自律來接近「物自身」，並由美學判斷來溝通道德界與自然界（存在界），這一套規畫便是「道德的形上學」的內容。只是他沒有充分作得成。因爲：⑴意志之自由自律是道德所以可能的先天根據（本體），這並不錯；但這個本體是否能達到「無外」的絕對的普遍性？康德沒有明確的態度。⑵「物自身」這個概念是就一切存在而言，並不專限於人類或有理性的存在；但自由自律之意志是否能普遍地相應「物自身」這個概念？康德亦沒有明確的態度。⑶以美學判斷來溝通道德界與自然界，只是旁蹊曲徑，而不是康莊大道；只能作輔助的指點，而不足以作爲擔綱。所以兩界合一的問題，康德並沒有得到充分的解決。這本是依據道德實踐中所驗證的絕對普遍之實體而來的、稱體起用的問題，康德卻由輔助的指點着眼，所以不能得到充分的解決。總合這三點，便表示康德所規畫的屬於「道德的形上學」的一套，並沒有充分作得成。他只順着西方的宗教傳統而意識到一個「道德的神學」，而並不能積極地意識到一個「道德的形上學」（雖然他已有這一套屬於「道德的形上學」的規畫）。如果這一套「道德的形上學」的規畫能充分作得成，則「道德的神學」便融入這「道德的形上學」中，而失去獨立的意義。（反之，如果要維持他的「道德的神學」，則「道德的形上學」這一套規畫便沒有積極的意義。）——而宋明儒卻是能將「道德的形上學」充分地作得出者。對宋明儒而言，這「道德的形上學」，亦就是在「成德之教」下、相應其「道德的宗教」的「道德的神學」。在這「道德的形上學」之外，並沒有另一套「道德的神學」之可言。所以，宋明儒者依據先秦儒家「成德之教」的弘規，所弘揚的「心性之學」，實已超過康德而比康德更圓熟。中國以往雖沒有「道德的形上學」這個名稱，但我們可以依藉康德的「意志自由、物自身、道德界與自然界合一」，而規定出一個「道德的形上學」；並依此而說：宋明儒的「心性之學」，若用今語而名之爲「道德哲學」，則其爲「道德哲學」正函着一個「道德的形上學」之充分完成。這樣，便可使得宋明儒者六百年來所講的學問，在現代學術的用語上，有了一個更清楚而明確的定位。

三、宋明儒學與先秦儒家的異同問題

西方學者，一般稱宋明儒學爲「新儒學」。但宋明儒者卻以爲自己所講的，全都是聖教本有之義，並不自認爲是「新」儒學。民國以來，也不用「新儒學」之名，近十多年來纔有人順西方習慣加以沿用。「新儒學」之名自有它的新鮮恰當之處，加一「新」字以表示思想之發展，也可以避免就內容而起名所引起的麻煩。但新之所以爲新究竟何在？若只是因爲時代而爲新，便沒有什麼意義。若說是雜有佛老而爲新，則是流俗淺妄之見。若說因爲它與先秦儒家有距離，所以爲新，則無論對這個距離如何講法，都不免於空洞。依牟先生「心體與性體」書中之衡定，可以分爲二方面加以說明。

甲、外部之新

1先秦儒家齊頭並立，韓非子顯學篇所謂「孔子死後，儒分爲八」是也。韓非所舉，多半已無文獻可徵。而孟子、荀子，以及不能確定作者的中庸、易傳、大學，亦仍然齊頭並立，只知他們同宗孔氏，而並沒有一個傳道的統系。——到宋明儒出來，便對能夠前後呼應孔子生命智慧的那些先秦儒家，有了一個明確的認識，而確定曾子、子思、孟子以及中庸、易傳、大學足以代表儒家之正宗，足以決定儒家教義的本質；而荀子與傳經的子夏，不在其中。

2.西漢以傳經爲儒，這是從孔子繞出去，以古經典爲標準，不以孔子生命智慧所開出的基本方向爲標準。如此，孔子只成傳經之媒介，聖王之驥尾。宋代以前，周孔並稱，便表示這個意思。——宋以後，孔孟並稱，便是以孔子爲開山，爲創教之主。揭示孔子的仁教，不再以王者的禮樂爲儒家的本質；而直接以孔子爲標準，直接就孔子生命智慧的方向以樹立成德之教。（這是孔子傳流——是「道之本統」的再開發。）

- 王者盡制（以聖王爲標準）
  - 王者禮樂中的成人
  - 王者禮樂中的人倫
  - → 生活行爲之形式規範
- 聖者盡倫（以孔子爲標準）
  - 成德之教中的成人
  - 成德之教中的人倫
  - → 生命德性之自覺實踐

儒之爲儒
- 不能由王者盡制之外部禮樂來規定
- 必須由聖者盡倫之成德之教來規定

乃能
- 盡其生命智慧之方向
- 確定儒家教義之本質

乙、客觀內容之新：

外部之新，不涉及內容本質，所以宋明「新儒學」之新，還須從內容方面加以考察。內容之新，可有二義：(1)順孔孟傳統而引申發展，這是「調適上遂」之新。(2)對孔孟傳統的基本義理有相當之轉向（不是徹底轉向），這是「歧出轉向」之新。

1.孔子踐仁以知天，但未明白表示仁與天合一或爲一；宋明儒則認爲仁與天的內容意義，到最後完全合一、或根本就是一。（伊川、朱子稍有不同。）

2.孟子說盡心知性知天，心性是一，但未明白表示心性與天是一；宋明儒則認爲心性天是一。（伊川、朱子亦有不同。）

3.中庸說「天命之謂性」，只說到性是天之所命，但沒有明白表示天所命於人之性的內容意義，同於那天命不已的實體；宋明儒則明白表示天道性命通而爲一。

4.易乾彖說「乾道變化，各正性命」，字面上的意思只表示在乾道（天道）變化的過程中，各個體都能正定他的性命，但沒有明白表示，這裡所正之「性」就是乾道實體內在於各個體而爲他的性，所定之「命」就是這個實體所定的命；而宋明儒則明顯地這樣表示——由道體說性體，由天命說性命。

（3.4.兩點，伊川朱子亦無異辭，但對天命實體和性體的理解，卻有不同。）

5.大學(1)說「明明德」，但沒有表示「明德」就是人的「心性」，甚至根本不表示這個意思，而只是指說「光明之德」；而宋明儒則一致認爲「明德」是就因地上的「心性」說，不是就果地上的「德行」說。(2)又說「止於至善」，這至善之道究竟往何處落，不易決定。伊川朱子往「事理當然之極」處落，陽明蕺山往心性處落，很難說何者合乎大學的原義。(3)又說「格物致知」，伊川朱子解「致知」爲致吾心氣之靈的知，「格物」爲卽物而窮其所以然之理，其說未必合乎大學原義。陽明解致知格物爲「致良知之天理以正物」，則只是孟子義的大學。劉蕺山的誠意教，亦只是中庸孟子義的大學。——由於大學只舉示一個實踐的綱領，只說出一個當然，而沒有說出其所以然。在內聖之學的義理方向上，它自身不能確定，所以後人得以塡彩而有三套說法。

以上1.2.3.4.四點，是由論語、孟子、中庸、易傳推進一步，這步引申發展，是順本有之義而推衍，所以這種「新」是「調適上遂」之新。第5.點就大學所表示的新，陽明和蕺山的講法雖不合大學原義，但如將大學納於論孟中庸易傳的成德之教中，而提挈規範之，則陽明蕺山的講法亦並不影響先秦儒家的本質。而伊川朱子的講法，再加上他們對論孟中庸易傳的仁體、心體、性體乃至於道體的理解，都有不同程度的偏差，結果只將重點落在大學，而以他們所理解的大學爲定本，於是乎，對於先秦儒家的原義便有了義理之轉向，而轉成另一系統。這種「新」，對於本質有影響，所以是「歧出轉向」之新。——因此，宋明「新儒學」之所以爲新，(1)若以論孟中庸易傳爲主，則前一種「調適上遂」之新，本是可以允許的引中發展，和先秦儒家之間並沒有本質上的差異，實在算不得是新。(2)後一種以大學爲定本，而又對仁體、心體、性體、道體的理解有偏差，對先秦儒家的本質有影響，和先秦儒家之間也有距離，因而就有了新的意義，所以宋明「新儒學」的新，應落在伊川朱子的系統上說。大體而論，宋明儒的大宗是前者，而伊川朱子只能算是旁枝。一般以朱子爲正宗，儱侗地稱之爲程朱，其實只是伊川和朱子，明道並不在內。朱子能開新傳統，當然很偉大。但他取得正宗的地位，實在只是別子爲宗。（請參看第七章附論：「性卽理」的二個層次與朱子學之歧異。）所以牟先生分宋明儒學爲三系，是恰當的。——（北宋前三家：周濂溪、張橫渠、程明道，同爲一組，不分系。至程伊川而有義理之轉向，南渡以後，分爲三系：(1)胡五峯紹承明道（亦兼契周、張二人）而開湖湘之學，主先識仁之體，並彰顯「盡心成性」以心著性」之義；至明末劉蕺山，時隔五百年而呼應五峯，亦盛發以心著性之義，是爲五峯蕺山系。(2)

朱子廣泛地講習北宋諸儒的文獻，但他實只繼承伊川一人，其義理綱維是性卽理（只是理）、理氣二分、心性情三分、靜養動察、卽物窮理，是爲伊川朱子系。⑶陸象山直承孟子，言心卽理，明代王陽明承之，倡致良知，陸王之學，只是一心之申展、一心之朗現、一心之遍潤，是爲象山陽明系。」

第一章　周濂溪㈠：對於道體之妙悟

第一節　濂溪開理學之善端

一、生平與風格

濂溪，名敦頤，字茂叔，道州營道（今湖南道縣）人。生於宋眞宗天禧元年，卒於神宗熙寧六年（西元一〇一七——一〇七三），五十七歲。他做過幾任地方官，輾轉於江西、湖南、廣東各處，所至皆著政聲。晚年隱居廬山蓮花峯下。黃庭堅謂濂溪人品甚高，胸懷灑落，如光風霽月。

二程年少時，嘗秉父命從學，濂溪每令尋孔顏樂處，所學何事？明道嘗言：「自再見周茂叔後，吟風弄月以歸，有吾與點也之意」。又謂：「周茂叔窗前草不除去。問之，云：與自家意思一般」。侯師聖學於伊川，未悟，訪於濂溪，濂溪曰：「吾老矣，說不可不詳」。留與對榻夜談，越三日乃還。伊川聞其言語，大爲驚異，曰：「非從周茂叔來耶」？濂溪之善於開發人，往往如此。

朱子嘗謂：濂溪在當時，人見其政事精絕，則以爲宦業過人；見其有山林之志，則以爲襟懷灑落，有仙風道骨；無有知其學者。惟程太中知之（註一），宜其生兩程夫子也」。又作周子像贊云：

道喪千載，聖遠言湮。不有先覺，孰開後人？
書不盡言，圖不盡意。風月無邊，庭草交翠。

二、默契道妙

濂溪的學問淵源，師友講論，已無法詳考。黃百家云：

「孔孟而後，漢儒止有傳經之學，性道微言之絕久矣。元公（濂溪謚號）崛起，二程嗣之，又復橫渠諸大儒輩出，聖學大昌。故安定、泰山、徂徠，卓然有儒者之矩範，然僅可謂有開之必先。若論闡發心性義理之精微，端數元公之破暗也。」（註二）

這話是不錯的。中國文化經兩漢、魏晉、隋唐而發展到北宋，弘揚儒家內聖之學的時機業已成熟，這是歷史運會自然迫至的。所以濂溪雖然學無師承，而以心態相應之故，一出語便能契合義理。當運會未至之時，人雖面對典籍，亦常視若無睹；即使有所講論，亦睽隔重重，縱或略有相應，又以學力不足，無由弘通。及運會成熟，而又心態相應，所以濂溪面對典籍，而能「默契道妙」（吳草廬語），宛若全不費力。黃梨洲云：

> 周子之學，以誠為本。從寂然不動處，握誠之本，故曰：主靜立人極。本立而道生，千變萬化，皆從此出。化吉凶悔吝之途，而反覆其不善之動，是主靜真得力處。（註三）靜妙於動，動即是靜；無動無靜，神也，一之至也，天之道也。千載不傳之秘，固在是矣。（註四）

梨洲這段案語，根據周子通書而說，甚爲中肯。所謂「千載不傳之秘」，亦不是眞有什麼樣的秘密，只爲千年之間，學者對儒家之大義、奧義，茫然不解，今運會所至，心態相應，昔時睽隔不通者及今始得其通，茫然不解者及今始得其解。而濂溪獨契道妙，破千年之晦塞，發義理之奧蘊，所以說他得千載不傳之秘。實則，斯理平常，並無玄虛，但亦必須眞有實感，生命相應，纔眞能契接順適，而得其肯要。

三、道德意識之豁醒

所謂心態相應、生命相應，實際上卽是道德意識之豁醒。依牟先生之說，道德意識中函有：

1. 道德主體之挺立，
2. 德性動源之開發，
3. 德性人格之極致。

而周子默契此義，則是從中庸易傳入。中庸與易傳，是先秦儒家繼承論語孟子而來的充其極之發展。所謂「充其極」，是通過孔子踐仁以知天，孟子盡心知性以知天，而由仁與性以通徹「於穆不已」（註五）之天命；於是超越客觀面之天道天命，與內在主觀面之仁與性，打合成一片，貫通而爲一，此便是所謂「天道性命相貫通」。（註六）

在天道性命相貫通中的「道德主體」，必須頓時普遍化而爲絕對之大主，不只是主宰吾人之生命，實亦主宰宇宙之生命。所以必然要涵蓋乾坤、妙萬物而爲言。因而亦必須有對於天道天命之澈悟。——亦就是說，必須由道德的主體而透至其形而上的與宇宙論的意義。儒家開朗無礙的道德智慧，必須透到這個層次，纔算充其極；必須充其極，纔能得圓滿，纔是聖人踐仁知天的圓教之境。這圓教之境，由孔孟開啓而盛發於中庸易傳，北宋諸儒便是契接這圓教之境而立言。以是，北宋諸儒所澈悟的天道天命而有其形而上的與宇宙論的意義，乃是「圓教義」上的意義；而不是空頭的外在的形上學，亦不是泛宇宙論中心。（註七）道德主體既是如此，則就「德性動源」之開發而言，這作爲絕對之大主的道德主體，實際上就是道德的創造之眞幾（參看註九）。而開發這道德的創造之眞幾，以爲吾人之大主與宇宙之大主，正是內聖之學、心性之學最爲根本的任務。但道不虛懸，理不空言，必須有「德性人格」能體現此大主、體現此創造之眞幾，此道此理乃能得其具體而眞實之意義。而德性人格之極致，即是聖。所謂圓教，亦正是相應聖人境界而言。所以儒家道德哲學之有形而上的意義與宇宙論的意義，必須依據踐仁知天之圓教來理解，纔能免於誤差。

由於濂溪之默契道妙，是從中庸易傳悟入，因而對於孔子之踐仁知天與孟子之盡心知性知天，尚無十分眞切之理解。其不足處或不夠圓滿處，有待後來之發展。但這位理學之開山人物，對於天道誠體之體悟，卻已爲宋明六百年的內聖之學、成德之教，開啓了最佳之善端。

周子的思想，具見於「通書」與「太極圖說」。圖說見第三章，玆先講通書。

第一節　誠體與乾道

通書又名「易通」，共四十章（註八）。其首章誠上第一原文如下：

> 誠者，聖人之本。「大哉乾元，萬物資始」，誠之源也。「乾道變化，各正性命」，誠斯立焉。純粹至善者也。故曰：「一陰一陽之謂道，繼之者善也，成之者性也」。「元亨」，誠之通；「利貞」，誠之復。大哉易也，性命之源乎！

引號中各句，皆易書之言。「大哉乾元，萬物資始」，「乾道變化，各正性命」，見乾彖傳。「一陰一陽」三句，見繫辭傳上篇。「元亨利貞」見乾卦卦辭。——這一章很明顯的是以中庸之「誠」，合釋易傳之義。玆先略述中庸之言「誠」，以便後文之說明。

中庸之誠

中庸二十六章云：

「天地之道，可一言而盡也。其爲物不貳，則其生物不測。」

不貳，是專精純一，亦卽是誠。「誠」本是眞實無妄的意思，是形容名詞；而它所指目的實體，則是天道。生物，謂創生萬物。生物不測，是說天道之創生萬物，莫知其所以然，是神妙不可測的。天道以「生物不測」爲內容，亦就是以「創生」爲內容。這作爲實體的「天道」，亦可用一個「誠」字來代表，「誠」轉爲實體字，便名之爲「誠體」。誠卽是體，亦卽是天道。故二十章又云：

「誠者，天之道也；誠之者，人之道也。」

天之道以誠爲體，所以又可合稱爲「天道誠體」；人之道以誠爲工夫，所以必須復誠以體現天道。誠體是創造的眞幾（註九），亦是眞實的生命，這本是人皆有之的。但人往往不能直下體現這個誠體，而須通過「誠之」的修養工夫以復其誠，所以名之爲「人之道」。等到人能復得這個誠體，則人便與天同。故二十一章云：

「自誠明，謂之性；自明誠，謂之敎。誠則明矣，明則誠矣。」

自誠而明，是孟子所謂「堯舜性之」的「性之」；自明而誠，則是孟子所謂「湯武反之」的「反之」。性之，是安然而行，自然合道；反之，是反省自覺，克己復禮，這是在工夫中以復其誠，既復此誠，則與前者並無差異。所以說：誠則明矣，明則誠矣。

二十二章又云：「唯天下之至誠，為能盡其性。」

二十三章又云：「誠則形，形則著，著則明，明則動，動則變，變則化：唯天下之至誠為能化。」

這些語句，都明白表示：「誠」是道德的創造之眞幾。誠之形、著、明、動、變、化，卽是「誠於中，形於外」而起創生、改變、轉化的作用。天道「至誠無息」，聖人與天合德，亦至誠無息，所以說唯至誠之聖人爲能盡其性。——聖人是實能盡其性者，常人則未必能盡其性，所以必須通過「誠之」的工夫，等到既復此誠，亦同樣能盡性。誠卽是性。離此誠以言性，便是歧出，便將喪其天性。所以性與天道都只是一個誠體。「性」與「天道」是形式地說，而「誠」則是內容地說。

中庸言誠之意既如上述，則濂溪以中庸之「誠」說易傳乾象之義，可謂天衣無縫，自然合拍。中庸與易傳顯發儒家形上智慧的思路，實在是相同的。而濂溪之「默契道妙」，正是自中庸易傳悟入。「千載不傳之秘」，濂溪劈頭便把握住了。乾象與繫辭傳諸語，只須用一誠字點撥，便實義朗現，無須多言。而所謂「乾道變化」，實只是一誠體之流行。這是儒家最根源的智慧。握住此義，綱領在手，便可無所歧出，無所走作。

二、誠體即乾元

1 誠體流行，誠體卽乾元：

乾道變化，固然是誠體之流行；誠之形著、明動、變化與「爲物不貳，生物不測」，亦同樣是誠體之流行。「自實體言，爲誠體流行；自軌迹言，爲終始過程；自成果言，則爲事事物物。」（註十）因此，中庸二十五章云：「誠者物之終始，不誠無物。」一切事物皆由「誠」成始而成終，在這成始成終的過程中，物得以成其爲物，得以成其爲一個具體而眞實之存在。假若將這個誠體撤消，則物便不能成始而成終，而將歸於虛無。所以說「不誠無物」。無物，意卽不能成始成終，不能成其爲一個眞實的存在。

若將此終始過程用於乾象，則「乾道變化，各正性命」，便是一誠體流行之終始過程。再就乾卦之卦辭而言，「元、亨、利、貞」四字，亦同樣表示一誠體流行之終始過程。（註十一）「元」有「始」之義。但「乾元」之元，是價值觀念，不可當作時間觀念看。解爲「始」，亦是創始義，創始卽創造，故「元」實卽創造之眞幾。有創造眞幾、有眞實生命之處，卽是元。對於這個創造眞幾、眞實生命，易傳稱之爲「乾」，乾卽是元，故名之曰「乾元」。乾是天德，其義爲健。健，是至誠無息、健行不已之義，所以乾元亦就是創造性自己，亦可名曰創造原理。所謂「道」，正是從這裡說，所以又名之爲「乾道」。乾道變化卽是誠體之流行，而誠體流行之實體，卽是乾元，故誠體卽是乾元。

2.誠之「源、立、通、復」：

乾彖云：「大哉乾元，萬物資始」。自乾元之爲萬物所資以爲始而言，濂溪卽名之曰「誠之源」。意思是說，乾元卽是誠體發用流行之根源。自乾元之成始成終以創生萬物而言，亦卽由「乾道變化，各正性命」處而言，濂溪便說「誠斯立」。意卽誠體之自建自立，乃正由乾元之成始成終而見。假若只有發源之成始，而不能成其終，則誠體如何能自建立？而萬物又如何能各正性命？由此可知，濂溪下此「誠斯立」一語，實在非常精要而肯當。

再就「元亨利貞」而言，濂溪於元亨處說「誠之通」，於利貞處說「誠之復」。「復」由「立」而見，由誠之自建自立，而自見其自己；自見其自己，亦就是「復」其自己。這個復字亦用得很精妙。有「元」就有「亨」，亨者，內通也。所以「通」是承「源」而來。內通，卽是生機之不滯。而誠體流行，正表示生生之不息，所以濂溪就在這元亨處說誠之通。通而有定向者謂之「利」，利而有終成者謂之「貞」。貞者，定也，成也。誠體之自建自立而自見其自己，正由於它自定方向而得其貞定終成，所以濂溪就在這利貞處說誠之復。利而貞，卽是各正性命。假若有元亨而無利貞，便是有始而無終。無終，則雖有元亨，亦將虛脫；而誠體流行亦將成爲虛無流。如此，則誠體必將流逝而不能復，虛脫而不能立；而萬物生生的終始過程，亦將徒成空言。

三、誠體至善

誠之「源、通、立、復」，卽是乾道之「元、亨、利、貞」，這是誠體之終始貫徹，亦是誠體之無間朗現；於此，濂溪卽稱之曰「純粹至善者也」。這「純粹至善」的讚美，第一是尅就誠體自身說，第二是尅就誠體流行之終始過程說，而第二義尤爲濂溪所着重。所以下文緊接着就是繫辭傳之言：「一陰一陽之謂道，繼之者善也，成之者性也」。

陰陽乃是氣，並不是道。但乾道或誠體之具體流行——具體的終始過程，亦不能離乎陰陽，不能不憑藉陰陽之氣來表現。「一陰一陽」是表示陰陽變化之暢通無間，而「道」卽憑藉這暢通無間的陰陽氣化、而亦無間地朗現它自己。所謂「一陰一陽之謂道」，當然不是說陰陽卽是道，甚至亦不是說「一陰一陽」卽是道，而是說：道藉一陰一陽之氣化流行而顯現它自己。因此，這句話乃是藉顯語，而不可當作界定語看。上文說到，自實體言，為誠體流行；自軌迹言，為終始過程。只有落在陰陽之氣上，纔有終始過程，纔有軌迹之可言。而乾道誠體，正是藉資陰陽之氣之無間暢通，而得一具體流行之終始過程以顯現它自己。在乾道變化之中，於元亨處，亦卽「誠之源」處，便見有陽之申；於利貞處，亦卽「誠斯立」處，便見有陰之聚。所謂一陰一陽之謂道，卽是表示：道乃是誠體之流行，是一有「陽之申，陰之聚」之軌迹的終始過程。因為道是創造之眞幾，不能不有其具體的流行，不能不有其終始的過程；吾人卽通過其成始成終、創造生化之無間歇、無流逝，而了解道之為道。——這就是「一陰一陽之謂道」的恰當意義。

「繼之者善也」，繼，是繼此道。吾人能繼續此生化無間成始成終之道，而不使它斷滅，亦不使它因我而止絕，這就是「善」。「成之者性也」，成，亦是成此道。這句是就個體說，人能完成或者成就此道於自己之生命中，這就是個體之「性」。性，不是別的，實卽人人本有的至善之誠體。吾人有此創造眞幾之誠體以為性，所以能完成此道於自己之生命中，以莊嚴充實我的生命，並完成我的德性人格。

四、易乃性命之源

據上所述，可知濂溪是以中庸之誠體，合釋易乾卦卦辭「元亨利貞」，與乾彖傳「大哉乾元，萬物資始」，「乾道變化，各正性命」，以及繫辭傳「一陰一陽之謂道，繼之者善也，成之者性也」。最後乃總贊之曰：「大哉易也，性命之源乎！」意思是說，易之一書，是眞正能滲透性命之根源者。

對於「性命」二字，濂溪並沒有作詳細的分疏。但古人立言，常順經典語脈而有一大體共同的了解，並且有共同的默許，所以無須多言而亦可相喩。「性」字有孟子中庸爲根據，這是人所共喩的，不會生出異解。就吾人個體生命而言，性必然是當下直指內在的道德性而說，亦卽直指誠體而說。若以客觀的誠體流行之天道爲準，則凡具於個體之性，皆是天道誠體流行於個體者（包括人與物）；就此而言，卽名之爲天賦或天命。性命之「命」字，不是命運之命，而是命令之命（所謂天命流行，流行二字卽是根據命令作用而言）。所以，在內容意義上，性與命並無本質上之差異。自天道之命於吾人而言，稱之爲「命」；自人之所受而言，則名之爲「性」。

天道命於人或流行於人，而爲人之性，此卽表示「天道性命相貫通」。性旣然是先天之本然定然，那末，吾人之行動，就只應該遵循性分之所定而行，因此，「性之」卽是「命之」，性體亦必然起命令作用而發動道德之創造——如依惻隱之發而創造仁之價值，依羞惡之發而創造義之價值等等，而吾人亦因之而能完成天道於自己之生命中；在此，亦同樣是「天道性命貫通而爲一」。

前一義，是就「天道之命於人而爲人之性」而說的天道性命相貫通，這是由超越而內在，而達到卽超越卽內在。此一義，張橫渠言之極爲精澈。後一義，是就「性之卽命之」而說的天道性命相貫通：吾人受此天命之性，是性之；依此性而自定方向、自發命令、而創造道德價值以體現天道，則是命之。依性體而行卽是依天道而行，這是孟子盡心篇所謂「上下與天地同流」，直下卽超越卽內在、卽內在卽超越。此一義，程明道言之極爲精澈。濂溪雖然未對性命多作分疏，但他以誠體合釋易傳之義，又於大易一書見出性命之根源，可知他所體會的，亦正是這「天道性命相貫通」之大義。

五、誠爲聖人之本

孔子曾說：託之空言，不如見之行事之深切著明也。這是表示理不可以徒託空言，道亦不可以虛懸掛空，而必須由人來實踐、來體現。就「成之者性也」而言，眞能盡其性而體現此天道以至其極者，便是與天合德的「聖人」。而聖人之所以能盡其性，亦不過「誠」而已矣。天道至誠無息，聖人亦至誠無息，故中庸曰：「唯天下之至誠爲能盡其性」。濂溪卽根據中庸這句話而說：「誠者，聖人之本」。此便是通書首章第一句。

一般地說，人人皆有此誠體，人人亦皆以誠爲本，何以說誠爲聖人之本？須知就「因地」而言，人人雖有此成聖之因，但就「果地」而言，則人人不必皆能得聖之果。而濂溪這句話，乃是就聖果而言，所以說「誠者聖人之本」，而不說誠是人之本。他是就聖人之爲「聖」而說，不是就聖人之爲「人」而說。換言之，亦卽是就人之體現上說，不是就人之本有上說。人人本有此誠，但未必能當下體現，而必須從教入，必須通過修養實踐的「誠之」之工夫，此便是中庸所謂「自明誠謂之教」。聖人依天命之性安然而行，「不勉而中，不思而得，從容中道」，其生命通體是誠，所以聖人是眞眞實實能體現天道者，此便是中庸所謂「自誠明謂之性」。

濂溪言天道誠體，而能首先把握「聖人體道」之義，正表示他對先秦儒家之義理本質，有着深微之契會與眞切之體悟。儒家的形上學，不是觀解的、概念的形上學，而是道德的、實踐的形上學，所以儒家之言性命天道，是與其價值體系相通貫而一致的。

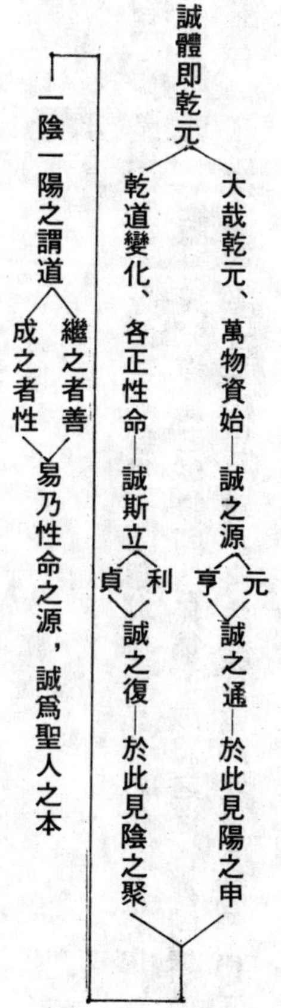

第三節　誠體與寂感

一、靜無而動有

誠下第二云：

「聖，誠而已矣。誠，五常之本，百行之源也。靜無而動有，至正而明達者也……。」（註十二）

所謂「聖，誠而已」，仍然是就人之體現上說，亦卽就聖人之爲「聖」說。就聖人之盡誠，而看出誠體是道德的創造之源，所以說「誠」是「五常之本，百行之源」。就其爲「本」爲「源」，亦卽就其爲「體」而言，則「靜無而動有，至正而明達」。這兩句是對誠體本身的體悟。靜時無聲無臭，無方所，無形迹，一塵不染，純一不雜，故曰「靜無」。靜時雖然無，但卻並非死體，所以動時則虛而善應；當其應事，則因其所應之事而有方所、有形迹，故曰「動有」。動時雖然有，而其爲一塵不染、純一不雜之虛體，則依然如故。下句「至正、明達」，是呼應「靜無、動有」而言。故靜無卽以「至正」來了解，動有卽以「明達」來了解。明，是「自誠明」之明，達，是「利貞」之達——通而有定向，利而有終成。

「靜無而動有」，與太極圖說開端二句「無極而太極，太極動而生陽」，表示同一思理。（解見下第三章）「無」與「有」雖借用老子語，但濂溪所謂「靜無動有」，實與易繫辭傳「寂然不動，感而遂通」之義相通，仍純然是儒家之義理。

二、誠、幾、德

誠幾德第三云：

> 「誠無爲，幾善惡。德：愛曰仁，宜曰義，理曰禮，通曰智，守曰信。性焉安焉之謂聖，復焉執焉之謂賢，發微不可見，充周不可窮之謂神。」

1.誠體無爲，幾分善惡：

「誠無爲」，是指誠體本身而言。無爲，卽繫辭傳「易無思也，無爲也」之無爲。無爲，乃自然義、無造作義、無臆計義。靜無之誠體固然無爲，誠體之流行亦同樣無思無爲。所以誠體「靜無動有」之流行，全部皆是無思無爲、自然流行。此便是「誠無爲」一語之實義。

誠體之流行雖然無思無爲，但當吾人感於物而動時，其動之「幾」，則不免有差異之分化，而不能保持其純一不雜，於是乃有或善或惡之分歧。順承誠體而動者，爲善；若不順誠體而動，而爲感性（物欲）所左右，則爲惡。故次句曰「幾善惡」。這個「幾」字，卽後來所謂發心動念的「念」。

2.德與聖、賢、神：

誠體，是道德的創造之眞源，故順誠體而動，則德行皆從此出。德分爲五，仁、義、禮、智、信是也。此五者皆是順誠體而表現的常德常行，亦卽所謂「五常」。唯此處有須加以辨明者：(1)五德（五常）之一的「仁」，與孔子所說之「仁」，函義有別。(2)孔子之「仁」，實相當於濂溪所謂五常之本、百行之源的「誠體」。(3)濂溪只就五常說仁，而不直接本於孔子之仁與孟子之心而立言，表示其思理是根據中庸易傳來，故首先把握天道誠體。(4)然中庸易傳之天道誠體實卽根據孔子之仁與孟子之心而轉出。濂溪是直接順此先秦儒家發展至圓熟之境的天道誠體而立言，此是其思理之來歷，吾人不可不知。

體現誠體，隨人之根器而有不同的形態（方式），濂溪於此分爲聖、賢、神而言之。「性焉安焉」，卽孟子所謂「堯舜性之」的「性之」與中庸所謂「安而行之」的「安行」。不假工夫而本性自然如此，不待勉强而安然如此，此卽謂之「聖」。不能自然安然如此，有待於「擇善而固執」以「復」其誠體，此則謂之「賢」。性焉安焉、稱誠體而行，其發也，幾微幽隱而不可見，然其感應迅速，頓時充周而不可窮，一念之動，卽感應無方而無窮無盡，亦莫能測知其所以然，此便是聖而「神」了。神，卽孟子「大而化之之謂聖，聖而不可知之之謂神」的「神」。大而化之是從廣大處說，性焉安焉是從精微處說，聖道之功化，亦廣大、亦精微，其極不可測知，此便是神之所以為神。「充周不可窮」，亦即「靜無」、「發微不可見」，亦即「寂然不動」；「動有」、亦即「感而遂通」。而誠體，即意指那個寂感眞幾。

三、誠體乃寂感眞幾

聖第四云：

「寂然不動者，誠也。感而遂通者，神也。動而未形，有無之間者，幾也。誠精故明，神應故妙，幾微故幽。誠神幾曰聖人。」

易繫辭傳上云：「易無思也，無為也，寂然不動，感而遂通天下之故，非天下之至神，其孰能與於此？」此所謂「寂然不動，感而遂通」，乃是先秦儒家原有而亦最深的玄思（形上智慧）。濂溪即通過此語而了解誠體。「寂然不動者，誠也」，是就誠體之「體」說；「感而遂通者，神也」，是就誠體之「用」說。總之，誠體只是一個「寂感眞幾」。說天道、乾道，猶是抽象的、形式的儱侗字，所以落實說個「誠體」。誠體仍覺儱侗，所以再落實說個「寂感」。這是對誠體之具體的了解——內容的了解。誠體由寂而感，其幾甚微，動而未形，若有若無，有無之間，發微而不可見，故曰「幾」。濂溪又以「明、妙、幽」說此「誠、神、幾」，誠體至精，純一不雜，故明；神感神應，感而遂通天下之故，故妙；動而未形，發微不可見，故幽。而眞能體現此道妙者，則為聖人，故曰「誠神幾，曰聖人」。

從誠神幾說聖人，亦是對聖人最具體最內在的了解。至誠知幾，神感神應，由幽而明，通寂感體用而一之，非聖人其孰能至於此！濂溪言天道、言誠體、言寂感，皆本於聖、歸於聖而爲言。牟先生以爲：本於聖，是表示此種理境由聖心而開發；歸於聖，是表示此種理境由聖心而證實。此乃儒家之傳統精神，自孔子「踐仁知天」、孟子「盡心知性知天」而已然。（註十三）

誠之體用
- 就體言—寂然不動（靜無、發微不可見）
- 就用言—感而遂通（動有、充周不可窮）

→ 誠而神
- 誠精故明
- 神應故妙
- 幾微故幽

至誠知幾

通寂感體用而爲一，以體現此道妙者—聖人

第四節　誠體之神與太極

順化章第十一有云：「天道行而萬物順，聖德修而萬民化，大順大化，不見其迹，莫知其然之謂神」。萬物萬民之所以能順能化，是由於道。順與化，是就萬物與萬民說。若從天道誠體說，則說神化（易云：窮神知化）。神化屬於能（主），順化屬於所（從）。但天道誠體之「神用」，卽在萬物萬民之「順化之實」處見。子貢曰：「夫子之得邦家者，所謂立之斯立，道之斯行，綏之斯來，動之斯和。」（註十四）卽此「聖德修而萬民化」一語之所由來。濂溪說「大順大化，不見其迹，莫知其然」，此卽所謂自然而潛移默化。然萬民之化雖莫知其然，而萬民之所以能潛移默化，則是由於「聖德修」而夫子在上之故。吾人既知聖人能體現天道之化，則亦可知此順化處之神，卽是誠體處之神。

又，動靜章第十六云：

「動而無靜，靜而無動，物也。動而無動，靜而無靜，神也。動而無動，靜而無靜，非不動不靜也。物則不通，神妙萬物。水陰根陽，火陽根陰；五行陰陽，陰陽太極；四時運行，萬物終始；混兮闢兮，其無窮兮。」

此章是對於神之爲神的體悟，亦最能看出濂溪言道體之形而上的玄悟、與宇宙論的旨趣。玆分三點說明如下：

一、動而無動，靜而無靜

前文曾說天道誠體是寂感眞幾，是道德的創造之實體，這個實體有能生能化之神用。若以動靜來形容誠體之神用，它便是「動而無動，靜而無靜」者。「動而無動」，是說誠體之動，無有動相。動，是說它不是抽象的死體，它純然是一虛靈，而虛靈之動是沒有動相的。「靜而無靜」，是說虛靈寂體（誠體）之靜，亦無有靜相。動而無動相，是爲至動，至動不與靜相對，所以亦無所謂動（至動無動）。靜而無靜相，是謂至靜，至靜不與動相對，所以亦無所謂靜（至靜無靜）。此卽表示：「卽動卽靜，非動非靜」之神用，不是直線思考所能把握，而必須通過「動而無動，靜而無靜」之詭辭，以妙悟之。

「動而無動」只是無動相，不是「不動」，若眞是不動，便只是靜而已。「靜而無靜」只是無靜相，不是「不靜」，若眞是不靜，便只是動而已。這就是「動而無動，靜而無靜，非不動不靜也」一串辯語之確切意義。「非不動不靜」與「非動非靜」，並不表示同一意義，所以亦不相衝突。「非不動不靜」，是表示誠體之神實有動義與靜義，亦實可以動靜去體會；只是其動是「動而無動」之動，其靜是「靜而無靜」之靜。而所謂「卽動卽靜，非動非靜」中的「非動」，則只是遮動相，遮動相並非遮動，亦非卽只是靜也，故靜而無靜矣；其中之「非靜」，亦只是遮靜相，遮靜相並非遮靜，亦非卽只是動也，故動而無動矣。

二、五行、陰陽、太極

至於特殊物之動靜，則是限定於動或限定於靜者，「動而無靜」，動便只是動；「靜而無動」，靜便只是靜。靜不通於動，動不通於靜，故曰「物則不通」。關此，用直線思考卽可了解。而對於神之體悟，則必須用「動而無動，靜而無靜，非不動不靜」的曲線思考，此其所以爲圓妙。(註十五)其本身爲妙，以是亦能妙萬物，故曰「神妙萬物」。所謂神妙萬物是說限定之物雖然動只是動、靜只是靜，但它動了又靜、靜了又動，其間實有生生不已之生化實事。此生化實事之不已，實卽誠體之神的流行與充周。於此，乃眞可見天道天命之「於穆不已」。下文「水陰根陽」以下八句，卽承此而言。

「水陰根陽」，是說水之陰是根於陽而來，亦卽陰之靜是根於陽之動而來，這是動了又靜，所以爲水陰。「火陽根陰」是說火之陽是根於陰而來，亦卽陽之動是根於陰之靜而來，這是靜了又動，所以爲火陽。而五行之相生相尅(註十六)實卽陰陽之動靜變化，故曰「五行陰陽」；其意亦即太極圖說所謂「五行一陰陽也」。而陰陽之動了又靜、靜了又動，實即一誠體之神的流行與充周，亦即誠體之神所呈現的妙用，故曰「陰陽太極」；其意亦即太極圖說所謂「陰陽一太極也」。而此處所以言「太極」者，是順陰陽而言，乃本於易傳「易有太極，是生兩儀」，因言及陰陽，故聯想及於太極，是則，「太極」即是「誠體之神」也。（註十七）

三、陰陽生化與混闢

由於誠體之神的流行與充周，所以有陰陽生化實事之不已。因而四時得以運行而不息，萬物得以成始而成終。最後二句「混兮闢兮，其無窮兮」，便正是指陰陽生化實事之無窮盡而言。「混兮」是其幾微之始，「闢兮」是其生成之著。而無論混而闢，闢而混，亦可說皆是由天道誠體之神用所成就。若無此誠體之神，則乾坤或幾乎息矣。

按、易繫辭傳有「易有太極，是生兩儀，兩儀生四象，四象生八卦」之句，人或以濂溪此處所說「混」指太極而言，「闢」指兩儀四象之陰陽生化而言，其說非是。須知此處乃混與闢對言，而非太極與陰陽對言。無論混或闢，皆是陰陽邊事，故混不指太極而言。太極或誠體之神，既無所謂混，亦無所闢。（唯誠體之神用須藉陰陽而顯，故濂溪即就陰陽之化而說混闢之無窮耳。）若就寂感眞幾而言，寂亦不是混，感亦不是闢。寂感一如是神，而混闢則是氣，是陰陽邊事。

誠體之神（太極之理）＜動，而無動相：至動／靜，而無靜相：至靜＞神妙萬物—妙運｛陰陽／五行／四時｝萬物生生

陰陽氣化之 ｛混（幾微之始）／闢（生成之著）｝ 實即誠體之神的流行與充周

第五節　理性命相貫通

理性命第二十二云：

「厥彰厥微，匪靈弗瑩。剛善剛惡，柔亦如之，中焉止矣。二氣五行，化生萬物。五殊二實，二本則一。是萬為一，一實萬分。萬一各正，小大有定。」

此章標題為「理性命」，實則文中並無理、性、命之詞；但理、性、命之義，則隱含於其中。於此，亦可看出濂溪形而上的玄悟與宇宙論的旨趣。

一、誠體即是理

開端二句「厥彰厥微，匪靈弗瑩」，是說生化之事，無論其彰著而成形（厥彰），或幾微而未形（厥微），如果沒有誠體之神以妙之（匪靈），則皆不能瑩澈而通（弗瑩）。這裡所謂「靈」，即指誠體之神用而言，誠體「寂然不動，感而遂通」，所以是虛靈而神。這個「靈」字即代表「理」字，此理是形上的實體之理，亦即誠體之理——誠體即是理也。

理，是就誠體之妙萬物、而爲其「超越的所以然」而言。生化之實事，無論爲彰爲微，都是實然。凡實然，必有其超越的所以然而妙之（妙運而實現之）。濂溪所謂「非靈弗瑩」，靈，卽是使「實然」能瑩澈而通的「超越的所以然」，此卽是「理」也。此理不只是靜態地規範之、定然之的理則，而且是動態地實現之的生理（生物不測的創生之理）。這個理，卽是誠體之神，卽是寂感眞幾。對此誠體之神，寂感眞幾，若再加以分解而剖示其內容，則它「亦是理，亦是心，亦是神」。從寂感處必然函着它是「心」，因爲心纔可以說寂感；而寂感一如，卽是「神」；在寂感神用之創生中湧發出定然之理則，此便是「理」（靜態的理則之理）。這靜態的理則之理，是普遍的律則，它只是誠體的內容之一（心、神，亦是誠體的內容或含義）。而「心、神、理是一」的誠體自己，亦是「理」（動態的實現之理）。這(1)總指誠體而言的理（實現之理），與(2)作爲誠體的內容之一的理（理則之理），意義並不同，層次亦不同。而朱子的分解，卻未作此兩層意義之分別。他將總指誠體而言的「心神理是一」的、動態的實現之理（此是「卽存有卽活動」的理），只視爲超越的所以然之靜態的、形式意義的「只是理」（此是「只存有而不活動」的理）。天道、太極只成爲「只是理」，而「心」、「神」遂與「理」分離，而被劃出去屬於氣。——如此一來，天道太極遂亦不可說爲誠體之神或寂感眞幾，而只成爲一形式意義的、靜態的、超越的所以然之理；此則既非濂溪所默契妙悟的誠體之神、寂感眞幾，而且不合中庸易傳言天道誠體之原旨，而詩周頌「維天之命，於穆不已」一語之原義，亦因而不能維持。此語是先秦儒家發展其道德形上學、所依據的最根源的智慧，此「於穆不已」的天命流行之體，乃「卽存有卽活動」者。而朱子所體會的太極之理則是「只存有而不活動」者。將理體會爲「卽存有卽活動」或體會爲「只存有而不活動」，正是宋明理學分系最根源的關鍵所在。

二、論「性」

「剛善剛惡，柔亦如之，中焉止矣」。此三語是說「性」，乃本於師第七「性者，剛柔善惡中而已矣」一語而來。剛性有善有惡，柔性亦有善有惡，故剛柔之性皆有偏差，唯有剛柔得宜，能表現中正之道的中和之資，可爲標準，故曰「中焉止矣」。如此言性，顯然是指氣性、資性或才性而言。這種性雖亦由陰陽五行之氣化而成，但卻不是通於誠體的性。通於誠體的性，是以天道誠體爲性，故不可以剛柔善惡論。若吾人亦名此通於誠體的性爲「中」，亦是指體之中，而不是資性之中。而濂溪此處所謂中，既順剛柔善惡說來，自是資性之中。資性才性之性，不能與天道誠體通而爲一，所以是「氣性」而非「理性」。

濂溪在誠第一章曾引用乾彖「乾道變化，各正性命」之句，又云「大哉易也，性命之源乎」，此二語句所說的「性」，吾人自可根據中庸易傳，將其理解爲通於誠體的性（天地之性或義理之性）；然而師第七章與此理性命章之所言，則又顯然是指氣性（氣質之性）。據此而言，則濂溪之思理，雖能應合天道性命相貫通之義，但尚未自覺地積極正視而直接言之；義理之性與氣質之性的分別，在濂溪亦尚未有顯明之意識。（至張子橫渠，則言之甚精切。）

三、理性命相貫而爲一

「剛善剛惡」三句之言性，只就氣性而言，實與章首二句言「理」之義不相連屬。故言性之三句，可以說是理性命章的弱點所在。而「二氣五行，化生萬物」以下八句，則可視爲

「理性命相貫而爲一」之表示。

「二氣五行，化生萬物」二句，意思清楚易解。次二句「五殊二實，二本則一」，五殊，卽五行之殊異，太極圖說所謂「五行之生，各一其性」，可視爲此「五殊」一語之註脚。二實，指陰陽二氣之實。「五殊二實」，意謂五行之殊異，實卽陰陽二氣之變化；而二氣之本卽是太極，太極是理，亦可名之爲「一」，故下接曰「二本則一」。（按、此言「五殊二實，二本則一」，與動靜章所謂「五行陰陽，陰陽太極」，語法義理皆同。）下二句「是萬爲一，一實萬分」，是承上文之意，說明二氣五行所化生之萬物，因其根源本於一，故可匯歸而爲一；而「一」又因它是萬物之體，於是隨萬物之分而亦儼若散而爲萬萬之多。（按、「一」本身實不可分而爲多，故用「儼若」字樣。）末二句「萬一各正，小大有定」，萬一，乃就散殊之萬物說，是指萬萬之個體。所謂「萬一各正」，意謂分於「一」而成的萬萬個體，皆分別各得正其性命。因萬萬之個體物各得其正，所以說「小大有定」。小者因得一而成其爲小，大者因得一而成其爲大。所謂「小大有定」，亦卽「各正性命」之意。——或解「萬一各正」爲萬與一各正，非是。誠體、太極之「一」，無所謂正不正，亦無所謂小與大。故此句之「萬一」，與上句「是萬爲一，一實萬分」之相對而言的「萬」與「一」，意指有別。濂溪文欲簡古，而又以對文出之，詞語表意或有欠分明處，吾人不宜滯執字詞，而當通其義理以爲解。

綜觀以上八句之義，牟先生以爲可視爲「理性命相貫通」之積極表示。其中「二本則一」之「一」卽是「理」，此理指太極或天道誠體之神而說。「性、命」則藏於「萬一各正，小大有定」中。理之「一」妙萬物而爲其體，而萬物稟受此理之一，卽爲其自己之「性」。性通於理之一，故曰「性體」。統宇宙全體而言，曰理曰一，此便是朱子所謂「統體一太極」。分別就各個體而言，則曰性，此便是朱子所謂「物物一太極」。既然都是太極，所以「性」與「理之一」不但相貫通，而且實即一事。而「命」則二頭通：⑴天道命之之命——天道命之，萬物受之（以爲己之性），這一頭是往上通，指說性體之根源。⑵性體之命——性體決定各個體之方向，命令他必須如此做，方是盡性；這一頭是往下通（通向個體），是性體之命，亦卽道德命令之命。「理」與「性」是實體地說，「命」是作用地說，而作用卽是理與性之作用也。此之謂理性命相貫通。

理性命相貫通
- 理與性：實體地說
  - 誠體即是理—理之「一」
    - 妙萬物而爲其體
    - 萬物受之以爲性
  - 性，是通於理之「一」的性（不就剛柔氣質說性）
- 命：作用地說
  - 天道命之之命（性體之源）—天道命之，萬物受之
  - 性體之命（道德命令之命）
    - 性體決定各個體之方向
    - 個體遵行之以盡己之性

在此貫通之中，「性」自是通於理之一（誠體）的性，不會是剛柔氣質之氣性或資性。「命」自是天道之命或性體之命，不會是壽夭吉凶生死富貴等的命運之命或氣命之命。——

性命若落在氣上說，則性爲氣性，命爲氣命（氣命之命，是命定主義之命），這是董仲舒、王充、人物志所說之性命，而其基本原則是告子所謂「生之謂性」，亦卽老傳統「性者生也」之義；宋明儒自張橫渠開始，卽指這一面的性爲「氣質之性」。而天道性命之性，橫渠稱之爲「天地之性」，後來朱子又說爲「義理之性」。這兩種性的分別，在周子通書中並不顯明，而通於誠體的性，亦未明顯直說，他所顯明直說者，乃「性者，剛柔善惡中而已矣」，如此，則於性之函義尚有未盡。但濂溪在此理性命章中，卻很顯明地隱含着通於誠體的性，亦很顯明地可以表示出：天道性命相貫通。

附註

註一：二程之父名珦，官至太中大夫。爲南安通守時，與濂溪遊，因命二子受學云。

註二：宋元學案卷十一，濂溪學案上，百家案語。

註三：按、周子通書三十一章：「吉凶悔吝生乎動。噫，吉一而已，動可不愼乎」？三十二章：「身端，心誠之謂也。誠心，復其本善之動而已矣。不善之動，妄也。妄，復則無妄矣，無妄則誠矣」。太極圖說：「聖人定之以中正仁義，而主靜，立人極焉」。梨洲所謂「化吉凶悔吝之途」三句，卽本上引各句之義而言。吉凶悔吝，皆生乎動，循理而動，動返於吉，則妄而不善之動自消，而本善之動自復。故工夫歸於愼動（愼獨）主靜以復誠。梨洲於此言「反覆其不善之動」，反覆字易滋誤會，其意蓋是覆而消泯之義。

註四：宋元學案卷十二，濂溪學案下，宗羲案語。

註五：語見詩經，乃言天命之深奧深遠而流行不已。此是儒家道德的形上學之最根源的智慧。請參看下第四章註九。

註六：按、「天道性命相貫通」，乃牟宗三先生「心體與性體」（台北正中書局出版）書中，用以表徵儒家內聖之學、最基本最中心的綜述語。此不但是宋明儒之共同意識，亦是先秦儒家在發展中所形成的共同意識。

註七：關此，牟先生曾有肯要之簡別：此由道德主體而透至其形而上的與宇宙論的意義，表面地看，儼若空頭的外在的宇宙論之興趣，而爲某種現實感特強者所不喜，亦爲囿於道德域、人文界而未能通透澈至其極者所深厭。實則，此種不喜與深厭所形成之割截，旣非先秦儒家一脈相承、開朗無礙的智慧之全貌，亦非北宋諸儒體悟天道天命之實義。以是，視之爲康德以前的所謂非批判之形上學者，誤也；名之爲宇宙論中心者，亦誤也；囿於人文域、切感於現實，而不容許涉足於此者，亦非儒家道德意識中道德主體的涵量之本義。凡此，皆是「道德之局限」，而不足與言儒家開朗無礙的道德智慧。

註八：通書共四十章，濂溪自訂其章名如次：1誠上，2誠下，3誠幾德，4聖，5愼動，6道，7師，8幸，9思，10志學，11順化，12治，13禮樂，14務實，15愛敬，16動靜，17樂上，18樂中，19樂下，20聖學，21公明，22理性命，23顏子，24師友上，25師友下，26過，27勢，28文辭，29聖蘊，30精蘊，31乾損益動，32家人睽復无妄，33富貴，34陋，35擬議，36刑，37公，38孔子上，39孔子下，40蒙艮。

註九：創造之眞幾，乃是道德之根，價値之源。所謂乾元、道體、性體、誠體、仁體，以及創造原理、創造性本身、創造之動源等等，皆意指此創造之眞幾。此眞幾是卽寂卽感、卽體卽用、卽存有卽活動、卽超越卽內在的。

註十：見牟先生「心體與性體」第一冊三二五頁。

註十一：此處只就易傳理解之義而言。至於「元亨利貞」四字在原始卜筮中所取之意義（元亨，謂大通也，利貞，謂利於貞卜也），本書不必涉及。

註十二：此章下半段「五常百行，非誠非也」以下數句，引見下章第一節，請參看。

註十三：說見「心體與性體」第一冊三三三頁。

註十四：見論語子張篇第十九。

註十五：按，中國先哲對本體之體悟，特顯圓妙。唐君毅先生嘗名此種思想方法為「兩無」「兩即」或「雙不」「雙非」式之思想方法。除此處就動靜而言之「動而無動，靜而無靜，非不動不靜」，「即動即靜，非動非靜」之外，另如就善惡而言之「無善無惡」，「不思善不思惡」就寂感而言之「即寂即感」；就體用而言之「即體即用」或「即本體即工夫」；就有無而言之「非有非無」；就可否而言之「無可無不可」或「無適無莫」；就行止而言之「不行不止」；以及就心佛而言之「即心即佛」、「非心非佛」；就生滅而言之「無生無滅」，還有「即色即空」等等，皆是。

註十六：五行之生尅如下：生：水生木，木生火，火生土，土生金，金生水。尅：水尅火，火尅金，金尅木，木尅土，土尅水。

註十七：太極即是誠體之神，說本牟先生。其「心體與性體」第一冊三四九頁有云：如太極眞是意指一極至之實體，而非太極之外別有實體，則太極即是天道誠體之神，不可能是別的。

第二章　周濂溪(二)：聖道工夫之入路

依上章各節之綜述，可知濂溪對於天道誠體之神、寂感眞幾，確有積極之體悟，所謂「默契道妙」，便是指此而言。玆再引據「通書」有關之言，以見濂溪論聖道、師道之意，以及其作聖工夫之入路。

第一節　聖道與師道

道第六云：

「聖人之道，仁義中正而已矣。守之貴，行之利，廓之配天地。豈不易簡？豈為難知？不守、不行、不廓耳。」

此章以仁義中正說聖人之道，是落實於生活行事中之道而言。仁義中正，是行事分際上的普遍之規則，由此普遍之規則，可使吾人眞有德行，亦可使天道誠體眞爲「五常之本、百行之源」。所以仁義中正之爲道，正是可使天道誠體有內容而不虛脫者。但此生活行事上的仁義中正之道，實皆出自天道誠體，而以天道誠體爲其本源。所以誠下第二有云：

「五常百行，非誠、非也，邪暗、塞也；故誠則無事矣。至易而行難；果而確，無難焉。故曰：一日克己復禮，天下歸仁焉。」

誠則皆是，不誠則皆非。誠則事事明通，不誠而邪暗則處處阻塞不通。通則有五常百行，有仁義中正；不通則邪謬雜出，焉有仁義中正？是故，(1)自本源而言，「誠而已。故曰：「誠者，聖人之本」，又曰：「聖，誠而已矣」，又曰：「誠，則無事矣」(意謂誠則成己成物，天下無餘事矣)。(2)自具體生活行事而言，則仁義中正而已。眞能有仁義中正，則其誠體自能明通而不邪暗。故曰：「守之貴，行之利，廓之配天地」。唯能守、能行、能廓(擴而充之)，纔眞能有此仁義中正：

1.能守而有此仁義中正，則人自有其良貴，此卽所謂人格之尊嚴，人格之絕對價値。

2.能行此仁義中正，則通而有定向，利而有終成，此卽所謂明通、明達。

3.能廓此仁義中正，則「充周不可窮」，德與天地配，而可「與天地合德」。

通過「守之、行之、廓之」的工夫，則仁義中正全部滲透於誠體之流行，而誠體之流行亦全是仁義中正之顯現。據此可知，誠體之內容卽是仁義中正。聖人以誠體之內容(仁義中正)爲道，而卽守之、行之、廓之，豈不至簡易而至易知？孔子曰：「仁遠乎哉？我欲仁，斯仁至矣！」而世人總以聖道爲難，此無他故，只是「不守、不行、不廓耳」。

守之、行之、廓之，皆是道德踐履之事。而道德踐履，惟在經由師友之道義相感召，而自覺地變化氣質以完成仁義中正之德行。故濂溪以「師」爲天下善。師第七云：

「或問曰：曷為天下善？曰：師。曰：何謂也？曰：性者，剛柔善惡中而已矣。（曰：）不達。曰：剛善：為義、為直、為斷、為嚴毅、為幹固；（剛）惡：為猛、為隘、為強梁。柔善：為慈、為順、為巽；（柔）惡：為懦弱、為無斷、為邪佞。惟中也者，和也，中節也，天下之達道也，聖人之事也。故聖人立教，俾人自易其惡、自至其中而已矣。故先覺覺後覺，暗者求於明，而師道立矣。師道立，則善人多。善人多，則朝廷正而天下治矣。」

〔按、（曰）（剛）（柔）三字，乃為使文義顯明而加入，以便讀者。〕

此章以剛柔善惡中說性，乃是說的氣質之性。據濂溪所列舉的剛善剛惡與柔善柔惡之項目，可知剛性柔性皆可表現為善或表現為惡，所以必須自覺地作道德實踐，以變化其氣質之偏。（對耳之於聲、目之於色等之感性，則只說節制，無所謂變化）。所謂變化氣質，即是變其惡之表現而為善之表現。善之表現必合乎中正之道。既合中正之道，則其氣質之偏（剛性之偏或柔性之偏），自可化而為中正之氣質。「中也者，和也，中節也，天下之達道也，聖人之事也」。此數句雖本於中庸以為說，而實與中庸言中和之意不同。中庸以「中」為天下之大本，「和」為天下之達道，並非說的氣性（資質、才性）之中和；而濂溪則是套於剛柔善惡而言中，其「中」是氣質資質之中。聖人具有中和之資，故能表現中正之道。以是，就聖人而言，剛亦善，柔亦善，皆能中節而無往不通。而一般人無有中和之資，故須自覺地作工夫以變化其氣質之偏，以期合於中正之道。聖人之教，正是要人在道德實踐中「自易其惡，自至其中」。而師，則是擔負先覺覺後覺、導人變化氣質之責任者。故曰：「師道立，則善人多」，而天下亦可趨於治。

道第六章言聖道，是從正面之守、行、擴充而說；師第七章言師道，則着重變化氣質，以期合於中正之道。而如何達到作聖之實功，則見於思第九章。

第二節　作聖工夫

思第九云：

> 洪範曰：「思曰睿，睿作聖」。無思，本也；思通，用也。幾動於此，誠動於彼。無思而無不通為聖人。不思，則不能通微；不睿，則不能無不通。是則無不通生於通微，通微生於思。故思者聖功之本，而吉凶之幾也。易曰：「君子見幾而作，不俟終日」。又曰：「知幾其神乎」！

這一章正式言作聖工夫。凡就內聖之學而言工夫，必落在「心」上說。心為主觀性原則，天道誠體為客觀性原則。主觀地通過心之自覺明用，以體現天道誠體，是之謂工夫。濂溪引尚書洪範「思曰睿，睿作聖」之句而言「思」，意在由「思」以明「心之用」。

一、「思」乃心之用

思，乃心之通用（一般性的作用）。但就道德實踐的工夫而言，這一般性的作用亦有其特殊之意義。孟子有「心之官則思」之言，又有「思誠」之說。（註一）這二個「思」字，皆表示道德的意義。

⑴「心之官則思」，是對「耳目之官不思而蔽於物」而言。耳目之官「不思」而「蔽於物」，心之官則「思」，所以不爲物蔽，而能超越感性以開闊明朗其自己。可知「思」乃表示心之明通與超脫，超脫感性而主宰乎感性，此卽心之第一步的道德意義。

⑵「思誠」則是由「思」之對象而規定其道德的意義。思誠是思誠體（不是思經驗對象），誠體是客觀地說的道德之實體，思誠，卽是主觀地朗現此誠體之謂。誠體由心之思而朗現，誠與思乃合而爲一。所以，「誠體」固然是瑩澈明通、而能起創生之用的誠體；「思」亦是創闢朗潤的「思」，而有其道德的意義。

濂溪根據洪範之「思曰睿，睿作聖」，仍然是以「同於思誠的道德意義之思」而言聖功。孟子言思誠，是朗現誠體，是從正面說；濂溪言思，是在幾上用、以化除幾之惡，這是從負面說。——思之功落在幾上用，此「幾」，卽前第三節「幾善惡」之幾，「動而未形、有無之間者，幾也」之幾，亦卽易繫辭傳下「幾者動之微，吉凶（註二）之先見者也」之幾。對此「幾」而用「思」，乃是要徹底通化此幾，而使之歸於善，使幾之動純然順誠體而動、而無一毫之夾雜。故思在幾上用，尤其能顯示道德踐履工夫之切義。

二、思以無思爲體，以通微爲用

易繫辭傳上云：「易無思也，無爲也，寂然不動，感而遂通天下之故」。濂溪所謂「無思，本也」，卽是指此無思無爲的「無思」而言。此無思之思，實是思的最高境界。思雖以無思爲本，但亦不能停於無思，而無思亦非槁木死灰之謂。以無思爲本，只是表示以無思「爲體」，有體必有用，故下句云：「思通，用也」。思通，是思以「通微」，思以通微即是無思之用。

思以通微至其極，便是「無不通」。濂溪即以「無不通」規定「睿」，故曰：「不睿，則不能無不通」。至「無不通」時，便知此思已進到無思之思的最高境界，故曰：「無思而無不通爲聖人」。既是無思，又是思之無不通，則此思決非「有計慮、有將迎」的有作有爲之思，而是無作無爲、唯是一誠體流行之思。這不是經驗界或感性界的思，而是一種超越的睿思，所以說「思曰睿，睿作聖」。

三、思之功在「幾」上用——知幾

以「無思而無不通」之「睿」，彰顯證實誠體之流行，誠體即在「無思而無不通」中重新建立、全體朗現。所以睿思過程，亦即誠體建立（彰顯）之過程。故曰：「幾動於此，誠動於彼」。思之功全在幾上用，而思之通微即是通「幾」之微。幾動是現象，屬經驗層；而知幾之知，通微之思，則屬超越層，乃是淸明心體之用。（如實而言，此淸明心體之用，即是誠體之用。故濂溪所說之思，實乃誠體注入其中之思。）幾一動，而誠體之思與知，即照臨於幾之動而隨感隨應。此便是「幾動於此，誠動於彼」（註三）之實義。

在動之微處，或吉或凶，或善或惡，皆由此出，故須知幾、審幾，而且須愼於幾。人常戒愼恐懼而保持其淸明心體，則能知幾之微（通微）；知微而至於神感神應，即是「無思而無不通」而爲「睿」。易繫辭傳下云：「顏氏之子，其殆庶幾乎！有不善未嘗不知，知之未嘗復行也。」有不善未嘗不知，即表示顏子能常保其清明之體，故能知幾之微；知之未嘗復行，即表示知之即化之，王龍溪所謂「纔動即覺，纔覺即化」是也。顏子庶幾近乎「無不通」之睿境矣。通微之思而至于無不通之睿，則幾之動乃全吉而無凶，全善而無惡，此便是「無思、思通」之全體大用，而誠體亦於此得其建立而全部朗現。此時，主觀地說的「思」與客觀地說的「誠體」完全融合而為一，誠體寂感之神，即是思以通微的思用之神。故易曰：「知幾其神乎」。

思之通微而知幾，不只是察事變而知於幾先的意思。察事變而知於幾先，固然亦是神，但濂溪說知幾之神，不只是旁觀之照察，而實有一種道德的通化之意。「君子見幾而作，不俟終日」，即是「纔動即覺，纔覺即化」，亦是道德的通化之義。易傳原義實即如此，故舉顏子「有不善未嘗不知，知之未嘗復行」為例。若只解為知幾避禍，則淺而陋矣；此乃私心自利，焉能為誠體之神？濂溪言思，言知幾，而謂為「聖功之本」，正表示他之所說，乃不失其道德踐履上的通化之意義者。——唯「思者聖功之本」句下，又接以「而吉凶之幾也」一句，似乎「思」亦有吉有凶，此則易啓誤會。幾之動固然有吉有凶，然思之通微而知幾，則可有吉而無凶。思則超化，故吉；不思則陷溺塌落，故凶。據此可知，思既是「聖功之本」，又是「作聖」之本質的關鍵。

四、心之思用與圓用

心，是體現誠體之關鍵。然心之「思用」（思是心之通用——一般性的作用），必須提升到「無思而無不通」之「圓用」，纔能達到作聖之「睿」。心之圓用以誠體寂感之神為標準。若問此心之圓用是否能本質地挺立起？依牟先生「心體與性體」書中之說，是如此：若心只是此思用，則並不能必然地達到此圓用之境；即或經過一種虛靜之工夫而達於此圓用之境，亦不必眞能彰著此誠體而與之合一，因而其圓用亦不必卽是此誠體寂感之創生的神用。濂溪是儒家心靈，其所言之圓用，依其通書之思理，當然是與誠體相湊泊者。所謂「幾動於此，誠動於彼」，在誠動處，卽是誠思之合一。但這亦只是當然地如此說。若心只是思用，則不必眞能與誠體合一。

牟先生提出此義，旨在表示：就體現誠體之工夫而注意於「心」，不能只注意心之思用，必須進一步而更內在地、注意心之道德的實體性之「體」義，這纔是「心之圓用能本質地挺立起」之關鍵，亦纔是「心之圓用卽是此天道誠體之神用」的關鍵。此道德的實體性之體義的心，卽是孟子由之以說性善的心（本心）。而其所以爲體的內容，卽是惻隱、羞惡、辭讓、是非等等。由此本心開工夫，纔能更眞切於挺拔的道德踐履，亦纔能更切近於先秦儒家所表示的道德創造之陽剛之美。而濂溪所妙契的思用之「無思而無不通」的睿境，亦正須在此而充實起，挺立起，纔眞能有其必然性。唯濂溪之妙契是用在中庸與易傳，而於孟子之言心，似無眞切之體會，故其言作聖工夫，乃迂曲而尋根據於洪範，而不知直接承孟子之心而言，可謂舍近而求之遠。——(1)能就孟子之道德的實體性之「體」義的心，而指說它卽是此天道誠體之神用，因而極成其所謂一本者，是程明道。(2)能由孟子之心開工夫，以更眞切於挺拔之道德踐履，更切近於先秦儒所表示的道德創造之陽剛之美者，則是陸象山。此是後來之發展而有進於濂溪者。

作聖工夫
- 思乃心之用：睿思
  - 以無思爲體—無思無爲（誠體流行）
  - 以通微爲用—思以通微（無思之用）
  - 無思之思，乃是睿思
  - 無思無不通，爲聖人
  - 思爲聖功之本（思曰睿、睿作聖）
- 思之功在幾上用：知幾
  - 幾動是現象—心念之動、事象萌發—屬經驗層
  - 知幾之知、通微之思—心體覺用、神感神應—屬超越層
  - 幾一動，而誠體之思與知，即照臨於幾之動而隨感隨應
  - 幾動於彼，誠動於此；纔動即覺，纔覺即化—化幾之凶（惡）—全善無惡（誠思合一）

第三節　希賢希聖希天

志學第十云：

聖希天，賢希聖，士希賢。伊尹、顏淵，大賢也。伊尹恥其君不爲堯舜，

一夫不得其所，若撻於市。顏淵不遷怒，不貳過，三月不違仁。志伊尹之所志，學顏子之所學；過則聖，及則賢，不及則亦不失於令名。

孟子曰：「士尚志」。志，乃修學入德之始點。無志不足以言學，無志亦不足與論德也。濂溪此章以希賢希聖希天之意，而舉伊尹之志、顏子之學以爲言，確然是典型之儒家精神，亦是宋明儒者共同之意識。濂溪通書雖先言天道，而後及於人道與聖道，但通過作聖工夫，則必立人極以合太極，此便是希賢希聖以希天。唐君毅先生謂此是「上合」天道天德之學。上合，則必勉力以自拔於下降下墮之途，以立己立人，而顯示一强度之道德精神。故濂溪言易，自始至終皆能與中庸所謂率性修道之功互相發明。此所以有進於邵康節而爲宋明儒學之正宗。（註四）

濂溪甚推崇顏子，以爲顏子能發聖人之蘊以敎萬世。聖蘊第二十九云：

「不憤不啓，不悱不發。擧一隅不以三隅反，則不復也。子曰：天何言哉？四時行焉，百物生焉。然則聖人之蘊，微顏子殆不可見。發聖人之蘊敎萬世無窮者，顏子也。聖同天，不亦深乎？常人有一聞知，恐人不速知其有也，急人知而名也，薄亦甚矣！」

士志於學，首須憤啓悱發，擧一反三，這是自覺地做道德實踐工夫之第一步。道德實踐必以成聖爲目標。而聖人之蘊，深而不見；孔子「天何言哉」之歎，引而不發，不過稍示其端而已。顏子默體聖人之蘊，而不事表曝，所以「終日不違如愚」。孔子的無言之教，唯有顏子是默識躬行之人。他不但「不遷怒，不貳過」，而且「無伐善，無施勞」。前二句是「克己復禮」，後二句則正是默識躬行，無有分毫矜誇。明儒劉蕺山有云：「顏子死，分付後人曰：法天爾。——人即是天。爾法爾天，不必更尋題目了。後來周子理會得。」（註五）濂溪居官之時，除二程之父，無人知其學，可知他亦是毫無矜誇，樸實頭地作工夫的人。故既能「默契道妙」，又能理會得顏子「默識躬行以法天」之意。此章所言雖亦引而不發，然指出「顏子發聖人之蘊以教萬世」，則於作聖工夫，實已契切於心。

又，聖學第二十云：

> 「聖可學乎？曰：可。曰：有要乎？曰：有。請問焉。曰：一為要。一者、無欲也。無欲則靜虛動直。靜虛則明，明則通；動直則公，公則溥。明通公溥，庶矣乎！」

此章言聖人可學而至，仍然是先秦儒家本有之義，亦是宋明儒者共同的主張。所謂學聖之「要」，既指學聖的工夫，亦指人自己踐履以嚮往聖境之工夫。濂溪由「無欲則靜虛動直，靜虛動直則明通公溥」以為說，自是儒家義旨，亦是在作聖工夫上必須說到的意思。但「無欲」乃是消極地說，若積極地說，可云「循理」。誠體即是理。循理即是體現誠體，以與誠體合一。與誠體合一，即是孟子「萬物皆備於我矣，反身而誠」，「上下與天地同流」之義。若如此說工夫，便更是積極的學聖以作聖的工夫。

附註

註一：孟子告子上云：「耳目之官不思而蔽於物，物交物，則引之而已矣。心之官則思，思則得之，不思則不得也。」又離婁上云：「誠者，天之道也；思誠者，人之道也。」

註二：按、易繫辭傳下「幾者動之微，吉之先見者也」之句，吉下無凶字。然鄭注云「吉凶之彰，始於微兆」。則原文當有凶字。說文段注作「吉凶之先見」。故原文似當如段說，有凶字。

註三：此二句，牟先生以爲改作「幾動於彼，誠動於此」，則較順適。於誠動處言「此」，從主體也。誠體之動照臨乎彼幾之動，則思（知）之「通微」義顯矣。

註四：見唐君毅先生著「中國哲學原論原教篇」第三章第一節。

註五：引見宋元學案卷十一、濂溪學案上，通書聖蘊第二十九下、百家案語。

第三章　周濂溪㈢・太極圖說的形上思想

第一節　「太極圖說」與「通書」

一、關於圖與圖說

據宋元學案卷十二，引黃梨洲之弟黃宗炎（晦木）之說，太極圖創自漢代河上公（或曰：原爲無極圖），本是方士修鍊之術。宋史儒林傳朱震傳，又謂：「陳摶以先天圖傳种放，放傳穆修……穆修以太極圖傳周敦頤。」此說言傳承關係甚確鑿，蓋是耳食附會以張門戶之言，未必可信；如可信，則其所傳之內容又如何，現亦無法確考，今皆不論。道教方面蓋先曾有無極或太極之圖，以表示其修鍊之歷程。濂溪見之，一時覺得有趣，遂加以改作，又恐人不明所以，故另撰圖說以寄意。

但太極圖雖可能源自道教，而太極「圖說」則斷然是濂溪自己之思想。自儒家義理而言，不必說道教之圖，即使濂溪之太極「圖」亦無多大價值。沒有此圖，圖說之義理依然可以獨立理解。吾人所重視者，只是此圖說所表示之思想。而且，雖說藉圖以寄意，而其所寄之意，亦全本於通書以爲說。可知濂溪並不是必須先構畫一圖，亦不是必須對應此圖纔能構造一套義理。此即表示：「圖」對於「圖說」之義理，並沒有抒意上的必然之關係。（註一）甚至可以說「無之不覺其少，有之不覺其貴」。後儒對於「通書」與「太極圖說」之義理，缺乏眞切之了解，於是便喜歡在此圖之傳授上弄其口舌，或者面對此圖而費其臆測，凡此，皆非用心之正。如有讀者初學好奇，必欲一見太極之圖，可查閱周子全書或宋元學案卷十二。至於普通哲學史一類書中所附之圖，往往走樣失眞，常不可靠。圖之印刷不便，玆從闕。

二、圖說原文

無極而太極。太極動而生陽，動極而靜；靜而生陰，靜極復動。一動一靜，互爲其根。分陰分陽，兩儀立焉。陽變陰合，而生水火木金土，五氣順布，四時行焉。五行一陰陽也，陰陽一太極也，太極本無極也。

五行之生也，各一其性。無極之眞，二五之精，妙合而凝。乾道成男，坤道成女。二氣交感，化生萬物。萬物生生，而變化無窮焉。

惟人也，得其秀而最靈。形既生矣，神發知矣，五性感動，而善惡分，萬事出矣。聖人定之以中正仁義（自注：聖人之道，仁義中正而已矣），而主靜（自注：無欲故靜），立人極焉。故聖人與天地合其德，日月合其明，四時合其序，鬼神合其吉凶。君子修之吉，小人悖之凶。

故曰：「立天之道，曰陰與陽；立地之道，曰柔與剛；立人之道，曰仁與義。」又曰：「原始反終，故知死生之說。」大哉易也，斯其至矣。

三、圖說之義理骨幹

濂溪之「默契道妙」是自中庸易傳悟入。此太極圖說亦正展示一「由天道以立人極」之義。而綜觀圖說之思理或語脈，則又與通書動靜章第十六，理性命章第二十二，以及道章第六，聖學章第二十等各章，實相承接。茲抄錄有關各章於後，以便參照：

⑴動靜第十六：

「動而無靜，靜而無動，物也。動而無動，靜而無靜，神也。動而無動，靜而無靜，非不動不靜也。物則不通，神妙萬物。水陰根陽，火陽根陰；五行陰陽，陰陽太極；四時運行，萬物終始；混兮闢兮，其無窮兮。」

⑵理性命第二十二：

「厥彰厥微，匪靈弗瑩。剛善剛惡，柔亦如之，中焉止矣。二氣五行，化生萬物。五殊二實，二本則一。是萬為一，一實萬分。萬一各正，小大有定。」

⑶道第六：

「聖人之道，仁義中正而已矣。守之貴，行之利，廓之配天地。豈不易簡，豈為難知？不守、不行、不廓耳。」

(4)聖學第二十：

「聖可學乎？曰：可。曰：有要乎？曰：有。請問焉。曰：一為要。一者，無欲也。無欲，則靜虛動直。靜虛則明，明則通；動直則公，公則溥。明通公溥，庶幾乎！」

以此四章與太極圖說對照而觀，卽可看出圖說自第六句「一動一靜，互爲其根」以下至「而變化無窮焉」此一大段，與通書動靜章「水陰根陽」以下八句以及理性命章「二氣五行」以下八句，不但義理相合，語脈亦相類似，甚至相同。——如圖說「一動一靜，互爲其根」，卽是動靜章「水陰根陽，火陽根陰」之義。水之陰根於火之陽而來，意卽陰之靜根於陽之動而來；火之陽根於水之陰而來，意卽陽之動根於陰之靜而來；此卽所謂「一動一靜，互爲其根」。又如圖說「五行一陰陽也，陰陽一太極也」兩句，與動靜章「五行陰陽，陰陽太極」以及理性命章「五殊二實，二本則一」，其語法義理皆同。所謂五殊，卽五行之殊異，亦卽圖說「五行之生也，各一其性」之意。所謂二實，是指陰陽二氣，二氣之本，卽是太極，太極是理，亦可名之爲「一」，故曰：二本則一。又如圖說「五氣（五行）順布，四時行焉」，「二氣交感，化生萬物，萬物生生，而變化無窮焉」各句，與動靜章「四時運行，萬物終始，混兮闢兮，其無窮兮」以及理性命章「二氣五行，化生萬物」各句，其思理語脈，亦相近合。

此外，圖說所謂「聖人定之以中正仁義，而主靜，立人極焉」一整句，依濂溪二則自注看來，實卽通書道第六與聖學第二十兩章之簡括。——至於下文所說，則是本於易傳而立言：與天地合德數句，本於易乾卦文言「夫大人者，與天地合其德，與日月合其明，與四時合其序，與鬼神合其吉凶」。立天之道數句，見易說卦傳。原始反終二句，見易繫辭傳上篇。

據以上之比觀，可知太極圖說之義理骨幹，主要不外乎通書此四章之義。（註二）其與通書不同而又關乎義理者，只有「無極而太極」，「太極動而生陽」，「太極本無極」三句。通書只言「太極」，未有「無極」之詞，通書亦未有「太極動而生陽」之觀念。不過，說「未有」，只是從字面上看，至於在思想義理上，對「無極」與「太極動而生陽」之觀念，是否一定不意許或不函蘊，此則不能單憑字面而遽下斷語，而應會通其義，乃能得其確解。

第二節　「無極而太極」之實義

一、無有極至的極至之理

「無極」與「太極」，能否各自成爲一個獨立的概念？這是問題的重大關鍵。朱子與陸象山辯太極圖說之第一書有云：「故語道體之至極，則謂之太極，語太極之流行，則謂之道。雖有二名，初無兩體。周子所以謂之無極，正以其無方所、無形狀……貫通全體，無乎不在，則又初無聲臭影響之可言也」。朱子之意，以「太極」卽是道體，而道體無方所、無形狀、無聲臭影響，而又無乎不在，故濂溪又以「無極」說之。朱子此解，對無極之句意，體會不差。依牟先生「心體與性體」書中之說，在「無極而太極」一語中，太極是正面字眼，無極是負面字眼。（註三）換言之，太極是對於道體的表詮，無極是對於道體的遮詮。太極是實體詞，無極是狀詞。依據此一肯斷，可知「太極」是個獨立的概念，它是極至之理。而「無極」則不是一個獨立概念，它只是「無有窮極」「無有限極」之意。

說「無極」是無窮極、無限極，並非隨意作解，在先秦典籍中正有根據．

詩大雅文王之篇云：「上天之載，無聲無臭。」

易繫辭傳上云：「神無方而易無體。」

同篇又云：「易無思也，無爲也。」

凡是作爲極至之理（第一原理、最高原理）的實體概念，總是無有窮極、無有限極的。這是極爲通常的思路。「無極而太極」亦是如此。「太極」，卽是無聲無臭、無形無狀、無方所、無定體、而一無所有的「寂然不動，感而遂通」的極至之理。故曰：「無極而太極」。太極是表，無極是遮。因爲「太極」之所以爲絕對的極至之理，正因爲它無思無爲，無方無所，無可正擧，無可形名，而且莫能窮究其何所極至。反之，若能窮究其何所極至，譬如至於某一處某一點，則它便成爲相對而有限定之物。一個相對而有限定之物，何得爲「太極」？何得爲極至之理？所以，「無極」乃是無有窮極的遮狀字，而「太極」則是在如此遮狀下之表詞。二詞所指，正是一事。故「無極而太極」，意卽「無極之極」或「無有極至的極至之理」——因無可窮究其何所極至，而得爲極至之理。而不是無極與太極。（若如此，便是誤將無極與太極當作二個獨立概念看。）

又下句「太極本無極」一句，亦是說：太極本是無有窮極、無有限極的極至之理。而不是太極是根據無極而來。——按：「無極」二字，出於老子二十八章「復歸於無極」，王弼注云：「不可窮也」。不可窮，卽是無有窮極之意。可見老子用「無極」一詞，亦是狀詞之意，而非實體之義。不得因無極一詞出於老子，便以爲周子思想來自老氏。詞語名相乃是公器，人人得而用之，更何況只是狀詞！平章學術，須通觀其義理宗旨與思想骨幹，不可抓住一二詞語，便硬指此家由彼家來、彼家由此家來。

二、「無極」與「太極」二詞之用法

至於濂溪對「無極」與「太極」二詞之用法，實有下列四種：

⑴單用「太極」二字。如通書動靜章「五行陰陽，陰陽太極」，卽只說「太極」，而未用「無極」二字。

⑵單說「無極」亦可。如圖說「無極之眞，二五之精，妙合而凝」，卽未用「太極」二字，因爲「無極之眞」卽是「太極」。唯此處仍須注意：不用「太極」而用「無極」之時，必須說爲「無極之眞」，因爲若只單用「無極」二字，便只能遮，而不能表。如「太極本無極」，亦正與太極合說成一句，而未有以「無極」爲實體詞而獨立成句者。可見「無極」只是遮狀字，而不是實體字，它不是一個獨立的概念。

⑶無論說無極或太極，皆只意謂其爲渾圓之一。所以只說個「一」字，亦可表示無極之極。如通書理性命章「五殊二實，二本則一」，乃謂五行之殊異，實卽陰陽之二氣；而二氣之本，卽是太極。句中旣未用「無極」之詞，亦未用「太極」之詞，因爲這個「一」字，卽

意指「太極」，意指極至之理。

(4)如將這個「一」字詳細展示，則「太極」「無極」同時俱說亦可。如圖說「五行一陰陽也，陰陽一太極也，太極本無極也」，卽先有太極之表，後有無極之遮，是謂「太極」「無極」同時俱說。

據以上之說明，可知無論如何用法，總是實指那作爲「極至之理」的「太極」而言。

第三節　「太極動而生陽」之疏解

一、靜時無相而動時有相

「太極」既是無聲無臭無方無所的極至之理，它如何能動？這個問題，不能順文句而作直線思考，而應貫通「通書」的思理來了解。如依通書「誠體之神」以解釋「太極」，則「無極而太極，太極動而生陽」二語，實卽通書第二章言誠體「靜無而動有」一語之引申。「靜無」，卽是無極而太極，「動有」，卽是太極動而生陽。靜無之「靜」與動有之「動」，相對而言。「靜無」之靜，是所謂「時也」，意思是說，靜時以顯誠體之無聲臭、無方所，而爲無有窮極的極至之理；此之謂「無極而太極」。而「動有」之動，亦是所謂「時也」，意思是說，動時則顯示其落於「有」之範圍，而呈現出動之相；此之謂「太極動而生陽」。蓋靜時雖顯誠體之自身，而動時之動則是定動（定着於動，動而無靜），定動之動有動相，所以是「有」，此便是「動而生陽」。下句「動極而靜」之靜，亦是定靜（定着於靜，靜而無動），定靜之靜有靜相，所以亦是「有」，此便是「靜而生陰」。——唯吾人須知，所謂生陽生陰之「生」，只是解說上之引出義，而非客觀上之生出義。動相之動卽是「陽」，靜相之靜卽是「陰」。並不是「動」能實實地生出一個「陽」，「靜」能實實地生出一個「陰」；若是如此，太極便是氣，而不是理、不是神了。

然則，此動相之動，靜相之靜，如何能從「動而無動，靜而無靜」的誠體之神而引出？換言之，由「靜無」如何能說其「動有」？關此，應分爲兩行來說：

第一，須知誠體之「動而無動」，並非眞「不動」，若是眞不動，便成死寂之體了。故所謂「動而無動」，只是說誠體之動不顯動相而已。此不顯動相之動，可稱之爲無動之動。順其無動之動而若一露動相，便是陽之有；一露動相便限定於動，一限定於動，卽是氣邊事，而非神之本身。

第二，誠體之「靜而無靜」，亦非眞「不靜」，若是眞不靜，便成爲在動之物了。故所謂「靜而無靜」，只是說誠體之靜不顯靜相而已。此不顯靜相之靜，可稱之爲無靜之靜。順其無靜之靜而若一露靜相，便是陰之有；一露靜相便限定於靜，一限定於靜，亦是氣邊事，而非神之自身。

就「太極動而生陽，動極而靜」，這樣說下來，是第一路的說法；就「（太極）靜而生陰，靜極而動」，這樣說下來，則是第二路的說法。這來回兩路的說法，正可表述「太極」之所以爲生陽生陰的極至之理。而且此生陽生陰的極至之理，實卽「動而無動，靜而無靜」的誠體之神；此誠體之神亦卽「卽動卽靜，卽寂卽感」的生化原理、創造原理。

二、誠體之顯動相與靜相

若問此「動而無動，靜而無靜」的誠體之神，何以必露動相與靜相？此則不是直線思考所能解答者。

所謂「動而無動，靜而無靜」之神，並不是隔離地抽象地說「神」之本身，而是從其具體感應中而言之，是在具體感應中以見其爲具體之神用。誠體之神旣然要起具體之用，便不能不有迹。若就其迹而觀之，則動是動、靜是靜，此便是陰陽氣邊事。但就神之自體而觀之，則動而無動，靜而無靜，不失其虛靈之純一，此則仍然是神，而不是氣。在誠體之神順物感應之具體妙用中，它隨順迹上之該動該靜（迹上之該動該靜的「該」，是自然上的該，不是道德上的該），其自身不能不相應而顯動靜之相。而「相由迹顯，不由神顯」；不是神本身顯出動靜之相，乃是隨迹上之該動該靜而自然地有了動靜之相。

但吾人又須知，這誠體之神雖順物隨迹而顯相，卻不滯執於相，此便是誠體之神之所以爲神；若滯執於相，便是物，而不是神矣。因爲不滯執於相，所以能妙運此相，而使之動了又靜、靜了又動、而生化無窮。因此，太極之「動而生陽」或「靜而生陰」之眞實義，應該是本體論的妙用義，而不是宇宙論的演生義。（卽或有宇宙論的演生義，亦應攝於本體論的妙用中來體會。）它不是眞的由其自身直接地能動而生出陽，或靜而生出陰；而實只是在其具體之妙用中，隨迹上之該動而顯動相，隨迹上之該靜而顯靜相。（動靜之相本身，是氣；而能隨迹以顯示動靜之相的，則是神。）

關此，「心體與性體」書中，曾借詞家「吹縐一池春水」之句而作喻解。

一池春水，本是動而無動、靜而無靜的，但春風一起，則不能不應之而起縐縐。這活靈之春水，相應風之吹，便自然成全了那些如此這般之縐縐。這些縐縐雖是因風而起，卻亦是其自身之所起，所以亦可說是其自身之所具。抽象地言之，雖也可以說這些縐縐不是春水自身所本有，但事實上這春水永遠是在具體的處境中；所以若具體地圓融地說這春水本身，它必是永遠帶着縐縐而不離的。縐縐之多不礙春水活靈之「一」，而活靈之一亦不礙其爲縐縐之「多」。二者相融相卽而多姿多采。不過，必須是活靈之春水方可。若是一塊平平的木板或大理石，便只能說是定靜之一，而不是動而無動、靜而無靜的活靈之一。（註四）活靈之一，可以說動而無動、靜而無靜，而定靜之一則不能說。活靈之一，象徵所謂「神」而不是「氣」；縐縐之多，象徵所謂「氣」（事、迹）而不是「神」。誠體之神卽是活靈之一，所以能顯動靜之相。它應迹而顯動靜之相，卽是以其神用，而成全了迹上的動靜之事。從誠體之神、活靈之一方面而言，說迹；從客觀存在方面而言，說事。使存在之事永遠生息而不斷滅，卽是誠體之神對存在界的創造。這亦就是易道之「生生」，以及中庸所謂天道之誠的「生物不測」。

三、太極誠體「卽存有卽活動」

朱子表彰太極圖說最力，他撰太極圖說解義，亦是以通書之「誠」合釋「太極」。但朱子所謂「誠」，並不完全合乎濂溪言「誠體」之意。濂溪言誠是本乎中庸易傳，誠固是理，亦是神。誠體必然是「心、神、理」合一的，是「卽存有卽活動」的。（就理說存有，就心、神說活動。）而朱子所謂誠，並不是誠體，（而只是實理），他不是以誠體之神、寂感眞幾解釋太極，而是將心、神抽掉，以心、神屬於氣。故朱子所理解之太極，只成爲形式意義之「只是理」（不是心，不是神），成爲「只存有而不活動」，因而對「太極動而生陽」一句之解釋無法充分順暢。（註五）

詩周頌維天之命篇云：「維天之命，於穆不已」。於音烏，贊歎之辭。穆，深奧深邃之意。中庸引此詩句而解說曰：「蓋曰天之所以爲天也。」天命之所以爲天命，正在其深邃奧祕而又流行不已。此是先秦儒家發展其道德的形上學、所依據的最根源之智慧，亦是了解言道體性體之法眼。宋明理學家卽據此而言「天命流行之體」。而對此「天命流行之體」（道體、性體）一詞之體會，或體會爲「卽存有卽活動」，或體會爲「只存有而不活動」。——

濂溪在宋明理學六百年之發展中，實居開山之地位。他對孔子之仁與孟子之心性，雖未有積極而眞切之表述，但客觀地自本體宇宙論一面言道體，卻是將此「道體」體會爲「卽存有卽活動」者。濂溪眞能繼承此先秦儒家之舊義而豁醒之，蘇活之，以重開儒家形上之智慧。元儒吳草廬，說濂溪「默契道妙」，卽是據此而言。至於濂溪不言性體，只是因爲他在開端之時，對於「直就道體以言性體」之一義，尚未有清楚之意識耳。蓋學術思想必須在演進之過程中，步步展示而步步圓滿；六百年之理學，濂溪豈能一口道盡？但文化生命既已豁醒蘇活，但凡義理中應有之義，遲早總要發出來。所以與濂溪並世而稍後之張橫渠，進而就道體而說性體，則已言之甚爲精澈。

第四節　「太極圖說」全文述解

上文已指出太極圖說大體依據通書動靜章、理性命章、道章、聖學章而寫成。故吾人必須根據通書所論之天道誠體以理解圖說之太極，始能見出濂溪思想之一貫，並得知其心目中所意謂之太極的眞實函義。關於圖說中與通書不同之主要詞句：「無極而太極」「太極動而生陽」之實義，既已疏解如上，則圖說之義旨遂可得而明。試依原文之序，作一義理之解說：

「無極而太極。」

太極，是一無聲無臭、無思無爲、無方無體、而且無有極至的極至之理。所以說「無極而太極」。（因無可窮究其何所極至，而得爲極至之理。）

「太極動而生陽，動極而靜；靜而生陰，靜極復動。一動一靜，互為其根。分陰分陽，兩儀立焉。」

這個極至之理，即是「動而無動，靜而無靜」、「即動即靜，即寂即感」的誠體之神。這誠體之神乃是活靈之「一」，它在具體感應之妙用中，隨迹上之該動該靜而顯動靜之相：它一露動相，便是陽之有，此之謂「太極動而生陽」。它一露靜相，便是陰之有，此之謂「靜而生陰」。但它並不是一個「動而無靜，靜而無動」而限定於動或靜的「物」，它是「動極而靜」而又「靜極復動」的。陰之靜是根於陽之動而來，此便是動了又靜而成其爲陰；陽之動是根於陰之靜而來，此便是靜了又動而成其爲陽。故下句曰「一動一靜，互爲其根」。

這動而無動相、靜而無靜相的誠體之神，如若一露動靜之相，便已限定於動靜，便不再是形而上的神之本身，而是形而下的氣一邊之事。氣分陰陽，混闢而無窮，於是天地兩儀便得其安立了。所以說「分陰分陽，兩儀立焉」。——（按、陰陽之混闢，乃是生化之事，而生化實事之所以無窮，實即誠體之流行與充周。故此陰陽生化之終始過程，實即天道誠體之神用的顯現。若無此誠體之神，則乾坤或幾乎息矣，尚何言兩儀之立乎！）

「陽變陰合，而生水火木金土，五氣順布，四時行焉。五行一陰陽也，陰陽一太極也，太極本無極也。」

陰陽二氣的變化妙合，便生成了水、火、木、金、土之「五行」。五行本是陰陽變合而成，所以亦可稱為「五氣」，五氣變化而順布，於是便有春、夏、秋、冬四時之運行不息。（註六）而五行之相生相尅，實即陰陽之動靜變化，所以說「五行一陰陽也」。（註七）而陰陽之動了又靜，靜了又動，實乃誠體之神的流行與充周，亦即太極誠體之妙用，所以說「陰陽一太極也」。而太極誠體本是無有窮極、無有限極的極至之理，所以又說「太極本無極也」。

「五行之生也，各一其性。無極之真，二五之精，妙合而凝。乾道成男，坤道成女。二氣交感，化生萬物。萬物生生，而變化無窮焉。」

五行雖皆本於太極，但既因陰陽變合而生成，則水、火、木、金、土，自然專一於其所受而各有它自己之性，所以說「五行之生也，各一其性」。有了那無有極至的太極眞體之神用，配上陰陽五行之精氣；理氣妙合，便凝結成有形之物。陽而健者成爲男，陰而順者成爲女。（按：「乾道成男，坤道成女」，見易繫辭傳上。此處之男女，乃指普泛的男性女性而言，包括萬物之雄雌、牡牝等在內。「男性」一類由陽健之乾道而生，「女性」一類由陰順之坤道而生；此爲原始之生，朱子謂此爲「氣化」而生。）陰陽二氣，交感相合，便化生了萬物——一一之個體。萬物又形氣交感，生生而不息，變化而無窮。（按：萬物生生，是宇宙已有萬物之後、萬物自己相續不已之生，朱子謂此爲「形化」而生。）

「惟人也，得其秀而最靈。形既生矣，神發知矣，五性感動，而善惡分，萬事出矣。」

在宇宙萬物之中，只有人得「二五之精」之秀而最靈（特異之謂秀。人得天地秀靈之氣以生，故爲萬物之靈。）形體既已生成，心神遂亦發出知覺知識之作用。而五行之性，感於物而動；或依至善之誠體而動，而發爲善；或依氣性之偏雜而動，而發爲惡。而人間萬事亦就順此善念惡念之分，而層出不窮了。

「聖人定之以中正仁義（自注：聖人之道，仁義中正而已矣），而主靜（自注：無欲故靜），立人極焉。故聖人與天地合其德，日月合其明，四時合其序，鬼神合其吉凶。君子修之吉，小人悖之凶。」

聖人爲了使人不陷於偏邪而失其中正，不蔽於私欲而喪其仁義，故立中正仁義之道，而「主靜」，以期貞定人之性行，使人自作主宰，循理而無欲。（主靜之靜，不與動對。故劉子宗周曰：循理故靜，非動靜對待之謂。）循理則能爲善，無欲則能去惡；爲善去惡，人道斯立矣。故曰：「聖人定之以中正仁義而主靜，立人極焉」。人極者，人道之至極，亦卽人生道德實踐之最高準則。聖人至誠無息，全盡而粹，全幅是德性生命之瑩澈與朗照。他上達於天，卽契合了天的高明；他接於地，卽契合了地的博厚；他接於日月，卽契合了日月之光明；他接於四時，卽契合了四時之生、長、收、成；他接於鬼神，卽契合了鬼神之感應吉凶。而人當效法聖人，故須以「人極」爲則，以從事道德修持之工夫。君子修明人道，故「吉」；小人悖逆人道，故「凶」。吉凶禍福，皆由自取。

又按，「與鬼神合其吉凶」一句，較爲難解，其句意亦不甚好講。牟先生嘗謂，與鬼神合其吉凶，當是與鬼神之感應吉凶相合，非鬼神本身有吉凶也。按易繫辭傳上有云：「是故著之德圓而神，卦之德方以知（智），六爻之義易以貢。聖人以此洗心，退藏於密。吉凶與民同患。神以知來，知（智）以藏往。」此處「與鬼神合其吉凶」之句意，實與繫辭所謂「吉凶與民同患」之義相連，而且與「與民同憂樂」之意，亦正相通。聖人至誠如神，知來藏往，隨感而應，其感吉感凶，感憂感樂，皆是神感神應。而神感神應，本是誠體之用；唯具體特指地言之，乃就鬼神之感應以爲說耳。——總天地、日月、四時、鬼神四句之義而觀，可知聖人之生命，通內外，徹幽明，實與宇宙生命打成一片。此卽所謂宇宙的情懷，亦卽所謂：天道性命相貫通。

「故曰：立天之道，曰陰與陽；立地之道，曰柔與剛；立人之道，曰仁與義。又曰：原始反終，故知死生之說。大哉易也，斯其至矣。」

文末，濂溪再引易說卦傳之言，以明天、地、人三極之道。陰陽自是氣，不是道。但天道之具體流行，亦不能離乎陰陽，天道必須藉資於一陰一陽之變化，而得一具體流行之終始過程以顯現它自己。所以說「立天之道，曰陰與陽」。天道（乾）是創生原則，地道（坤）是終成原則。萬物之終成，即是萬物之凝合結聚而成形——成爲一一之個體。其得「剛」以成形者，爲男、爲雄、爲牡；其得「柔」以成形者，爲女、爲雌、爲牝。所以說「立地之道，曰柔與剛」。天地既立，而「人」生於其間。聖人爲人立人道，「仁義中正而已矣」。仁道親親，義道尊尊；親親是主觀性原則，尊尊是客觀性原則。統主客觀而爲一，即是內外人我通而爲一；內以成己，外以成物，人道於是乎備。所以說「立人之道，曰仁與義」。緊接著濂溪又引易繫上之言曰：「原始反終，故知死生之說」。死生即是終始，推其始，則知生有自來；返其終，則知死有所歸。於是，乾坤、陰陽、幽明、晝夜……與死生終始通而爲一，而吾人此一通而不隔的生命，亦正是生生之易的具體印證。易之一書，言此「性命天道相貫通」之義，可謂美矣，可謂至矣。故濂溪最後結之曰：「大哉易也，斯其至矣！」

※　※　※　※　※　※　※

以上是對「太極圖說」簡略的解釋。濂溪此文，由太極陰陽五行之化生萬物，敍述一由宇宙到人生之創化歷程，並就此以見人極之根源，此卽所謂「由天道以立人極」之義。「太極」是宇宙生化之最高原理，由太極誠體之顯爲動靜之相而生陰陽，由陰陽之變合而生五行，由太極眞體與二氣五行之妙合，而生萬物，而生人，宇宙之創化乃告完成。最後說明聖人之立人極，並盛贊聖人之德，上與天同。此則又是「立人極以合太極」之義。文末，以天地人三極之道，以及生生之易作結。全文思理謹嚴，潔淨精微，而共計連自注文不過二百六十餘言，洵可謂體大思精之作。

茲將太極圖說之要旨，列數表於後，以助了解：

㈠無有極至的極至之理：太極〈動而生陽—動極而靜／靜而生陰—靜極復動〉一動一靜，互爲其根

〈動相之動卽是陽／靜相之靜卽是陰〉陽變陰合，而生｛水火／木／金土｝五氣順布，四時運行（萬物生生）

㈡太極眞體（無極之眞）之神用，妙合〈陰陽／五行〉而〈成男女／生萬物〉—（氣化而生）

萬物形氣交感，生生不息—（形化而生）

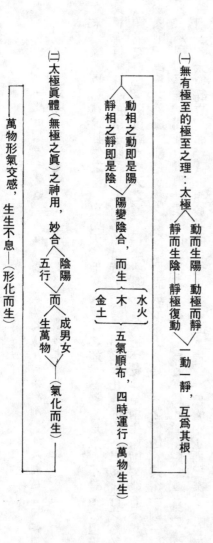

㈢人得
- 陰陽
- 五行

之秀而最靈—形體既生
- 心神發出知覺知識之作用
- 五行之性，感於物而動
  - 依至善之誠體而動—發爲善
  - 依氣性之偏雜而動—發爲惡

分善分惡—萬事出矣

㈣聖人立中正仁義之道—主靜
- 循理、則能爲善
- 無欲、則能去惡

爲善去惡，人道斯立
- 修明人道—吉
- 悖逆人道—凶

㈤聖人至誠無息
- 與天地合其德
- 與日月合其明
- 與四時合其序
- 與鬼神合吉凶

全幅是德性生命之瑩澈與朗照
- 合天人
- 順陰陽
- 徹幽明

通貫終始
- 推其始，而知生有自來
- 返其終，而知死有所歸

此通而不隔之生命，亦即「易道生生」之具體印證

㈥三極之道
- 天道（創生原則）—藉一陰一陽之變化而顯示其具體之流行（生生）
- 地道（終成原則）
  - 得剛以成形—男（雄、牡）
  - 得柔以成形—女（雌、牝）
- 人道
  - 仁：親親—主觀原則
  - 義：尊尊—客觀原則

  統主客觀而物我內外通而爲一
  - 內以成己
  - 外以成物

附註

註一：說本牟先生，見「心體與性體」分論一第一章第二節第五段。

註二：按、依牟先生之衡定，濂溪之學，當據通書之思理爲綱，以規定太極圖說，不可據太極圖說以議論通書。此意甚諦。宋元學案濂溪學案先列通書，後列太極圖說，是也。

註三：「無極」與「太極」二詞中之「極」字，亦可分別作解。「無極」之極字，是意味着「限定、限極、窮極」之義；「太極」之極字，則是意味着無限定、無限極、無窮極的「極至」之義。

註四：按、究極而言，春水亦是物，而不是活靈之一；此處只是借喩，藉具體之春水以說明那眞正遮撥限定之極、以顯示其爲無限定之極，此卽所謂「無極而太極」。

註五：關此，「心體與性體」分論一第一章第二節第三段，論之極精詳，請參看。「動而無動，靜而無靜」的活靈之一——誠體之神。

註六：按、依董仲舒之說，木居東方而主春氣，火居南方而主夏氣，金居西方而主秋氣，水居北方而主冬氣，土則居中策應而兼四時。

註七：按、「五行一陰陽也」之「一」字，與今語「只是」之意相當。下句「陰陽一太極也」之「一」亦同。

第四章　張橫渠(一)：西銘開示的義理

第一節　橫渠思參造化、自鑄偉辭

一、傳略

橫渠，名載，字子厚。生於宋眞宗天禧四年，卒於神宗熙寧十年（西元一〇二〇——一〇七七），五十八歲。世居大梁。其父廸，仕於仁宗朝，爲知州，卒於官。諸孤皆幼，不克歸，以僑寓爲陝西鳳翔郿縣橫渠鎭人。橫渠雖少孤，而志氣不群。年十八，慨然以功名自許，欲結客取洮西之地，上書范文正公，公知其遠器，責之曰：「儒者自有名敎可樂，何事於兵！」以中庸一卷授焉。遂翻然志於道。已而求諸釋老，無所得，乃返求六經，終成一代大儒。

橫渠少濂溪三歲，而於二程爲表叔。嘗坐虎皮，講易於京師（開封），從者甚衆。一夕，與二程論易，次日，謂人曰：「比見二程，深明易道，吾不及也，可往師之。」卽日輟講。其服善從公，可謂大君子之心矣。

嘗仕爲雲巖令，政事以敦本善俗爲先。神宗時，召對問治道，對曰：「爲治不法三代，終苟道也」云云，帝悅之。留京師任職。以論政與王安石不合，託疾歸橫渠。終日危坐一室，左右置簡編，俯而讀，仰而思，有得則識之；或中夜起坐，取燭以書，其志道精思，未嘗須臾息也。其學以易爲宗，以中庸爲的，以禮爲體，以孔孟爲極，巍然爲關中士人宗師，學者稱橫渠先生。

橫渠嘗曰：

學必如聖人而後已。知人而不知天，求爲賢人而不求爲聖人，此秦漢以來學者之大蔽也。

又曰：

為天地立心，為生民立命，為往聖繼絕學，為萬世開太平。」

此言最能表出儒者之精神、器識與弘願。（此四句乃眞實之言，學者但當存之於心，顯爲志行，莫要徒騰口說）。後世王船山最推尊橫渠，其自作墓銘曰：「抱劉越石之孤忠，而命無從致；希張橫渠之正學，而力不能企；幸歸全於玆邱，固銜恤以永世」。

二、持論成篇，自鑄新辭

橫渠的著作，以「西銘」與「正蒙」最爲重要。西銘所說，乃儒家共許之義，所以自二程以下，皆相推尊無異辭。但就思參造化、自鑄偉辭而言，則正蒙一書纔更足以代表張橫渠的思想。濂溪之通書，精微簡約，而正蒙則篇幅繁多，體大思精，是宋明儒中自家鑄造（註一）而又最爲思理精嚴的偉作。而且首先表示「天道性命相貫通」這個觀念的，亦以正蒙書中的若干語句最爲精切而諦當。誠明篇有云：

「天所性者通極於道，氣之昏明不足以蔽之；天所命者通極於性，遇之吉凶不足以戕之。」

此便是表示「天道性命相貫通」最爲明顯而又最爲精要的語句。——前句表示「性」通於「道」（天道），而正宗儒家所言之「通於道之性」（亦卽孟子言性善之性與中庸天命之謂性之性），與一般「以氣言之性」，亦於此得其明確之分判。後句表示「命」通於「性」，而正宗儒家所言之「命令之命」（亦卽天命之命、性命之命），與一般所謂「命遇、命運、命限之命」，亦於此得其明確之分判。牟先生云：

「正蒙沉雄弘偉，思參造化。他人思理零星散見，或出語輕鬆簡約。惟橫渠持論成篇，自鑄偉辭；誠關河之雄傑，儒家之法匠也。然思深理微，表之爲難，亦不能無滯辭。」（註二）

橫渠大器晚成，而正蒙陸續成篇，直至卒前一年，始出以示人。但其初稿，二程或曾部分過目。而其中的義理觀念，在橫渠與二程書信往返或見面論學時，亦必常有吐露。伊川答橫渠先生書（註三）有云：

「觀吾叔之見，志正而謹嚴。如「虛無卽氣，則無無」之語，深探遠賾，豈後世學者所嘗慮及？（自註：然此語亦未能無過。）餘所論，以大體氣象言之，則有苦心極力之象，而無寬裕溫厚之氣。非明睿所照，而考索至此。故意屢偏而言多窒。小出入時有之。」

（自註：明所照者，如日所觀，纖微盡識之矣。考索至者，如揣料於物，約見髣髴爾，能無差乎？）

伊川此段評說，大體不誤。「無無」原作「虛無」，今據正蒙太和篇原文改正。唯太和篇今作「知太虛卽氣，則無無」（說見下第五章第三節之三）。伊川雖說此語「深探遠賾」，卻又加註云「此語未能無過」。孤離地看此一句，不但可以有過，而且難以索解。但若知橫渠言「虛無」「虛空」「太虛」之來歷，則此語亦可以無過差。橫渠有關「虛無卽氣」「虛空卽氣」「太虛卽氣」諸語句，是根據「清通而不可象爲神」而來，因此，太虛、虛無、虛空，實卽清通不可象之神（參見下第五章第一節）。若問橫渠何以必用此諸詞以爲說？牟先生以爲：

一、意在對治老氏之「無」。

二、意在對治釋氏之「空」。

橫渠以「清通不可象之神」規定「太虛」，此確然是儒家之心靈。字面上有時用「虛無」「虛空」，看來有類於老氏之「無」與釋氏之「空」；但橫渠之實意，乃是以「虛」爲主，故所謂「虛無」「虛空」，並不同於老氏之「無」與釋氏之「空」。當然，若橫渠只言「太虛即氣」，則更能表意而少生誤會。而其所以有時仍用「虛無」「虛空」者，消極面自爲對治釋老，積極面則是要表出儒家之太虛神體；此卽所謂一箭雙鵰，乃是遮撥詮表上的權宜方便。如太和篇所謂「此道不明，正由懵者略知體虛空爲性，不知本天道爲用」，便正是以相類之詞收遮撥之用。橫渠認爲，釋老只是「略知體虛空爲性」。蓋老氏之無與釋氏之空，本不同於儒家「於穆不已」的道體之具有創生之大用（註四）；橫渠卽依此意而遮撥之，而謂其「不知本天道爲用」。由此可知，橫渠之言「虛無」「虛空」，顯然是遮表上一箭雙鵰之方便語，而其實義固不同於釋老之空與無。尤非今日所謂「太空」或西哲所謂「虛的空間」。

但正蒙之思理，自當時二程便不甚能夠相契。這一方面固然是橫渠行文用詞，有生硬而不夠明通處；另一方面則因正蒙言太虛神體之思理，乃是別開生面的新理路，人見之而眼生，一時無法知其底蘊，故自當時二程卽無相應之了解。明道曾說：

> 「形而上者謂之道，形而下者謂之器。若如或者以清虛一大爲天道，則乃以器言，而非道也。」（註五）

實則，橫渠並非以器言天道，亦未連用「清虛一大」爲集詞語；他分別地言清、言虛、言一、言大，是用以形容道體，亦卽以太虛神體說道體。這是對道體的另一種表示，與濂溪之以誠體、以寂感眞幾、或以太極說道體，意正相類。不同之詞語，只是對「卽存有卽活動」之形上實體的諸般表示，只是同一義之展轉引申。而且明道言誠體、神體、易體等等，就客觀義理而言，其體悟之道體，與橫渠實相近合。只是明道說來精熟圓融，更能貼切「於穆不已」之體的原義而已。由於正蒙成書甚晚，橫渠在世時，明道未及窺其全豹，而太和篇之初稿可能較今本更多隱晦，或因明道之議而有所修改，亦未可知。明道對正蒙說道體之思理，實只是一時之未契而有誤解，並不表示二人在客觀之義理上有本質之不同。而伊川對「太虛」之思理，則誤想甚遠。語錄有云：

「又語及太虛，（伊川）先生曰：亦無太虛。遂指虛曰：皆是理，安得謂之虛？天下無實於理者。」（註六）

伊川似是將橫渠之「太虛」，看做虛的空間，所以用手指「虛」以為說。太虛清通之神，豈是可以用手指來指說的？可見伊川對正蒙之言太虛，甚為隔漠。此下再就上引彼與橫渠書中所謂「有苦心極力之象」、「非明睿所照」與「意屢偏而言多窒」之意，作一解說。

三、思參造化與苦心力索

凡客觀地思參造化以表明各概念之分際與分合，皆不免有「苦心極力之象」，而不易表現「明睿所照」之境。牟先生嘗謂，宋明儒中，眞能至「明睿所照」之境者，只有明道、象山、陽明，庶幾近之。可見此境之不易。而且這其中除內心瑩澈之外，亦與所說義理之層面有關。「明所照者，如日所觀」，這是明從中發，自有照功。因此凡是繫屬於主體之義理，總比較易於運轉自如，此卽莊子所謂「得其環中以應無窮」之意。但客觀地思參造化，則不能不着於存在以施分解（此着字無劣義），欲施分解，則必須强探力索，否則，如何能盡其中之奧蘊？大較而言，有分解，便是所謂「揣料於物」；無分解，則是所謂「明睿所照」。但當有分解而揣料於物時，亦不必卽是義理之不熟。而在分解之展示中，由於分際複雜，煞費照顧，顧此失彼，往往難以周詳。以是，「意偏言窒」的情形，蓋亦有其不能盡免的必然性。但若能知其分際以及其分解的大端方向之所在，則偏者亦可非眞偏，窒者亦可非眞窒。所以，看此類文字，貴能通其意以明其旨歸。義理宗趣既明，則亦不礙其分解之所得，仍然是明睿之所照。

橫渠之生命，實有其原始浩瀚之氣象。而正蒙一書，不但思理精嚴，而義理性亦極豐富；但其行文用詞，則不免如牟先生所說「帶點烟火氣」。其書之所以有隱晦、有滯辭、蕪辭，乃至不免「意偏言窒」而不夠潔淨明通，實以此故。當然，個人語言文字之善巧不善巧，以及語言文字本身之局限，亦有關係。而橫渠之行文，亦確有不夠善巧處。然其沉雄剛拔，精思力踐，實令人起敬畏之心。所以朱子亦說「橫渠嚴密」，又說「橫渠之學，苦心力索之功深」。（註七）

四、宇宙論的興趣與氣化宇宙論之誤解

橫渠思參造化，着於存在而施分解，所以特顯所謂「宇宙論的興趣」（註八）。但橫渠之着於存在，並不同於西哲知性思考之觀解的或理論的形上學之路數，而是以道德的創造性爲支點——他是在此一決定性的綱領下施分解，故其分解乃有定向、有範圍者。此是道德的形上學（亦可曰實踐的形上學）。他根據儒家「維天之命，於穆不已」（註九）的根源智慧，

一眼看定這整個宇宙即是一道德的創造，而此道德的創造，與見之於個人自己處的創造，實爲同一模型、同一義蘊。在此同一模型下施分解，故，

1.其分解有定向——不過就天道、天命之生化不已而施分解而已。

2.其所分解出之概念亦有定數——不過是道、理、太極、命、性、寂感、太虛、神、氣、化（神化或氣化）諸詞而已。

只爲橫渠是就整個宇宙而言，因氣、化諸概念而想到太和、太虛乃至太極，故顯然有着於存在之意味，亦因此而得名曰形上學。而其着於存在，乃是在道德創造之定向下着，其重點是落在天道天命與人之關係上，亦即落在天命下貫而爲人之性上，故其形上學乃是道德的形上學。此大端乃決定不可移者。

或有謂，橫渠之學爲「氣化的宇宙論」，而意想爲陰陽氣化之流行；而於上述諸義，乃忽而不察，如此，則已墮於唯物論之窠臼。此不特厚誣橫渠，亦正表示淺識者之心塞目盲而已。須知橫渠並非單就「宇宙自然之生成」而立言，其言氣化，是因太虛之寂感神用而能化，離開太虛神體而言氣化，則非橫渠之意。關此諸義，將於下章論「正蒙」時詳之。本章且就「西銘」先作述解，藉以了解其所開示的義理境界與踐履規模。

第二節　西銘開示的義理與踐履規模

一、西銘原文

乾稱父，坤稱母，予茲藐焉，乃混然中處。故天地之塞，吾其體；天地之帥，吾其性。民，吾同胞；物，吾與也。

大君者，吾父母宗子；其大臣，宗子之家相也。尊高年，所以長其長；慈孤弱，所以幼其幼。聖，其合德；賢，其秀也。凡天下疲癃殘疾惸獨鰥寡，皆吾兄弟之顛連無告者也。于時保之，子之翼也；樂且不憂，純乎孝者也。違曰悖德，害仁曰賊，濟惡者不才，其踐形，惟肖者也。知化，則善述其事；窮神，則善繼其志。不愧屋漏爲無忝，存心養性爲匪懈。

惡旨酒，崇伯子之顧養；育英才，潁封人之錫類。不弛勞而厎豫者，舜其功也；無所逃而待烹者，申生其恭也。體其受而歸全者，參乎；勇於從而順令者，伯奇也。富貴福澤，將厚吾之生也；貧賤憂戚，庸玉女於成也。存，吾順事；沒，吾寧也。

二、西銘分句解義

乾稱父，坤稱母，予玆藐焉，乃混然中處。

周易說卦：「乾，天也，故稱乎父；坤，地也，故稱乎母」。朱子解曰：「天、陽也，以至健而位乎上，父道也。地、陰也，以至順而位乎下，母道也。」（註十）人，稟受天地之形氣，以藐然之身，與天地陰陽混合無間而居位於中，是爲子道。西銘以萬物爲一體，視天下猶一家，所以起句兩語，即明示以天地乾坤爲大父母。

至於何以不直說「天地」爲父母而必說「乾坤」爲父母？朱子以爲，天地是其形體，乾坤是其性情。乾，健而無息，萬物資之以爲始；坤，順而有常，萬物資之以爲生。天地之所以爲天地、以成其爲萬物之父母者，正是由於此乾之健、坤之順，故橫渠特取乾坤二字言之。

故天地之塞，吾其體；天地之帥，吾其性。

「吾其體」「吾其性」，猶言「吾其以爲體」「吾其以爲性」。「吾其」二字，實有覿體承當之意。人之所以得爲天地之子，亦正由此二句而得證實。朱子曰：「乾陽坤陰，此天地之氣，塞乎兩間，而人物之所資以爲體者也。故曰天地之塞吾其體。乾健坤順，此天地之志，爲氣之帥，而人物之所得以爲性者也。故曰天地之帥吾其性。深察乎此，則父乾母坤、混然中處之實，可見矣。」又曰：「塞，是說氣。孟子所謂以直養而無害，則塞乎天地之間，卽用這個塞字」。「帥是主宰，乃天地之常理也。吾之性，卽天地之理」。朱子之解甚是。以天地之塞（氣）爲吾之體（形體之體），以天地之志（理、道）爲吾之性，亦是天道性命相貫通之義。

按、橫渠本於孟子「浩然之氣，塞乎天地」與「志、氣之帥，氣、體之充」，而取其「塞」字「帥」字以爲言，實能發揮孟子「上下與天地同流」之旨。下句言民胞物與，以及後段言踐形盡性（存心養性）、繼志述事、顧養歸全，皆是順此二句而展開說。若無此二句，則天自天，人自人，我自我，都無關涉。而父乾母坤、民胞物與之言，亦將失據失實。

民，吾同胞；物，吾與也。

人與物並生天地之間，同以天地爲大父母。但體有正偏，性有明暗，人得天地形氣之正，而能通乎性命之全體，是以天地之間，人爲最貴；而我視天下之民，猶如我自己之兄弟手足，所以說「民，吾同胞」。物，則得天地形氣之偏，而不能通乎性命之全，故不如人之貴；然推其體性之所自，亦是本之天地而未嘗不同，故我視天下之物，亦猶如我之友朋、黨與，所以說「物，吾與也」。

按、橫渠所謂「民胞物與」，實卽孟子「親親而仁民，仁民而愛物」之另一種表示。仁愛之理，周遍而無遺；而仁義之施，則有差等之序。理之周遍無礙其施之有差等，施有差等亦無礙其理之周遍。伊川以「理一分殊」說西銘，亦是此意。

大君者，吾父母宗子；其大臣，宗子之家相也。尊高年，所以長其長；慈孤弱，所以幼其幼。聖，其合德；賢，其秀也。凡天下疲癃殘疾惸獨鰥寡，皆吾兄弟之顚連無告者也。

大君，謂天子。宗子，猶言嫡長子。天下之人，實皆天地之子，然「繼承天地，統理人物，則大君而已，故爲父母之宗子。輔佐大君，綱紀衆事，則大臣而已，故爲宗子之家相。」（朱子語）天下高年之老者，猶如我自己之長老；天下之孤兒弱子，亦猶如我自己之幼稚。而聖人與天地合其德，乃是我兄弟之能合德於父母者；賢人才德出衆，亦是我兄弟中英秀超常之人。至於天下老衰多病（疲癃）、殘廢惡疾（殘疾）、父母早喪（惸獨）、妻死夫亡（鰥寡）之人，全都是我兄弟群中顛連流離、生活困頓，而無可告訴之人。此所以孟子論發政施仁，必以鰥寡孤獨四者爲先也。

此節就天下一家之義以發揮一體之仁，與孔子言「天下歸仁」、「老安少懷」，以及孟子言老老幼幼之義，正先後相承。

于時保之，子之翼也；樂且不憂，純乎孝者也。

于時，於是也。翼，恭敬也。詩周頌我將篇：「畏天之威，于時保之」。易繫辭傳：「樂天知命，故不憂」。朱子曰：「畏天自保者，猶其敬親之至也；樂天不憂者，猶其愛親之純也」。

按、畏天自保，只是朝夕惕厲、敬畏天命之意，此乃敬天之至；而天，猶父也，故曰「子之翼」。樂天不憂，只是知命知止、順承天命之意，此乃樂天之純；而樂天與愛親，其義一也，故曰「純乎孝」。畏天者，天德不喪，天良不失，表示強烈之道德意識；樂天者，安順天命，不怨不尤，表示君子之居易俟命；此皆自覺地從事道德實踐之緊要工夫。——自此節以下，皆言工夫實踐。

違曰悖德，害仁曰賊，濟惡者不才，其踐形、惟肖者也。

違，謂違天（違父母）。違背天命天理，即是悖逆天德，所以說「違，曰悖德」。仁是天德，亦是天性，戕害仁，即是自絕根性，所以爲逆天逆親之「賊」。濟，成也。左傳文公十八年載：「昔帝鴻氏……少皞氏……顓頊氏有不才子……此三族也，世濟其凶，增其惡名」。凡長惡不悛，不可教訓者，世世代代成其凶暴，增其惡名，是爲天地之棄才，所以說「濟惡者不才」。凡違天、害仁、濟惡者，皆是不能踐形盡性之人。

踐形，語出孟子盡心上：「形色，天性也。惟聖人可以踐形」。所謂踐形，即是將人之所以爲人的本質（仁心善性），具體而充分地實現於形色動靜之間。所以踐形實即盡性。孟子言惟聖人可以踐形，與中庸言惟天下之至誠可以盡性，實可視爲同義語。人能踐形盡性，則能與天地合德；與天地合德者，自是天地之肖子。所以說「其踐形、惟肖者也」。

知化，則善述其事；窮神，則善繼其志。

中庸云：「夫孝者，善繼人之志，善述人之事者也」繼先人之志，乃是孝子之心；述先人之事（述、循也，終人之事謂之述），乃是孝子之行。聖人之於天地，正如孝子之於父母。聖人「窮神知化」（語出易繫），故能善繼天地之志，善述天地之事。蓋天地以生物爲心（志），以化育萬物爲用；窮至其生物不測之神，契知其陰陽妙合之化，則可以贊天地之化育，使萬物各遂其生，各得其所。此便是善繼天地之志，善述天地之事。

朱子解曰：「化者，天地之用，一過而無迹者也（按此本孟子「所過者化」而言）；知之，則天地之用在我，如子之述父事也。神者，天地之心，常存而不測者也（按此本孟子

「所存者神」而言）；窮之，則天地之心在我，如子之繼父志也。得其心，而後可以語其用，故曰窮神知化。而中庸曰，致中和，天地位焉，萬物育焉，亦此之謂歟」！

不愧屋漏為無忝，存心養性為匪懈。

詩大雅抑篇：「相在爾室，尚不愧於屋漏」。屋漏，謂室內西北角之隱僻處。於人所不見不知的隱僻之地，而我之心念行事，皆能仰不愧、俯不怍，則可不忝（辱）於生我之天地父母。下句存心養性，語出孟子盡心上：「存其心，養其性，所以事天也」。操吾本心之良而不舍，是謂存其心；順吾天性之善而不害，是謂養其性。如此，便是奉承天命而不違，亦即勤於事天而不懈。

此二句言誠身、踐形工夫。愼獨不欺，無所愧怍，所謂誠身也。存心養性，充內形外，所謂踐形也。

惡旨酒，崇伯子之顧養；育英才，潁封人之錫類。

孟子離婁下：「禹惡旨酒而好善言。」（好惡，皆讀去聲）。旨酒，美酒也。夏禹之父鯀，以伯爵封於崇，所以稱禹爲崇伯子。潁，春秋鄭國地名。封人，謂疆吏。潁考叔爲潁谷封人。左傳隱公元年云：「潁考叔，純孝也。愛其母，施及（鄭）莊公。詩曰：孝子不匱，永錫爾類。其是之謂乎」！詩見大雅既醉篇。錫類，謂賜恩德於朋類。朱子曰：「好飲酒而不顧父母之養者，不孝也。故遏人欲如禹之惡旨酒，則所以顧天之養者至矣。性者，萬物之一源，非我之所得而私也。故育英才如潁考叔之及於莊公，則所以永錫爾類者廣矣」。

按、顧養，是修身之事；錫類，是及人之事。子之身乃父母之遺體，不爲嗜欲所累以保愛其身，卽是顧天（父母）之養。天下之英才，皆與我爲一體之親，我推而愛育之，乃是仁心本情之不容已，孟子以得天下英才而教育之爲三樂之一，亦正是所謂「永錫爾類」。

不弛勞而底豫者，舜其功也；無所逃而待烹者，申生其恭也。

孟子離婁上：「舜盡事親之道而瞽瞍底豫，瞽瞍底豫而天下化」。底音旨，致也。豫，樂也。瞽瞍乃至頑之父，屢欲殺害舜。而舜盡其孝道，終於感動親心，使頑父致豫。天下之父未如瞽瞍之頑，則爲人子者既見舜之事父致豫，自必勉力盡孝，亦使親心豫樂；天下之親心豫，則天下之父亦遂莫不慈矣。一人盡孝，天下受化，故曰「舜其功也」。申生，晉獻公之世子，爲驪姬所讒，獻公將殺之；公子重耳勸申生出奔他國，申生曰：「君謂我欲弒君也，天下豈有無父之國哉」？意思是說，弒殺君父之罪，無所逃於天地之間，如今既蒙弒父之寃，將何所逃？亦唯順受君父之命以待死而已。終於自縊而死，諡爲恭世子。事見禮記檀弓上。朱子曰：「舜盡事親之道，而瞽瞍底豫，其功大矣。故事天者盡事天之道，而天心豫焉，則亦天之舜也。申生無所逃而待烹，其恭至矣。故事天者夭壽不貳，修身以俟之，則亦天之申生也」。

體其受而歸全者，參乎；勇於從而順令者，伯奇也。

參，謂孔子弟子曾參。禮記祭義載樂正子春之言云：「吾聞之曾子，曾子聞諸夫子曰：天之所生，地之所養，人爲大。父母全而生之，子全而歸之，可謂孝矣；不虧其體，不辱其親，可謂全矣」。所謂「全」，非但不虧其體，還須不辱其親。要能不辱其親，自必謹言行、全志節而後可。曾子臨終啓手啓足，而曰「吾知免夫」！所謂「免」，不但指手足形體之免於毀傷，亦函有「免於罪戾而行可寡過」之意。（註十一）伯奇，周大夫尹吉甫之子。爲後母所虐，無衣無履，使之踐霜挽車，伯奇順從無怨言。（見太平御覽卷五七八引琴操）朱子曰：「父母全而生之，子全而歸之。若曾子之啓手啓足，則體其所受於親者而歸其全也。況天之所以與我者無一善之不備，亦全而生之也。故事天者，能體其所受於天者而全歸之，則亦天之曾子矣。子於父母，東西南北，唯令是從。若伯奇之履霜中野，則勇於從而順令也。況天之所以命我者，吉凶禍福，非有人欲之私。故事天者，能勇於從而順受其正，則亦天之伯奇矣」。

以上三節，共舉六人事例，不只是說孝而已，實乃推事親之心以事天，故朱子以爲「西銘大率借彼以明此，不可着迹論也」。今若就人而論仁孝，則唯有大舜可完全承當。曾子之歸全，是矣；然孔子家語載其耘瓜誤斬其根，曾晳以大杖擊之而仆，死而復蘇。孔子聞之而怒，責以小杖則受，大杖則逃。其事信否不可知，但義理卻有這一層。程子曾說：「若是舜，百事順父母，只是殺他不得」。又說：「申生，只是恭而已，若是舜，則須逃也。」（註十二）至於伯奇，古籍之說頗不一，有謂其被放投河而死者，此未必可信，今可不論。又，底豫、歸全，是處常而盡其道；待烹、順令，是處變而不失其道。愛惡順逆而能處之若一，生順沒寧而能兩無所憾，則庶幾乎克盡孝道矣。

富貴福澤，將厚吾之生也；貧賤憂戚，庸玉女於成也。

庸，用也。女同汝，玉女，謂玉成於汝。天之生我，若使我得富貴福澤，即是增厚我之生活憑藉，使我易於爲善。若使我遭受貧賤憂戚，卽是拂亂於我，俾能動心忍性，增益其所不能，此則正是天有意玉成於我。天地之於人，父母之於子，其設心一也。故就事親而言，父母愛我，則喜而不忘，以我之幸能得親心也；父母惡我，則懼而不怨，以我之志行猶有虧也。就事天而言，能如周公之富而好禮，顏子之貧而樂道，則庶幾焉。

存，吾順事；沒，吾寧也。

無所違逆曰順。順事，謂順事父母天地。生時敬奉天命，循理由義，踐形盡性，修身以俟，此便是無所違逆而順事天地（父母）；臨終克免歸全，此心光明，則庶幾可告無愧而得其安寧。朱子曰：「孝子之身存，則其事親者，不違其志而已，則安而無愧於親也。仁人之身存，則其事天者，不逆其理而已；沒，則安而無愧於天也。蓋所謂夭壽不貳，而修身以俟之者。故張子之銘，以是終焉」。

三、西銘開示的理境與踐履規模

二程對西銘皆甚推崇。明道曰：「西銘，某得此意。只是須他子厚如此筆力，他人無緣做得。孟子以來，未有人及此。得此文字，省卻多少言語！要之，仁孝之理備於此。須臾而不如此，則便不仁不孝也」。又曰：「據子厚之文，醇然無出此文也。自孟子之後，蓋未見此書。」（註十三）明道對西銘之推尊，可謂甚至。

伊川亦推尊西銘，其答門人楊時（龜山）論西銘書云：「橫渠之言，誠有過者，乃在正蒙。西銘之爲書，推理以存義，擴前聖所未發，與孟子性善養氣之論同功。豈墨氏之比哉？西銘明理一而分殊，墨氏則二本而無分。（原注：老幼及人，理一也。愛無差等，本二也。）分殊之蔽，私勝而失仁；無分之罪，兼愛而無義。分立而推理一，以止私勝之流，仁之方也；無別而迷兼愛，至於無父之極，義之賊也。子比而同之，過矣！且謂言體而不及用，彼欲使人推而行之，本爲用也；反謂不及，不亦異乎？」（註十四）龜山疑及西銘有類於墨，又謂西銘言體而不及用，伊川爲之解惑，並推尊西銘，甚爲諦當。

自伊川提出「理一而分殊」之語以說西銘，後儒乃順其說而多有議論。玆引朱子之說以明其義：

西銘之書，橫渠先生所以示人，至為深切。而伊川先生又以「理一而分殊」者贊之，言雖至約，而理則無餘矣。

蓋乾之為父，坤之為母，所謂理一者也。然乾坤者、天下之父母也，父母者、一身之父母也；則其分不得而不殊矣，故以民為同胞、物為吾與也。自其天下之父母言之，所謂理一者也。然謂之「民」，則非真以為吾之同胞（兄弟）；謂之「物」，則非真以為吾之同類（人類）矣：此自其一身之父母者言之，所謂分殊者也。又況其曰同胞、曰吾與、曰宗子、曰家相、曰老、曰幼、曰聖、曰賢、曰顛連而無告，則於其間又有如是等差之殊哉！——但其所謂理一者，貫乎分殊之中，而未始相離耳。此天地自然、古今不易之理，而二先生始發明之。（註十五）

朱子舉述西銘文句，以明其理一分殊之義，言甚具體而曉白。自理而言，萬物同一本源。自實踐之事而言，則大小之分，親疏之別，實不能不有等差之殊。

以仁與義而言之，仁爲理一，義則分殊。仁心之感通覺潤無有限極，必然是萬物一體之仁。孟子言「萬物皆備於我」，「上下與天地同流」，亦是就本心仁體之無外無隔而說。下及宋儒，尤能隨時隨處發揮此義，而「西銘」與「識仁篇」，便是最具代表性之文獻。陽明言「人心與物同體」，言「大人者，以天地萬物爲一體者也，其視天下猶一家，中國猶一人焉」，亦是申述人心一體之仁。至於「義」，則在吾心應事接物上見。事物有殊異分別，則吾心之應事接物，自須隨事物之殊異分別，而亦分別地一一求其合宜合理。此所以仁爲理一，而義則分殊也。

以仁孝而言，仁孝之理是一，而踐行仁孝之事則是分殊。由理一推分殊，則知親疏之別與本末先後之序，以成就其仁孝之事，而不流於墨氏兼愛之弊；由分殊推理一，則知萬物同出一源，以彰著其一體之仁，而不流於楊氏爲我之私。儒者以乾坤爲大父母，繼天以立極，盡性以開展德行之實踐；西銘契切此義以陳述一體之仁的義理境界，又從主客觀兩面開示成己成物的踐履規模，此皆儒家共許之義。橫渠以二百五十餘言，發揮儒家之基本義旨，如此其精要周備而深醇，宜乎二程以下皆稱賞而推尊之。

西銘大意表：

甲、民胞物與：（以乾坤爲大父母，以天下爲一家）

- 乾（父道）、坤（母道）→ 人（子道）
  - 以天地之塞（氣）爲體（形體）
  - 以天地之帥（志、理、道）爲性
  - → 民胞物與、天下一家
- 大君—天地之宗子
- 大臣—宗子之家相
  - 尊高年—老吾老以及人之老
  - 慈孤弱—幼吾幼以及人之幼
  - 與天地合其德：聖
  - 英秀超常出衆：賢
    - → 踐形惟肖 → 萬物一體之仁
  - 疲癃殘疾
  - 惸獨鰥寡
    - → 皆顛連無告之兄弟

乙、德行工夫之實踐：

(1)
畏天自保—朝夕惕厲，敬奉天命—敬親之至
樂天不憂—知命知止，順承天命—愛親之純
—盡子道以與天地合德

若不能踐形盡性，則是
- 悖德—違背天命天理
- 賊—戕害仁德（天性）
- 不才—濟惡者乃天地之棄才

(2)
天地
- 以生物爲心（志）
- 以化育萬物爲用

聖人贊化育
- 窮至其生物不測之神（窮神）—繼志
- 契知其陰陽妙合之化（知化）—述事

—盡子道

(3)
誠身—愼獨不欺，無所愧怍
踐形—存心養性，充內形外

- 惡旨酒—顧養修身
- 育英才—錫類及人
- 不弛勞—勤於事天
- 無所逃—順天俟命
- 體其受—事天歸全
- 勇於從—敬天順命

由敬天事天，歸於誠身踐形（盡性）

(4)
盡性盡分
- 富貴福澤—所以厚吾之生—行善成善，昭顯天地之德
- 貧賤憂戚—所以玉成於我—動心忍性，增益其所不能

存：敬奉天命，順事不違—克盡子道
沒：夭壽不貳，克免歸全—得其寧息

附註

註一：張子全書卷十二語錄抄有云：「當自立說以明性，不可以遺言附會解之。若孟子言不成章不達，及所性、四體不言而喻；此非孔子曾言，而孟子言之。此是心解也。」據此，可知橫渠乃自覺地要自鑄新辭以立說者。

註二：見「心體與性體」第二部分論一第二章引言。

註三：見二程遺書、伊川文集卷之五。

註四：釋氏之「空」有殊義，其體用義亦甚特別。要者，是在儒家不贊同其「緣起性空」下之空寂或寂滅。以儒者觀之，「一色一香，無非中道」（智者語），雖言之極其圓融，亦仍然是往而不返，此在本質上有不回頭處。故象山云：「儒者雖至於無聲無臭、無方無體，皆主於經世；釋氏雖盡未來際普度之，皆主於出世。」此中確有本質之差異，不可徒以大乘菩薩道及圓教爲論也。橫渠（甚至全部宋明儒者）之言，雖有不盡，然其彰顯儒佛本質之差異，以明釋氏非聖人之道，則固甚中肯而無差謬。關此，請參看牟先生「佛家體用義之衡定」（附錄於「心體與性體」第一冊書後）以及「智的直覺與中國哲學」書中二十、二十一兩章。——道家的體用義亦不同於儒家。老子有「天下萬物生於有，有生於無」（四十章），「道生一，一生二，二生三，三生萬物」（四十二章）之言。其言「生」或「生於」，首先是言詮上義理地「出自」義或「推至」義，即，以道爲本爲根據，義理地「出自」道，或由「道」義理地「推至」萬物，此皆是形式語。老子宇宙論地言「無」爲天地萬物之始、之本，其道似有客觀性、實體性、實現性。然說穿了，此三性只是一種姿態，實則並無一正面之實體性的東西名之曰「無」而可以客觀存在地（存有論地）生天地萬物也。蓋「無」是一遮詮字，由否定人為的「造作、有為」而顯。其原初之義乃是由生活上而體驗出——道家對人為造作之痛苦確有實感。故遮此有為，即顯無為；遮此造作，即顯自然。「無」此一遮詞所顯示之正面意義只是「自然」，而「自然」乃是一種境界，實無名言可稱。故王弼注「道法自然」句云：「自然者，無稱之言、窮極之辭也」。以是，「道」「無」之客觀性、實體性，只是一種姿態，乃由「本」義「根據」義而顯示，而實則乃可消化於主體之自在、自然、自適、自得，而只是一種境界。故牟先生以為道家之形上學，乃澈底的「境界形態」之形上學，非「實有形態」之形上學。至於道之實現性，乃由「生」字而引出，本亦可以說創生性或生化性，但此二詞用於儒家為恰當，用於道家則不恰當（嫌太重太烈），故用一般意義之「實現性」以為說。道，有實現性之意義而可以為實現原理，實現原理即是「使然者然」之理。說「道生之」，不如說「道使之然」。「使然者然」即是「使如此者成其為如此」。但此「使然者然」（生之）卻是境界形態者，而非實有形態者。王弼注「生而不有，為而不恃」云：「不塞其源，則物自生，何功之有？不禁其性，則物自濟，何為之恃？」然則，所謂「道生之」，所謂以無為本，實非「道」或「無」能存有論地生之也；乃是通過一種無為無執的之境界，讓開一步，不塞物之自生之源，不禁物之自濟之性，而物自能生、自能濟也。「不塞其源」是遮撥造作、干涉、騷擾、亂動手脚之窒塞其生命；「不禁其性」是遮撥矯揉、億計、把持、桎梏之拘禁其性（戕賊其性）。絕大之工夫是在此「遮撥」上作，而由此以顯「道」與「無」。此是不生之生、不着之生、境界形態之生。天下萬物「生於有」是在「有」中呈現其實際之生長，「有生於無」是在「無」之境界（不塞不禁）中各暢其流，各成其為有。是故，道之實現性是讓開不着之境界形態下之實現性。如果說此亦是一種「存有論」，則亦是境界形態之存有論、主觀作用之存有論；而非實有形態之存有論、客觀實體之存有論。此是道家之體用義。——而儒家之體用義，則是道德的創造實體之體用，是康德所說的意志因果性（非自然因果性）之體用，是性體因果性、心體因果性之決定方向的創生之體用，故此創造實體確有能生義、生起義、引發義、感潤義、妙運義。此創造實體之客觀性、實體性、實現性（創生性、生化性），不只是一種姿態，而確是一種客觀的實體、實有之所具。惟此實體實有不是柏拉圖型的，不是智及之靜態形式；乃是意志、德性之動態的性體、心體、虛體、神體、誠體，乃至天道、天命以及太極。——此創造的實體亦實有亦神用（活動），亦主觀亦客觀，乃是超越之大主。此種形上學，名曰道德的形上學。如果此中亦含有一種宇宙論，則它乃是道德創造之宇宙論；如果亦含有一種存有論，則它乃是創造實體之存有論、實有形態之存有論，不只是境界形態也。儒道之別，只應如此看。（說本牟先生「心體與性體」分論一第二章第一節第四段。）又，牟先生有「道家的無底智慧與境界形態的形上學」一講稿，刊於鵝湖月刊第四期，又編入中華學術院「哲學論集」，言極明透而親切，宜參看。

註五：見二程遺書第十一，明道先生語一。另二程粹言亦云：「子厚以清虛一大名天道，是以器言，非形而上者」。可見遺書所謂「或者」，卽是指橫渠。

註六：見二程遺書第三，二先生語三。

註七：皆見張子全書卷十五所載朱子論橫渠之語。

註八：按，自北宋諸儒下屆朱子，以中庸易傳爲綱，以論孟爲緯，皆顯所謂「宇宙論的興趣」。此亦是會通論孟與中庸易傳所必然要具有者。陸王以論孟爲綱，不甚着力於分解，而常作圓頓表示，然亦不失此義。而平常所謂天道生生、天命流行，亦卽說此一面義理之詞語。

註　九：詩周頌維天之命：「維天之命，於穆不已，於乎不顯，文王之德之純。」依中庸之解釋，前二句是說「天之所以爲天也」，後二句是說「文王之所以爲文」及其「純亦不已」之德。於音烏，歎辭。穆，深遠深奧之義。宇宙萬物變化無窮。似乎有一種深邃之力量，永遠起着推動變化之作用，此卽「於穆不已」之天命，亦卽易所謂「生生不息」之語意。而文王純亦不已之德性生命，卽是天命天道之具體顯現與印證。故宇宙方面之道德的創造，與見之於個人自己處的道德的創造，乃同一模型，同一義蘊者。此是儒家道德的形上學之最根源的智慧。

註　十：本節解西銘所引朱子語，皆見其西銘解義。其文今附於張子全書卷一，可參看。

註十一：關於曾子之守約歸全，拙著「孔門弟子志行考述」（商務文庫本）曾子章中論之頗詳，請參看。

註十二：見張子全書卷一，西銘朱子解義附錄語。

註十三：兩條皆見二程遺書第二上。

註十四：二程遺書、伊川文集卷之五。

註十五：見張子全書卷一西銘總論所引朱子語。

第五章 張橫渠(二)：正蒙之天道論

正蒙一書，是張子橫渠苦思力索，持論有法的偉著。亦是宋明儒之著述中義理性最豐富的書。全書篇次章句，以類相從，共十七篇：太和篇第一，參兩篇第二，天道篇第三，神化篇第四，動物篇第五，誠明篇第六，大心篇第七，中正篇第八，至當篇第九，作者篇第十，三十篇第十一，有德篇第十二，有司篇第十三，大易篇第十四，樂器篇第十五，王禘篇第十六，乾稱篇第十七。橫渠自謂其書乃「歷年致思之所得，其言殆與前聖合與？大要發端示人而已。其觸類廣之，則吾有待於學者。正如老木之株，枝別固多，所少者潤澤華實耳。」（註一）門人范育作正蒙序云：

嗚呼，道一而已。亘萬世，窮天地，理有易乎是哉？語上、極乎高明，語下、涉乎形器，語大、至於無間，語小、入於無朕。一有窒而不通，則於理為妄。故正蒙之言，妄者抑之，卑者舉之，虛者實之，礙者通之，衆者一之，合者散之；要之，立乎大中至正之矩。

天之所以運，地之所以載，日月之所以明，鬼神之所以幽，風雲之所以變，江河之所以流，物理以辨，人倫以正。造端者微，成能者著，知德者崇，就業者廣，本末上下，貫乎一道。過乎此者，淫遁之狂言也；不及乎此者，邪詖之卑說也。推而放諸有形而準，推而放諸無形而準，推而放諸至動而準，推而放諸至靜而準；無不包矣，無不盡矣，無大可過矣，無細可遺矣。言若是乎其極矣，道若是乎其至矣。聖人復起，無有間於斯文矣。（註二）

惟夫子之為此書，有六經之所未載，聖人之所不言。或者疑其蓋不必道；若清、虛、一、大之語，適足取訾於末學。予則異焉。自孔孟沒，學絕道喪千有餘年。處士橫議，異端間作：若浮圖、老子之書，天下共傳，與六經並行；而其徒侈其說，以為大道精微之理，儒家之所不能談，必取吾書為正。世之儒者亦自許曰，吾之六經未嘗語也，孔孟未嘗及也；從而信其書，宗其道。天下靡然同風，無敢置疑於其間；況能奮一朝之辯，而與之較是非曲直乎哉？子張子獨以命世之宏才，曠古之絕識，參之以博文強記之學，質之以稽天窮地之思，與堯舜孔孟合德乎數千年之間，閔乎道之不明，斯人之迷且病，天下之理泯然其將滅也，故為此言，與浮圖老子辯；夫豈好異乎哉？蓋不得已也。

浮圖以心為法，以空為真，故正蒙闢之以天理之大。又曰「知虛空卽氣，則有無、隱顯、神化、性命通一無二。」老子以「無為」為道，故正蒙闢之曰：「不有兩，則無一」。至於談死生之際，曰「輪轉不息，能脫是者，則無生滅」。或曰「久生不死」。故正蒙闢之曰：「太虛不能無氣，氣不能不聚而為萬物，萬物不能不散而為太虛」。——夫為是言豈得已哉？使二氏者真得至道之要、不二之理，則吾何紛紛然與之辯哉？其為辯者，正為排邪說、歸至理，使萬世不惑而已。使彼二氏者，天下信之出於孔子之前，則六經之言有不道者乎？孟子嘗勤勤闢楊朱、墨翟矣，若浮圖、老子之言聞於孟子之耳，馬有不闢之者乎？故予曰：正蒙之言，不得已而云也。

范氏此序，盛贊師門之學，甚得肯要，非虛譽溢美者可比。正蒙一書之義理觀念，大體本於中庸易傳與孟子而重新消化、融鑄成篇，自天道性命而及於人文之道，莫不悉備。唯其行文之間，多有「六經之所未載，聖人之所未言」，其造語固有精澈之美辭，亦有不善巧之滯辭、蕪辭，故不免有伊川所謂「意偏言窒」之處。讀正蒙者要須「不以辭害意」，通其意以得其旨歸，則其思理亦可得而明。茲擇其尤要者，略加條理節次，述解於後。——（按、正蒙之爲書，思深理微，歷來號稱難讀。爲恐架空以論，不能盡其原委，故採取原文述解之方式，以期切實而不背其原義、本義。又，本章述其天道論，亦即疏解正蒙之道體義，以太和篇爲主，其他相關之文，則會而通之。）

第一節　太和之道

正蒙太和篇首段云：

太和所謂道。中函浮沉升降、動靜相感之性，是生絪縕相盪、勝負屈伸之始。其來也，幾微而簡；其究也，廣大堅固。起知於易者，乾乎？效法於簡者坤乎？散殊而可象爲氣，清通不可象爲神。不如野馬絪縕，不足謂之太和。語道者知此，謂之知道；學易者見此，謂之見易。不如是，雖周公才美，其智不足稱也。

「太和所謂道」，猶言「太和，所謂道也」。這是以「太和」規定「道」。太和卽是至和。太和而能創生宇宙之秩序，卽謂之「道」。這是總持地說。若進而分解地說，則可以二組詞語來表示：一是氣與神，二是乾知坤能之易與簡。這是太和篇之總綱領。就此首段而言，其主要之觀念有三：

(1)太和之道——「太和所謂道。」

(2)乾知坤能——「起知於易者，乾乎？效法於簡者，坤乎？」

(3)氣與神——「散殊而可象爲氣，清通不可象爲神。」

以太和、至和規定道，自無不可。但以「野馬、絪縕」形容道，言雖不窒，而意不能無偏。「野馬」「絪縕」語出莊子與易繫。（註三）野馬指春月澤中之游氣，絪縕是交密之狀，皆有蓊鬱飛揚之意，皆是氣邊事。若以野馬絪縕說太和、說道，則着於氣之意味嫌太重，人或以橫渠爲唯氣論，亦正是此類詞語招來之誤會。但誤會總是誤會，人若以誤會爲定義，則是誤上加誤，自失眼目。茲分三點，對此首段之義作一說明：（註四）

一、「道」之三義

橫渠以天道性命相貫通之大義，爲其思參造化之重點，其「太和所謂道」一語，是對於道之總持地說，亦是描述地指點語，其中含有三義：

1. 能創生義
2. 帶氣化之行程義
3. 秩序義（理則義）

由此三義，皆可說「道」。有時亦可偏就某一面說，但必三義俱備，纔是道之全義、完整義。橫渠有時喜就帶氣化之行程義說「道」，如「由氣化有道之名」，便是就行程義而言。就行程義說道，亦是共許之義。如朱子云：「語道體之至極，則謂之太極；語太極之流行，則謂之道。」（註五）「流行」卽是行程義。明道亦有「浩浩大道」之語，「浩浩」亦行程義也。平常又以大路喻道，大路亦表示行程之義。但就行程說道，並不是就此實然平鋪之氣化本身說道，「太和所謂道」，亦不是就實然平鋪之氣化而言，而是提起來就此能創生之至和說道。因此，說太和不離野馬絪縕，可；若說野馬絪縕卽是太和，便大誤。所謂「不如野馬絪縕，不足謂之太和」，此乃指點的描述語，是就天地大生廣生之充沛豐盛，而指述其所以然之至和。（註六）並非執着於游氣本身之絪縕，便以爲卽此是道也。

是故，橫渠亦終必由「太和」進而言「太虛」，在義理上纔能提得住。因爲「太和」固然是總持地說道，卻亦只是描述地說；而由之可以說「太和」、以及由太和而可以說「道」之所以然的超越之體，則在於太虛之神。由太虛寂感之神纔能提起太和而顯示道的創生義。所謂「中函浮沉升降、動靜相感之性，是生絪縕相盪、勝負屈伸之始。其來也，幾微易簡；其究也，廣大堅固」。這幾句話，卽是指說在太和之道的創生過程中，因爲它是帶着氣化之行程而言，所以函有陰陽氣化之浮沉升降、動靜相感之性（按、相感者是氣，而所以感之性能、則依於道而有），亦因而有氣聚而相感時的施受變化；施，則陽伸而勝（浮、升、動、亦含在內），受，則陰屈而負（沉、降、靜、亦含在內），此一施一受之相續無間的變化，便是所謂「絪縕相盪」，而大生廣生。據此可知「中函浮沉」數句，正是綜述太和之創生義。太和而能創生宇宙之秩序（理則），故可名之爲「道」。

二、乾知坤能

太和之道的創生，莫可究詰其所以然，所可知者，乾知坤能之易簡，與萬物生成之廣大昭著而已。易繫首章云：「乾知大始，坤作成物。乾以易知，坤以簡能。」橫渠即據此二語而說「起知於易者，乾乎？效法於簡者，坤乎」？太和之道之所以具有創生之性能，正由此「乾知、坤能」而來。「乾知大始」，知猶主也。乾元主管宇宙之始，故乾彖云：「大哉乾元，萬物資始」。始乃創始之始，萬物由此而始生，故其始乃是「大始」。「乾以易知」，是說乾元確然至健，故其知是易知（註七）；亦即以至易的方式主其始。而至易亦即至和─純一之謂易，無間雜之謂和。以是，太和首先表現而爲大始之易知，由此而繁興大用，創生萬物。有始則有終：乾元始之，坤元即隨而終成之。所以乾元爲創造原則，坤元爲終成原則（亦可曰凝聚原則）。有此資具而能體現或終成乾元之創造，便是能。故「能」爲「材質」觀念，而乾元之知大始則爲「心靈」觀念。心靈創始之，材質終成之。坤元之終成隤然至順，故其能是簡能（註八）；亦即以簡的方式，表現其終成之能。

所謂「起知於易者，乾乎」，是說以易的方式表現其知（主）大始者，乃是乾也。「效法於簡者，坤乎」，則是根據繫辭傳上「效法之謂坤」而言，朱子注云：「效，呈也。法，謂造化之詳密可見者」。依此，則「效法於簡者，坤乎」之句意，乃是說：以簡的方式而呈現其法相者，乃是坤也。──如嚴格對稱而言，此句應根據「坤以簡能」而作「效能於簡者，坤乎」。意即以簡的方式而呈現其終成之能者，乃是坤也。橫渠於此忽轉而根據「效法之謂坤」而說，義雖可通而文不對稱，這亦是正蒙詞語隱晦之一例。

太和之道的創造過程，雖可以剖解爲乾知與坤能，但尅實而言，太和之道之所以爲道，乃在「乾知」處，而不在「坤能」處。綜括地說，乾知坤能之終始過程，即是天道之創生過程，亦即乾道之「元亨利貞」。以乾元統坤元，坤元即含於「乾道變化，各正性命」之終始過程中。但分解而專言之，則太和之所以爲太和，道之所以爲道，必須從「乾知」處說，纔能提得住，纔可以截止唯氣論之誤會。

茲綜合上述之意，列表於下，以助了解：

太和（道）〈 乾知大始—以易之方式主其始—乾元爲創造原則 〉以乾元統坤元
　　　　　〈 坤主終成—以簡之方式現其能—坤元爲終成原則 〉

三、氣與神

繼「起知」與「效法」二句之後，橫渠又進一步再宇宙論地分爲「氣」與「神」兩個概念，而說「散殊而可象爲氣，清通不可象爲神」。神，雖然不離氣，但畢竟神是神，而不是氣，氣是氣，而不是神。以是，神與氣可以分別建立。（若關聯着乾知與坤能而言，則可以就乾知之易處說神，就坤能之簡處說氣。）

無論「效法於簡」或「效能於簡」，它所呈現的「能」或「法」，總是有象有迹。「簡」是言其「隤然至順」，雖隤然而至順，卻不能無象無迹，既然有象迹，所以是「氣」之事。氣有象迹，可以言散殊，故曰「散殊而可象爲氣」。意思是說，散列殊異而可有象或可呈現爲象者，便是氣。

坤能之簡有象迹，而乾知之易，則無象迹、無聲臭，而只是純一至和，一片昭明。純一至和，一片昭明，所謂「清通」也；無象迹，無聲臭，所謂「不可象」也。神之所以爲神，正是清通昭明，而不可以象論、不可以迹求，故曰「清通不可象爲神」。

第二節 太虛與氣

太和篇次段云：

> 太虛無形，氣之本體。其聚其散，變化之客形爾。至靜無感，性之淵源，有識有知，物交之客感爾。客感客形與無感無形，惟盡性者一之。

第一句「太虛無形」，是承上段「清通不可象」而說，如今即以「清通無象之神」來規定「太虛」。「太和」一詞是總持地說，「太虛」一詞則是由分解而建立。故太虛一方面與氣爲對立，一方面又定住太和之所以爲和、與道之所以爲創生的眞幾。

一、氣以太虛爲本體

「太虛無形，氣之本體」，與乾稱篇「氣之性，本虛而神」，實爲同意語。「氣之性」是指說遍運乎氣而爲氣之體的體性，此體性以「虛而神」來規定，它自是「清通而不可象」

者。但說氣之「性」，實不如直接說氣之「本體」。（按、乾稱篇亦有「太虛者，氣之體」之語。）說氣之性，必須加以簡別提醒，說氣之本體，則較爲妥當，而可少生誤解。

氣以太虛（清通之神）爲體，則氣始活、始能說化。「活」卽變化之謂。如浮沉升降、動靜相感、絪縕相盪、勝負屈伸，皆是氣之活用。或聚或散，亦是氣之活用。所以說「其聚其散，變化之客形爾」。「其」字是指氣而言，氣之或聚或散，以至浮沉升降等等，皆不過是氣之變化活用的「客形」。牟先生謂此「客形」二字，乃橫渠鑄造之美辭。（註九）客者，過客之客，是暫時義。客形，意卽暫時之形態，亦卽氣之變化所呈現的「相」。氣之變化雖有客形，而太虛、清通之神，則是遍運乎氣之「一」，而爲氣之常體。——（按、由「客形」一詞，卽可看出「氣」雖是正蒙書中之重要觀念，卻非主導觀念。主導觀念是「太虛之神」。割截太虛之神而逕謂橫渠爲唯氣論或氣化之宇宙論者，其爲謬誤，顯然可見。）

二、太虛與寂感

此太虛之體、清通之神，落於生命個體上說，卽是吾人之「性」。（註十）在吾人生命處的清通之神、太虛之體，如就其「至靜無感」而言，則可認爲是性體最深之根源。故曰「至靜無感，性之淵源」。所謂性之淵源，不是說性體還另有一個淵源，而是說此「至靜無感」卽是性體自身之最深奧處、最隱密處。

易繫有云：「寂然不動，感而遂通天下之故」。所謂「至靜無感」，卽是「寂然不動」之意。「寂然」是性體自身之寂然，「感而遂通」亦是性體自身之神用。寂與感，皆是就性體自身說，亦卽就清通之神、太虛之體說。但落於個體生命處說，則「識」與「知」亦是一種感之形態，此感之形態亦是性體自身接於物時、所呈現的暫時之相，此卽曰「客感」——感之暫時形態。所以說「有識有知，物交之客感爾」。如此，則太虛固可以「清通之神」來規定，實亦可以「寂感眞幾」來規定。寂感眞幾卽是寂感之神，是卽寂卽感、寂感一如的眞幾實體。

說清通虛體之神「寂然不動、感而遂通」，只是尅就眞體自身而作形上的陳述，以說明眞幾實體本自如此。若落於個體生命而爲性，則當它與物接而有感，便不能免於形氣私欲之夾雜，而其感亦未必能「通天下之故」；亦就是說，未必能通澈朗潤而無滯礙，因而亦不必能成就道德創造、潤身踐形之大用。在此，便必須有一自覺地作道德實踐之勁力，以復其生命之眞體，這就是「盡性」的工夫。盡性，卽是使性體充分實現或全體呈現之謂。在盡性之工夫中，清通虛體之神完全通澈於客感客形，而妙運之以成其爲生生之變化；而生生之變化中的客感客形，亦全融化於清通虛體之神中，而得其條理以成其眞實（卽，由客歸主而得其眞實化）。——至此，全體是用，全用是體；卽寂卽感，寂感一如。所以橫渠綜結地說：「客感客形與無感無形，惟盡性者一之」。

氣之本體：太虛 ｛清通之神／寂感眞幾｝
- 寂然不動—至靜無感，性之淵源—無感無形
- 感而遂通—虛體之神，妙運生生—客感客形

盡性者通寂感而爲一（全體是用，全用是體）

三、氣之聚散與兼體不累之神

太和篇第三段云：

> 天地之氣，雖聚散攻取百塗，然其爲理也，順而不妄。氣之爲物：散入無形，適得吾體；聚而有象，不失吾常。太虛不能無氣，氣不能不聚而爲萬物，萬物不能不散而爲太虛。循是出入，是皆不得已而然也。然則聖人盡道其間，兼體而不累者，存神其至矣。彼語寂滅者，往而不返；徇生執有者，物而不化。二者雖有間矣，以言乎失道，則均焉。聚亦吾體，散亦吾體。知死之不亡者，可與言性矣。

太虛之爲氣之本體，並不是一個抽象的靜態之體，而是遍運乎氣而妙運之的、動態的神用之體。以是，氣之或聚或散，或攻或取，雖然變化之途甚多，但皆有清通神用之體以妙運其間。所謂「其爲理也，順而不妄」，便是表示：氣之聚散攻取之所以爲聚散攻取，皆有其形而上地必然之道，因此能順適而不虛妄。「其爲理也」之理，是此事之所以爲此事之理。理字是虛說，其實處，則在太虛神體之妙運處見。有神體以妙運之，則事皆實事，而非幻妄，以是，(1)當氣之「散入無形」，並非散而淪於空無；蓋氣雖散，而虛體（神體）常在，故曰「適得吾體」（恰好因此而證得我的清通之虛體）。(2)當氣之「聚而有象」，亦並不因爲聚便固結於象迹、而與虛體脫節；蓋氣雖聚，而虛神常體實仍貫運其中而不失，故曰「不失吾常」。下文「太虛不能無氣」至「皆不得已而然也」數句，是表示：太虛神體不能離氣而見，而氣之聚而爲萬物，萬物之散而爲太虛，皆是太虛神體遍運乎氣所呈現的生生之變化。而此不得不然的聚散出入之變化，正是太虛寂感眞幾之神用。

以上是「本體、宇宙論地」言之。（註十一）「本體、宇宙論的」實理，確實是如此，此乃大中至正之道，聖人亦不過能盡此道而已。所謂盡此道，卽是「旣不偏於聚，亦不偏於散」，而能貫通爲一以存神。故曰：「聖人盡道其間，兼體而不累者，存神其至矣。」——存神，是極至的工夫。氣散爲虛，氣聚爲實；能存神，則不淪於虛，亦不執於實。「彼語寂滅者，往而不返」，卽是滯於散而淪於虛（此指佛家而言）。「徇生執有，物而不化」，卽是滯於聚而執於實（此指道家之養生以期長生者而言）。此二者雖有不同，然皆非大中至正之道，皆不能兼體不累以存神，所以說「以言乎失道，則均焉」。能兼體不累以存神，則知氣之或聚或散，實卽清通虛體之寂感神用。所以說「聚亦吾體，散亦吾體」。於此以言死生，則死是大往，是入於幽；生是大來，是由幽而明。幽爲明之故，幽之未來卽是明；明爲幽之因，明之未來卽是幽。如是，則可免於「往而不返」與「物而不化」之滯執，以明澈生死幽明之道，故西銘曰「生，吾順事；沒，吾寧也」。明乎此，則知「死之不亡」之義（聚亦吾體，散亦吾體，故知死之不亡）。而吾人之眞實生命，乃確然是絕對普遍而亦超越常存者。知此，則「可與言性」矣。

(聚散、虛實、動靜、清濁……皆氣之兩體)

氣之兩體(體相)〈聚／散〉聖人盡道，兼體不累以存神〈不滯於聚而執實／不滯於散而淪虛〉

其聚其散，皆吾清通虛體之寂感神用〈聚亦吾體／散亦吾體〉知死之不亡—可與言性

橫渠言「兼體不累」，牟先生謂其「兼體」二字頗隱晦，須藉別處之文以助了解(註十二)：乾稱篇有云：

> 「體不偏滯，乃可謂無方無體。偏滯於陰陽晝夜者，物也。若道，則兼體而無累也。以其兼體，故曰一陰一陽，又曰陰陽不測，又曰一闔一闢，又曰通乎晝夜。語其推行，故曰道。語其不測，故曰神。語其生生，故曰易。其實一物，指事異名爾。」

據此，則「兼體」之「兼」字，實即「不偏滯」之義；而「兼體」之「體」字，則並無實義，它不是本體之體，而是體相(事體、形相)之體。所謂兼體，即是能兼合各體(各相)而不偏滯於一隅之謂。橫渠嘗謂：「兩體者，虛實也，動靜也，聚散也，清濁也；其究、

一而已。」（註十三）這是尅就虛實、動靜、聚散、清濁之對偶性而說「兩體」；兩體，實卽說「兩」，而「體」字並無實義。能兼合各體各相而不偏滯於一體一相，則可不爲相迹所累，這就是所謂「兼體不累」。不累於相迹，則「清通」矣，而虛體之神亦存矣。反之，偏滯於一相，則「物而不化」，亦終是物而已矣。周濂溪通書動靜章嘗謂：「動而無靜，靜而無動，物也；動而無動，靜而無靜，神也」。物，或偏滯於動，或偏滯於靜，是卽所謂「物而不化」。神，則動而無動，靜而無靜，圓應無方，妙應無迹，故能參和（兼合）氣之動靜、聚散、虛實、有無，而無所偏滯。濂溪說動而無動、靜而無靜，是就誠體之神本身說；而橫渠言「兼體不累」，則是就其參和相迹而不偏滯說。二者義實相通：有「動而無動，靜而無靜」之神體，故能有「兼體不累」「參和不偏」之妙用。（誠明篇有云：天本參和不偏。）

上引乾稱篇首句所謂「體不偏滯，乃可謂無方無體」，意思是說，對於對偶性之事體或形相而無所偏滯，纔可以說「神無方而易無體」。無方，是無方所而不爲空間所限；無體，是無定體而不爲動靜聚散所拘：此卽神也、易也、道也。故次句云「偏滯於晝夜陰陽者，物也；若道，則兼體而無累也」。以其「兼體無累」，故易繫辭傳曰：「一陰一陽之謂道」，又曰「陰陽不測之謂神」，又曰「一闔一闢之謂變」，又曰「通乎晝夜之道而知」。橫渠引此數語以表明兼體不累之義，牟先生解之最爲精當。其言曰：

> 「一陰一陽之謂道」，非是說靜態地兼合了陰陽卽是道，乃是說陰了又陽，陽了又陰，如此動態地參和了陰陽而又不偏滯於陰或陽，這纔見出了道之妙用，卽妙運乎陰陽以成此氣變也。

「陰陽不測之謂神」，意謂陰而陽、陽而陰，氣變之不可測度即是神。若偏滯於陰或陽，則物而不化，有方所，有形體，非不可測度，而神亦不可見矣。故必須動態地參和陰陽以觀氣變，始可言不測，始可見神。此亦「兼體而無累」之意也。

「一闔一闢之謂變」，意謂動態地參和闔闢而不偏滯於闔或闢，即是變也。此語之引申，即為「生生之謂易」。易，變易也。滯於一生，不可曰易；生而又生而不滯於一生，則易體見矣。易體即神體也，神體即道體也。非是生而又生之事迹本身為易為神，而是由此生而又生而不偏滯於一生之事迹，而見出易體或神體也。——按、「之謂道」「之謂神」「之謂變」等語法，嚴格言之，皆非指事之界定語，乃是顯體之指點語。

「通乎晝夜之道而知」，既通乎晝夜之道，而又不偏滯於晝或夜，則其「知」亦是兼體不累之神知也。

後來程伊川、朱子，皆採取以下之方式表示道：陰陽非道，所以陰陽是道。此是從「所以」處表示，而橫渠則由「兼體無累」表示。從「所以」表示，較為更是形式的陳述，其直接所推證者，偏重「理」字義；而從「兼體無累」表示，則能直證神與虛，而以神體虛體為道為易也，此則更易接近道之創生義、道之寂感真幾義、道之為心（天心本心）義，而「理」自在其中也。此一表示方式之不同，亦開啓對於道體體悟之分歧，亦是心理為一（心即理）、為二（性即理）所由分之關鍵。（註十四）

牟先生又指出，乾稱篇云「若道，則兼體而無累」，誠明篇云「天本參和不偏」，此是客觀地言之；太和篇云「聖人盡道其間，兼體而不累者，存神其至矣」，則是主觀地從「盡道」處說；實則，其義一也。「兼體無累」或「兼體不累」，即是「參和不偏」義。橫渠言「兼體」，即是本於「參和」之「參」字而說。而「參」字是來自易說卦傳「參天兩地而倚數」之「參」。（註十五）

正蒙參兩篇云：

> 地所以兩，分剛柔男女而效之法也。天所以參，一太極兩儀而象之性也。

按、地，以氣與質言，故有剛柔男女，乃至虛實、動靜、清濁、聚散之兩體，此即其所呈現的法相之定體。所以說「地所以兩，分剛柔男女而效之法也」。天，以德與神言，是圓是一，所以說「天所以參，一太極兩儀而象之性也」，所謂「象之性」，即由「太極兩儀之統而為一」而象示出性體之具體而眞實的意義。而說卦傳所謂「參天兩地而倚數」，是⑴由數之二而說「兩地」，以象徵地之方（方者一而圍四，四合二耦，故舉二為言），進一步象徵地德之「方以智」。⑵由數之三而說「參天」，以象徵天之圓（圓者一而圍三，三各一奇，故舉三為言，參天之三即是一），進一步象徵天德之「圓而神」。橫渠即由此「兩地」之二而說「兩體」之方德，由「參天」之三而說「兼體無累」之圓德。

天德圓神，純一而不可分，此是從天德之自體說；「兼體無累」、「參和不偏」，則是從天德之用上說（由其參和不偏、兼體無累之用，以見天之圓而神）。橫渠是由「三各一奇」

即是一之「參」字，直接引申而爲「參和不偏」之「參」字，再引申而爲「兼體無累」之「兼」字，以明天德神體之圓一。由「參和不偏」、「兼體無累」以明天德神體之爲圓爲一，此圓一亦即吾人之性體。而天德神體之爲圓爲一與性體之爲圓爲一，實即太極也。就太極說，太極之不離兩儀，即是太虛神體之不離氣，而亦實即「天本參和不偏」「道則兼體無累」之義。另誠明篇云「性其總，合兩也」，乾稱篇云「有無虛實通爲一物者，性也」，亦仍然是此義。而參兩篇繼「地所以兩」、「天所以參」一段之後，亦云：

一物兩體氣也。一故神（自注：兩在故不測），兩故化（自注：推行於一）。此天之所以參也。

按、一物，即太極或太虛之爲圓爲一；兩體，即氣之兩體如陰陽、晝夜、動靜、虛實等。「一物兩體氣也」，是表示太極太虛之不離氣，即由太極兩儀之統而爲一以即用見體，就氣之通貫以見天德神體之參和不偏、兼體無累；而並非說太極太虛亦是氣。橫渠於此偏重於即用見體而說「一物兩體氣也」，與大易篇從太極之參和不偏而提綱地說「一物而兩體，其太極之謂歟」！兩句之實指並無不同。次句「一故神」之「一」，即是天德神體之「一」，自注語云「兩在故不測」，乃表示「一」之所以「神」，正因有「兩體」之存在而參和不偏、兼體無累，以成其生化之不測，而由此不測以見神之妙用。故下句又曰「兩故化」，意思是說，由於有兩體，所以能生化。自注云「推行於一」，乃表示「兩」非死兩，正因有兩體而能推行於一、參和不偏、兼體無累，故能成其生化之用。「一故神」，由一必說到兩（兩在故不測）；「兩故化」，由兩必說到一（推行於一）。總之，是天之參和不偏、神之兼體無累，而卽「用之通」以見「體之實」。故結語曰「此天之所以參也」。（附按：太和篇有謂「不有兩，則無一」。「兩不立，則一不可見；一不可見，則兩之用息」。義並同此。）

一、兩
- 一故神—由太極之一兼體、參和，以成神體生化不測之妙用
- 兩故化—以有兩體而能兼體、參和，始得成其爲生化之不測

此天之所以參也

依據以上之所引述而貫串起來看，可知橫渠之思理實甚一致而清楚。然朱子語類有云：

> 問：「橫渠有清虛一大之說，又要兼清濁虛實」曰：「渠初云清虛一大。爲伊川詰難（按、當作：爲明道詰難）乃云清兼濁、虛兼實、一兼二、大兼小。渠本要說形而上，反成形而下。最是於此處不分明。如參兩云，以參爲陽，兩爲陰。陽有太極，陰無太極。他要強索精思，必得於己，而其差如此！」又問：「橫渠云，太虛卽氣，乃是指理爲虛，似非形而下。」曰：「縱指理爲虛，亦如何夾氣作一處？」（註十六）

朱子所說，對橫渠言「參兩」之義，隔漠太遠，而謂「陽有太極，陰無太極」。以推想橫渠之參兩義，尤誤會太甚。卽使橫渠言「清虛一大」（註十七），衡之正蒙，亦是就「天德神體」或「太虛神體」說；其言清濁、虛實、剛柔、動靜，乃至陰陽、晝夜，則是就氣之兩體

說。所謂「清兼濁、虛兼實、一兼二、大兼小」，是說：太虛神體之清、虛、一、大，兼氣之兩體方面的濁、實、二、小（此處之「兼」字，是不累、不偏滯之兼，是「一故神，兩故化」之兼）；而並不是：以同一層次的氣之清者虛者一者大者，兼氣之濁者實者二者小者也，——此豈是朱子所謂「本要說形而上，反成形而下」？又豈是「夾氣作一處」？橫渠由「參」以言天德神體與性體之圓一，由「兩」以言形器之兩體以及其有定體；「參」「兩」通而一之，即是道德性體之「參和不偏」、「兼體無累」。其思理雖深，而意指固甚明確。總之，兼體是不偏滯於氣之兩體、而能通貫而一之之謂。兼體無累即是盡性存神也。橫渠不常言太極，然天德神體、太虛神體之圓一，即太極也。此豈不是形而上者乎？朱子不究正蒙之實義，反順當初二程之誤會以為法、為據，故終成混淆。可見文獻雖在眼前，而欲得相應之了解而善述之，亦大非易事也。

第三節 「太虛即氣」之體用不二論

一、神體氣化之不即不離

太和篇第四段云：

> 知虛空即氣，則有無、隱顯、神化、性命，通一無二。……此道不明，正由懵者略知體虛空為性，不知本天道為用……不悟一陰一陽，範圍天地，通乎

晝夜，三極大中之矩；遂使儒、佛、老、莊混然一途。……

「虛空即氣」，即上段「太虛不能無氣」一語之義。「不能無氣」，意即不能離氣，是說太虛神體之妙用不能離氣而見。因爲清通虛體之神，即在氣化之不滯處見，即在氣之聚散動靜之貫通處見。牟先生在「心體與性體」書中指出，凡儒者在宇宙論處、以宇宙論之辭語或以類似宇宙論之語調說此義，皆不是將氣化之不滯看做自然既成之事實，而是提起來將氣化過程看做天道創生之過程；而天道創生之過程，即是仁體創生感潤之過程，或神體妙運之過程。在此氣化之不滯中，自有神體虛體（性體）以貫之；因而亦可以說，即在此氣化之不滯處見神體。是故，「虛空即氣」此種神體氣化之宇宙論的圓融辭語，乃是道德理想主義的圓融辭語，而不是自然主義唯氣論之實然的陳述。必須念念提醒此義，於儒者言天道性命之宇宙情懷，乃可不生誤解。

順橫渠之詞語，所謂「虛空即氣」，當言：虛體即氣，或清通之神即氣。虛體即氣，乃「全體是用」之義，亦即「就用言，體在用」之義。既可言虛體即氣，亦可言氣即虛體。氣即虛體，乃「全用是體」之義，亦即「就體言，用在體」之義。以是，所謂「虛空即氣」之「即」字，乃是圓融之「即」、不離之「即」、「通一無二」之「即」；而不是等同之即、謂詞之即。神體顯然不等同於氣，就「不等同」而言，亦說神不即是氣，此「不即」乃「不等」義。神亦顯然並非氣之謂詞（質性）——若如朱子之解釋，神屬於氣，心是氣之靈處，則神成爲氣之謂詞，心成爲氣之質性，此便成爲實然之陳述，而非體用圓融之義。是以「即」有二義：

1「不卽」，此乃不等義，亦表示非謂詞之質性義。

2「卽」，此表示圓融義、不離義、通一無二義。

橫渠提出「虛」字爲準以衡量佛老之空與無（註十八），乃地地道道代表中國人之心靈。「虛」字，是中國通常習用之字，比較具體，不像空、無二字之專門化，概念化。虛乃表詮字，不像空、無之純爲遮詮字——「空」由遮緣起法之自性而顯，「無」由遮造作有爲而顯；而「虛」則坦蕩悠然而從容，純是化境之詞，故橫渠卽以清通之神說虛。虛則神、虛則妙、虛則靈、虛則化，虛則純一不雜（而亦不滯於一）。游於多而不滯於多，卽爲虛。是故，虛體卽氣，氣卽虛體，則「有無、隱顯、神化、性命、通一無二」。蓋氣之聚，爲有、爲顯；氣之散，爲無、爲隱。有無隱顯兼體而不累，清通而不滯，謂爲神。氣之「推行有漸爲化」，「合一不測爲神」。（神化篇語。）神體卽性體，而性體之流行（主宰之用）卽爲命，故皆「通一無二」也。此是橫渠以儒家「本天道爲用」之眞實無妄、充實飽滿，體用不二之宇宙觀，對治佛老之空、無，確然爲沉雄弘偉之大手筆。（請參看本節之三、所引「此道不明…………」一小段之說明。）

橫渠於太和篇中，一則云「散殊而可象爲氣，清通不可象爲神」。再則云「太虛無形，氣之本體」。此又云「知虛空卽氣，則有無隱顯神化性命通一無二」。下第七段復云「知太虛卽氣，則無無」。凡此，皆明示虛不離氣，卽氣見神。此神體氣化之不卽不離（註十九），卽顯示「本天道爲用」的體用不二之論。

虛空即氣〈 太虛神體之妙用，不能離氣而見
氣化之不滯，由虛體之神以貫之 〉虛不離氣，即氣見神

有無
隱顯
神化
性命
通一無二—神體氣化之不即不離(體用不二)

太和篇第五段云：

氣坱然太虛，升降飛揚，未嘗止息。易所謂絪縕，莊生所謂生物以息相吹野馬者與？此(乃)虛實動靜之機，陰陽剛柔之始。浮而上者陽之清，降而下者陰之濁。其感遇聚散，為風雨，為霜雪，萬品之流形，山川之融結，糟粕煨燼，無非教也。

按，坱音泱，霧昧貌，又塵埃廣大之貌。坱然，乃形容絪縕盛大、充實飽滿之象。雖坱然，而實至虛，至虛則神，故能「升降飛揚，未嘗止息」。以絪縕野馬描述天地之大生廣生，義同於太和篇首段之所說。自「其感遇聚散」至「無非教也」數句，乃本於禮記之文而言，孔子閒居篇云：「天有四時，春夏秋冬；風雨霜露，無非教也。地載神氣，神氣風霆；風霆流

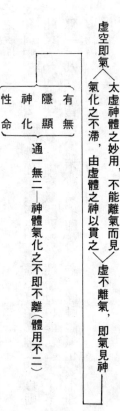

形，庶物露生：無非教也」。太和絪縕，生物不測；「風雨霜露」、「風霆流形」，莫非虛體神體之顯現。此充實飽滿之宇宙，無處不是實理實事，亦即無處不是教訓。既然無非「教」也，則「道」亦當然就在眼前。所謂道不遠人，道不離器，「萬品之流行，山川之融結」，乃至於「糟粕煨燼」，無一而非教，無一而非道，亦無一而非虛體神體之顯現。牟先生以爲，此體用不二，充實圓盈之教，乃中國既超越亦內在、最具體、最深遠、最圓融、最眞實之智慧之所在；乃自古而已然，儒家所本有者。程明道喜說此義，橫渠亦發此義。禪家所謂「挑水砍柴，無非妙道」，以及「作用見性」諸義，亦不過是此智慧之表現於佛家耳。世儒鄙俗，凡稍涉精微的圓融之言，輒指以爲禪，可謂數典而忘祖矣。

二、離明充塞無間之本體宇宙論的意義

太和篇第六段云：

> 氣聚，則離明得施而有形；氣不聚，則離明不得施而無形。方其聚也，安得不謂之客？方其散也，安得遽謂之無？故聖人仰觀俯察，但云知幽明之故，不云知有無之故。盈天地之間者，法象而已。文理之察，非離不相覩也。方其形也，有以知幽之因；方其不形也，有以知明之故。

此段由虛體神體而言離明。「離明」之離，即易卦坎、離之離。坎爲水，離爲火。火乃光明之象徵，故離亦明也。離明，乃同義複疊之詞。說卦傳亦言「離爲目」。火與目，皆是

取象、取喻之意。橫渠此處言離明，既不指火言，亦不指目言，而是直指神體之虛明照鑑而言。神化篇云：「虛明照鑑，神之明也。無遠近幽深、利用出入，神之充塞無間也」。神之充塞無間，即是明之充塞無間。此「本體宇宙論地」言之的神體之明（離明）乃是言「心」之本體宇宙論的根據，故此神體之明（靈明）亦可說即是「宇宙心」。

神體妙運一切、充塞而無間，即是明之照鑑一切、充塞而無間。通過氣之聚散、而有隱顯之分：氣聚則離明顯，氣散則離明隱。所謂「氣聚，則離明得施而有形」之施，是施布施展之施。此是「本體、宇宙論地」施，而非認識論地施，是直貫地施，非橫列地施。故氣聚、氣不聚二句，皆是「本體、宇宙論的」辭語，而非認識論的辭語。「離明得施而有形」，是因氣之聚而顯；「離明不得施而無形」，是因氣之不聚而隱。然無論隱和顯，神體之明固常存常在。隱顯、是就神之明而言，聚散、是就氣之變而言。「方其聚也，安得不謂之客」？客即「客形」之客。（請覆按上第二節，一。）氣之聚而有形，是氣化之客形；而神體之明乃常存之大主，自無所謂「客」，不過因氣之聚而有所顯現而已。「方其散也，安得遽謂之無」？氣散而無形，只是形無，而神體之明仍常存自在，不得謂之「無」，不過因氣之散而無所附形，故不能有具體之著顯而已。於此聚散處只說幽明隱顯，而不說有無。故易繫上只說「幽明之故」，而不說「有無之故」。幽之未來即是明，明之未來即是幽。「方其形也，有以知幽之因」，眼前已形之明，即是幽之因；「方其不形也，有以知明之故」，此時不形之幽，即是明之故。總之，幽之因爲明，明之故爲幽。故此所謂幽明之故，亦顯然是「本體、宇宙論的」辭語。

神體之明（離明）〈因氣之聚而顯—離明得以施／因氣不聚而隱—離明不得施〉無論〈氣聚有形而明／氣散無形而幽〉

神體之明永恒照鑑充塞而爲大主—此即其「本體、宇宙論的」意義

另「盈天地之間，法象而已；文理之象，非離不相覩也」數句，亦仍然是「本體、宇宙論的」辭語。易繫上云：「成象之謂乾，效法之謂坤」。橫渠所謂「法象」，即本此「成象、效法」而言，不過由乾坤轉就陰陽之氣而混融地言之耳。有法象，便有文理；而法象之文理，皆離明之所呈現，亦因離明而得以相覩。所以說「文理之察，非離不相覩也」。「相覩」，意即因離明之遍在遍照而得相契接也。據牟先生之衡定，橫渠雖用察字、覩字，而其根據卻是「本體、宇宙論的」神明之充塞無間。察、覩，是認識論的辭語，而其根據卻是「本體、宇宙論的」陳述。不可因察字覩字，遂將「離明得施不得施」看做認識論的辭語。凡此一整段，皆是「本體、宇宙論的」陳述，而不是認識論的陳述。

朱子論及此段，有云：「此說似難曉。有作日光說，有作目說。看來只是氣聚、則目得而見，不聚、則不得而見。易所謂離爲目，是也。」（註二十）朱子解離爲目，解「離明得施」爲「目得而見」，「不得施」爲「不得而見」，他正是將此段看成認識論的辭語，故所解非是。蓋朱子之心態同於伊川，終於轉成另一義理系統，故對橫渠之思理，未能有相應之契知。關此，將於後文隨義論及，茲不能詳。

三、太虛即氣之體用圓融義

太和篇第七段首節云：

氣之聚散於太虛，猶冰凝釋於水。知太虛即氣，則無無。故聖人語性與天道之極，盡於參伍之神，變易而已。諸子淺妄，有有無之分，非窮理之學也。

次句「知太虛即氣，則無無」，完全同於第四段「知虛空即氣，則有無、隱顯、神化、性命，通一無二」之意。「太虛即氣」，是表示虛不離氣，即氣見神，是體用不二的圓融之論。「無無」，意即無所謂「無」。無，只是氣之散而無形，而形無並非神無也。神體「遍、常、一」，而氣之聚散則只是變化之客形。唯神也，故氣不一於聚，乃聚而散、散而聚以成其化；唯化也，故見神。所以雖然虛不離氣，即氣見神；「遍、常、一」之神、超然於氣而爲體，則甚明也。首句「氣之聚散於太虛，猶冰凝釋於水」。水體亦遍、常、一，而冰之凝固或消融亦只是變化之客形。由水之遍常一見虛體（神體），由冰之凝釋見氣化。此喩乃通常所用，自有其恰當處。但亦只是一喩而已，若「執喩」而「失義」，則不可。

如此言「虛」與「氣」之體用不二，乃在於表示：儒家言性命天道，自有「本體、宇宙論之創生」上的充實圓融之飽滿。故曰「聖人語性與天道之極，盡於參伍之神，變化而已」。所謂「參伍之神」，牟先生以爲即是「陰陽不測之謂神」。所謂「變易」，即是「生生之謂易」。天道性命即在「神」與「易」中而極成其道德創生之實義。此既非釋氏之空，亦非老氏之無。故太和篇第四段有云：

> 此道不明，正由懵者略知體虛空為性，不知本天道為用……不悟一陰一陽，範圍天地，通乎晝夜，（乃）三極大中之矩，遂使儒、佛、老、莊混然一途。語天道性命者，不罔於恍惚夢幻，則定以有生於無，為窮高極微之論。

此數語皆是沉雄剛大之言。蓋釋氏所謂空，老氏所謂無，皆非本於天道創生之大用而言（參看上第四章註四）；而儒者之言太虛神體、言天道性命，則在於明示宇宙之生化即是道德之創造。故言虛言神，不能離氣化；氣化是實事，亦不可以幻妄論。就化之實、化之事而言，說「氣化」；就卽用以明體、通體以達用而言，說「神化」。天道神化，不能虛懸而掛空，故必然是虛不離氣、卽氣以見神，必然是神體氣化之不卽不離。實理主宰乎實事，乃是立體直貫地成其爲道德之創造。所以「範圍天地之化而不過」、「通乎晝夜之道而知」的那「一陰一陽之謂道」（生生之易道），正是「三極大中之矩」：天以此成其爲天，地以此成其爲地、人以此成其爲人，無非是一道德之創造：此所以爲天地人三極之大中至正之矩。若不明澈此義，徒以「空」「無」「虛」字相差不遠，「遂使儒、佛、老、莊，混然一途」，此便是義理之混淆與悖謬。

太虛即氣 { 虛不離氣 / 即氣見神 } 參伍之神、變易以生生 { 氣聚而大生廣生：大有 / 氣散無形：形無非神無 } 故無無

喻 { 由水之遍常一見虛體（神體） / 由冰之凝釋（聚散）而見氣化 } 神化 { 即用明體 / 通體達用 } 本體宇宙論的 { 道德創生之 / 充實圓盈 }

第四節 氣之質性與鬼神之神

一、就氣之質性而說的「通」與「神」

太和篇七段又有兩節云：

> 太虛為清，清則無礙，無礙故神。反清為濁，濁則礙，礙則形。」
>
> 凡氣清則通，昏則壅，清極則神。故聚而有間，則風行而聲聞具達，清之驗與？不行而至，通之極與？

前節「太虛爲清」云云，是承太和篇首段「清通不可象爲神」句而說，此無問題。朱子語錄卷九十九引明道曰「氣外無神，神外無氣。謂清者爲神，則濁者非神乎？」以爲橫渠落

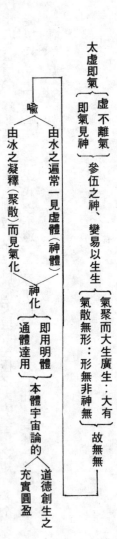

在氣一邊了。實則正蒙言兼體、參和，正是兼清濁而不偏滯；言太虛即氣，正是神體氣化之不即不離。何嘗落在一邊？明道之言是圓融地說，實與正蒙兼體義相合而不悖。他誤解正蒙，只是一時之未契。而朱子則以心態不相應之故，其對正蒙之評解，多有未諦。

後節「凡氣清則通」云云，是就氣之質性說。氣之質性本有清有濁（昏），天地間亦自有清氣，順清氣亦可說通，清通之極亦可說神；但這是作爲清氣之質性的「通」與「神」，並不是參和不偏、兼體無累、所謂「合一不測爲神」的神。（「合一不測」之「合一」，即是參和不偏、兼體無累的簡化之詞。）

須知順氣之質性而直線地說，雖可以說「通」，卻只是強度的有限量的通，不是「感而遂通天下之故」的遍通。通之極，雖有類於神，卻只是強度的有限量的神，不是「妙萬物而爲言」的神。雖亦有類於「不行而至、不疾而速」（易繫語），然其爲神既是強度的有限量的，則亦有時而盡。有盡，則有行、疾之過程，而不是遍妙萬物而爲體的，神體之「不行而至、不疾而速」。而神體則是「遍、常、一」，動而無動、靜而無靜、無過程、無窮盡，而實亦無所謂「至」（不論行不行）、無所謂「速」（不論疾不疾）。此神體之神，自不能視爲氣之質性。故橫渠此處順清氣而直線地說的通與神，只可看作使吾人領悟太虛神體之引路。就清氣之質性，只可對太虛神體之清通，得一經驗的徵驗；而經驗的徵驗並不是太虛神體本身。（對太虛神體之先天的超越的徵驗，必須就超越的道德本心之神說。）如果對此作爲清氣之質性的通與神，與太虛神體劃不開；而將「氣」之觀念直線地直通於太虛神體之神；結果便是：神屬於氣，心亦屬於氣，這種一條鞭地着迹的想法，最顯明的便是朱子。

橫渠於此，雖亦不甚能自覺地劃得開，而有隱晦滯辭，但揆之橫渠對於太虛神體之體悟以及其體用不二之論，則於此必須分劃開。爲期免於混擾以截斷唯氣論之誤會，在「氣」之外，必須正式建立「神」一觀念。此可以藉濂溪「動而無動，靜而無靜，神也」一語以確定之。如此，則可將氣一面的通與神，與太虛神體分劃開。「神」之意義，雖有時屬於氣之質性——如神氣、神采、神情之類；但太虛神體決不屬於氣，決不可視爲氣之質性。前人講學，於此不甚能劃得開，而氣之實然陳述又常與體用不二之圓融論相混擾。此種觀念不清之糾纏，最難董理。而牟先生「心體與性體」一書，對於釐清思想之脈絡、指點義理之分際、確定義理之綱維，貢獻最大。於此特述其意，亦欲讀者於前賢之詞語，能隨文善會而相應作解耳。

二、鬼神之神與太虛神體之神

太和篇第八段云：

> 鬼神者，二氣之良能也。聖者，至誠得天之謂。神者，太虛妙應之目。凡天地法象，皆神化之糟粕爾。天道不窮，寒暑也。衆動不窮，屈伸也。鬼神之實，不越二端而已矣。兩不立，則一不可見；一不可見，則兩之用息。兩體者，虛實也、動靜也、聚散也、清濁也，其究、一而已矣。

首句「鬼神者，二氣之良能也」，是實然之陳述語。在此實然之陳述中，鬼神是陰陽二氣之質性、性能，故曰：良能。又云「鬼神之實，不越二端而已」。二端，是承上句之「屈伸」而言（亦含寒暑以及下文虛實、動靜、聚散、清濁等之兩體）。不越二端，即是不越氣之屈伸。此是就氣化實然之狀而言，將鬼神化歸於氣化，而予以宇宙論的解析。鬼者歸也，神者伸也。氣之屈（歸回）即是鬼，氣之伸即是神。氣之屈，陰也；氣之伸，陽也。鬼神，即是陰陽二氣之屈伸；而屈伸，正是陰陽二氣之性能。依此作解，則鬼神之「神」亦不能看做太虛神體之神。

唯乾稱篇首節云：

> 凡可狀皆有也，凡有皆象也，凡象皆氣也。氣之性本虛而神，則神與性乃氣所固有；此鬼神所以體物而不可遺也。」

前三句即太和篇首段「散殊而可象爲氣」之語意，無問題。下云「氣之性本虛而神」，性字、實即體字（氣以太虛爲本體），解已見上第二節之一。說「氣之性」，易使人意想爲氣之質性，而形成誤會，此所以爲滯辭。下句「神與性乃氣所固有」尤其窒礙不順，尤易使人向氣之質性想。末句忽又據中庸「鬼神之爲德，其盛矣乎」一章，而云：「此鬼神所以體物而不可遺也」。這更是節外生枝，增添麻煩，但亦可知橫渠之言此，實乃一時鬆弛之聯想，而並不是出於精審之思。

蓋中庸是言祭祀致誠以格神。當祭祀時，主觀方面有誠敬之心，則客觀方面之神即「洋洋乎如在其上，如在其左右」；而覺其周流充滿，無所不在，因而遂謂其「體物而不可遺」。由於神之體物而爲物之體，故物亦不能遺而離之。蓋神雖「視之而弗見，聽之而弗聞」，而卻又洋洋乎無所不在故也。然中庸之言，畢竟是就祭祀說，此乃鬼神之義，而非「本體、宇宙論的」太虛神體之義。鬼神，是已存在的生命之歸於幽冥者，可視爲幽冥中之實然的存在。⑴一般之視鬼神爲個體生命（自然的或德性的）之精靈不散，可。⑵宋儒之視鬼神爲氣之屈伸而予以宇宙論的說明，亦可。但無論如何解析，總是屬於精氣之實然。既是精氣之實然，就⑴之解析看，亦無永遠不散之理，如此則鬼神在若有若無之間。就⑵之解析看，視鬼神爲陰陽二氣之屈伸，則其在幽冥中作爲一「個體式」的存在之義，遂卽融化而不存。而此亦表示：鬼神之存在不存在，並不是一重要之問題。（註二十一）

鬼神之周流充滿，無所不在，有類於無限；而實際上是因爲主體之誠敬之心的感通，而將其擴大化、無限化，於是便說爲鬼神之盛德。故由此鬼神之盛德，亦可反而證成主體誠敬之心的神用。牟先生曰：『客觀之鬼神是有限，而主體之誠敬之心的神用則無限。此是從道德的超越的本心之誠德上說，不是從實然之精氣上說。由是遂有從誠體上說「神」之一義。——不管是祭祀時之誠，還是待人接物之誠，總之，不管關聯之對象是什麼，而道德的誠敬之心之自身，卽呈現一不測之神用。自孟子說「大而化之謂聖，聖而不可知之之謂神」，此神完全是誠德上的事。又曰：「萬物皆備於我矣。反身而誠，樂莫大焉」，此是明示本心之無外卽是誠體之無外。又曰：「君子所過者化，所存者神，上下與天地同流，豈曰小補之哉」？此亦明示誠體之無外卽是誠體之神之無外。由此而至中庸由誠體言天道之「爲物不貳，則其生物不測」，以及易傳之「窮神知化」，此皆由誠體說神，而非鬼神之神。將道德的誠體之神，全融於天命天道之中而與之合而爲一，天命天道遂有其具體的眞實內容，而不只是一形式的實體；其爲存在之理、生化之理，遂亦得其具體之實焉。因而遂有中庸易傳所展示之「本體、宇宙論的」道德創造、宇宙生化之體用不二、既超越亦內在的充實圓盈之「神化」論。此誠體之神，在「本體、宇宙論」處，雖不離陰陽之氣（所謂體用不二），然此乃圓融義，決不可因此而視之爲氣之質性，亦決不可視之爲鬼神之神。』（見「心體與性體」第一册四八一頁）

附註

註一：見張子全書卷十五、門人呂大臨（與叔）所撰橫渠先生行狀。

註二：范氏此序，附列於張子全書卷之二、正蒙書首。下二段別見宋元學案補遺卷三十一、呂范諸儒學案補錄，牟宗三先生謂當與前二段合併以成一完整之序，是，今從之。

註三：莊子逍遙遊：「野馬也，塵埃也，生物之以息相吹也。」郭注：「野馬，遊氣也。」易繫辭傳下：「天地絪縕，萬物化醇。」朱子注云「絪縕，交密之狀；醇，謂厚而凝也，言氣化也。」

按此絪縕一詞，在易傳中並非綱領性之重要詞語，橫渠引以爲說，與易傳窮神知化之大義不能無距離，不如濂溪由誠體說天道爲簡潔精微也。

註四：以下之解說，義本牟先生「心體與性體」分論一、第二章第一節第一段。

註五：見朱子荅陸象山辯太極圖說第一書，現編附於宋元學案卷十二濂溪學案下。

註六：太和篇第五段亦引絪縕野馬以說生化之大用，與此首段之意大體類同。

註七：易繫下首章云：「夫乾，確然示人易矣。」朱子注：確然，健貌。

註八：易繫下首章云：「夫坤，隤然示人簡矣。」朱子注：隤音頹，隤然，順貌。

註九：參見「心體與性體」分論一第二章第一節第二段。

註十：按、太虛、清通之神，就其遍運乎氣而爲氣之體而言，亦可說性，此是天地之性。天地之性與從個體生命處說性，其義一也。就「太虛、清通之神，即是吾人之性」而言，亦是「天道性命相貫通」之義。

註十一：西哲之學，重知性分解，本體論是本體論，宇宙論是宇宙論。儒者之學，以天道性命相貫通爲綱領，道體生化，體用不二。其言本體是天命流行之體，其宇宙論卽是此道德創生實體之妙運流行，乃是道德創造之宇宙論。依此，牟先生特立「本體、宇宙論」一語以現示之。

註十二：參見「心體與性體」分論一第二章第一節第三段。

註十三：正蒙太和篇語。

註十四：見「心體與性體」第一册四四九至四五〇頁。

註十五：朱子周易本義解此句，有云：「天圓地方。圓者一而圍三，三各一奇，故參天而爲三。方者一而圍四，四合二耦，故兩地而爲二。」

註十六：見朱子語類卷九十九，論張子之書二。

註十七：按、橫渠只分別地言清、言虛、言一、言大以形容道體，而並未連言清虛一大。此四字之集詞語，乃明道之綜括。請覆按前第四章第一節之二。

註十八：請覆按上第四章第一節之二，論虛無、虛空與太虛一段。

註十九：按、神是體，爲形而上；化是用，屬於氣，爲形而下。神體氣化之「不卽不離」，不卽，乃謂其不相等同，有形上形下之別；不離，乃謂其圓融相卽，通貫而爲一（通一無二）。

註二十：見朱子語類卷九十九，論張子之書二。

註廿一：中國傳統之宗教性，須就天、帝、天命、天道說，而不能就鬼神說。「祭天、祭祖、祭聖賢」：天不可以鬼神論，鬼神觀念只能應用於祖先聖賢。祖先不必皆有極高之德，而所以必祭祀之，乃崇始報本之義。其死後是否成神，是否精靈不散，並不是重要之事。所重者，乃在自己之誠敬與光大祖德，而不重在所祭者之存在不存在。至於祭聖人，是重視其德性生命，是對於其永恆不朽之德性人格之崇敬。其死後是否成神，是否精靈不散，亦非重要者。因此，就祭祀而言，亦是「祭神如神在」。總之，是致誠敬，而非對其神靈有所禱求也。——但祭天卻不同。天，不可以鬼神論。天是眞正的超越體，是必須積極肯定者。踐仁以契之，正表示仁與天乃是一道德實體之遍在，此是儒家宗教精神最精特處。亦是儒者自覺其生命之高貴莊嚴、浩然充塞、而能卓然自立，並眞實地而有民胞物與之懷以及與天地合德之信念之故。

第六章　張橫渠㈢．正蒙之性論

第一節　性體的內涵與寂感

太和篇有一節云：

「由太虛有天之名，由氣化有道之名，合虛與氣有性之名，合性與知覺有心之名。」

此四句分別言天、道、性、心。而第四句言心實欠妥當。其義將於下章論心時再作解說。第三句承一二句而言性，意亦有偏滯。玆先解釋第一句：

「由太虛有天之名」。

乾稱篇有云：「大率天之爲德，虛而善應。其應非思慮聰明可求，故謂之神」。天德虛而善應：虛則至寂，寂然不動；善應則神，感而遂通。此所以「由太虛有天之名」。天，即天德之天。天以健行創生爲德。而其所以能健行創生，是因爲它虛而善應，是卽寂卽感之神。由於天德之神的鼓舞，而有氣之化。若通體而達用，帶着氣化之用而言，則可名之曰道，故次句云：

「由氣化有道之名」。

如此說「道」，是動態地帶着氣化之行程而言。神化篇云：「神、天德、化、天道。德、其體，道、其用。一於氣而已」。氣化之用，必通虛德之體；無虛德之體，則無氣化之可言。（註一）所謂「一於氣」，只是表示：德體、道用，皆不能離氣而掛空地言之。又太和篇首句「太和所謂道」，道亦可說是綜合詞，既是太和，當然不離氣之絪縕。但亦不只是氣之絪縕，而必須有虛體以妙運之，纔能成其爲太和之道。綜和地說是道，分之則是虛與氣。故牟先生以爲：若靜態地分合言之，亦可說「合虛與氣有道之名」。合虛與氣而成化，則道之名立焉。道之名由此而立，道之義亦由此而見。（註二）但第三句云：

「合虛與氣有性之名」。

由「合虛與氣」可以言「道」，今由之而言「性」，則是不諦之滯辭。蓋天道性命相貫通，凡言天、言道、言虛、言神，皆結穴於性。道，可以偏重於氣化之行程而言；而性，則必須超越分解地偏就虛體而言。──（本章言正蒙之性體義，以誠明篇爲主。其他各篇相關之文，則會而通之。）

一、性之立名：體萬物而謂之性

乾稱篇云：

「妙萬物而謂之神，通萬物而謂之道，體萬物而謂之性。」

太虛之體卽寂卽感，能妙運萬物而起生生之用，此便是虛體之神，所以說「妙萬物而謂之神」。太虛神體藉陰陽氣化而通貫於萬物，此一生化過程卽可名之曰道，故次句曰「通萬物而謂之道」。神，是天德，亦卽太虛神體之德，簡言之可曰：太虛神德。第三句之「性」，卽是就此太虛神德而言。太虛神德妙通於萬物而爲萬物所本所據，因而遂爲萬物之體（體萬物），此便是萬物之性，所以說「體萬物而謂之性」。道，本於虛體以通貫萬物而成化，故可偏就氣化之行程說；而性與神，則應偏就虛體而言——性與神，一也。太虛神德對應個體或總對天地萬物，而爲其體，此則曰「性」——體與性，亦一也。故誠明篇云：

「性者，萬物之一源，非有我之得私也。」

「未嘗無之謂體，體謂之性。」

性雖具於個體，卻爲萬物共同之源，非我所得而私。故性體是涵蓋乾坤而爲言，是絕對地普

（遍的。此性是我之性，亦是天地萬物之性。言「性」，是爲建立道德創造之本源，而氣化之道亦正須由道德的創造來貞定、來證實。爲了立本，所以性字必須偏就虛體而言。本，乃實體、實有，故曰「未嘗無」。而性，卽是此實體、實有，故曰「體、謂之性」。

據此可知，由「體萬物」而言性，實較由「合虛與氣」而言性，遠爲諦當。西銘亦云「天地之塞、吾其體；天地之帥、吾其性」。孟子謂「志、氣之帥也」。天地之帥卽是天地之志（理、道）；而志之實，卽是太虛神德，此便是吾人之性。可見西銘亦就太虛神德言性，而不由「合虛與氣」而言之。

從「超越地分解以立體」而言，性同於太虛神德。此是理之本義。而從「性必函道德的創造」而言，則性同於道。

乾稱篇云：

「性通極於無，氣其一物爾。命稟同於性，遇乃適然焉。」

誠明篇云：

「天所性者，通極於道，氣之昏明不足以蔽之。天所命者，通極於性，遇之吉凶不足以戕之。」

「性通極於無」之「無」，乃指虛體而言，是從虛體以言性之所以立的根源。而「天所性者，通極於道」之「道」，則由通體達用而見。是重視那通體達用的「體」義，由之以說明性之根。（天地之性只能植根於道，不能植根於氣）。性而通極於此「達用」之體，正表示性體必函一道德的創造。故中庸曰「率性之謂道」。至於「命稟同於性」，是說：天之所命，即是人之稟受於性而且同一於性者。「天所命者，通極於性」，義亦同此。天之命流行不已、生化不息；人所「稟同於性」「通極於性」之命，亦不已地流行，以成其道德之創造與道德行爲之純亦不已。道德創造中之一切道德行爲，皆是天之所命、性之所命，吾人承受之而責無旁貸，此便是吾人之大分。（關於引誠明篇數句之義，請覆按上第四章第一節之二，以相參證。）

由上可知，言虛、言道，皆結穴於性。於此，乃顯出二義：

1性能義——所謂性能，是說此性體能起道德創造之大用。

2性分義——所謂性分，是說道德創造中的每一道德行爲，皆是吾人之本分，是無條件地必然的義務。此責無旁貸而不容已的本務，即是吾人之大分（性分）。

性之立名─體萬物而謂之性
- 從「超越地分解以立體」而言：性同於太虛神德
- 從「性亦函道德的創造」而言：性同於生化之道

言虛言道，結穴於性
- 性能─性體能起道德創造
- 性分─道德創造中之一切道德行爲皆是吾人之本分

二、性體之具體意義與內容

性體何以具有性能、性分二義，此須進一步就性體之具體意義與內容，再作說明。

太和篇嘗謂「至靜無感，性之淵源」。寂然不動，默然至靜，乃是性體淵然最深之根源，性體之至奧至密亦從這裡說——後來胡五峯說「性也者，天地鬼神之奧也」，亦是繼承此義而言。但太虛神德之至寂至靜，並非與「感而遂通」爲對立，而乃是卽寂卽感，寂感一如者；否則，何由見其神德？故究實而言，寂感一如纔是性體最深源頭處。太和篇略其「感而遂通」而只言「至靜無感」，意在與其下文「有識有知，物交之客感」句中之「客感」相對而言（註三）。實則，性體並非只是無感，凡有感，亦並非皆是物交之客感。客感是經驗的、現象的，必須與外物接觸纔起感；而卽寂卽感的「感而遂通」之感，則是超越的，是神感神應之常感。唯此常感無有動靜之相，所以常感卽是常寂（寂感一如）。

客感與客形相應，有聚散、動靜、出入、生滅；而常寂常感之神感神應，則無聚散、無動靜（動而無動、靜而無靜）、無出入、無生滅。客感，屬於氣；而與寂爲一之常感，則屬於神——此便是虛體之神德。以是，性體之具體意義，仍須就太虛神德之寂感而言。

誠明篇云：

「天所自不能已者，謂命；不能無感者，謂性。」

天之「自不能已」，卽是天之命。太虛神德之所以能不已地生化萬物以成其宇宙論之創造，正是由此天命之「於穆不已」而來，而太虛神德之所以爲神、所以能如此生化，則由卽寂卽感、寂感一如而見。次句說性「不能無感」，實意是說，性「不能無寂感」，是承上句「自不能已」之義，以說性體之寂然不動、感而遂通。據此可知，「性」不是乾枯之死體，亦不是抽象之死理，而是能起宇宙論的創造或道德的創造之活體活理。故性體之具體意義與具體內容，卽是此「寂感一如」之神。

乾稱篇云：

「至誠，天性也。不息，天命也。人能至誠，則性盡而神可窮矣。不息，則命行而化可知矣。學未至於知化，非真得也。」

此節以「至誠」說天性。而至誠必然地函着創生之不息（中庸云：至誠無息）。「不息」卽是天命之於穆不已，故次句曰「不息，天命也」。所謂「至誠」，並不是籠統地說一個誠，實際上它就是卽寂卽感之神（中庸云：至誠如神）。所以濂溪卽以寂感眞幾說誠體（註四），橫渠亦於此說「人能至誠，則性盡而神可窮矣」。這是明顯地表示：性與神皆在「至誠」之中。由「至誠」「盡性」而窮「神」，由「不息」「命行」而知「化」。章首引神化篇所謂「神、天德，化、天道。德、其體，道、其用。」亦正函有「由神德之體以立性」之意。

乾稱篇又云：

「感者性之神，性者感之體。（自注：在天在人，其究一也。）惟屈伸、

動靜、終始之能一也，故所以妙萬物而謂之神，通萬物而謂之道，體萬物而謂之性。」

首句所謂「感」，不是物交之「客感」，而是「感而遂通」之感，此乃性體之神用。神用，亦即「虛而善應」之謂。雖善應，而實至寂至靜，「動而無動，靜而無靜」故也。此即寂感一如之眞幾。若於此强加分別，亦可說：至寂之虛即是感之體，神感神應即是寂之用。而此寂感眞幾，實即是「性」。故感即是性體之神用，則性體便是發此神用之體。此便是首二句「感者性之神，性者感之體」之語意。牟先生謂此種體用，只是名言對說之施設；實則，體即神，神即體也。

性體之具體意義——應就太虛神德之寂感而言
- 感者性之神——神感神應是寂之用
- 性者感之體——至寂之虛是感之體

感是性體之神用，性體是發此神用之體
- 體即神
- 神即體

——此寂感眞幾即是性

「惟屈伸、動靜、終始之能一」，乃言兼體、合兩之義，見下段。至於末三句，言神、道、性，已解見本節之首，請覆按。

三、由兼體、合兩見性體寂感之神

誠明篇云：

「性、其總，合兩也。命、其受，有則也。不極總之要，則不至受之分。盡性窮理，而不可變，乃吾則也。」

按、此所謂「合兩」，卽太和篇「兼體不累」與誠明篇「參和不偏」之義。（註五）性之「總」義，由「合兩」而見。「總」是總合虛實、動靜、聚散、清濁之兩體（體、謂事體或體相），而不偏滯一隅一象以成化；性體寂感之神，卽由此不偏滯以成化而見。太和篇云：「聖人盡道其間，兼體而不累者，存神其至矣。」此處所謂「合兩」，卽太和篇所謂「兼體」。合兩而不偏滯，卽是兼體而不累。其所以能兼體而不累，是由於虛而神。「所存者神」，乃能「所過者化」。故「性其總，合兩也」，是說總合貫通虛實、動靜、聚散、清濁之兩體而不偏滯、以見性體寂感之神。而並不是說，性是合虛實、或合動靜、或合聚散、或合清濁之兩而成；若如此，便成大拼湊，焉得爲「性」？

性之總義，由「合兩」而見（兼體不累／參和不偏）∴總合貫通〈虛、動、聚、清、陰、剛／實、靜、散、濁、陽、柔〉之兩體

「而不偏滯一隅一象以成化」性體寂感之神，即由通貫形氣以成化而見

此是由氣見性，而非以氣說性

又，橫渠於太和篇雖說「合虛與氣有性之名」，但此誠明篇所謂「合兩」，卻不是「合虛與氣」之兩。合兩之兩，只是就「氣」一面說，是指氣之虛實、動靜、聚散、清濁、陰陽、剛柔等之「兩」而言。性，由合兩之不偏滯處見，此正是性體之神。故性之名，只能超越分解地偏就太虛神體之體萬物而建立，而不能由「合虛與氣」而建立。若由「合虛與氣」而建立，則性將成爲一混雜的組合體，如此之性，正是「非性」，不是儒家言性之義。朱子說：「合虛與氣有性之名，有這氣，道理便隨在裡面。無此氣，則道理無安頓處。」（註六）朱子之言，亦只是就理與氣之關係說，並未說到「性之名」之所以立。推求橫渠之本意，或者是根據「天本參和不偏」、「道則兼體無累」、「性其總，合兩也」諸語之義，而說「合虛與氣有性之名」。果眞如此，則其實意是說：合太虛神體與氣之聚散動靜等而一之，以見性體之眞實義與創生妙用義。如此說則可無過。但性之「實」之由參和兼體而見，與性之「名」之所以立，仍非同一義也。所以「合虛與氣而有性之名」一語，終究是不諦的隱晦之辭。——又，次句「命、其受，有則也」。命，是天之所命或性之所命，有命便有受，吾人稟受此命，乃是有定則而不可移者，所以說「其受有則」。下句「極總之要」，意即盡性之極。性之實以合兩之總爲要，盡性之極，即是具體地盡之於「兼體無累」之中。(1)宇宙論地說，是盡之於氣化之中，以成就宇宙之生化。(2)道德實踐地說，則是盡之於清濁剛柔之中而不偏滯，以成就道德之創造與道德行爲之純亦不已。能如此盡性，纔眞能「至受（命）之分」。分者，

定也，亦即性分之所定。道德創造中之一切行爲，皆是天之所命、性之所命，皆是必然的義務而必須承受而至之，此便是吾人之大分，所以說「不極總之要，則不至受之分」。由盡性窮理以至於命之分、而不可加以改變的，便是吾人道德生命之極則。所以說「盡性窮理，而不可變，乃吾則也。」（註七）

關於「合兩而不偏滯以見性體寂感之神」，乾稱篇亦曾說及：

「無所不感者，虛也。感即合也、咸也。以萬物本一，故一能合異。以其能合異，故謂之感。若非有異，則無合。天性，乾坤陰陽也。二端故有感，本一故能合。天地生萬物，所受雖不同，皆無須臾之不感，所謂性即天道也。」

首句「無所不感」，即「感而遂通」之義。由此而見虛、見神。感則和而通（咸、合也，亦和通之義），故能合散殊之異而爲一。由感而見虛見神，亦由感而見妙一，此便是萬物之體。體一，故「萬物本一」。以其本一，故散殊之異可以合。散殊之異是氣化所現示的象迹，是屬於氣邊事。「一能合異」，而「一」亦由「合異」而見；「若非合異」，則「一」只是抽象之一，而非具體妙合之一，亦非由感通而見之一。性體神感神應之一，是在乾坤陰陽兩端中見。故曰「天性、乾坤陰陽也」。但這不是說，性是陰陽之氣的結聚；而是說，性體妙合之一，不離陰陽之兩而見。——此是由氣見性，而非以氣說性。

氣之兩端（如動靜、聚散、升降、出入）相感相應而有局限，乃是客感、物感、氣感，而不是神感。必須無所不通，纔是神感。——一感即通全體，故曰神。通全體即是一，故曰

「二端故有感，本一故能合」。又曰「以其能合異，故謂之感」。本一（體一）的合異，是通全體的合異，這種合異之感是超越的神感，而其合亦是超越的妙合，與物感氣合之有封域局限者並不相同。天地萬物皆在一神感妙合中呈現，此便是性體之妙通，亦即性體之創生。自此而言，可以說「性卽天道」——天道本虛以成用，性體亦然。唯天道是綜說，可帶氣化而言，故「合虛與氣」可以適用於「道」之名之所以立；而性體則是偏就虛體而言，故不可再說「合虛與氣有性之名」。

第二節 盡性至命與義命合一

一、盡性至命

誠明篇云：

> 「盡其性，能盡人物之性。至於命者，亦能至人物之命。莫不性諸道，命諸天。我體物，未嘗遺；物體我，知其不遺也。至於命，然後能成己成物，而不失其道。」

乾稱篇有言：「至誠，天性也。不息，天命也」。至誠以盡性，不息以至命。人與物「莫不性諸道、命諸天」，故盡性不但盡自己之性，亦須盡人物之性；至命不但至自己之命

（性體所命之本分），亦須至人物之命。「性者萬物之一源，非有我之得私」（亦誠明篇語）。人物既同一性體，則我由盡己之性而盡物之性，可以體物而未嘗遺；而自物而言，物亦可以體我而不遺也。

但物之體我而不遺，與我之體物或他人之體我，實有不同。我體人、人體我，此皆可「未嘗遺」。而「物體我，知其不遺」，則只可本體論地、潛存地說是如此（以物與我同一本體故）；若實踐地、呈現地說，則並不然。明道云：「萬物皆備於我，不獨人耳，物皆然，都從這裡出去。只是物不能推，人則能推之。」（註八）明道之言，既說到同體之義，又能照顧到能推不能推，可謂明達而妥當。我能盡性，故能盡人物之性、至人物之命、體人物而未嘗遺；既能本體論說是如此，又能實踐地說是如此。能盡則能推，這是使「實踐地呈現地體物不遺」之所以可能的關鍵。物，不能通過心覺活動以盡其性，故不能推擴得去；作爲同一本源的性體，在物的個體之內根本無所呈現。因此，雖是「人物同體」，而畢竟「人物有別」。橫渠只因人與物「莫不性諸道，命諸天」，遂直接說「我體物未嘗遺，物體我，知其不遺也」，此是直線式的順推，而行文之時，對於人與物之差別，未及警覺洞察，故依據牟先生之說而略加疏別，以明義理之分際。

二、性善命正與義命合一

誠明篇又云：

「性於人無不善，繫其善反不善反而已。過天地之化，不善反者也。命於人無不正，繫其順與不順而已。行險以僥倖，不順命者也。」

此段言「性善」「命正」之義。性體純然至善，乃人人所固有，只看呈現不呈現耳。善反而復之，則呈現而起用。不能善反而復，則潛隱而自存。所謂呈現起用，(1)宇宙論地說，即成宇宙之生化——天地之化。(2)實踐地說，即成道德之創造與道德行為之純亦不已。下句「過天地之化，不善反者也」。過，是「過猶不及」之過。易繫上云：「易與天地準，故能彌綸天地之道」。又云：「範圍天地之化而不過，曲成萬物而不遺」。易具備天地之道而與之齊準，故能彌綸天地之道而成生化之大用。彌綸，亦即範圍而不過、曲成而不遺之意。牟先生謂，「範圍」是超越地說，即是恰恰相應天地之化而模範出之耳。「曲成」是內在地說，即是具體地、分別地與物一一相應而成就之耳。雖超越而不過，雖內在而不溺；是以超越即內在，內在即超越，皆如如相應而不過不遺。過，則窮高極廣，有似於籠罩一切，而實不能範圍天地之化。不能範圍天地之化，則不能曲成萬物而不遺。故「過」即函「遺」，過而遺，則不能成天地之化。如是，性體為虛脫，萬物為幻妄；既不能見性體之為「宇宙生化或道德創造」之根源，因而亦不能見其為道德地善：此則不善反之故也。故曰「過天地之化，不善反者也」。（善反不善反，是以能否成道德創造而決定。）

性之所命，皆是吾人之本分，故「命於人無不正」，只看「順與不順」而已。順性命之分而行，則正，不順則不正。「行險以僥倖」，即是「不順命也」。不順命，意即不順性之所命。性之所命的命，是積極意義的命。人或解此節之「命」字為消極意義的命運、命遇之命，如死生、富貴、壽夭、吉凶、禍福之類，似亦可通。然既云「命於人無不正」，則當解爲「性之所命」的命。而且就誠明篇前後文而貫通地看，則橫渠所言者，實是天之所命、性之所命的命，如前所引「天之所命，通極於性，遇之吉凶不足以戕之」，便是顯例之一。大抵正蒙各篇主旨，乃在陳述「本體、宇宙論的」立體直貫之創造，故主要是以積極意義的命爲主。

- 性善命正
  - 性體至善
    - 善反則呈現起用
      - 宇宙論地說——成宇宙生化
        - 範圍天地之化而不過
        - 曲成萬物而不遺
      - 實踐地說——成道德創造與道德行爲之純亦不已
    - 不能善反則潛隱自存——而不能呈現起用
  - 性（天）之所命，無有不正
    - 順性命之分而行——正（義命合一）
    - 不順性命之分、行險以僥倖——不正

又誠明篇開端有云：

> 「義命合一存乎理，仁智合一存乎聖，動靜合一存乎神，陰陽合一存乎道，性與天道合一存乎誠。」

此數句言理、聖、神、道、誠，皆是從正面說，義甚精當。後四句所說，皆儒家之通義，試先簡釋如下：論語載子貢曰：仁且智，聖也。能仁智雙彰的生命，當然是德慧俱全的聖者生命，故次句曰：「仁智合一存乎聖」。依周子通書動靜章之說，動而無靜、靜而無動，動與靜不能相通、不能合一者，乃是物。唯有動而無動、靜而無靜，即動即靜、動靜一如者，方是神，故三句曰「動靜合一存乎神」。易繫謂：一陰一陽之謂道。道之生化之用，必須藉資陰陽氣化而顯現。而陽變陰合，化生萬物，又實依乎道之妙合(陰陽本身不能妙合)，故四句曰「陰陽合一存乎道」。中庸云：天命之謂性。天道天命下貫而為人之性，人能至誠無息以盡性至命，則可上達天德、而與天道合，故五句曰「性與天道合一存乎誠」。而首句「義命合一」之命，亦是從正面說的積極意義的命。「義」是性分之當然，「命」是性分當然之不容已，此皆是以理言，故曰「義命合一存乎理」。——但命可「以理言」，亦可「以氣言」。以理言，義命合一；以氣言，則義命之合一不合一，實有超越的限制存焉。試再據誠明篇一段文字，進而說明以理言之命與以氣言之命。

三、以理言之命與以氣言之命

誠明篇云：

> 「德不勝氣，性命於氣；德勝其氣，性命於德。窮理盡性，則性天德，命天理。氣之不可變者，獨死生修夭而已。故言死生，則曰有命，以言其氣也。語富貴，則曰在天，以言其理也。此大德所以必受命，易簡理得而成位乎天地之中也。所謂天理也者，能悅諸心，能通天下之志之理也。能使天下悅而通，則天

下必歸焉。不歸焉者，所乘所遇之不同，如仲尼與繼世之君也。舜禹有天下而不與焉者，正謂天理馴致，非氣稟當然、非志意所與也。必曰舜禹云者，餘非乘勢，則求焉者也。」

若是德勝於氣，則「性命於德」；反之，若德不勝氣，則「性命於氣」。性命於氣與性命於德二語中的「性命」二字，初看時，「性」字是主詞，「命」字是動詞，朱子當初亦如此解釋，後經審思，乃以「性命」二字應作全名詞看。故曰：「性命於氣，是說性命都由氣。性命於德，是說性命都由德。」（註九）牟先生「心體與性體」書中亦從朱子之意，將「性命」作全名詞看。依牟先生之解釋：

(1)吾人之德行如果不能勝其氣，則性與命全在氣、全是氣、而一任氣質決定，孟子所謂「氣壹則動志」，此時吾人之性體、與性體之所命，全不能作主、不能呈現；於是「性」乃完全轉而為氣質之性之橫決，「命」亦完全轉而為氣命之定命，此便是所謂「性命於氣」——性命全在氣、全是氣，或全在氣上輾轉流布。

(2)如果德勝其氣，則吾人之性體、與性體之所命，皆能作主而朗現；此時性命之朗現即是德行之純亦不已，此便是所謂「性命於德」——性命全在德、全是德、或全在德上展現流行。

是故，當人經過養氣而化其氣質之偏，以至於窮理盡性，則吾人之性即是天德，吾人之命則是天理，所以說「窮理盡性，則性天德，命天理」。此時，所剩的屬於「氣之不可變」者，便只有「死生修夭而已」。（修、長也，夭、短折也。修夭、即壽夭。）這種死生壽夭

之命，是「以氣言」之命，是命運、命定之命。氣命非德行所能改變，但可以經由「盡其道」而「順受其正」。（註十）

橫渠說「死生有命」之命，是以氣言，此自不誤。然下句又云：「語富貴，則曰在天，以言其理也。」說「富貴在天」是以「理」言，此則不必諦當。而橫渠之所以如此說，其根據有二：

1.中庸云：「故大德者必受命」。（按、受命，謂受天命爲天子。）

2.易繫上云：「易簡而天下之理得矣。天下之理得，而成位乎其中矣」。

順遠古之聖王而言，如堯、舜、禹、湯、文、武，自可說大德必受命。但從「理」上說，則大德者不必皆受命。像孔子、釋迦、耶穌皆不曾受命，或可受命而不受。可見受命不受命，不必完全決定於德，不能全以理言。大德者不必皆受命，受命者未必皆有大德，這不純粹是理之事，畢竟英雄之氣所佔的成分多，此外還要加上所乘之勢與所遇之機。（故橫渠亦以爲天下歸與不歸，是「所乘所遇之不同」。）而內在地其英雄生命之強度，以及外在地其所乘之機與所遇之勢，皆是屬於「氣」之事。——然則，富貴、受命，亦可偏於氣說，而非必偏於理說也。

至於易繫之言，亦不足以爲「富貴、受命」之根據。「成位乎天地之中」的「成位」，不必是「受命」之位，亦不必是「富貴」。而且繫辭傳說此數語，是上接「乾以易知，坤以簡能。易則易知，簡則易從。易知則有親，易從則有功。有親則可久，有功則可大。可久則賢人之德，可大則賢人之業」一段文而言，其中所謂「有親、有功、賢人之德、賢人之業」，雖可說是「天理馴致，非氣稟當然，非志意所與」（註十一），然而親、功、德、業，仍不必即是受命之富貴也。下再續云「易簡則天下之理得，天下之理得，而成位乎其中矣」。由「易簡理得」自可「成位」乎天地之中，但其所成之位不必即是受命之位。又，天理「能悅諸心，能通天下之志」，人若能體現天理，則天下自必有「歸焉」者，然此只是泛說，不必是限於某一方式之歸，因而亦不是「受命」之歸。像孔子能體現天理，故有三千弟子歸之，此亦是「歸」，亦是「成位」乎天地之中；但孔子只是成其爲「聖」者之位，而未成其受命爲「王」之位。橫渠謂「不歸焉者，所乘所遇之不同，如仲尼與繼世之君也」。既然有所乘所遇之不同，便表示有一種「求無益於得」之命存乎其間。所乘之勢與所遇之機乃氣命之事，非理命之事。有無可乘之勢，有無可遇之機，如有之，我能不能乘之、遇之，此皆不可强而致，而有命存焉。

但這種氣命，亦不能割離它的「神、理」之體；只是這統於神理而偏於「氣」而言的命，與偏於「理」而言的命，有所不同而已。偏於理而言的命，可以純內在化，明道卽依此而說「只此便是天地之化，不可對此個、別有天地之化。」(註十二)「此」字，是指心性道德創造之沛然莫禦、純亦不已。純以理言的天命天道(天地之化)，其意義與性體之至誠無息、純亦不已相同，此是可以純內在化者。至於統於神理而偏於氣而言的命，則不能純內在化，此中實有一種超越的限定，而這種限定，不但是命，而且亦是天。論語載孔子所謂「知天命」「畏天命」，以及帶有慨歎意味的「知我者其天乎」、「道之不行也，命也」等辭語，卽是說的這種命——統於神理而偏於氣而說的命。是故，某甲有勢而能乘、有機而能遇，某乙無勢可乘、無機可遇，或有之而不能乘、不能遇，皆儼若天之所命。——落實說，是勢、是遇、是氣命；統於神、理說，則亦是天命。而在此統於神理而偏於氣說的氣命上，個體生命與天命天道之距離拉遠了；天之氣運之不可測，與天之氣化之無窮盡，亦因此而顯示出來。（於此，乃可接觸人生之嚴肅與艱難。）

茲再引易傳之言，進而說明「以理言」之命與「以氣言」之命。

易乾卦文言云：「大人者，與天地合其德，與日月合其明，與四時合其序，與鬼神合其吉凶。先天而天弗違，後天而奉天時。天且弗違，而況於人乎，況於鬼神乎！」

「合德、合明、合序、合吉凶」以及「先天而天弗違」，是以「理」言。在此，天全部內在化，吾之性體即是天，天地亦不能違背此性體。這時，天與人不但接近，而且根本是同一——同一於性體。而橫渠亦有云：「知性知天，則陰陽鬼神皆吾分內爾。」（註十三）在此，只是承體起用、本體之直貫，而並無氣命之可言。但「後天而奉天時」一語，則是以「氣」言。天之氣運如此，不可違背，雖是與天合德之大人，亦不能不「奉天時」。這時，天與人即拉遠，所以君子必重「知命」而心生戒懼、敬畏。孔子「知其不可」，知命也；「而爲之」，盡義也。此亦是後天而奉天時。

這「先天」「後天」兩義，亦即孟子「盡心知性知天」、「存心養性事天」、「殀壽不貳、修身以俟，所以立命」之三義。「盡心知性知天」，是先天義；後兩義則是後天義。(1)依先天義，保持道德創造之無外，保持道德我之無限性。(2)依後天義，保持宗教情操之敬畏，保持我之個體存在之有限性。這兩義同時完成於儒家之「道德的形上學」中。

(1) 純以理言之命
- 性、天德
- 命、天理

（德命）——可以內在化
- 與天地合其德
- 與日月合其明
- 與四時合其序
- 與鬼神合吉凶

先天而天弗違——依先天義，保持
- 道德創造之無外
- 道德我之無限性

天人合一（天而人、人而天）

(2) 統於神理而偏於氣而言之命
- （統於神理說，是天之所命、性之所命）
- （落實於氣說，是所乘之勢、所遇之機）

——不能純內在化
- 天之氣運不可測
- 敬奉天命而不違

後天而奉天時——依後天義，保持
- 宗教情操之敬畏感
- 個體存在之有限性

順受其正、知命盡義（義命合一）

(3) 純以氣言之命——割離神理的
- 命運
- 命遇
- 命限
- 命定

之命，不能內在化
- 死生、壽夭
- 富貴、際遇
- 吉凶、禍福

皆有命存焉——正宗儒家　不從此氣命一面言命

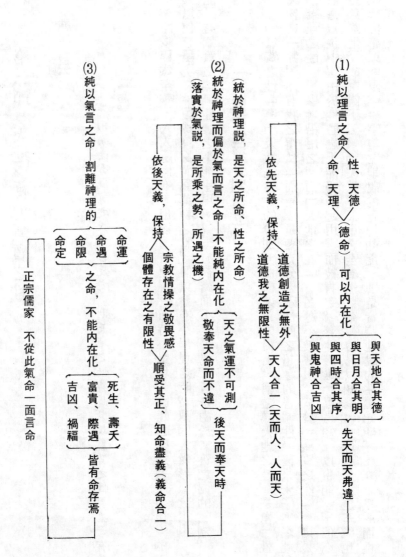

第三節　天地之性與氣質之性

誠明篇云：

「形而後有氣質之性。善反之，則天地之性存焉。故氣質之性，君子有弗性焉。」

性體粹然至善，人人所固有，但因有時呈現，有時不呈現，因此必須通過反（復）的工夫以使它呈現。性體妙萬物而爲萬物之體，何以會有不呈現之時？只因人受形氣之限制，不能不有氣質之偏。性體之不能呈現、或時有微露而不能盡現，皆是由於氣質之偏的限制。

一、兩種性須分別建立

「氣質之性」與「天地之性」的分別，由橫渠首先提出。稱之爲天地之性，是承「性者萬物之一源，非有我之得私」而言，是要充分顯示性體之超越的普遍性。後來朱子亦名此爲「義理之性」，學者沿用之，而「天地之性」一名遂不被常用。至於「氣質之性」，則是在道德實踐中，由於性體之不能暢通起用、而被肯定。蓋性體雖「以易知，以簡能」，但亦未嘗無險阻。故繫辭下云：「夫乾，天下之至健也，德行恆易以知險；夫坤，天下之至順也，德行恆簡以知阻」。宇宙論地說的乾坤知能，即是實踐地說的性體知能。（註十四）而性體知能之險阻，實卽氣質之偏與雜。橫渠說「氣質之性」一詞之意，乃是就人之氣質之偏或雜——所謂氣質之特殊性，而說一種性。在中國思想傳統中，自「生之謂性」一路下來，所說的氣性、才性之類，都是說的這種性，到宋儒乃綜括之而曰氣質之性。西方人說的人性，以及一般所謂脾性、性向，亦是指這種性。這種性是形而下的，實只是心理、生理、生物三串現象之結聚。在此，不能建立眞正的道德行爲，亦開不出道德創造之源。

而正宗儒家如孟子所說之性、中庸所言天命之謂性，則是要由「生之謂性」推進一步，就眞正的道德行爲之建立、而開出一道德創造之源的性。這種性不但是道德創造之源，而且亦同時是宇宙創造之源，是絕對地普遍的，是超越的，形而上的。所以正宗儒家所說之性，直通天命天道而爲一。宋儒承續之，卽以此爲人之正性。濂溪開端，對於天道、太極、誠體有積極之體悟，而對此種性則尚未加以正視，故只說「性者，剛柔善惡中而已矣」，如此，則未免猶是落在氣質上說。此乃一時之未覺，尚未對其所言之「天道、太極、誠體」自覺地結穴於「性」而貫通地說。至橫渠，則十分能正視天道性命之貫通，而結穴於此種性，並直接名之爲「天地之性」。所謂天地之性，亦卽天地之化的淵源。後來宋明儒皆承此義而不能悖。此種性既是萬物之一源，絕對之普遍，當然不同於氣性、才性。

但人不是純靈，而是一組合體之有限存在。雖然就道德創造以成聖而言，必須肯定超越的「天地之性」爲本體；但人終是一有形體的有限存在，環繞其自然生命，不能不有其自然生命一面之種種特殊相，這一面亦不容忽視與抹殺，故不得不就這一面而說一種性，此便是「氣質之性」一名之所以立。而天地之性則是人的當然之性，是道德創造之性，是成聖之性，簡名之可曰聖性（猶如佛家之言佛性）。依此，可知天地之性與氣質之性，必須分別予以建立。

(1) 天地之性——承「性者萬物之一源，非有我之得私」而言——極言性體之超越的普遍性——形而上之性
- 開出宇宙生化道德創造之源
- 建立道德行為之超越的根據

——直通天命天道而為一——人之正性

(2) 氣質之性——就人之氣質之偏雜（氣質之特殊性）而言——生之謂性
- 氣性
- 才性

——自然之性——形而下之性
- 心理
- 生理
- 生物

——三串現象之結聚——非人之正性（故君子有弗性焉）

二、氣質之性，是限制原則，亦是表現原則

氣質之性雖常拘限或隱蔽天地之性，但「善反之，則天地之性存焉」。在善反之中亦函有變化氣質之工夫。氣質之性雖有其獨立性，而成一套自然之機栝，但就道德實踐而言，則並不以此為準，故曰：「氣質之性，君子有弗性焉」。弗性，並非不承認這種性，而只是表

示不以之爲本、爲體、爲準之意。

儒家講性，是就道德的創造而言，故以天地之性爲本、爲體、爲絕對之標準。而氣質之性則是道德實踐中的「限制原則」。不但一般人因氣質之偏雜而形成種種限制與層層限定；縱然是聖人氣質粹然，具有中和之資，而其契合天道亦仍然有限制與限定。孟子盡心下云：「聖人之於天道也，命也，有性焉，君子不謂命也」。「命也」，即表限制與限定。否則，何以有孔子之形態、釋迦之形態、耶穌之形態？就儒家之聖而言，何以又有堯、舜與孔子之不同？可見這裏實有普遍地限制與限定。只是聖人不因有此限定而即諉之於命，他能率性盡道而自強不息，故雖「命也」，而「有性焉，君子不謂命也」。這個命，是命運、命限之命，收縮到個體生命上，便是從氣質、資質說的命。這種命與氣質之性一樣，亦是限制原則。

限制原則是氣質之性的消極意義。但氣質亦有積極的意義。氣質之偏雜雖必須加以變化，但化而使之至於「中」，這個中，亦仍然是指一種氣質，所謂資質之美是也。性體之表現，不能離開個體生命之氣質、資質，即使氣質粹然，全化而率性，性體亦仍然要在氣質中流行而表現。就此而言，氣質或氣質之性便是一個「表現原則」，此表現原則乃是氣質之性的積極意義。而此積極之表現與消極之限制，又永遠同時常在，表現之亦即是限制之，個體生命之表現永遠是在限制中表現。正視這種限制，由率性而盡性，以求衝破此一限制，使道德生命通於無限，此便是緊切的道德實踐之工夫。

三、變化氣質與繼善成性

誠明篇云：

「人之剛柔緩急，有才與不才，氣之偏也。天本參和不偏。養其氣，反之本而不偏，則盡性而天矣。性未成，則善惡混，故亹亹而繼善者，斯為善矣。惡盡去，則善因以亡；故舍曰善，而曰成之者性。」

此段言變化氣質與繼善成性之道。所謂「天本參和不偏」，與乾稱篇「道則兼體而無累」，誠明篇「性其總，合兩也」，皆爲同意語。天或道，即是天德神體或太虛神體。而神之所以爲神，正是由於它能兼貫氣之聚散、動靜、虛實、清濁等之兩體（體相、相迹）而無累，此固是參和而不偏者。性體之總而合兩，亦是總合貫通氣質之剛柔緩急而不偏滯、而不爲所累，以見其眞實之發用流行。太和篇云「聖人盡道其間，兼體而不累者，存神其至矣」。所謂「盡道」，落實地說，即此誠明篇所謂「盡性」。聖人盡性以存神，故能兼體不累、參和不偏。——按、「道」本身固自兼體不累、參和不偏，此是超越地說；而聖人盡道、存神，亦兼體不累、參和不偏，則是實踐地說。

然一般人則常受氣質之限制，而爲其所累。蓋氣質本有各種偏雜之成分，足以成爲性體呈現之險阻。因此在從事道德實踐之時，必須有變化氣質之工夫。橫渠言變化氣質，是從孟子之養氣而說。「養氣」而「反之」於性體之「本」，使其「不偏」於剛柔緩急，並轉化「不才」爲「才」（隨其才分而盡其用），如此，則可說是「盡性而天矣」。當性體呈現其用而參和不偏，此便是性體之本然；通過養氣之工夫，卽可使此本然者如實而呈現，此便是盡性。由此可知，養氣雖直接落在氣上養，但卻不是無指向地徒然養其氣而已，其目的乃在通過養氣工夫以求性體之呈現——暢通而無阻滯地呈現。是故，養氣工夫含有二義：

1是使氣質柔化而通化——化其凝結膠着之偏雜。

2是要「反之本而不偏」——反之於性體呈用之本然，而不偏滯。

就(1)而言，是變化氣質。張子全書卷六義理章有云：「爲學大益，在自能變化氣質。不爾，卒無所發明，不見聖人之奧。故學者先須變化氣質。變化氣質，與虛心相表裏」。變化氣質中凝結膠着之偏雜，使心「虛而明通」，此正是使氣質柔化而通化之工夫。就(2)而言，卽是盡性。性體順適呈現之謂「盡」，該剛則剛，該柔則柔。當性體順適呈現而無阻，氣質不偏不滯而順體，則性體之流行便是「天行」（至誠無息），這就是橫渠「盡性而天矣」一語之實意。

「性未成」以下，是解釋易繫「繼之者善也，成之者性也」兩語之義。亹亹、勤勉不息之意。本體論地說，性本固有，本自現成而自存，何以說「性未成」，又說「成之者性」？據橫渠之語意，此「成」字不是「本無今有」的存有層上的成，而是從人之實踐而言，是工夫地成，彰著地成。所謂「成性」，是在變化氣質之偏的工夫中、逐步彰著地成其性。使「氣之偏」中的善的表現或惡的表現，逐漸轉爲「不偏」中的純善之表現；繼續不斷地成就此純善之表現，便是「繼善」。繼善不已，性卽顯示出它是彰著地具體地全善，所以說「亹亹而繼善者，斯爲善矣」。性本自善，是本體地說；今由繼善而說善，則是從化其「氣之偏」而彰著地說——彰著之而使之成爲具體的善，呈現的善。等到無惡而全善，則「惡盡去」，而惡之名不立；既無惡之名，則亦不需有善之名，而「善因以亡」。所謂「善因以亡」，當然不是說善之「實」亡，而只是說善之「名」可以不立。既然善之名可以不立，所以便「舍曰善，而曰成之者性。意卽舍去「善」這個名不說，而只說「成之者性」（在此「成」處說性）。在未經變化氣質之工夫以盡其性時，性只是本體論地本然自存，而尚未眞實呈現而全幅彰著。橫渠所謂成性之「成」，便是對此本體論地「性體之本然自存」、進而說個彰著地「成」的工夫（亦卽盡性的工夫）。通過變化氣質而盡之、成之，「性」纔有具體的呈現而全幅彰著。因此，牟先生特別指出：「成之者性」之「成」字，必是彰著的成，是具體呈現的成，而不是「本無今有」的存有層上的成。

通過變化氣質之工夫，使「氣之偏」中的 ｛善之表現／惡之表現｝ 逐漸轉爲「不偏」中的「純善」之表現

繼善不已而成性 ｛
- 非「本無今有」的存有層上之成
- 是彰著性體本然自存之善，使之成爲 ｛具體的善／呈現的善｝ 故成性即是盡性
｝

橫渠解釋「繼之者善也，成之者性也」，雖不合易繫辭傳之原義（註十五），但亦自成義理，其「成性」義自可成立。而其措辭則不免有隱晦而欠諦當，如「性未成，則善惡混」便是。「性未成」是對下文之「成」而言。性，是指「天地之性」。成性既是彰著的成，非「本無今有」之成，則彰著地「成之」之後，固然是具體的全善；而未彰著地成之以前，亦只能說它是存有論地本然自存之善，而不能說是「善惡混」，故牟先生說此句決是一時不透

澈之糊塗語（註十六）。且上文既云「天本參和不偏」、「反之本而不偏」，又如何能就「天地之性」而說「善惡混」？若說先天性體是善惡混，則所謂純善之性便將喪失其先天超越義，而成爲「本無今有」；然而後天做成的「本無今有」之性，如何能直通天命天道而爲一？此不但非儒家言性之義，亦與橫渠自己言性之意相悖謬。推求橫渠此語之本意，當是如此：此先天性體在尚未「彰著地成之」之時，其在「氣質之偏」中的表現是「善惡混」，或可善可惡，或有時善有時惡。如此解說，則可不背義理，而亦合乎橫渠言性之意。其措辭雖有不妥善，而「成性」之義，不可掩也。

四、「盡心成性」義之重要性

橫渠在「正蒙」與「經學理窟」中，屢次言及「成性」之義，可見他對此義之鄭重。此「成性」之義影響南宋胡五峯甚大。胡氏「知言」書中言盡心「以成性」，以「立天下之大本」。其言「成性」義顯然是根據橫渠而來。

橫渠言成性，是從變化氣質與養氣而說，尚未直接從「心」上說。但變化氣質與養氣之關鍵，即在於本心之呈現。孟子說浩然之氣云：「其爲氣也，配義與道，無是餒也。是集義所生者，非義襲而取之也。行有不慊於心，則餒矣。」（註十七）此正是從本心之呈現與沛然不禦、以言「養浩然之氣」。橫渠謂「養其氣，反之本而不偏，則盡性而天矣」，此雖是就氣質之偏說養氣——尚不是說「養浩然之氣」；但養之而期其通化凝結之偏滯、以收變化氣質之效，其本質的關鍵仍然是在本心之呈現。橫渠嘗引孟子「志壹則動氣，氣壹則動志」之言，而謂「動，猶言移易。若志壹，亦能動氣。必學而至於如天，則能成性。」（註十八）

志即心志，此正是從心上說變化氣質。心志呈現，能提得住，以「移易」其「氣之偏」而通化之，此即橫渠所謂「學」的工夫，「必學而至於如天，則能成性」，是即無異於說「盡心易氣以成性」也。其成性之關鍵，最後仍落在心志之「盡」上。故誠明篇又云：「心能盡性，人能弘道也。性不知檢其心，非道弘人也。」盡性，即是成性。心能盡性，即是盡心以成性。心何以能盡性、成性？心之靈覺妙用，自主自律，即足以形著性之實，性之實全在心處見。是故盡心即是盡性，盡性即成性。胡五峯即本此而言「心也者，知天地宰萬物以成性者也。六君子（堯、舜、禹、湯、文王、仲尼）盡心者也，故能立天下之大本。胡氏之言「成性」，義同於橫渠，明顯的是彰著地成。盡心以「立天下之大本」，其「立」亦明顯的是彰著地立，而非「本無今有」之立，下至明末劉蕺山亦盛言此義，此是同屬一系之義理。

依牟先生「心體與性體」書中之衡定，自濂溪言誠體、神體、寂感眞幾；橫渠言天德神體、太虛神體、「天本參和不偏」、「道則兼體無累」、「性其總、合兩也」；以至明道言「於穆不已」之體，進而言易體、理體、神體、誠體、仁體、心體等；三人對道體性體之體悟，皆是體悟爲「即活動即存有」者。唯朱子本於伊川「性即理」也一語之清楚割截，而將道體性體（乃至太極）體會爲「只是理」（只存有而不活動），心義、神義、寂感義，皆脫落而屬於氣；而又本於「格物窮理」之順取的路，以把握道體性體（甚至太極）；如此，則不易接納「盡心以成性」之義。但在體悟道體性體爲「即活動即存有」之系統中，「盡心成性」實有其本質性與眞實性；性體之實全在心上見，全由心之妙覺妙用、自主自律以形著之，而得以成其爲具體而眞實之性。凡自「於穆不已」之體言性者，從其回歸於論孟之仁與心而言，皆必須言此義，性體始實（具體而眞實），心性始一；而亦最易想及此義，此蓋理之必然者，故橫渠、五峯、蕺山皆言之也。至於⑴明道未言及者，以其盛言圓頓之一本，已跨過此義，而此義亦未嘗不隱含於其中也。⑵濂溪未言者，以初創之時，尚未涉及如是之廣也。⑶伊川朱子不言、而朱子又無相應之了解者，以其系統之異也。⑷陸王不言者，以其純從孟子入，只是一心之申展，不必言也。——然承北宋前三家（濂溪、橫渠、明道）言道體性體者，則必須言及此義。蓋此「盡心成性」義，在此系統中確有其本質性、眞實性、與警策性，而五峯、蕺山盛言此義，故爲北宋前三家之嫡系。而朱子則只是伊川之嫡系。平常謂朱子集北宋理學之大成，固是恍惚之言，未得其實也。

附註

註一：唐君毅先生於中國哲學原論原教篇第五章五節中，嘗謂橫渠所言之氣，乃一「流行的存在，或存在的流行」。此言亦正說明虛體氣化之不卽不離、體用不二。

註二：請見牟先生「心體與性體」分論一第二章第二節第一段。

註三：請參看上第五章第二節，二、「太虛與寂感」一段。

註四：請參看上第一章第三節，三、「誠體與寂感眞幾」一段。

註五：請參看上第五章第二節，三、「氣之聚散與兼體不累之神」一段。

註六：見張子全書卷之二、正蒙太和篇附錄朱子之解說語。

註七：易說卦傳云：「窮理盡性以至於命」。照橫渠此處所說，窮理，是道德實踐地窮盡性分中之理（不是窮究外物之理），性分中之理決定命之分，能窮盡這些理而使之有具體的呈現便是盡性，故窮理卽是盡性，窮理盡性卽是至於命。程明道曰：「窮理盡性以至於命，三事一時並了」。依橫渠此處所說，亦是「三事一時並了」。但當明道說此話時，橫渠卻以爲失之太快，意謂窮理、盡性、至命之間，煞有事作。關此，請參看下第十章第二節。

註八：見二程遺書卷二上，二先生語卷二上。宋元學案明道學案錄有此條，可知爲明道語。

註九：見張子全書卷之二，誠明篇此條後所錄朱子語。

註十：孟子盡心上云：「莫非命也，順受其正。故知命者，不立於巖牆之下。盡其道而死者，正命也。桎梏而死者，非正命也。」盡其道而死，只是「順受其正、以得正命」，而仍不能以德行改變此死生壽夭之氣命也。

註十一：按、橫渠之言此，意在說明論語所謂「舜禹有天下而不與焉」，乃是「天理所馴致」，是「理得」而「成位乎天地之中」。故以爲舜與禹之「有天下」，不是個體生命的「氣稟之當然」；其「與」與「不與」，亦不是由於個體生命之主觀性的「志意」。至於其餘之有天下者，則將之歸於氣命一面：若非「乘勢」，則是以人力「求焉者」也。（秦漢以後之打天下，皆然。）橫渠是從天理而言「理得而成位」，此自亦可說；然「成位」不必即是「受命成天子之位」，此義則橫渠未予簡別。

註十二：見二程遺書第二上，二先生語上，宋元學案明道學案錄有此條，可知爲明道語。

註十三：見正蒙誠明篇。

註十四：按、性體之知，即孟子所謂良知；性體之能，即孟子所謂良能，亦即「非才之罪」、「不能盡其才」、「非天之降才爾殊也」諸語中之才。牟先生謂：性體之知能，㈠宇宙論地說，即是虛明照鑑之神之明——神之明即是知，神之妙通即是能，知與能皆從神說。㈡道德實踐地說，知能即是本心。心知之、即是能之。如知愛其親即是能愛其親，知與能皆從道德的本心說。此本心即是吾人道德創造所以可能之先天根據（先天而固有之性能）。故心體之知能亦即性體之知能。參見「心體與性體」第一冊五〇七頁。

註十五：按、易繫辭傳上云：「一陰一陽之謂道，繼之者善也，成之者性也。」「繼之」「成之」兩「之」字，皆指「道」而言。能繼承此道而不斷絕，即謂之善；而能完成或成就此道者，則是性體之能。此是性以成道，仍是中庸「率性之謂道」之意。而橫渠解釋爲「成性」，自非易繫之原意。他是借經典之成語，以抒發自己之義理。

註十六：見「心體與性體」第一冊五一五頁。

註十七：見孟子公孫丑上知言養氣章。

註十八：見張子全書經學理窟氣質章。

第七章　張橫渠㈣：正蒙之心論

第一節　心能盡性

一、心之立名：性體寂感之神的虛明照鑑，即是心

正蒙言天、言道、言虛、言神，皆結穴於性。性可有三義：⑴對應個體或總對天地萬物而爲其體而言，是性體義。⑵自其能起道德之創造或宇宙之生化而言，是性能義。⑶道德創造中的每一道德行爲，皆是性體所命之本分（當然而不容已、必然而不可移），就此而言，則是性分義。綜此三義，即是「性之名」之所以立。而太和篇所謂「合虛與氣有性之名」，則欠諦當。橫渠緊接此句之後，又曰：

「合性與知覺有心之名」。

此亦是不諦當之言。說「合性與知覺」，意似性體中本無知覺，「性」只是性，加上「知覺」纔有「心」之名。實則，由「合」字以表示心或性，皆是不夠精熟之滯辭。須知性之名既

是就太虛寂感之神而說，則心亦不能外於此而別有所合以立名。說「心」正是剋就「寂感之神」而言。寂感必然地函着心義，神亦必然地函着心義。而所謂「知覺」，實卽此寂感之神的靈知明覺，而不是平常所謂感觸的知覺。濂溪太極圖說云「形既生矣，神發知矣」，「神發知」，卽是誠體之神之發爲識知。太和篇所謂「有識有知，物交之客感爾」，「客感」之識知，亦可說是此寂感之神的靈明知覺之發用。然則所謂「知覺」（靈知明覺），固不在就「太虛寂感之神」而說的「性」之外也。神化篇有云：

「虛明照鑑，神之明也。無遠近幽深，利用出入，神之充塞無間也。」

「神之明」，卽是神之靈知明覺；「神之充塞無間」，卽是靈知明覺之充塞無間；而此靈知明覺之充塞無間，卽是神體之朗照——此便是所謂「虛明照鑑」。太和篇云「氣聚則離明得施而有形，氣不聚則離明不得施而無形」。所謂「離明」，亦是指神體之虛明照鑑而言。此「本體、宇宙論地」言之的神體之明（離明），正是言「心」之本體宇宙論的根據。故由神體之明而言心，則心之靈知明覺，

1. 不只是「形既生矣，神發知矣」的形生之後的知。
2. 亦不只是「客感」之「識知」。
3. 亦不是「由象識心」、「存象之心」的心。（註一）

總之，若只是以形生之後所發之「知」爲心，便只能是「經驗心、心理學的心、識心、習心、成心（註二）」，而不必是貞定純一、「動而無動、靜而無靜」、動靜一如的「神心、眞心、

本心、超越心」。而客感之識知，乃是「由象識心」，若不加以貞定，則很可能「徇象喪心」；而「存象之心，亦象而已」，實不是「心」。又太和篇末段有云：「心所以萬殊者，感外物爲不一也」。「感外物」正是客感，「萬殊」「不一」正因它是「由象識心」的「存象之心」，故必「徇象喪心」而不能貞定純一。〔按、若能提得住以保持其貞定純一，則其萬殊之不一便只是隨機應變之形態（客形）上的不一，而心之自身仍可不喪其一。——但客感之「識知」的心，卻不能保證這一點。〕所以「心」之名，決不能只就此經驗層（感知層）上立。心之本義、最深義、根源義，必須「本體宇宙論地」就神體之「虛明照鑑」而說，而靈知明覺亦必須就此神體之明而說。故牟先生以爲，心之立名，乃是就「性體寂感之神的虛明照鑑」而言，而不是「合性與知覺有心之名」也。

據以上之辨析，可知性體的全幅具體內容（眞實意義）即是心，心體的全幅客觀內容（形式意義）即是性。簡而言之，性體之全幅呈現，謂之心；心體之全體挺立，謂之性。對應「性」之具有性體、性能、性分三義，「心」亦類比地具有此三義：

一是心體義——心即是體；

二是心能義——心能創生，能形著；

三是心宰義——心主於身，心之自律而命於吾人者，皆是本分之素定，此即孟子所謂：

「大行不加，窮居不損，分定故也。」

依此而言，心性完全合一，而且完全是一。若以性爲準，則除性體、性能、性分三義之外，尚可再加兩義：一是性理義，性體自具普遍法則（理則），性即是理。一是性覺義，性體之神的虛明照鑑，即是覺。如是，性體、性能、性理、性分、性覺，五義備而性之全體明，心之全體亦明矣。此乃「心性是一」之宇宙論的模型。此一模型雖以性爲主，但要道德實踐地證實而貞定此一模型，則須以心爲主。由宇宙論建立客觀性原則，由道德實踐以證實而貞定之，則建立主觀性原則。（註三）

性體寂感之神的虛明照鑑（靈知明覺），即是心 〈性體全幅呈現，謂之心；心體全體挺立，謂之性〉 心性是一

〈性是客觀性原則；心是主觀性原則〉 凡言道德實踐，必以心爲決定因素——心能盡性

二、心能盡性：心爲主觀性原則，性爲客觀性原則

誠明篇云：

「心能盡性，人能弘道也。性不能檢其心，非道弘人也。」

所謂「心能盡性」，即是由道德心之主觀地呈現或覺用，來充分實現或具體形著那客觀地說的性。因此，道德實踐地說的道德本心，即是主觀性原則，形著原則、具體化原則。

「性不知檢其心」的性，是客觀地、本體宇宙論地說的性，這個性體若無道德本心之眞

實呈現或眞切覺用來形著它，則它便只是自存潛存而不能起用，所以說「性不能檢其心」。

檢，是定、察之義。若心能盡性，則性自亦能檢其心；心不能盡性，則性雖自存而卻無能爲力。故凡言道德實踐，必以心爲決定因素。而性，則是客觀性原則、自性原則。

就性體自身而言，(1)性體之「在其自己」，是性體之客觀性，是性體之自持自存，此之謂性體之遝挺持體。(2)性體之「對其自己」，是性體之主觀性，是性體之自覺，而此自覺之覺用卽是心，此便是道德的本心之所以立。道德的本心不是別的，它本就是性體之自覺（自己覺它自己，不是另有一個外於性的心來覺它）。這是從性體一面說。

若主觀地說，便是「心能盡性」，當下便從本心自己之眞切覺用以盡其性，以充分地形著此性。等到此眞切覺用調適上遂而全幅朗現，則性體之內容全部在心，而心亦全體融於性；此便是心性之通而爲一、主客觀之眞實統一，而宇宙論地「心性是一」的模型，亦遂得其徹底之證實而貞定之。此便是「心能盡性」之總綱。

三、心之爲體：仁心無外，體物不遺

此下所論，以大心篇爲主（註五），其他相關之文，則會而通之。

大心篇云：

「大其心，則能體天下之物。物有未體，則心爲有外。世人之心，止於聞見之狹。聖人盡性，不以見聞梏其心。其視天下，無一物非我。孟子謂盡心則知性知天，以此。天大無外，故有外之心，不足以合天心。」

心之大小，是本於孟子大體小體之分而言。心爲聞見之狹所限，則小；不爲見聞所桎梏，則大。要想「大其心」，就必須從聞見之狹中解脫開放出來，解脫開放後的心靈卽是孟子所謂「本心」，是超越的道德的心靈。而囿於聞見之狹，爲見聞所桎梏所限制的，則是所謂經驗的、感性的、心理學的心，亦卽莊子所謂「成心」，佛家所謂「識心、習心」。這種在條件制約中、在遷流變動中的心，當然不能由它而建立起或表現出眞正的道德行爲。這種心爲耳目之官所拘限，所以是「小」；心小則人小，故孟子曰「從其小體爲小人」。反之，從聞見之狹中解脫出來的超越心靈，則是「大」；心大則人大，故孟子又曰「從其大體爲大人」。（註六）

超越的道德本心，當然不能「有外」。無外，是表示它的普遍性。這普遍性是由「體天下之物」或「視天下無一物非我」而規定，這就是仁心之無外。仁心無外的普遍性，不是抽象的類名之普遍性，而是在實踐之中、由道德本心眞實呈現而對天下事物有痛癢之感時，而顯示出的絕對的具體的普遍性。「聖人盡性」卽是盡這個仁性，盡仁性卽是盡仁心。所以橫渠說「孟子謂盡心則知性知天，以此」。「天大無外」，性大無外，心亦大而無外。若「有外」，便「不足以合天心」，可知這無外之心，卽是「天心」。天與性之無外，是客觀地說；心之無外，是主觀地說。而天與性之無外，正由心之無外而得其眞實義與具體義，此便是主客觀之統一或合一。孟子所謂「萬物皆備於我」，亦正是說的這仁心之無外。若問仁心之無外由何而見？曰：由「體天下之物」的「體」字而見。天道篇有一段話，發揮體物不遺之義甚爲明澈，其言曰：

「天道四時行，百物生，無非至教。聖人之動，無非至德。夫何言哉？天體物不遺，猶仁體事無不在也。禮儀三百，威儀三千，無一物而非仁也。昊天曰明，及爾出王；昊天曰旦，及爾游行！無一物之不體也。」

此段所陳述之義理，與上引大心篇一段相同。所謂「天道四時行，百物生，無非至教」，以及所引詩經「昊天曰明」四句（註七），以言天之體物、無一物之不體，是客觀地說。而「聖人之動，無非至德」，以及「禮儀三百，威儀三千，無一物而非仁」，則是主觀地說。無論主觀客觀地說，二者在聖人之踐仁盡性、或踐仁知天中，終必完全合而爲一，故橫渠曰：「天體物不遺，猶仁體事無不在也」。蓋仁心即天心，仁德即天道，仁之「體事無不在」，當然不是「仁」這個概念體事無不在，而是仁心仁性在「盡」之中體事無不在。橫渠言「大其心」之意，顯然是根據孔子之「仁」與孟子之「本心」而說。——朱子對天道篇此段文雖甚能欣賞，而曰：「此數句從赤心片片說出來。」（註八）但他對橫渠「大其心」之說卻甚不以爲然。如云：「橫渠有時自要恁地說，似乎只是懸空想像，而心自然大。」（註九）此根本隔閡太甚。對橫渠言「大」之切義與實義根本不解，而孟子之義理亦根本未能進到他生命之中。朱子以爲橫渠是「懸空想像」，然則孟子言大體小體、先立其大、萬物皆備於我、沛然莫之能禦，難道亦都是懸空想像之說？朱子對此一系之義理，實有本質上之不能契應處。故其孟子集註解「盡心知性知天」一章，全不相應。而橫渠之「心能盡性」，明道之「一本」論，胡五峯之「盡心成性」義，以及象山之「先立其大」，朱子亦皆無相應之了解。

又「體物不遺」之「體」字，朱子曾列出「體察、體認、體究、體貼」以及中庸之「體群臣」以爲解。實則，「體群臣」之體諒、體恕、體恤，與認知意義之體察、體認、體究，並不相同。至於「體貼」，有時同於體諒體恕，是指道德的心與情之溫潤體貼而言；有時則指認知之體會而言，如明道謂「天理二字是自家體貼出來」，體貼卽體會之意，同於體認、體察。而朱子則儱侗一起說，且又着重認知意義之體認體究與體察，此則並非「體物不遺」之切義與實義。橫渠所謂「天體物不遺，猶仁體事無不在」，是就仁心之感通、關切、知痛癢、不麻木而言，此是「天心仁體」立體直貫的道德意義，而非認知意義。「天體物不遺」卽易繫「曲成萬物而不遺」、中庸「鬼神體物而不可遺」（註十）之意。「仁體事無不在」，就仁心而言，是感通、遍潤一切而不遺；就仁道而言，則是顯現、遍成一切而不遺。又，「體道」之體，其意指又有不同。體道，是體而有之之謂，亦卽能表現道於己身之謂。「體仁」，義亦同此。故體道、體仁之體字，是「體現」之意。再如「體悟」「體證」，乃是在主觀內省的實踐工夫中當體會悟、當體親證之義。

天體物而不遺
仁體事無不在 ＞ 仁心無外——無一物而非仁、無一物之不體——體物體事，乃是：

就仁心之 { 感通 / 關切 / 知痛癢 / 不麻木 } 而表示立體直貫的道德意義 ＜ 感通、遍潤一切 / 曲成萬物而不遺

第二節　心之「知用」義

一、見聞之知與德性之知

橫渠繼分別氣質之性與天地之性之後，又分別見聞之知與德性之知。由心靈之囿於見聞或不囿於見聞，而引出兩種知之分別。

大心篇云：

「見聞之知，乃物交而知，非德性所知。德性所知，不萌於見聞。」

從認知活動而言，見聞之知所表示的心靈活動，是「萌於見聞」，是在感觸知覺中呈現，所以它是囿於經驗而受制於經驗的。而且就經驗知識之成立而言，心靈之認知活動亦必須囿限於經驗之範圍中，纔能眞有知識成果之可言。〔但康德所說的「先驗知識」，卻不是經驗知識的「知識」義，而是他所說的成功經驗知識的先驗原則，或是純形式的知識如數學與幾何等。這種先驗知識亦可說是「不萌於見聞」，但卻不是橫渠所說的德性之知。先驗知識並無德性的意義，它所表示的心靈活動亦不是德性的，而是純認知的——不過屬於純形式的而已。〕橫渠雖分出見聞之知，但卻並未積極探究經驗知識之構成，因而亦沒有在此成功一個積極的知識論。他只着重於表示：「萌於見聞」而爲見聞所限的心靈活動，並不能進到「體物不遺而無外」的境界。

而「德性之知」則「不萌於見聞」，而是發於性體的知，亦即「知愛知敬、知是知非，當惻隱自然惻隱，當羞惡自然羞惡，當辭讓自然辭讓」的知。這種知，由本心性體自己起用，當然不假於見聞、不萌於見聞。其知用之活動，只是那超越的道德本心在無外之呈現中，自顯其「自主、自決、自有天則」之朗潤，以遍照一切、曲成一切；因此，並沒有專爲它所適應的特定之經驗對象。客觀地說的「性天之無外」，實際上即由主觀地說的「本心知用之無外」來證實。故橫渠所謂德性之知，只在表示：由超越的道德本心之知用、來反顯德性心靈之無外，而並無認知的意義。

誠明篇云：

「誠明所知，乃天德良知，非聞見小知而已。天人異用，不足以言誠。天人異知，不足以盡明。所謂誠明者，性與天道不見乎小大之別也。」

中庸云：「誠則明矣，明則誠矣」。誠體起明，是自起的，明，即是誠體自己之朗潤與遍照。（註十一）誠明所「知」，這個知，即是天德良知，亦即德性之知。天德良知是大，見聞之知是小。但天德良知卻不是一個隔離的抽象體，而是由「通天人、合內外、一小大」，而見其爲具體而眞實的誠明之知用。當天德良知具體流行於實事之時，則它雖不囿於見聞，而亦不離乎見聞。故陽明亦云：良知不由見聞而有，而見聞莫非良知之用。故良知不滯於見聞，而亦不離於見聞。」（註十二）如此，則見聞之知亦只是天德良知之發用，旣是天德良知之發用，則見聞之知亦便不爲小矣。

見聞之知之所以爲小，是由於它不通極於天德良知，而自止於聞見之狹。大是天，小是人——人爲自限；誠，則通天人、而人亦天矣。一切人事本皆是天行。但由於不能通極於誠，所以「天人異用」，天是天，人是人；如此，則誠體便隔絕而成爲抽象體，而不是眞實而具體之眞誠，所以說「不足以言誠」。下句又云「天人異知，不足以盡明」。明，與誠一樣，亦通天人。但若天人異知，則人之見聞之知與天德良知隔而爲二，天人不相通，當然不足以盡明。反之，能通天人以盡明，則屬於人的見聞之知，亦遂「大」，而同於天德良知，而可天人「同」知。通天人、合內外、以盡其誠明之體的實義，則小大之別亦泯，此時便化而爲一體之流行。故又曰「所謂誠明者，性與天道不見乎小大之別也」。（性與天道，不外乎一誠明之體。從其一體而化、體用不二而言，固不見有小大之別。）

依以上之解析，可知見聞之知與德性之知的對揚，雖說是心之「知用」，卻仍是指向道德心靈之呈現，而並不在於純認知活動之探究。所以說，橫渠雖分出見聞之知，卻並未在此成功一個積極的知識論。——〔按、心之知用，可上達，亦可下開。上達，是通過良知明覺（德性之知）而顯示其爲「與物無對」之超越的道德本心，依此可以成就聖人之德。下開，是由良知明覺自我坎陷而轉爲「與物有對」的「知性」，依此可以成就科學知識。古賢講學，特重上達一面，而論之亦已精詳。今日講學，則應兼重下開一面。蓋良知良能雖至簡至易，而亦未嘗不知險阻。而要克服人生的險阻，則必須轉出知性之用。上達下開，通而爲一，方是眞實圓滿之敎。此義，本於牟先生「現象與物自身」第四章，請參看。〕

誠明起知
- 天德良知（德性之知）{通天人／合內外／一小大}而見其爲具體而眞實的誠明之知用
- 不萌於見聞而亦不離乎見聞—故見聞之知亦是天德良知之發用
  - 通極於天德良知（通極於誠）—合天人—不見小大之別
  - 自止於見聞之狹（人爲自限）—天人{異用／異知}不足以盡明（故爲小）

二、由象識心與「心知」之超越乎「象」

大心篇又云：

「由象識心，徇象喪心。知象者心。存象之心，亦象而已；謂之心，可乎？」

此段即繼上一段進而由心之知用以說明超越心之虛明純一。「由象識心」，滯於見聞，是謂「存象之心」。必須不滯於見聞，方是虛明純一之心。「象」，即太和篇所謂：「散殊而可象爲氣，清通不可象爲神」、「盈天地之間者，法象而已」、「凡天地法象，皆神化之糟粕爾」，此諸語所說之象或法象，皆是指散殊之物象而言。「由象識心」，是經由物象而識心。若問如何能經由物象以識心？此則不能只經由

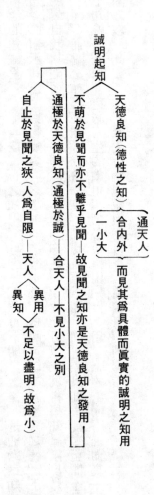

「物」來了解，而必須關聯着上段「見聞之知，乃物交而知」來了解。太和篇嘗言：「有識有知，物交之客感爾」。識與知，是心之作用，這作用是經由與外物相交接所形成的「客感」而表現。人與外物相交接而知物，心之活動卽由此「知物」之關係而反顯出。心在感觸經驗中活動，因常逐物之故而使物之影像留滯於心中，物之影像亦是物象，以今語言之，亦卽心中之觀念或意象。此時，心中全是一些觀念、意象之堆集。若由此堆集之觀念意象以識心（由象識心），則必隨象之變動而變動，隨象之紛歧而紛歧，而心之自主性乃完全喪失而物化，則雖云有心而心已喪，故曰「由象識心，徇象喪心」。又曰「存象之心，亦象而已」。依佛家唯識宗之說，心者，集聚義。由集聚說心，正是橫渠所謂「存象之心」。此乃「識心」，而非眞心。

然而，「知象者心」。既然知象的是心，則由其「知象」卽可看出「心知」之超越乎「象」，象在下，而心知在上。心知，是能、是主；象，則是所、是賓。如此反顯，則「心」可見矣。不能如此反顯，則因見聞而滯於見聞，因存象而徇於象，於是，心同於物，自非眞心。所以「存象之心」，只是心理學的心、經驗的心、亦卽識心、習心、成心。明末黃道周嘗謂：「意、識、情、欲，是心邊物，初不是心。」（註十三）而橫渠早已先黃道周而言：「存象之心，亦象而已，謂之心，可乎」？可見宋明儒所說的心，總不是心理學的心，而必須是超越的道德本心。（註十四）必須見到它的主動性、純一性、與虛明性，纔算見到「心」。

心之「知象」，固然是由物交之聞見而顯，但滯於聞見與不滯於聞見，卻是聖與凡之關鍵。在這個關鍵上，乃有盡心盡性之工夫。就此而言，並不關乎吾人所知之多寡或廣狹，而根本是道德心靈是否能躍起呈現以發用的問題。橫渠雖由知象之知來說心，但目的不在說知識，而在於說超越的道德本心之體物而不遺。其所以作「見聞之知」與「德性之知」之分別，即以此故。

心知
- 由象識心—徇象喪心—存象之心，只是「象」（物之影像：觀念意象之堆集）
  - 集聚義之心，乃識心、習心，非眞心
  - 意、識、情、欲，是心邊物，不是心
- 知象者心—心知超越乎象
  - 心知—能、主
  - 象—所、賓
  - 合內外於耳目之外（德性之知之合內外）

三、德性之知之合內外

大心篇又云：

「人謂己有知，由耳目有受也。人之有受，由內外之合也。知合內外於耳目之外，則其知也，過人遠矣。」

見聞之知，是由於耳目與外物相接而來，有接便有受。於此，亦可說是合內外。但這種內外之合，是主體之心經由耳目之官而與外物合；是平列的，對待的，因而亦是關聯的合。

這種見聞之知的合內外，必然爲生理器官（耳目）以及外在之物所拘限。若要超越這拘限，而「合內外於耳目之外」，則必須是德性之知之合內外。所以說「知合內外於耳目之外，則其知也，過人遠矣」。此「知合內外於耳目之外」的「知」，便是德性之知。

德性之知之合內外，不同於見聞之知之「平列的、對待的、關聯的」合，而是隨超越的道德本心之「遍體天下之物而不遺」，而爲攝物歸心之「絕對的、立體的、無外的」合，這是「萬物皆備於我」的合。而嚴格地講，這「合內外於耳目之外」的合，實亦無所謂合（以其無兩端之關聯故），它只是由超越形限而來的、仁心感通之不隔。在此說「合」，只是虛說；相對於「耳目之接於外物而可成就經驗知識的合」而言，亦可說這是消極意義的合。但這消極意義的合，卻又是眞實不隔的合，它眞能達到「一」的境界；既能「一」，因而又實可說是積極的合——不是兩端之關係的合，乃是一體遍潤而「無外」之「一」，必須能「一」，方是眞正的合一，故可說是積極的合。

德性之知，隨仁體之「如是潤」而「如是知」，它無有特定之物爲其對象，因而其心知主體亦不爲特定之物所限，它超越了主客關係之形式，而消化了主客相對之主體相與客體相；總之，德性之知不是在主客關係中呈現，它只是「朗現無對的心體大主」之朗照與遍潤。如此，纔是眞正的「通天人、合內外、一小大」，纔是具體而眞實的誠明之知用。（若是「天人異知」，便「不足以盡明」，便不是誠明之知。）

以上是說明心之「知用」義。下節再說心之「形著」義。

第三節　心之「形著」義

一、心之郛廓義與形著義

大心篇云：

「天之明莫大於日，故有目接之，不知其幾萬里之高也。天之聲莫大於雷霆，故有耳屬之，莫知其幾萬里之遠也。天之不禦莫大於太虛，故心知廓之，莫究其極也。人病其以耳目見聞累其心，而不務盡其心。故思盡其心者，必知心所從來而後能。（註十五）耳目雖為性累，然合內外之德，知其為啓之之要也。」

按、此段前半，以目之接天明、耳之屬天聲（屬、連也，亦接也），類比「心知之郛廓天道生化」，以說明心能盡性，心爲形著原則。後半進而說明盡其心以盡性，則合內外、通天人，而耳目之與物接，乃可不爲性之累，反而可以成爲「啓之之要」：開啓天德良知之機要。（此卽後來王陽明所說，良知發竅於耳、發竅於目，耳目卽是良知之發竅。）

日光之遍照，象徵天之明；雷霆之響徹寰宇，象徵天之聲；這是客觀地說。「有目接之，不知其幾萬里之高」，「有耳屬之，莫知其幾萬里之遠」，這是主觀地說。主觀地說，是表示由目之接以證實「天之明」之高，由耳之屬以證實「天之聲」之遠。耳目如此，「心知」之對於天道，亦然。「天之不禦，莫大於太虛」，不禦，意同於易繫辭傳上「夫易廣矣大矣，以言乎遠則不禦」之「不禦」。依朱子周易本義之解釋，「不禦，無盡也」。所謂「天之不禦」，是說天道生化之無窮盡，無有足以禦而止限之者。這亦是孟子所謂「沛然莫之能禦」的意思。從客觀面說，天道清通而至虛，故其無盡之生化莫之能禦；從主觀面說，「心知廓之，莫究其極」，則是以心知之誠明，契應天道無盡之生化，而即印證其無盡、證實其無盡。——心之「形著」義，即由此「心知廓之」之「廓」而見。

「心知廓之」之「廓」，可以如程明道所謂「君子之學，莫如廓然而大公，物來而順應」之廓，這是開朗義；亦可以如邵康節所謂「心者性之郛廓」之廓（郛廓亦可作郛郭，郛亦廓也），這是範圍義與形著義。以是，廓含有三義：⑴開朗，⑵範圍，⑶形著。城圈之外為廓，故對城圈而言，廓有「開朗」義。但說廓說郛，其本身即有「範圍」義，由範圍說「形著」。

橫渠所謂「心知廓之，莫究其極」之廓，正可備此「開朗、範圍、形著」之三義。——超見聞的「心知」之誠明，遍體天下之物而不遺，自然開朗而無外。以其開朗無外，故能相應「天之不禦」而知其為無窮盡。相應其「不禦」之無窮盡，即是郛廓而範圍之。故「廓之」是以「相應」定，其義猶如易傳「範圍天地之化而不過」句中之「範圍」，範圍二字，只是比擬地說，並非指說一個有形的範圍。以是，範圍亦是「相應」義（非圈限義）。而「相應」之實義即是「形著」，意謂「心知」相應天道生化之無盡而證實之，證實之即是「形著」之。客觀自如（潛存自存）者，必有待於主觀之形著，以得其眞實義與具體義。故「心知廓之」之廓，乃本於超越的道德本心之無外，而落實於對天道生化之形著。（註十六）心之作用，即在於形著。「心」之靈覺妙用、自主自律，即足以形著「性、天」之實。故橫渠言「心能盡性」，孟子亦言「盡心、知性、知天」。虛說的郛廓範圍義，即在導成此「形著」之實義。南宋胡五峯言「盡心以成性」，明末劉蕺山言「性無性」、「性因心而名」、「此性之所以爲上，而心其形之者歟！」（註十七）亦皆是說心之形著義。

「心知廓之」廓〈本於超越的道德心之無外／落實於對性與天道之形著〉超見聞的心知之誠明

相應〈天道／性體〉之無外，而即就其無外而〈印證之／證實之〉此之謂「形著」

「心」之〈靈覺妙用／自主自律〉即足以形著「性、天」之實（心性合一、心性天合一）

邵康節擊壤集序有云：「性者道之形體，心者性之郛廓，身者心之區宇，物者身之舟車」。牟先生謂此四語，是在表明「道」之步步形著化與內在化。(1)光儱侗地說個「道」，這只是客觀地、形式地說。道，必落實於「性」，即所謂結穴於性，以性爲其體，所以說「性者道之形體」。形體，是虛說的比擬之詞，道與性，固無形體之可言也。故知此處所謂「形體」，只是體性義、本質義、內容義。(2)言「性」，仍然是客觀地、形式地表示，而眞正主觀地、具體地表示，是在於心之形著，所以說「心者性之郛廓」。融性於心，性纔能得其眞

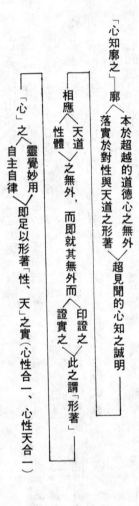

實義與具體義。因此，「心」爲「性」之郛廓雖有範圍義，而其實是在導成形著義——心相應性而證實之、形著之。

道、性、心之步步落實，是將中庸易傳會通到孟子；北宋諸儒下屆胡五峯與劉蕺山，皆是此路。只有陸王是直從孟子入。就先秦儒家之發展而言，是先有孟子，然後再通澈到中庸易傳之境，此時纔有客觀地「自天道建立性體」之一義。北宋諸儒繼承中庸易傳，而通於孟子，所以有「心能盡性、盡心以成性、心性對揚」的心之形著義，而究其極，亦是心性合一。至於陸王則單從孟子之路入，直下即是心性是一，直下即是一心之沛然，即是心體之無外，即是性體之昭然。此兩路原本是一圓圈，自發展上看，纔顯出有此兩路，但最後兩路仍然合一。依牟先生之疏導，其合一之義路可列述如下：

⑴若無孔子之踐仁知天與孟子之盡心知性知天，則不能有中庸易傳之客觀地由天道建立性體之一義。

⑵若無由天道建立性體之一義，則孔子之踐仁知天與孟子之盡心知性知天，便亦不能算是澈盡而至於圓滿，而孟子之心性亦不必能澈盡而顯示其絕對普遍性——人可在此致疑於孟子所言之心性，只是限於人之道德心靈。

⑶但孟子已言「萬物皆備於我」、「上下與天地同流」，此表示其心性之絕對普遍性並無虛歉；其言盡心知性知天不只是遙遙地知天，而實足以證實：天之所以爲天，在本質上實同於其所說之心性。——故孟子實已開啓「心性天合一」之門，惟至中庸易傳始正式客觀地說出耳。

⑷所謂正式客觀地說出此義，即是將孟子所說之心性，直下通澈到天道之奧處，所以有

「客觀地自天道建立性體」之一義。而此義一成，即必然函有主觀說與客觀說之對揚，必然函有心性之對揚，必然函有心之形著義以期最後重返於合一：心性合一，心與性天合一。這種合一，是將孔子之踐仁知天與孟子之盡心知性知天所敞開的合一之門，正式挺立起而通澈到圓滿之極。（北宋諸儒下屆五峯蕺山，即是順此一路而發展。）

⑸先秦之原型既已通澈而至於其圓滿之極。則陸王繼起，便可單從孟子之路以澈至此圓滿之極。此方是「即心即性即天」的通透圓熟之境。

據上所述以言宋明儒學之發展，北宋諸儒下屆南宋初年之胡五峯，是此圓滿之前一階段，是繼承中庸易傳而再回歸到孟子以建立心之形著義。而陸王則是最後一階段，是直承孟子而通澈於中庸易傳之境，故無須此心性對揚的心之形著義。此發展中之兩路正好形成一圓圈，由此圓圈以見「心性天是一」。——若是從理上「直下言之」的「心性天畢竟是一」，便是程明道之一本論。明道直下言之的一本，是由他圓熟之智慧、圓悟妙悟而開發出的模型。而陸王之直下言之的一本，則是在發展中逼出的。所謂在發展中逼出，一是順心性對揚之形著義而透進一步，一是由於朱子學之對比而逼顯。象山謂朱子「泰山喬嶽，可惜學不見道」，陽明謂朱子「析心與理而爲二」，皆是切關義理系統而極有份量之言。朱子依其心性情三分、理氣二分之思想格局，心與性不一，心與理爲二，心性天亦不能一。他不了解象山，不了解心之形著義，亦不了解明道之一本論。由於朱子對圓圈所成的一本與直下言之的一本皆有所憾，乃益發顯出陸王之挺拔（牟先生以爲，即使明道圓悟妙悟之模型，亦未至陸王之光暢之境）。朱子能另開一系之義理，當然甚爲偉卓，對文化學術之影響亦大。朱子之潛德幽光，亦有待於後人之發揚。然平常說朱子集北宋理學之大成，而獨尊朱子爲正統，則未得學術之實。

以上說明心之「形著」義。心能形著性，亦卽「心能盡性」之意。盡心盡性以完成自己，此卽下段「以性成身」之義。康節所說四語中之後二語：「身者心之區宇，物者身之舟車」，便正是說的成身成物之義。（註十八）

二、以性成身與化「成心」以體道成物

大心篇又云：

> 「成吾身者，天之神也。不知以性成身，而自謂因身發智，貪天功為己力，吾不知其知（智）也。民何知哉？因物同異相形，萬變相感，耳目內外之合，貪天功而自謂己知爾。」

天道因太虛之神而能生化，故物與身（己身）皆是神之所成。言天、道，言虛、神，皆結穴於性。太虛神體既成吾人之身，則吾人自當盡己之性以完成自己（以性成身）。盡性以成己，則凡吾身所發者，實皆性體之所為；若自謂「智」發於己身，則是貪天功以為己力。且一己之私智，豈得謂之天智（性智）？所以說「不知以性成身，而自謂因身發智，貪天功為己力，吾不知其智也」。凡民因何而有知？不過「因物同異相形，萬變相感，耳目內外之合」而有其「知」而已。此雖是物交之客感，雖是耳目接於物而知；然究其實，則「同異相形、萬變相感」，固然是太虛神體之妙運而然，而「耳目內外之合」，亦只是太虛神德（天德良知）之發竅而已。然則「自謂己知」，豈不正是「貪天功」而忘本？

又云：

「體物、體身，道之本也。身而體道，其為人也大矣。道能物身，故大。不能物身而累於身，則藐乎其卑矣。能以天體身，則能體物也，不疑。」

「體物、體身」之體，即是「體物不遺」之體。（體物不遺，即遍潤曲成之意）。體物，是以「性」體物而成物；體身，是以「性」體身而成身，反過來即可說身是「體道」之身。此「體道」之「體」，是體而有之之謂，亦即能表現道於己身之謂。「身而體道」，便是大人。不能體道，則只是軀殼生命而已。就「道」而言，若「道能物身」以成身，便是大而正之道。（按、物字為動詞，如「物物而不物於物」之「物」字，有主宰運用之義）。若「不能物身而累於身」，便只是苟偷、卑陋、狹小、偏曲之道。末句「能以天體身，則能體物也，不疑」，天，即吾人之性（天、道、虛、神，皆結穴於性）。故「以天體身」義同於「以性成身」，皆是盡性以成己之意。能盡性成己，自能體物以成物。此猶然是中庸盡己之性、盡人之性、盡物之性、而參天地贊化育之義也。

又云：

「成心忘，然後可與進於道；化，則無成心矣。成心者，意之謂與？無成心者，時中而已矣。心（成心）存，無盡性之理。故聖不可知謂神。」

盡性以成己成物的關鍵，在「盡心」（化成心以盡其本心）。盡心，卽可不囿於見聞之狹，而充分體現其超越的道德本心。「本心」與「成心」相對而言。成心，卽是習心、識心，橫渠以「意必固我」之「意」解之，甚是。人到超脫見聞之累而「忘」其心，乃能保持本心之虛明純一；如此，則成心可「化」矣。化，則無「意、必、固、我」之私，而唯是心體流行、隨時而中，所以說「無成心者，時中而已矣」。反之，成心存，則不能盡心盡性，故曰「無盡性之理」。唯有化其成心而盡心盡性，然後乃可進於道，以達於一超知而不可知之神。到此，便是聖人境界。

又云：

> 「以我視物，則我大。以道體物、我，則道大。故君子之大也，大於道；大於我者，容不免狂而已。」

「我大」，乃「以我視物」而形成的主觀之虛狂；「道大」，則由「道、體物（我）不遺」而見。而君子之大，是「大於道」，是由於盡心盡性以「體道」（身與道一）而大。人若囿於見聞之狹，離其根而忘其本，以自誇「我大」（大於我），則不僅是由於所識者小而有所固蔽，甚或不免是一己之虛狂庸妄而已。

以上四小段，可合爲一整段。其大旨不外盡心盡性，以性成身，與化「成心」以體道成物。凡言「形著」義，必然要由「以心著性」、「盡心成性」，進到「成身、成物」之義。

觀乎正蒙大心篇之所說，橫渠思理之深邃嚴密，亦由此可見矣。此下尚有數小段辨釋氏之非，茲從略。

第四節　橫渠之「仁化篇」與性體心體之五義

一、心性天是一

從「大心篇」看，可知橫渠是本於孔子之「仁」與孟子之「本心卽性」而說心，如此而說的心，是超越的、形上的普遍的本心。橫渠引孟子「盡心知性知天」之言爲證，以言「心能盡性」，意思是說，如能盡此本心，則自然能盡性。天道篇云：「天體物而不遺，猶仁體事無不在也」。天道之「體物不遺」，是客觀地、本體宇宙論地說；仁之「體事無不在」，是主觀地、實踐地說。主觀實踐地說，正所以顯示「心能盡性」之心，是超越的心，是形上的普遍的本心。故大心篇亦云：「大其心，則能體天下之物」。由此可知，「天大無外」，性大無外，心亦大而無外。盡其本心，便能盡性，性體之內容全在心體上見。再推而言之，天德神體、於穆不已之體，亦全在心體上見。所以明道便直接地說「只心便是天」。橫渠雖未明說「心、性、天是一」，而意實函之，而且甚爲明顯。牟先生以爲，此一義理規範，全是根據孔子之仁與孟子之本心卽性而成立。

太和篇雖是先自易傳之路入，重在闡明「有無、隱顯、神化、性命、通一無二」的神體氣化之不卽不離——「本天道爲用」之體用不二的宇宙觀，以抵禦佛老，看來好似客觀面重而主觀面輕；但橫渠並不是空頭地講這幾句話，他自始便是扣緊主觀面之實踐地通一無二而說，故曰「聖人盡道其間，兼體而不累者，存神其至矣」！由這一面展開來，而說「心能盡性」，說盡心易氣以成性，便又從中庸易傳而回歸於論孟矣。如此，則主觀面亦並不能說輕。人只浮光掠影地看太和篇之辭語，爲其中「太和」「太虛」「氣」諸詞所吸住，而又不究其實，不解其「兼體無累」「參和不偏」之密義、實義，又不解大心篇言「心」之切義，以及誠明篇之「心能盡性」義、「繼善成性」義；於是便說是客觀面重而主觀面輕，甚至說是空頭地講宇宙論，或更甚至說是唯氣論，凡此，皆是不得其實的不切理之談。

二、「仁化篇」之立名及其義旨

牟先生「心體與性體」書中，曾類聚橫渠言仁之語句，並謂可題曰：「仁化篇」。此一類聚，很有意義。今特錄列於此，並加解說，以見橫渠言「仁」之義旨。

㈠仁心無外，體物不遺

天道篇第三，錄一條，有云：

1「天體物不遺，猶仁體事無不在也。禮儀三百，威儀三千，無一物而非仁也。」

此條全文，及其表示之義理，已見本章第一節之三，請覆看。簡言之，不是「仁」這個概念體事無不在，而是仁心仁性在「盡」之中體事無不在。就仁心言，是感通一切、遍潤一切；就仁道言，是顯現一切、遍成一切而不遺。

(二)仁敦化，化行而後仁德顯

神化篇第四，錄四條：

2.「敦厚而不化，有體而無用者也。化而自失焉，徇物以喪己者也。大德敦化，然後仁智一，而聖人之事備。性性爲能存神，物物爲能過化。」

3.「義以反經爲本，經正則精。仁以敦化爲深，化行則顯。義入神，動一靜也。仁敦化，靜一動也。仁敦化，則無體；義入神，則無方。」

4.「大，可爲也；大而化，不可爲也——在熟而已。易謂窮神知化，乃德盛仁熟之致，非智力能強也。」

5.「神不可致思，存焉可也。化不可助長，順焉可也。存虛明，久至德；順變化，達時中；仁之至，義之盡也。知微知彰，不舍而繼其善，然後可以成人性矣。」

以上2至5條所說，謂之講神化，可；謂之講仁，亦可。「大德敦化」即是「仁敦化」。所謂神化，亦只是「德盛仁熟之致」而已。玆依各條之序，述解於後：

第2條「大德敦化」，語見中庸。「存神、過化」，語本孟子盡心上：「君子所過者化，所存者神，上下與天地同流，豈曰小補之哉」！「性性」，上性字爲動詞；性性，猶言盡性，成性。「物物」，上物字亦爲動詞，物物，猶言正物、成物。大德敦化，則仁智一本而現；仁智雙彰，故「聖人之事備」。盡性，則性體寂感之神存而有之矣，所以說「性性爲能存神」。正物，則萬事萬物各得歸其位、得其所、而遂其生（化育），所以說「物物爲能過化」。若有人焉，敦厚而不能化，便是有其體而無其用；能化而卻隨其化而自失，便是徇物而喪己；此皆表示有之而不能用，用之而不能得其道、得其宜。如此，則不足以言體仁，不足以言體道。

第3條「義以反經爲本」，語本孟子盡心下：「君子反經而已矣」。所謂「反經」，即返於常理常道之謂。義以反經爲本，返於常理常道，是謂經正；經正而後義理精，義精則入神矣。所謂「敦化」，卽淵然默運之謂。仁以敦化爲深邃，仁德之淵然默運，是謂化行；化行而後仁德顯，仁熟則敦化矣。所謂「動一靜」，猶言動而靜（卽動卽靜）；義精入神，神之用妙應而無迹，故動而靜。所謂「靜一動」，猶言靜而動（卽靜卽動）；仁熟敦化，化之行淵然而默運，故靜而動。然易繫辭傳上云：「神無方而易無體」。故究實而言，仁之敦化雖可說「靜而動」，而實無動相，乃是「動而無動」者，所以說「仁敦化，則無體」（無形體）；義之入神雖可說「動而靜」，而實無靜相，乃是「靜而無靜」者，所以說「義入神，則無方」（無方所）。

第4條「大」與「大而化」，語出孟子盡心下：「充實之謂美，充實而光輝之之謂大，大而化之之謂聖，聖而不可知之之謂神」。大，可力行而至，故「可爲」。化，是德盛仁熟之潛移默化，非智力所可勉强而爲，故曰「不可爲也——在熟而已」。易繫下云：「窮神知化，德之盛也」。陰陽不測之神，生生不息之化，本是說天道；而窮至其陰陽不測之神、契知其生生不息之化，則是人德之盛，是人之德盛仁熟而自致。此仍然是仁敦化，所以不關智力。

第5條承「窮神知化」，進而言存神、順化。神可存，而不可致思；化可順，而不可助長。存虛明之神，則至德可久；順變化之理，則時中可達；此之謂「仁至義盡」。無論幾微而未形，或彰著而已形，皆能存神順化而知之；而又繼善不舍，如此則可以「成人性」。(按、易繫辭傳上云：「一陰一陽之謂道，繼之者善也，成之者性也」。橫渠承此而言「成性」之義，不必與原義全相合。他是借經典之成語，以抒發自己之義理。)所謂「成人性」，意謂盡己之性以成人之性，亦猶中庸「盡己之性則能盡人之性」之義也。

(三)仁通極於性，以靜爲體

至當篇第九，錄二條：

6.「道遠人，則不仁。」

7.「性天經，然後仁義行。故曰有父子君臣上下，然後禮義有所錯。仁通極其性，故能致養而靜以安。義致行其知，故能盡文而動以變。」

第6條本於中庸：「道不遠人，人之爲道而遠人，不可以爲道」。「仁者人也」(亦中庸語)，道而遠於人，便是不仁。不離人(仁)而言道，乃是儒家之通義。反之，儒家亦不離天(道)而言人(仁)。人德如天，天道之仁與人德之仁，其義一也。

第7條「性天經」，性卽是天，故曰「性天」。經，常也，亦正也。性天經，意謂性天得其正，亦卽「正位居體」之意。如此，則仁義行，人倫正，禮義亦有所安措。「仁通極其性」，與誠明篇「天所性者通極於道」，「天所命者通極於性」爲同一句法。天道性命通而爲一，仁與性亦通而爲一。仁既通極於性，所以能「致養而靜以安」；此乃根據論語「智及仁守」、「仁者靜」、「仁者壽」、「仁者樂山」、以及「仁者安仁」等義而說，故仁以「靜」爲體。「義致行其知」，所以能「盡文而動以變」；此乃「義以方外」之意。文，廣指人文世界中之一切事。物來而順應，以盡其事理之宜，此便是「方外」「盡文」。所謂「致行其知」，即是致行其「虛明照鑑」之神知。「盡文而動以變」，即是方外盡文而善應。故義以「動」爲體。——然亦須知，仁雖以靜爲體，然及於「仁敦化」，則「靜而動」矣。義雖以動爲體，然及於「義入神」，則「動而靜」矣。實則，即體即用，即動即靜，不可定拘。

㈣合內外而成其仁

三十篇第十一，錄一條：

8.「仲由樂善，故車馬衣裘、喜與賢者共敝。顏子樂進，故願無伐善、（無）施勞。聖人樂天，故合內外而成其仁。」

此是引述孔子與弟子言志之文以說仁。子路願聞夫子之志，子曰：「老者安之，少者懷之，朋友信之」。朱註引程子（伊川）云：「先觀子路、顏淵之言，後觀聖人之言，分明聖人是天地氣象」。伊川之言甚是，蓋老安、少懷、朋友信，乃是萬物一體之仁的自然流露，所以「分明是天地氣象」。橫渠說「聖人樂天」，義亦同此。子路「樂善」，是落在行事上說。顏子「樂進」，則超脫行事之迹，而顯示一亹亹繼善、進德不已之境。而聖人「樂天」，則是「四時行，百物生」，天「體物不遺」，仁「體事無不在」。故聖人（仁者）之樂天，是樂其與天通而爲一、本無物我內外，所以是「合內外而成其仁」。

有德篇第十二，錄一條：

㈤仁德如天

9.「不穿窬，義也；謂非其有而取之曰盜，亦義也。惻隱，仁也；如天，亦仁也。故擴而充之，不可勝用。」

此是根據孟子之意以說仁義。不穿洞穴以爲盜，是義；擴充此不爲盜之心以不苟取，亦是義。惻隱之心（不忍人之心），是仁；擴充此不忍人之心以使匹夫匹婦各得其所，猶如天之覆育萬物以使之各遂其生，亦仁也。史云：堯之德如天。如天之德，卽是如天之仁。擴而充之，則「體物而不遺」、「體事無不在」，所以不可勝用。

㈥敦篤虛靜者，仁之本

又，性理拾遺、孟子說，錄一條：

10.「敦篤虛靜者，仁之本。不輕妄，則是敦篤也。無所繫閡昏塞，則是虛靜也。此難以頓悟。苟知之，須久於道，實體之，方知其味。夫仁，亦在乎熟之而已。」

以「敦篤」說仁，乃是常義。以「虛靜」說仁，則是就「天德神體、太虛神體」之虛靜而言。「虛靜」，實卽「清通」義；「無所繫閡、昏塞」，亦是就仁心感通之無礙而言。此與程明道之言感通無隔、覺潤無方，義正相通。「敦篤虛靜者，仁之本」，是指說仁之自體性。明道自「一體」說仁，自「覺」說仁（覺是不麻木、有感覺、能感通）；橫渠亦是自「一體」說仁（前第7條謂「合內外以成其仁」，仁合內外，卽函渾然一體之義），但他未曾想到「不痲木」之「覺」，而卻自「虛靜」說仁。就其對人之指點提醒而言，雖不如言「覺」言「不痲木」之有警策性，但究其實義，固無二致。覺、不痲木，固然切於仁；「敦篤虛靜」、清通而「無所繫閡、昏塞」，亦同樣切於仁。兩者皆意指「合內外」而「體事無不在」的仁體。後數句，是說存養之熟的工夫，亦猶明道識仁篇所云「學者須先識仁，仁者渾然與物同體」，「識得此理，以誠敬存之」之意也。至於說「此難以頓悟」，是據存養久熟、體之於身、方知其味而言。此乃蘊蓄積漸之功，故不在此說頓悟。

據上所錄述，可知橫渠之言仁，實與明道同一思路。牟先生以爲，橫渠如此言仁，在當時，恐其弟子呂與叔（大臨）亦無所警悟契會。橫渠去世，呂與叔赴洛陽見二程，明道告以「學者須先識仁」一段，是卽有名之「識仁篇」。明道之言仁，有當機之指點性，其警策性亦大。而橫渠說仁之言，則散見正蒙各篇，漫而不整，當機性亦不足，所以呂與叔似亦無所聞知。然以言義理之實，則與明道固無以異。明道識仁篇中已說到「訂頑（西銘）意思，乃備言此體」。實則，西銘只是烘托顯示出此仁體，而正蒙各篇分別就「敦篤、虛靜（清通）」、「敦化」、「體事」、「合內外」、仁「通極其性」、仁德「如天」以及「存養久熟」、「仁智一」諸義說仁，纔庶幾可謂「備言此體」。通觀正蒙所謂「兼體不累」、「參和不偏」、「性、其總，合兩也」，以至「心能盡性」，盡心易氣以成性或化氣繼善以成性，以及上文所說「仁體事無不在」、「仁以敦化爲深、化行則顯」、「敦篤虛靜者仁之本」，凡此一系之義理，皆表示其主觀面之份量並不輕，其義理規模並非只偏重於客觀面，而實表示主客觀之統一。橫渠可謂能由中庸易傳而回歸於論孟，較之濂溪之開端圓滿多矣。雖不及明道之淸澈圓熟，而沉雄弘偉則過之。其正蒙十七篇，在宋明儒之著述中，實乃義理性最豐富而亦最有系統之書。牟先生稱其爲「關河雄傑，儒家法匠」，洵非虛譽。

三、性體與心體五義

本章開端，曾說及性具五義，茲再列述於此：

1.性體義——乾稱篇云：「體萬物而謂之性」，性卽是體，故曰「性體」。

2.性能義——性體能起宇宙之生化，以及道德之創造（道德行爲之純亦不已），故曰「性能」。性卽是能。

3.性理義——性體自具普遍法則（理則），性卽是理，故曰「性理」。

4.性分義——自宇宙論方面說，凡性體之所生化，皆是天命之不容已。自道德創造而說，凡道德行爲皆是吾人之本分，亦當然而不容已，必然而不可移。蓋「宇宙內事，卽己分內事」（反之，己分內事，亦卽宇宙內事）。性體所定之大分，卽曰「性分」。

5.性覺義——性體寂感之神的「虛明照鑑」（神之明），卽是心。依此而可言「性覺」義。

凡此五義，任何一義皆能盡性體之全體。性，全體是體，全體是能，全體是理，全體是分，全體是覺。在吾人舉述或行文之時，雖可偏擧某一義而說，而實則任何一義皆通其餘四義：

(1)性之爲「體」，通能、理、分、覺而爲體。(2)性之爲「能」，通體、理、分、覺而爲能。(3)性之爲「理」，通體、能、分、覺而爲理。(4)性之爲「分」，通體、能、理、覺而爲分。(5)性之爲「覺」，通體、能、理、分而爲覺。——因此，任何一義皆非「抽象的」普遍，而是「具體的」眞實的普遍。

「性體」的全幅具體內容（眞實意義），即是「心」；「心體」的全幅客觀內容（形式意義），即是「性」。簡言之，性體的全幅呈現，謂之心；心體的全體挺立，謂之性。對應「性」具有之五義，牟先生「心體與性體」書中亦類比地舉示「心」之五義。性體具五義，是客觀地、形式地說。從「心能盡性」或心能形著性而言，則超越的、形上的、普遍的本心，亦具五義，這是主觀地說，亦是實踐而實際地說。

1.心體義——心，體物而不遺，心即是體，故曰「心體」。

2.心能義——心以動用（動而無動之動）爲其體性；心之靈妙，能起宇宙之創造、道德之創造，故曰「心能」，心即是能。

3.心理義——心悅理義，而亦自起理義，即活動即存有，「心即理也」，此是心之自律義。

4.心宰義——心之自律，即所以主宰而貞定吾人之行爲者。凡是道德行爲，皆是心律之所命，當然而不容已，必然而不可移，此便是吾人之大分。此大分不是由於外力限定，而是由心之主宰而成。（依成語習慣，不說心分，故曰「心宰」。心宰，亦即性分也。）

5.心存有義——心，亦動亦有，即動即有。心即是存有（實有），即是存在之「存在性」或「存在原則」。此存在性或存在原則，乃是使道德行爲與天地萬物所以成其爲存在者。心卽存有，則心而性矣（心性是一）。

凡此五義，亦任何一義皆能盡心體之全體。心，全體是體，全體是能，全體是理，全體是主宰，全體是存有（實體性的存有）。在吾人舉述或行文之時，雖可偏舉某一義而說，而實則任何一義皆通其餘四義：⑴心之爲「體」，通能、理、宰、有而爲體。⑵心之爲「能」，通體、理、宰、有而爲能。⑶心之爲「理」，通體、能、宰、有而爲理。⑷心之爲「宰」，通體、能、理、有而爲宰。⑸心之爲「有」，通體、能、理、宰而爲有。——因此，任何一義皆非「抽象的」普遍，而是「具體的」眞實的普遍。

✤　✤　✤

附論：「性卽理」的兩個層次與朱子學之歧異

一

綜性體之五義，可統名之爲「性體」，綜心體之五義，可統名之爲「心體」。就「性」而說，綜性理之五義，亦得以「理」名之，此便是太極之爲理。如此而說的「理」，旣通其餘四義，自是「卽活動卽存在」之理。

但朱子對於「理」之體悟，卻不是綜五義之全而說的理。朱子說「太極是極至之理」，這當然不錯。然而朱子所謂太極是極至之理，其眞實的函義只是「但理」、「只是理」（但、僅辭，但理、意卽：只是理），而「能」義、「覺」義，則被割截了，亦卽將「太虛寂感之神」（太極之神、誠體之神）義抽掉，而以神屬於氣。如此一來，太極成爲不動不靜之物。「太極」對於動之事而爲動之理（動之所以然），因而說太極有動之理；對於靜之事而爲靜之理（靜之所以然），因而說太極有靜之理。而動靜之事與動靜之實，則屬於氣。太極本身則不動不靜，亦無所謂動靜。（註十九）如此，則太極只是理，只是形式的所以然（雖然亦是超越的），只是靜態的存有，而不是「即活動即存有」的動態的存有。（動態的，是就其即寂即感、妙運生生而言）。朱子如此體悟道體、性體——

1.既不合先秦儒家由「維天之命，於穆不已」之最原始的智慧而來的天道天命觀。

2.亦不合濂溪由誠體寂感之神以說天道。

3.亦不合橫渠由太虛寂感之神以說天道性體。

抽掉寂感之神以及性能義與性覺義，是之謂性體義之迷失與旁落。

由於太極成爲「只是理」，性亦成爲「只是理」，因而太極之爲極至之理，乃完全等同於性體五義中之第三義（只就普遍法則而言）的理則義。結果，「性」與「太極」皆只是靜態的實有，皆只是「超越的、形上的、靜態的」所以然，而不是「超越的、具體的、動態的」所以然。不過，說「太極」、說「性體」，是綜言之；而說到「理」時，則說太極含萬理，性具衆理，此便是亦綜亦分：綜之於性與太極，而分別表現於氣化。——綜之於性與太極，是一理，亦可曰「統體一太極」。分別表現於氣化，則有多相，亦可曰「物物一太極」。

以上是牟先生疏導出的朱子學之綱領——這是發前人之所未發，而且確實是把握宋明儒學最爲重要、亦最爲中心的深義所在。古人所謂見道不見道（如象山嘗歎曰：朱元晦泰山喬嶽，可惜學不見道），便是從這裡說。這是屬於根源上的問題，所以亦是宋明儒學分系最爲本質的關鍵。

二

朱子所體悟的道體、性體義，確與先秦儒家以及濂溪、橫渠所體悟者有不同。須知綜性體之整全而說的理，與性體五義中第三義就普遍法則而說的理，兩者之層次並不同：前者是「性」之爲「理」的全義——綜性體之整全而謂之理。後者是「性」之爲「理」的偏義——偏就性之全中的某一義而說它是理。前者在層次上高於後者。茲先列一表，以資醒目：

性之爲理
- 綜性體五義之全而言—性理之全義：性即是理（理與心、神、寂感通而爲一）
  - 生化之理—能創生而起生化之妙用—即存有即活動
- 就性體五義之性理義而言—性理之偏義：性只是理
  - 割離性能義、性覺義
  - 與心、神、寂感劃開
  - 自宇宙論而言—理與氣相對而爲二（神與理亦爲二）
  - 自道德實踐言—心與性相對而爲二（心與理亦爲二）
  - 不能妙運生生起創生之用，而只是
    - 形式的所以然
    - 靜態的實有
    - 只存有而不活動

綜性體之全而謂之理，亦可以由「超越的所以然」而表示。譬如⑴「對人」而言，這個性體即是吾人之所以爲人的「超越的所以然」（或曰超越的理、超越的根據）。⑵「總對天地萬物」而言，這個性體即是天地之化的「超越的所以然」（理、極至之理、生化之理）。由這個「超越的所以然」之形式的陳述，可以知道它所實指的形式意義的理，是「存在之理」（存在原則，存在的存在性）。但此存在之理的「實義」，並非只是一「超越的所以然」所能盡，而必須有進一步的具體之體悟與具體之規定。

一、依先秦儒家以及濂溪、橫渠之體悟與規定，這個「超越的所以然」，既是「存在之理」，同時亦是能創生、能起用（神用、妙用）的「生化之理」。此是心性合一者，是具備五義者，是即活動即存有者，是超越的動態的所以然者。這不能講成「只是理」。

二、依朱子之體悟與規定，則只是理，而不是心性合一者；是只具備性體、性理、性分之三義，而不具備性能義、性覺義者；是只存有，而不活動者；是超越的靜態的所以然，不動不靜，無所謂動靜，而不是「動而無動、靜而無靜」之動態的所以然。因而亦可知：(1)其爲存在之理只是靜態的存在之理，而並非同時即是生化之理。(2)縱然就氣化之實而說它是生化之理，亦只是靜態地成其爲生化之理，只是氣依理而生化，而不是「理妙運氣」之生化，所以仍然不是能創生、能起神用妙用的生化之理。——就性之五義中的「性理義」而說之理，是就普遍法則而言，這只是性體之一義或一面。尅就此一義或一面而言，此理雖可以講成「只是理」，但卻不能籠罩地說：性只是理。因爲五義中任何一義皆通其餘四義，而性之爲理自然亦通性體、性能、性分、性覺而爲理，這仍然不表示：性「只是理」。

三

據上所解析，可知無論綜性體之全而說「性即理」，或就性之五義中的第三義而說「性卽理」，皆不表示「性只是理」（靜態的但理）。在朱子，似乎未曾覺察到這兩層分言的理之不同，而只將「所以然」所表示的理，等同於普遍法則之理；因而太極、性體只成爲一個只是普遍法則的只是理，只是一個存在的靜態之存在性。如此一來，便有兩個結果引生出來：

第一、朱子言太極之爲理，雖亦是「超越的所以然」而得以保持其爲「存在之理」，但卻是靜態的，不能起生化之妙用的。實際在生、化、動、靜者，是「氣」；而「理」則只是在背後隨其生化動靜之事，而靜態地定然而規律之，而爲其「存在之理」而已。（註二十）這顯然與中庸「天地之道，可一言而盡也，其爲物不二，則其生物不測」之義，以及至誠無息，誠則形、著、明、動、變、化諸義，皆不同。亦顯然不是先秦儒家隨「維天之命，於穆不已」而來的，對於天道性體之體悟。

第二、其言性或太極之爲存在之理旣如上述，則心、神皆旁落而屬於氣。依此，自宇宙論而言，則「理」與「氣」爲橫列的相對之二（雖亦說理先氣後）。自道德實踐而言，則「心」與「性」爲橫列的相對之二（因而心與理亦析而爲二）。於是，朱子之思理，乃由太極性體之「生物不測」或道德創造之「本體宇宙論的」立體直貫之「創生型」或「擴充型」，轉而爲認識論的橫列之「靜涵型」或「靜攝型」。——而凡是孟子、中庸、易傳中「本體宇宙論的」立體直貫之辭語，皆爲他所不能正視、不能了解，甚至誤解而不喜。就兩宋各家而言：

1 他對濂溪太極圖說，雖極爲推崇而加以表揚，而對於通書的誠體寂感之神則不能正視，未能用之以解釋太極；他是將太極解爲只是理，而神則屬於氣。

2.他對橫渠雖亦極爲推崇，實則並不了解其所體悟的天道性體之實義，而對正蒙大心篇之言心，則多有不滿之誤解語。（註二一）

3.他對明道雖客氣而含蓄，但對於繼承明道之理路者，則露其不滿之情。出之於明道之口，則說渾淪太高，或置之不理；出之於繼承明道者之口筆，則力肆攻擊。其不滿明道之情於此可見。

4.對於胡五峯之「知言」，則舉八端「疑義」以致其疑難，實則皆不相應。

5.對於陸象山，則雖敬重其爲人，卻又力攻其爲禪，至晚年而尤甚。

凡此類不解、誤解、異解、與不滿之言，其總關鍵與總癥結，全在上述諸人的「本體宇宙論的」立體直貫型，不同於他自己的認識論的橫列之靜涵型。凡他所不滿、不解而誤解的，皆屬直貫型。他所不滿之人，當然不能說全無疵病，但朱子所以致其不滿的總關鍵，則是起因於兩型之不同。（據此而言，朱子對諸人之不滿，並無私意。在他說那些話時雖多有未諦，但卻是爲義理之公。此是朱子自身之一致，亦是其可敬之處）。唯有一程伊川，朱子對他從無異辭、微辭，而極致其稱賞。然則伊川而外，自北宋至南宋之如許人物，盡皆非是耶？必不然矣！此中必然有問題，有癥結。然而，在牟先生「心體與性體」一書出之前，似未有人明其究竟、解其癥結！

四

總而言之，宋明儒言天道、天命、太極、太虛，其結穴只在性體。性體五義是客觀地說，所謂性與天道、性天之旨，亦是客觀地說。至於心能盡性、心具五義，則是主觀、實踐地說。

問題只在心性合一與否。說「性卽理」與「心卽理」是引生之問題，尚不是根源之問題。（註二二）朱子說性卽理而不說心卽理，根本上是將太極性體，體會爲（割截了心、神的）「只是理」，心性不合一，故「心」與「理」分而爲二。這是朱子學所必然要推至的結論。如今牟先生說性具五義、心具五義，其主旨，只在於說明「宇宙之生化」卽是「道德之創造」。這「本體宇宙論的」直貫型，乃是先秦儒家講天道性命以及講心性的本然。宋儒興起，濂溪與橫渠亦是尅就此義，而講天道性命以及講心性。明道之盛言一本（只心便是天，卽心卽性卽天），則是此義圓滿表示之模型。胡五峯、陸象山、王陽明以至劉蕺山，亦皆是承此直貫型而言。這是宋明儒之大宗。但自程伊川以至朱子，則有歧出轉向而成爲認識論的橫列之靜涵靜攝型。能夠獨成一型，固然表示朱子之偉卓，在文化學術上亦有甚大之作用與意義；然而，朱子之系統，畢竟不是先秦儒家發展成的內聖成德之學的本義與原型。再就宋儒之學而言，朱子亦並不眞能集北宋儒學之大成（他只繼承伊川）。所以就儒家之大流而言，朱子不得爲正宗。而朱子之傳統，亦不等於孔、孟、中庸、易傳之傳統。

若必以朱子爲大宗，則其大宗之地位，乃是「繼別爲宗」，這是牟先生的說法，很妥當恰切的。玆略作說明：在宗法上，王（共主）與君（諸侯）之嫡長子（太子、世子）繼承王統與君統，而其餘諸子（王子、公子）則別出而另成宗系。這些別立宗系的「別子」之嫡長子，又繼別子而爲「大宗」，此之謂「繼別爲宗」。王統君統，是永繼大統；繼別爲宗，則是別出宗系以成統（此亦是百世不遷之大宗）。說朱子是「繼別爲宗」，是就宋明儒義理之傳承而取譬以爲言。濂溪、橫渠、明道，由中庸易傳而回歸於論孟，是能上承孔孟以下先秦儒家之本義原型而引申發展者。（此方是正宗、正統之所繫）。至伊川而有義理之轉向（此猶如別子），故落於大學言格物窮理，而對於道體性體乃至心體之體悟，則發生了偏差、歧出。此一轉向爲朱子所積極繼承並充分完成。——此所以是「繼別爲宗」。而眞能不失先秦本義原型，而順承北宋前三家（周、張、大程）發展者，則是爲朱子所反對之胡五峯的湖湘之學，以及直承孟子而開出的象山之學。

附註

註一：正蒙大心篇云：「由象識心，徇象喪心。知象者心。存象之心，亦象而已；謂之心，可乎？」解見下第二節之二。

註二：按、「成心」，語出莊子齊物論：「夫隨其成心而師之，誰獨且無師乎」？凡惑情滯着，專執偏見者，謂之成心。

註三：以上說本牟先生，見「心體與性體」分論一，第二章第三節第一段。

註四：說見「心體與性體」分論一，第二章第三節第二段。

註五：唐君毅先生謂大心篇乃有極有組織之文字，並於其中國哲學原論原教篇第四章特立一節爲大心篇貫義，請參看。

註六：見孟子告子上篇。

註七：「昊天曰明，及爾出王；昊天曰旦，及爾游衍」。語見詩經大雅板詩。王，通往。旦，明也。衍，寬縱之意。此言天之聰明無所不及，無論汝出而有所往，或游樂寬縱，皆在天之鑒照之中。橫渠引此，以明天之體物不遺。

註八：見朱子語類卷九十八，論張子之書一。又張子全書卷之二正蒙天道篇亦附錄朱子此語。

註九：見朱子語類卷九十八，與道夫問答語。

註十：請參看前第五章第四節之二，鬼神之神與太虛神體之神一段。

註十一：中庸二十一章云：「自誠明謂之性，自明誠謂之教。誠則明矣，明則誠矣。」按、誠是體，明是用。自誠明，是卽本體卽工夫；自明誠，是卽工夫卽本體。誠則明，是卽體顯用；明則誠，是即用見體。明是誠體自明，誠體起明是自起的，故曰：明，即是誠體自己之朗潤與遍照。

註十二：見傳習錄卷中，答歐陽崇一書。並請參看拙著「王陽明哲學」第四章良知與知識第一節。

註十三：見黃道周所撰「榕壇問業」卷十二。

註十四：按、宋明大儒中，唯伊川與朱子之言心，與各家相異，此是另一系之義理，說見後。

註十五：按、此云「思盡其心者，必知心所從來而後能」。所謂心所從來，實乃「心之名之所以立」的問題。性體寂感之神的虛明照鑑，即是心，心即神之明（離明），亦即誠體起明的天德良知（德性之知），此便是心之所從來。明乎此，而後乃能盡其心。

註十六：牟先生「智的直覺與中國哲學」十八章，亦曾論及「心知廓之」之「心知」，既不是感觸的直覺之知，亦不是有限心之概念思考的知性之知，乃是遍、常、一而無限的道德本心之誠明所發的圓照之知（智的直覺）。智的直覺不但為認知的呈現原則，且同時亦即創造的實現原則。其陳義甚精澈。又「現象與物自身」書中亦論及此義，併請參看。

註十七：語見劉子全書，原性、原學等文。

註十八：「身」是心之所處（憑托），故曰「區宇」。心雖超越乎身，而亦不離乎身。至於踐形之極，則全身是道，全道是身。㈠全身是道，則身有限而實具無限之意義，故身不為心之累。㈡全道是身，則睟面盎背，施於四體，道（性、心）乃得其具體之呈現，而性心不空掛。——如此，則身與物（家國天下以至萬事萬物）連屬而為一，身假物以行（表現），所以說「物者身之舟車」。物與身直通其根於道、性、心，則凡經由物與身之發竅而表現出的一切價值，亦皆本於道性心、而為道性心之所成。可知如此而說的成身成物，完全是「本體宇宙論的」

立體直貫之成身成物。

註十九：依朱子而說太極不動不靜、無所謂動靜，與周子所謂「動而無動、靜而無靜」之義並不同。周子通書云：「動而無靜，靜而無動，物也。動而無動，靜而無靜，神也。動而無動，靜而無靜，非不動不靜也。物則不通，神妙萬物」。周子是以卽動卽靜、動靜一如之「神」，與動不通靜、靜不通動之「物」相對而言，以顯示太極眞體（極至之理）之卽動卽靜、卽寂卽感、神感神應、妙運生生。故與朱子言太極之理是不動不靜、無所謂動靜，而只是形式的所以然，只是靜態之實有者，不同。

註二十：朱子講到太極時，亦順傳統習慣而謂其爲「萬化根本」，爲萬化之源。但亦只在說太極時，是如此。當說到性時，便不見此類辭語，亦根本無有表示性體之道德創生義的思理。而且，說太極時雖有此類辭語，而依其分解表象之直線思考，說來說去，卻只成一靜態的存在之理。至於他所習用的「萬化根本」一詞，究竟是何意義？牟先生以爲，朱子於此並未有明澈的覺識。在他那廣泛而鄭重的義理講論中，亦始終未有明確之表示。

註廿一：朱子對橫渠「大其心」之言，甚不以爲然。如云：「橫渠有時自要恁地說，似乎只是懸空想像，而心自然大。」（見朱子語類卷九十八，與道夫問答語。）此卽表示朱子對橫渠本於孟子言「大體小體、先立其大」之義而說的「大其心」，有着本質上的隔閡。

註廿二：「性卽理」與「心卽理」的問題，是朱陸異同的中心點。而此一問題的根源，又實是落在心性是否合一的焦點上。象山直承孟子本心卽性之義，以爲不但「性」是「理」，「心」亦是「理」，故直接擧示「心卽理」之義。而朱子則以「心」屬於「氣」（是氣之靈），而不是「理」，故只說「性卽理」，不說「心卽理」。陽明說朱子「析心與理爲二」，實際上卽是心與性爲二。

第八章　程明道㈠：二程遺書之鑑別與明道之義理綱維

第一節　生平與造詣

明道，名顥，字伯淳，河南洛陽人。生於宋仁宗明道元年，卒於神宗元豐八年（西元一〇三二——一〇八五），五十四歲。他逾冠中進士，先任主簿，調爲上元知縣，有政聲。熙寧初，受薦爲太子中允行御史事，神宗命他推擧人才，所薦數十人，以表叔張橫渠與弟伊川爲首，天下咸稱允當。後遷太常丞，兼知扶溝縣事，亦著績效。又調監汝州酒稅。哲宗立，召爲宗正丞，未行而卒。宋元學案卷十四，載有他上神宗陳治法十事疏，可以略見其政治主張。

明道十五六歲時，曾奉父命與弟伊川問學於周濂溪。後來深造自得，成爲一代大儒。宋史道學傳說他「資性過人，充養有道，和粹之氣，盎於面背。」（註一）後人亦常將他與顏子相提並論，認爲都是天生的完器。明道卒，當時的元老大臣文彥博爲他題墓，曰：明道先生。伊川特別撰一序，附於後，文曰：

> 周公沒，聖人之道不行；孟軻死，聖人之學不傳。道不行，百世無善治；學不傳，千載無真儒。無善治，士猶得以明乎善治之道，以淑諸人，傳諸後；無真儒，則天下貿貿然莫知所之，人欲肆而天理滅矣。先生生乎千四百年之後，

得不傳之學於遺經；以興起斯文為己任，辨異端，闢邪說，使聖人之道，煥然復明於世。蓋自孟子以後，一人而已。然學者不知道之所向，則孰知斯人之為功；不知所至，則孰知斯名之稱情也哉？

伊川以孟子以後第一人推尊其兄，而天下後世服其言，可見這段話並非虛譽。黃梨洲宋元學案、明道學案上，案語云：

明道之學以識仁為主，渾然太和元氣之流行，其披拂於人也，亦無所不入，庶乎所過者化矣。故其語言流轉如彈丸：說「誠敬存之」，便說「不須防檢，不須窮索」；說「執事須敬」，便說「不可矜持太過」；惟恐稍有留滯，便與天不相似。此卽孟子說「勿忘」，隨以「勿助長」救之，同一埽迹法也。鳶飛魚躍，千載旦暮。朱子謂「明道說話渾淪，然太高，學者難看」。又謂「程門高第如謝上蔡、游定夫、楊龜山，下梢皆入禪學去，必是程先生（明道）當初說得高了，他們只睥見上一截，少下面着實工夫，故流弊至此」。其實不然。引而不發，以俟能者！若必魚筌兎跡以俟學人，則匠羿有時而改變繩墨彀率矣。朱子得力於伊川，故於明道之學未必盡其傳也。

梨洲此段贊語，是從明道造詣之境界上說，可謂甚美。然明道何以能有此造詣，有此境界？是先天資稟之偶然？還是一時之穎悟？或者是默默涵養而至於此境？若不能舉述明道之學的義理之實，則明道只成一零碎風光之好秀才，而其所以在復興儒學運動中佔有顯赫地位之故，仍然不能確定地表而出之。伊川作「明道先生行狀」，有云：

> 先生之學……明於庶物，察於人倫。知盡性至命，必本於孝弟；窮神知化，由通於禮樂。辨異端似是之非，開百代未明之惑。秦漢以後，未有臻於斯理也。謂孟子沒而聖學不傳，以興起斯文為己任。其言曰：道之不明，異端害之也。昔之害近而易知，今之害深而難辨。昔之惑人也，乘其迷暗；今之入人也，因其高明。自謂之窮神知化，而不足以開物成務；言為無不周遍，實則外於倫理；窮深極微，而不可與入堯舜之道。天下之學，非淺陋固滯，則必入於此。自道之不明也，邪誕妖異之說競起，塗生民之耳目，溺天下於汙濁；雖高明才智，膠於見聞，醉生夢死，不自覺也。是皆正路之榛蕪，聖門之蔽塞，闢之而後可以入道。先生進將覺斯人，退將明之書；不幸早世，皆未及也。其辨析精微稍見於世者，學者之所傳爾。

伊川以自己之實感，稱說明道為學之方向，言極中肯。明道之學，確然是儒家道德意識之充其極。此決非只是先天資稟之偶然，或一時之穎悟，或默默之涵養；而是於儒聖之道確有其明澈與通透，而且眞能體之於自家生命中而有受用；故能本其眞知實見，而盡其弘揚聖道、辨闢榛蕪之時代使命。楊墨之害，「近而易知」，其惑世亦只是乘人之迷暗。而佛氏之「窮深極微」，則是因人之高明而入於人心，此既非「淺陋固滯」的俗學之流所能知，亦非迷離惝恍而無眞實根柢者所能察，此所謂「深而難辨」也。但這種情形，決非於世運有存在之實感者所能安：既不能任它泛濫而不理，亦不能躱閃它以圖逃避。而眞要辨彼之偏、明己之正，若只着眼於禮樂文制，亦仍將有所不能盡；故必須進入精微，澈底明透，而後乃能覿體挺立而扭轉世運。伊川所謂「辨異端似是之非，開百代未明之惑」，便是指此而言。時代之課題既已進入精微——已接觸生命方向之問題，則其「辨析」自亦不能不「精微」。世之學於雜博而無世運之實感者，又何足以明曉生命方向問題之重大與艱難！（葉水心妄譏明道定性書爲盡用異學、坐佛老病處，正是此類。）

須知凡明道⑴所自家體貼之「天理」，以及⑵他屢所稱引之「敬以直內、義以方外」，⑶所鄭重正視之「秉彝」，⑷所精切體悟之「於穆不已」「純亦不已」；凡此，全都是儒家嚴整的道德意識之表現。由此而至於「盡性至命」，「窮神知化」，以及其圓頓之「一本」，皆是此嚴整的道德意識下，內聖之教的「精微」，而足以辨析其與佛老之不同，而眞能挺立其自己者。此亦明道之所以爲儒學復興運動中創時代之英豪也。——朱子不察於此，而謂「必是程先生當初說得高了」，致使弟子「只睥見上一截，少下面着實工夫」，故「下梢皆入禪學去。」（註一）實則，在明道而言，並無所謂上一截、下一截，亦無所謂「太高」。只因自伊川而至朱子，時時念念以流入禪學爲懼，所以轉而重視大學之致知格物，想要以「下學」工夫抵禦禪學。其實，禪家亦並非無下學，亦並非不講「下面着實工夫」。各上其所上，各下其所下；光是重視「下學」，又豈能抵禦禪學乎？孔子曰「下學而上達」。自古以來，又幾曾見有反對下學之儒者？只是下學上達之講法與下學工夫之實踐，未必與伊川朱子相同耳。而伊川朱子所規定之下學上達，實已轉成另一系統：⑴主觀地說，是靜涵靜攝之系統，是認知的橫列之系統；⑵客觀地說，是本體論的存有之系統。——如此一來，遂於不知不覺間，喪失了先秦所原有、以及濂溪橫渠明道所妙悟的，本體宇宙論的「卽存有卽活動之實體」的道德創生之直貫系統；而對於明道所說之「仁體」與「一本」，亦遂不能有相應之理解矣。

第一節 二程遺書之鑑別

明道爲宋儒一大家，有着非常顯赫之地位，他那創闢性的智慧，尤非他人所可幾及。但自從朱子承接伊川而完成一系之義理以後，後世言「程朱」者，大體只是紹述伊川與朱子。而對於明道，則只泛泛稱讚他的人品造詣，與他如「春陽之溫」「時雨之潤」般的零碎風光，或者引述他幾句有高致、富玄趣的話頭，而深致歎賞。至於明道所開闢的義理綱維，在牟先生「心體與性體」書出以前，從未有人曾經確切地講出來。朱子對伊川之言無所不悅，於明道所說，則曰太高、渾淪難看。實際上是對明道有所不滿，只因明道有顯赫之地位，不好意思批駁，便推說「太高」，表示「爲賢者諱」而已。凡朱子較明確之觀念，皆來自伊川。對於不能分別之語句，雖籠侗說爲程先生、程夫子，實則他心目中之程子只是伊川，他實是將二程作一程看，而以伊川一人概括二程；如此，則明道乃成一朦朧之隱形人物，彷彿無足輕重。黃梨洲雖指出「朱子得力於伊川，於明道之學未必盡其傳」，但他編明道學案，仍只是抄錄一些零碎話頭，其中並無原則與條貫，明道之義理綱維，依然無法看出。明道之學既不能充實挺立出來，則二程之異同終將無由判明，而朱子何以對二程兄弟採取不同之態度，亦將無從明其所以然之故。唯一的辦法，只有回頭重看二程遺書。

朱子彙編二程遺書，共二十五卷，分爲三部分：

⑴第一至第十，共十卷，標爲「二先生語」。

⑵第十一至第十四，共四卷，爲明道語。——全爲二程早期弟子劉質夫（絢）一人所記。質夫只記明道語，故此四卷最能窺見明道之思理與風範。（註三）

⑶第十五至二十五，共十一卷，爲伊川語。——此大體爲明道卒後，伊川獨立講學時門人之記語，最能代表伊川之生命與思路。（註四）

此中⑵⑶兩部分，分屬明道與伊川，無問題。唯第⑴部分「二先生語」十卷中，除第三卷謝上蔡（良佐）所記者明白標出「右明道先生語」、「右伊川先生語」之外，第二卷呂與叔（大臨）所記者大部分未予標明，只少數於某條下標一「明」字或「正」字，表示爲明道語或伊川語（伊川字正叔）。至於其他各卷，亦只偶而在文中記有「伯淳（明道）先生曰」，「伊川先生曰」，此外皆未加註明。

若自進德之大方向與客觀義理之大體氣氛而言，二程兄弟固可說是同一系統，因此，十卷中未注明爲誰語者，亦似乎可以視爲二人共同之主張。但凡此種義理，皆屬眞實生命之發皇，亦屬存在的創闢智慧之洞悟；生命之勁力與智慧之方向，對於某一方面義理之抒發，實有決定性之作用。以是，此種義理（非外延眞理，乃內容眞理），不能只是客觀地言之，亦須關連各人之獨特生命而存在地言之。然則，十卷中未注明爲誰語者，儱侗地視爲二程共同之主張，仍有所未可也。而且此種義理不只是主觀之感受互有同異，對客觀義理方面之理解，亦常彼此有出入。明道與伊川關於仁體、性體、道體之體悟，既有所不同；關於工夫入路之講法，亦有顯著之差別。若能相應二人之差別而加以注意，使未注明者能鑑別出究爲誰語，則對於明道與伊川之風格造詣，必可有更明確眞切之了解；而明道何以有顯赫之地位而足以成爲一大家，亦可得一更確實之說明。由此而言，二程遺書前十卷之鑑別，所關實甚重大。

二程兄弟性格之不同，他們自己亦有覺察。明道曾對伊川說：「異日能使人尊嚴師道者，吾弟也。若接引後學，隨人才而成就之，則予不敢讓焉。」（註五）又有一次，二程隨父至一僧寺，明道右行，伊川左行，從者皆隨明道而不隨伊川，伊川曰：此是某不及家兄處。可見二程皆自覺資性有別。實則，不但性格有差異，心態、思路、風格、境界亦有不同。吾人若以二人性格之不同爲起點，再以劉質夫所錄明道語四卷爲標準，以二先生語中少數注明者爲規約，即可獲得鑑別明道智慧之線索。依牟先生之意（註六），

(一)遺書中前十卷標爲「二先生語」者，可視爲二程初期講學之所發，此期以明道爲主，伊川爲副。故所說大體爲明道語。蓋明道爲兄，成熟又早（朱子謂定性書乃其二十三歲所作），創闢性之智慧亦遠過伊川，故主動活躍之心靈當在明道而不在伊川。（按、程門早期弟子劉質夫只錄明道語，而不錄伊川語，據此，亦可推知二程共同講學時，明道爲主而伊川爲副。）

(二)明道心態具體活潑、富幽默、無呆氣。故「二先生語」中凡語句輕鬆、透脫、有高致、無依傍、直抒胸臆、稱理而談，而又有冲虛渾含之意味者，大體皆是明道語。故關於道體、易體、誠體、於穆不已之體以及天理實體之圓融妙悟語，凡未注明者，一望而知爲明道語也。若將此類語句歸於伊川，則與其思理反相刺謬。

(三)明道語句簡約，常是出語成經，洞悟深遠；又常順經典原文加幾個口語字，予以轉換

點撥，便順適條暢，生意盎然，全語便成眞實生命之呈現。上蔡語錄有云：「伯淳常談詩，並不下一字訓詁。有時只轉卻一二字，點掇地念過，便教人省悟」。談詩如此，就論孟中庸易傳抒發義理，亦常如此。此其所以無學究氣、無典册氣、無文章氣，而常能相應不失也。

㈣明道喜作圓頓表示，伊川喜作分解表示。朱子所謂「明道說話渾淪，學者難看」，實乃圓頓表示爲朱子所不喜也。（朱子編近思錄，卽不列識仁篇）。故二先生語中凡作圓頓表示者，皆明道語也。

以上四點，乃鑑別明道智慧之關鍵。牟先生詳檢遺書，費極大之工夫，將明道語輯錄爲八篇：天道篇、天理篇、辨佛篇、一本篇、生之謂性篇、識仁篇、定性書、聖賢氣象論。（見「心體與性體」第二册。）此不僅抉隱發蒙，復明道面目之眞，而宋儒義理發展之線索，亦因明道之確定而得以朗然而現。

第三節　綜述明道之義理綱維

關於明道的義理綱維，可依牟先生之衡定，作如下之綜述。

濂溪妙悟道體，而對論語之仁與孟子之心，則尚未加正視。至橫渠，乃言「天體物不遺，猶仁體事無不在」，言「仁以敦化爲深，化行則顯」，言「大其心，則能體天下之物」，言「心能盡性」，言「兼體不累」以存神，以及言盡心易氣以成性，凡此諸義（參見上論橫渠各章），已甚能注意孔子之仁與孟子所言之心矣。只因這些語句錯落散見，不甚集中，而後人又常爲他所說的太和、太虛、神化、氣化所吸住，故易覺其客觀面之意味重，而主觀面之意味輕。實則主觀面亦並不輕，只因正蒙以客觀面之提綱爲首出，而主觀面之仁與心，則是在客觀之闡明過程中逼進去而被帶出，所以使人有虛歉之感。然以言其義理之實，則主客觀兩面之合一固已函於其中。及至明道，正式提出「學者須先識仁，仁者渾然與物同體」之義，則仁之提綱性便已十分挺立。又說「只心便是天，盡之便盡性，知性便知天，當處便認取，更不可外求」。此則主觀面的「心性天爲一」之義，亦已十分挺立而毫無虛歉矣。

由濂溪而橫渠而明道，是一步步由中庸易傳回歸落實於論孟，至明道而充其極。但明道尚不是如陸象山之純爲孟子學。象山嘗言：「夫子以仁發明斯道，其言渾無罅縫；孟子十字打開，更無隱遁。」象山純以論孟爲提綱，而中庸易傳之境則已不言而喻。明道生當北宋，畢竟仍處於「先着眼於中庸易傳」之學風中，因此尚未純以論孟爲提綱。但亦正因先着眼於中庸易傳，所以客觀面的天道性命之提綱，乃能十分飽滿而無虛歉，此則又爲象山所不及。（雖說象山以論孟爲提綱，中庸易傳之境已不言而喻；但客觀一面，象山畢竟未予積極地彰顯挺立，此則終有欠缺。）明道於主觀客觀兩面之提綱，同樣飽滿而無虛歉，而以圓頓之智慧成其一本之論，此便是明道之所以爲大，而得以成其爲圓頓之教的模型之故。

所謂「一本」，是表示無論從主觀面或客觀面說，總只是這「本體宇宙論的實體」之道德創造或宇宙生化之立體的直貫。

此本體宇宙論的實體有種種名：天、帝、天命、天道、太極、太虛、誠體、神體、仁體、中體、性體、心體、寂感眞幾、於穆不已之體，等皆是。此實體亦可以總名之曰「天理」或「理」。此理是「既超越而又內在」的動態的生化之理、存在之理、或實現之理。自其爲創造之根源而言，是「一」；自其散著於萬事萬物而言，則是「多」。自其爲一而言，是動態的理（活理）；自其爲多而言，是靜態的理。

1自其爲動態的理而言，它既是本體論的存有，又是宇宙論的活動（生物不測之神用）。總之，是「即存有即活動」的本體宇宙論的實體。

2自其爲靜態的理而言，它是只偏於「本體論的存有」義，而亦顯現有「普遍理則」之義——但這只是那動態之理、根源之理所放射出來、自發出來的一種貞定狀態，亦可說是顯的狀態。（寂與顯通而爲一，統曰理或天理，它是本體宇宙論的實體，同時亦是道德創造的創造實體。）

此寂顯（寂感）通而爲一，而統曰理的天理，(1)就其自然之動序而言，亦可曰天道；(2)就其淵然有定向而常賦予（於穆不已地起作用）而言，亦可曰天命；(3)就其爲極至而無以加之者而言，亦可曰太極；(4)就其無聲無臭、清通而不可限定而言，亦可曰太虛；(5)就其眞實無妄、純一無二而言，亦可曰誠體；(6)就其生物不測、妙用無方而言，亦可曰神體；(7)就其道德的創生與感潤而言，亦可曰仁體；(8)就其亭亭當當而爲天下之大本而言，亦可曰中體；(9)就其對應個體而爲其所以能起道德創造之超越根據而言，或總對天地萬物而可以使之有自性而言，亦可曰性體；(10)就其爲明覺而自主自律、自定方向，以具體而眞實地成就道德行爲之純亦不已或形成一存在的道德決斷而言，亦可曰心體。——總之，它是寂感眞幾：寂然不動、靜而無靜，感而遂通、動而無動，而爲創生覺用之實體，亦即「於穆不已」之奧體。

若就其爲「性」而言，它具五義：性體、性能、性理、性分、性覺。它是理，是心，亦是神。若就其爲「心」而言，它亦具五義：心體、心能、心理、心宰、心有。它是心，是理、是神，亦是情（以理言的本情，亦即心之具體義）。——在此直貫創生的「一本」之下，心性天是一，心理是一。凡言心與神，決不可一條鞭地視之爲氣；天心本心不是氣，誠體之神亦不是氣。性不只是理，太極亦不只是理。理，亦不只是對實然之「然」而推證出的一個超越的、靜態的，只存有而不活動的形式的「所以然」；而乃是因心之自主自律、而不容已地起道德創造或宇宙生化之大用，而說爲理。若說這亦是「所以然」，則這個所以然乃是超越的、動態的、旣存有亦活動的「所以然」。必須是這樣的「所以然」之理，纔眞能保持其道德意義而不失，而由之而立的道德亦纔是自律道德。

在此直貫創生的「一本」之下，明道亦喜說：「道亦器，器亦道。但得道在，不繫今與後，己與人。」亦喜說「氣外無神，神外無氣。或者謂淸者神，則濁者非神乎？」（按、「或者」是指橫渠。此對橫渠而言雖是誤解，但明道說這話，却是分解地視淸者濁者皆是氣，而圓融地說則氣外無神，故無論淸者濁者亦皆是神也。）此二則，皆只是直貫創生的體用不二之圓融說，而不是體用不分、道器不分；雖則分之，亦不是心與神屬於氣，而道則只是理也。明道又喜說：「只心便是天，盡之便知性，知性便知天，當處便認取，更不可外求。」又喜說：「居處恭，執事敬，與人忠。此是徹上徹下語，聖人原無二語。」又喜說：「窮理盡性以至於命，三事一時並了，元無次序。不可將窮理作知之事。若實窮得理，則性命亦可了。」此三則，亦只是「一本」義之圓頓表示。在圓頓之「一本」中，亦不是體用不分、形上形下不分；雖則分之，亦不是心神屬於氣，而性則只是理也。

此一義理綱維與圓頓之智慧，便是明道承接濂溪、旁通橫渠，而予以圓滿地完成者，亦是妙契於論孟中庸易傳之原始型範者。其詳，見以下各章之分疏。

第四節　對於聖賢人格之品題

二程對於聖賢人格之品題語，牟先生曾輯錄爲「聖賢氣象篇」（註七）。在此二十七條之中，標明爲明道語者十條。標明爲伊川語者三條。標爲「二先生語」者十一條（其中可看出爲明道語者六條，可視爲伊川語者一條，未能定爲誰語者四條）。又外書拾遺錄三條，當爲伊川語。據此可知，品題聖賢人格之智慧，主要亦在明道。玆更定類次，錄列於此，以便省覽：

甲、明道語十六條

1.程子：「顏子所言不及孔子。無伐善，無施勞，是顏子分上事。孔子言安之，信之，懷之，是天理上事。」——〔遺書第六、二先生語六。〕

2.程子：仲尼、元氣也。顏子、春生也。孟子、並秋殺盡見。（按，見、讀如現。此謂孔子有如元氣，顏子有如春生，孟子則連秋殺之氣一起顯現。）仲尼無所不包；顏子示不違如愚之學於後世，有自然之和氣，不言而化者也；孟子則露其才，蓋亦時然而已。仲尼、天地也。顏子、和風慶雲也。孟子、泰山巖巖之氣象也。觀其言皆可以見之矣。仲尼無迹，顏子微有迹，孟子其迹著。」——〔遺書第五、二先生語五。〕

3.程子：「孔子言語句句是自然，孟子言語句句是實事。」——〔同上。〕

4.程子：「孔子儘是明快人，顏子儘豈弟（愷悌），孟子儘雄辯。」——〔同上。〕

5.程子：「孟子有功於道，爲萬世之師。其才雄。只見雄才，便是不及孔子處。人須當學顏

子，便入聖人氣象。」——〔同上。〕

6.明道：「顏子合下完具，只是小，要漸漸恢廓。孟子合下大，只是未粹，索學以充之。」——〔遺書第三、二先生語三，標明爲明道語。〕

7.明道：「學者要學得不錯，須是學顏子。」——〔同上〕。

8.明道：「孟子才高，學之無可依據。學者當學顏子，入聖人爲近，有用力處。」——〔遺書第二上、二先生語二上，注一「明」字，示爲明道語。〕

按、觀此678三條與以下各條所論，則12345五條，自亦係明道語也。

9.程子：「聖人之德行，固不可得而名狀。若顏子底一個氣象，吾曹亦心知之。願學聖人，且須學顏子。」——〔同上，未注誰語。由78條與下14條觀之，此條亦當是明道語。〕

10.明道：「顏子默識，曾子篤信，得聖人之道者，二人也。」——〔遺書第十一，明道先生語一。〕

11.明道：「顏子不動聲氣，孟子則動聲氣矣。」——〔同上。〕

12.明道：「學者須識聖人之體。聖人、化工也。賢人、巧也。」——〔同上。〕

13.明道：「聖人之言，冲和之氣也，貫徹上下。」〔同上。〕

14.明道：「人須學顏子。有顏子之德，則孟子之事功自有。孟子，禹稷之事功也。」——〔同上。〕

15.明道：「顏子短命之類，以一人言之，謂之不幸可也；以大目觀之，天地之間無損益、無進退。譬如一家之事，有子五人焉，三人富貴，二人貧賤；以二人言之則不足，以一家言之則有餘矣。若孔子之至德，又處盛位，則是化工之全爾，以孔顏言之，於二人有所不足；

以堯舜禹湯文武周公群聖人言之，則天地之間亦富有餘也。」——〔同上。〕

16. 明道：「曾子易簀之意，心是理，理是心，聲爲律，身爲度也。」——〔遺書第十三、明道先生語三。〕

乙、二先生語（未定誰語）四條

1. 程子：「孔孟之分，只是要別個聖人賢人。如孟子，若爲孔子事業，則儘做得，只是難似聖人。譬如剪綵以爲花，花則無不似處，只是無他造化功。綏斯來，動斯和，此是不可及處。」——〔遺書第二上、二先生語二上，未定誰語。〕

2. 程子：「孔子爲宰則爲宰，爲陪臣則爲陪臣，皆能發明大道。孟子必得賓師之位，然後能明其道。猶之有許大形象，然後爲太山，許多水，然後爲海。」〔遺書第五、二先生語五，未定誰語。〕

3. 程子：「顏子作得禹稷湯武事功，若德則別論。」——〔同上。〕

4. 程子：「昔受學於周茂叔，每令尋顏子仲尼樂趣，所樂何事。」——〔遺書第二上、二先生語二上，未定誰語。〕

丙、伊川語七條

1. 伊川：「問老者安之，少者懷之，朋友信之。曰：此數句最好。先觀子路顏淵之言，後觀聖人之言，分明聖人是天地氣象。」——〔遺書第二十二上，伊川先生語八上。〕

2. 伊川：「大而化之，只是謂理與己一。其未化者，如人操尺度量物，用之尚不免有差。若至於化者，則己便是尺度，尺度便是己。顏子正在此——若化，則便是仲尼也。在前是不及，在後是過之，此過不及甚微，惟顏子自知，他人不與。卓爾，是聖人立處；顏子見之，但未至爾。」——〔遺書第十五，伊川先生語一。又，此條宜與下附錄明道語第1條合觀。」

3.伊川：「問橫渠之書，有迫切處否？曰：子厚謹嚴，纔謹嚴便有迫切氣象，無寬舒之氣。孟子卻寬舒，只是中間有些英氣。纔有英氣，便有圭角。英氣甚害事。如顏子便渾厚，不同，顏子去聖人只毫髮之間。孟子大賢，亞聖之次也。（按，此言亞聖，乃指顏子，唐宋以前，以顏子爲亞聖。）或問：英氣於甚處見？曰：但以孔子之言比之，便見。如冰與水精（水晶），非不光，比之玉，自是有溫潤含蓄氣象，無許多光耀也。」——〔遺書第十八，伊川先生語四。」

4.程子：「子路願車馬衣輕裘，與朋友共，敝之而無憾。此勇於義者。觀其志，豈可以勢利拘之哉？蓋亞於浴沂者也。顏淵無伐善，無施勞。此仁矣，然未免於有爲。蓋滯迹於此，不得不爾也。子曰：老者安之，朋友信之，少者懷之。此聖人之事也。顏子、大賢之事。子路，有志者之事也。」——〔遺書第九，二先生語九，未注明誰語。當是伊川語。」

5.程子：「顏無伐善，則不私矣；無施勞，則仁矣。顏子之志，則可謂大而無以加矣。然以孔子之言觀之，則顏子之言出於有心也。至於老者安之，朋友信之，少者懷之，猶天地之化，付與萬物，而已不勞焉。此聖人之所爲也。」——〔外書第三，陳氏本拾遺，未注明誰語。亦當是伊川語。」

6.程子：「子路、冉有、公西華皆欲得國而治之，故孔子不取。曾點狂者也，未必能爲聖人之事，而能知孔子之志。故曰：浴乎沂，風乎舞雩，詠而歸。言樂而得其所也。孔子之志在於老者安之，朋友信之，少者懷之，使萬物莫不遂其性。曾點知之，故孔子喟然歎曰：

吾與點也。」——〔同上。亦當是伊川語。」

7.「孔子曰：二三子以我爲隱乎？吾無隱乎爾。無知之謂也。（牟先生曰：此句不妥。）聖人教人，俯而就之若此，猶恐衆人以爲高遠而不親也。聖人之言，必降而自卑，不如此，則人不親。賢人之言，必引而自高，不如此，則道不尊。觀孔子孟子，則可見矣。」——〔同上。此亦是伊川語。〕

附錄明道語四條，以備參合觀覽：

1.明道：顏子曰：「仰之彌高，鑽之彌堅」。則是深知道之無窮也。「瞻之在前，忽焉在後」！他人見孔子甚遠，顏子瞻之，只在前後，但未在中間爾。若孔子，乃在其中焉。此未達一間也。——〔遺書第十二，明道先生語二。〕

2.程子：顏子簞瓢，非樂也，忘也。——〔遺書第六、二先生語六，未注明誰語。自係明道語無疑。〕

3.明道：「鳶飛戾天，魚躍於淵，言其上下察也」。此一段，子思吃緊爲人處。與「必有事焉而勿正心」之意，同活潑潑地。會得時，活潑潑地；不會得時，只是弄精神。——〔遺書第三、二先生語三，標明爲明道語。〕

4.明道：詩可以興。某自見周茂叔後，吟風弄月以歸，有吾與點也之意。——〔同上。

附註

註一：伊川作明道先生行狀有云：「先生資稟既異，而充養有道。純粹如精金，溫潤如美玉。寬而有制，和而不流。忠誠貫於金石，孝弟通於神明。觀其色，其接物也如春陽之溫；聽其言，其入人也如時雨之潤。胸懷洞然，澈視無間。測其蘊，則浩乎若滄溟之無際；極其德，美言蓋不足以形容。」此段文即宋史道學傳四句讚語之所本。而伊川所言尤爲精切入裡，眞能洞曉明道德性生命之全體，亦可謂善於形容者矣。

註二：見朱子語錄卷一百一，程子門人總論。上文黃梨洲案語中已引述此段文字。

註三：宋元學案卷三十、劉李諸儒學案、劉質夫案載：明道謂人曰：「他人之學，敏則有之，未易保也。斯人（質夫）之至，吾無疑焉。」同門侯師聖嘗言：「明道和平簡易，惟劉絢庶幾似之。」

註四：按、伊川少明道一歲，而後卒二十二年。哲宗初立，明道卒，而伊川旋爲侍講。自後二十年，爲伊川生命獨立發皇之時。

註五：見宋元學案卷十五、伊川學案上、本傳。又二程全書、外書第十二、傳聞雜記中，亦錄此條。

註六：參見「心體與性體」第二冊明道章引言。

註七：見「心體與性體」第二冊明道章第八節。

第九章 程明道(二)：對天道、天理之體悟

第一節 體悟道體之圓頓表示

「忠信所以進德」。「終日乾乾」，君子當終日「對越在天」也。蓋「上天之載，無聲無臭」，其體、則謂之易，其理、則謂之道，其用、則謂之神；其命於人、則謂之性，率性、則謂之道，修道、則謂之教。孟子在其中，又發揮出浩然之氣，可謂盡矣。故說神如在其上、如在其左右。大小疑事，而只是誠之不可掩。徹上徹下，不過如此。形而上為道，形而下為器；須着如此說。器亦道，道亦器；但得道在，不繫今與後、己與人。——〔二程遺書第一，二先生語一。觀其語脈，自係明道語無疑。宋元學案列於明道學案，是。〕

明道此整段文，義理圓頓，文字簡略，雖無朱子所謂「太高」，而「渾淪難看」卻是實情。此乃「徹上徹下」之圓頓表示，實顯示一特殊之顏色，亦正是明道特有之智慧。易乾文言：「九三曰：君子終日乾乾，夕惕若，厲无咎。何謂也？子曰：君子進德修業。忠信、所以進德也，修辭立其誠，所以修業也。」孔子解說君子之「終日乾乾」，乃為「進德修業」。明道則推進一步，指出「終日乾乾」，乃謂「君子當終日對越在天也」。（越、於也。對越，亦猶今語所謂「面對」也。）「對越在天」，語出詩周頌清廟篇，原意是對越文王在

天之神。明道此處則借以直指「天」之自身，故「對越在天」猶言「對越上帝」。（上帝一詞，早見於詩經大雅大明、皇矣等篇。）而對越有二義：

甲、原始之超越地對——凡詩書言帝、天，皆人格神之意味，皆是超越地對。

乙、經過孔子之仁與孟子之心性而內在地對——此時，人格神轉爲道德的形上的實體義，超越的帝天與內在的心性打成一片；無論帝天或心性皆轉變成「能起宇宙生化或道德創造」之寂感眞幾，就此而言「對越在天」即爲內在地對，此即所謂「覿體承當」也。面對「超越而又內在」之道德實體而承當下來，以清澈光暢吾人之生命，便是內在地對。此是進德修業之深邃化與內在化。而大學中庸之「愼獨」即由此而成立。

明道所謂「對越在天」，實兼含兩面而貫通地說，所以下文即剋就「上天之載，無聲無臭」而說到「易、道、神」，以及性體、誠體等等。

「其體則謂之易，其理則謂之道，其用則謂之神」。此中其體、其道、其用，皆指「上天之載」本身而言，亦即指無聲無臭、生物不測之天道本身而言。而「易、道、神」亦是此天道本身之種種名，其所指皆是同一實體。玆先解說此三句：

「其體則謂之易」，此句是就易之窮神知化以明天道之體，亦即就「易」以明天道本身。所以這個「體」字是當體、自體之體（不是分解之後、與用爲對的體用之體，亦不是與現象爲對的本體之體），此天道本身即是體，此體自身即是易。「易」與「道體」是同位字，易即代表道體自己。明道所說的「易」，即是繫辭傳「生生之謂易」，「神無方而易無體」，「易无思也，无爲也，寂然不動，感而遂通天下之故」諸語句中之「易」。易之「實」，可以上通地講，亦可以下通地講。(1)上通其極，「易」即是寂感眞幾，即是「維天之命於穆不已」，卽是「天行」之健、創生之不息。易體卽是神用，全部神用卽是易體（道體）之實。如此而說的易，雖不離陰陽變化，但亦不卽是陰陽變化；而是由「陰陽變化之不測、生生之不息」以見易。⑵下落於陰陽變化而說易，卽是下通於氣而說易。易，本由氣化而見，若下通於氣而又能不失其上通之極，則「貫通上下體用而一之」以說「易體」，亦無不可。但如完全偏落於氣以說易體，則非是。

「其用則謂之神」。其用，卽是道體「生物不測」之神用。「全道體」卽是一神用，「全神用」卽是道體之自己。此神用不與體對，神卽是體；道體亦不與神用對，體卽是神。

「其理則謂之道」，此「理」是與「神」爲一之理。全道體卽是一神，卽是一理。然其爲「理」，乃是超越的、動態的、既存有亦活動的生化之理；而不只是超越的、靜態的、只存有而不活動的形式的所以然。

依明道，易體、神用、理道，皆是說的道體自己。繼其體、其用、其理三句之後，明道又引述中庸「天命之謂性，率性之謂道，修道之謂教」之句，以明「天道性命相貫通」之義。接着便說到「孟子在其中又發揮出浩然之氣，可謂盡矣」。此所謂「盡」，是表示：透體之道德實踐中的全部觀念，至此皆已表而出之。而此透體達用、徹上徹下之道德實踐，又不過是誠體之神之「不可掩」。（無論帝、天、天道、天命，以至於理、神、性，皆由「誠」而形著。誠亦是體，故曰誠體。）這是圓融在一起說。但「形而上爲道，形而下爲器」，形上形下之分亦並不因爲圓融說而卽泯除，故繼之曰「須着如此說」。因爲分解地說法雖未盡其究竟，但由分解表示以顯體，卻亦有其必要。惟依明道之體悟，此形而上之道，決不只是理，而同時亦是神，乃是「卽神卽理，神理是一」者。明道特喜作圓頓表示，故下文云：「器亦道，道亦器；但得道在，不繫今與後、己與人」。此便是圓頓語句。「道」欲其眞實而具體，必須圓頓。若眞能明透，便當下卽是，當體卽是永恆（不繫今與後）、卽是一體（不繫己與人）。此亦便是睟面盎背，全體是神、全體亦是形色也。此種圓頓表示，乃是盡性踐形之化境，並不妨礙道器之分。

㈠天道（易體）—即神即理，神理是一
- 全道體即是一神用，全神用即是道體之自己
- 不只是理，亦是神，是神理爲一的生化之理

無論帝、天、天道、天命、以至理、神、性，又皆由誠而形著
誠亦是體，故又可曰誠體（誠體之神、寂感眞幾）

㈡
- 形而上爲道，形而下爲器—是分解地說（與盡性踐形化境上之圓融爲一，兩不相礙）
- 器亦道，道亦器—是圓頓化境
  - 只就道器或理氣說
  - 不就心性或心理說—心卽性、心卽理
    - 乃概念上之斷定
    - 非圓頓化境之語

牟先生指出（註一），明儒羅整菴、劉蕺山、黃梨洲等人，不知圓頓表示與分解表示可以並立，而誤據圓頓化境而反對朱子理氣爲二、理氣先後之分，因而亦反對形上形下之分，而以氣爲首出，將理往下拖。梨洲甚至以爲「只有氣，更無理」，氣變之有則而不可亂，卽是理，謂氣與理乃是一物之兩名，不是兩物而一體，以爲如此便理氣合一或爲一，而亦視心神爲氣，因而以爲如此便是心性是一、心理是一；殊不知如此合一，反而不如朱子分而爲二

之不合一也。如此之合一，既非明道之意，亦非象山陽明之意。須知：理氣之分、形上形下之分，並無過患。問題的關鍵，只在如此分解之後，(1)形而上之理是否「只是理」，(2)心、神是否一條鞭地屬於氣。急於求合一者不知就此關鍵着眼，而只冒然將理往下拖，且亦視心神爲氣；既然視心神爲氣，又如何能反對朱子？朱子講說理氣心神之思路，固甚清澈而一貫（註二），反對者之說，卻是不成熟的軟塌之見。惟有本於形上形下之分、理氣之分，而又知形上之理道並不只是理，心神並不可以一條鞭地視爲氣、視爲形而下；而後纔眞可以言心理爲一、心性爲一，纔可以言圓頓化境。——圓頓化境，是就「理氣」或「道器」說，不就「心性」或「心理」說。「理氣圓融之一」與「心性爲一、心理爲一」並不相同。心性爲一、心理爲一，是在分解道德實踐之概念上、所不能不予建立者，因爲「體」的概念本身、原本就是如此。而理氣圓融之一，則是盡性踐形之化境，這與理氣在分解表示上之仍有分別、並不相礙；而且正因爲有分別，纔可以說圓頓化境之爲一。據此可知：

1.理氣圓融之「一」，是混融一體之一，是化境上之不可分，並不是概念上不可分。

2.心性爲一、心理爲一之「一」，則是內容意義上之一，是體上之概念不可分，並不是從化境上說它不可分。

象山、陽明只說心卽理、心卽性，此「卽」字是概念斷定上之「卽」，乃本「仁義內在」而來，並不是本於盡性踐形上之圓頓化境而來。但象山陽明亦只在概念上說心卽性、心卽理，卻並不在概念斷定上說心卽氣、理卽氣。如果亦偶而有「心卽氣、理卽氣」之語意，則必須看做圓頓化境上之「卽」，而不是概念斷定上之「卽」，如明道所說「器亦道，道亦器」之類是也。又，如果偶而有「心卽氣、理卽氣」之語意而又無所謂圓頓化境，則亦只是在某種情形下混融不離或混雜不離之「卽」，仍然不是概念斷定上之「卽」，如明道所說「生之謂性，性卽氣，氣卽性，生之謂也」，便是此類。圓頓化境上之「卽」與概念斷定上之「卽」必須分別而觀，不可攪混。至於朱子說「性卽理」，卻是概念斷定上之「卽」，說心、神是氣，亦是概念斷定上之「是」。如果將圓頓化境之「卽」（或將混融不離、混雜不離之卽），誤認爲概念斷定上之「卽」，而言合一、爲一（如黃梨洲等人之說），則朱子仍可依其清澈一貫之思考，將之分而爲二也。

第二節　天地設位，易行其中：「於穆不已」之易體

「天地設位，而易行其中」。何不言人行其中？蓋人亦物也。若言神行乎其中，則人只於鬼神上求矣。若言理、言誠，亦可也。而特言易者，欲使人默識而自得之也。——〔二程遺書第十一，明道先生語一。〕

明道此段文，是要就「天地設位」之現實宇宙中，直悟「於穆不已」之易體。故教人於繫傳上第七章特言「易」行乎其中處，「默識而自得之」。依明道之默識，此易體卽是誠體、神體，亦是理體。但繫傳何以只言易行乎其中，而不言人、亦不言神、理、誠行乎其中？

由天地之設位（天上地下），自亦可以想及天地人三極之道，人參於天地而爲三，似亦可說「人行乎其中」。但三極之道，主要是說人之參贊作用，亦卽通過人極處彰顯的道以彰

著天地之道。而三極之道又實卽一「於穆不已」的創生之道（就天地言，是「爲物不貳，生物不測」的創生之道；就人言，是道德創造之眞幾）。若說：天地設位，而「人」行乎其中，則⑴既不足以顯明地表示「三極之道、人參於天地而爲三」的參贊之義；同時⑵人在此或將滋生疑惑，以爲人亦只是萬物中之一物（明道云：蓋人亦一物也），旣說人行乎其中，萬物豈不亦可行乎其中？據此可知，三極之道乃是另一義，不可因「天地設位」而直說「人行其中」。

若言「神」行乎其中，自無不可。但人見此「神」字，又不免「只於鬼神上求」，而未必明澈此神卽寂感眞幾之神體。繫傳言「易行其中」，則易體「無方之妙用、創生之不測」，卽是神也。故易體卽神用，而非鬼神之神。言「易體」，正所以明神之所以爲神，而「神」義可不濫；此是以易攝神，乃稱體而言，非着迹而言。（若是鬼神之神，則鬼神亦一物耳，便有迹。）

若言「理」行乎其中，或言「誠」行乎其中，自亦皆可。但⑴「理」有多義，而此處若眞可以說理，則此理卽是於穆不已的天命實體之理；以易體攝理，則「理」義可不濫。⑵「誠」本是形容名詞，爲使誠有所屬，故卽以易體攝誠。旣然以易攝理、以易攝誠，故不言理行其中，誠行其中，而言「易行其中」。於穆不已的天命實體，其直接的意思卽是「易體」；故明道曰「上天之載，無聲無臭，其體則謂之易」，意卽以「易體」爲「上天之載」之當體自己也。人若於此眞能透澈，則說「誠體」、「理體」、「神體」，皆無不可。「易」與「誠、理、神」是一，而以易體爲本、爲天命實體之當體自己。明道之所以注目於繫辭傳特言「易」行乎其中，正以此故。

遺書又有一條云：

「天地設位，而易行乎其中」，只是敬也。敬則無間斷。體物而不可遺者，誠敬而已矣。不誠，則無物也。詩曰：「維天之命，於穆不已。於乎不顯，文王之德之純」。「純亦不已」。純則無間斷。——〔同上〕

此條直就「於穆不已」、「純亦不已」說易體。「於穆不已」原本就是就天命之體說，而不是就氣說。「純亦不已」亦是就本心之德說，而不是就「心氣」之氣說。明道由此「不已」說「易體」，完全是提到「體」上來講（卽以此「不已」爲體）。無論是心體、性體，或是天命實體，皆以「不已」（不止息地起命令作用）爲其實蘊。

此「不已」之所以爲「不已」，亦可以由「誠」與「敬」來表示。以「誠」指實體，自中庸而已然。故曰「誠者天之道也」，「誠者物之終始，不誠無物」。易卦无妄之象辭有云：「天下雷行，物與无妄」。明道曰：「動以天，安有妄乎」？雷動風行，一切皆眞實無妄，這是表示：天道卽是誠體，一切皆是誠之所貫，皆是誠體之流行。既可以從體上言誠，亦可以從體上言「敬」。天命於穆不已，自無所謂敬與不敬；敬不敬從人這方面說。人從後天工夫上說雖有敬與不敬，而「文王之德之純」，「純亦不已」，卽工夫卽本體，則「敬」實亦可以直接收到本心上來講。由本心之敬參透「於穆不已」，則天命之於穆不已亦實卽一敬體、一誠體。這是純粹從體上言敬言誠。於此正可體證這個「體」，是道德的同時卽是形上的，是形上的同時卽是道德的。聖人之心與天命實體，二者之內容的意義，固無差異。是故，「天地設位」，於穆不已之「易體」行乎其中，實即是一眞實無妄之「誠體」、寂寂惺惺之「敬體」行乎其中。故明道又說「體物而不可遺者，誠敬而已矣」。（在此，亦可以說「仁而已矣」。誠體、敬體、仁體，以至於神體，皆足以代表於穆不已之易體的實義。明道確有如此明澈之洞悟，故說來無不相應。）

遺書第十二，明道先生語二，有一條云：

「生生之謂易」。「天地設位，而易行乎其中」。「乾坤毀，則無以見易。易不可見，乾坤或幾乎息矣」。易畢竟是個甚？又指而言曰：「聖人以此洗心，退藏於密」，聖人示人之意，至此深且明矣。終無人理會！易也、此也、密也，是甚物？人能至此深思，當自得之。

此條教人體悟畢竟甚麼是「易」？「易也、此也、密也」，是甚麼物？明道是向形而上處體悟易，已見上述。繫傳上第十一章云：「是故蓍之德圓而神，卦之德方以智，六爻之義易以貢。聖人以此洗心，退藏於密，吉凶與民同患」。據此原文，「此」字即代表「圓而神、方以智、易以貢」三者。朱子周易本義注此數句甚佳。其言曰：「聖人體具三者之德，而無一塵之累。無事，則其心寂然，人莫能窺；有事，則神知之用隨感而應，所謂無卜筮而知吉凶也」。可知「此」字正是代表寂感之神，而明道亦正是要向此寂感誠體之神處說「易」、說「此」、說「密」。以寂感誠體之神說易體，正是相應「於穆不已」而言之。詩經言「於穆不已」之天命，易傳即以寂感誠體之神來顯示其實義。明道承此以體會易體，實甚順適貼切而相應。是故，「易體」卽是無聲無臭、於穆不已的天命之體之當體自己，決非形而下之氣而「與道爲體」也。——而朱子以其分解之講法，將「神」視爲氣，「易體」亦視爲形而下之氣，此決非明道之意。朱子以爲「其體則謂之易」之體字，是「體質」之體，猶言「骨子」，易者，「陰陽錯綜交換代易」之謂。故曰「天地之間陰陽交錯，而實理流行，蓋與道爲體也。」（註三）此顯然是將「易」下落於氣上說。氣變錯綜之易「與理道爲體」（此體字是形體體質之體），如此，則易體乃下落而成爲表現「理」之資具，形上之「道」成爲「只是理」，終於喪失寂感誠體之神的意義。牟先生指出，此便是「心理不一、心性不一」之最根源而亦最本質的關鍵所在。必須此處疏解清楚，然後「心性是一、心理是一」之眞切義、乃可得而明，而「心性不一、心理不一」之轉成何種形態，亦得以確定而無疑。

天地設位，易行其中
- 以易攝神，神義不濫
- 以易攝理，理義不濫
- 以易攝誠，誠有所屬

由不已說易體
- 於穆不已——就天命之體說
- 純亦不已——就本心之德說

由純亦不已之誠德敬德滲透於穆不已，則天命之於穆不已實即
- 眞實無妄之誠體
- 寂寂惺惺之敬體

體物不遺者，誠敬而已（仁而已矣）
- 誠體
- 敬體
- 仁體
- 理體
- 神體

皆足以代表易體（寂感誠體之神）

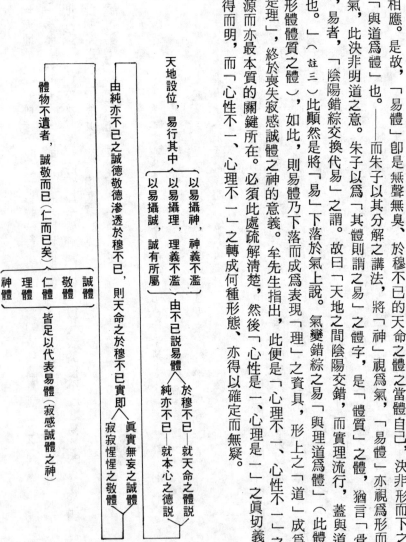

第三節　天道生生顯諸仁

一、道不即是陰陽，而亦不離陰陽

繫辭曰：「形而上者謂之道，形而下者謂之器」。又曰：「立天之道曰陰與陽，立地之道曰柔與剛，立人之道曰仁與義」。又曰：「一陰一陽之謂道」。陰陽亦形而下者也，而曰道者，惟此語截得上下最分明。元來只此是道，要在人默而識之也。——〔二程遺書第十一，明道先生語一。〕

陰陽雖不卽是道，而道亦不離乎陰陽。陰陽是形而下之氣，而曰「一陰一陽之謂道」者，是要在一陰一陽之變化中，當下體悟「於穆不已」之道體，換言之，於穆不已之道體，必須藉資一陰一陽之變化而顯現它自己。明道說「惟此語截得上下最分明」。這句話很詭譎。依常情看，「一陰一陽之謂道」這種句子，實無截分上下（形上形下）之意，人若質實地認爲此句是表示陰陽卽是道，便正足以誤混上下而不分，如何能說是「截得上下最分明」？依牟先生之疏通（註四），這不是分解地截得上下最分明，而是「圓融地截得上下最分明」。既截分而又圓融，既圓融而又截分，形上卽在形下之中，形下卽在形上之中，此其所以爲詭譎。既亦惟詭譎始能融分解於圓融中，雖圓融而又不失上下之分。故下文繼之曰「元來只此是道，要在默而識之也。」(元來道不即是陰陽，而亦不離乎陰陽；只有在一陰一陽之變化中，乃能當下體悟於穆不已之道體；並無一個與陰陽相截離、而「只是理」的道也。此意，字面上不可見，故要人默而識之。)明道此語，顯然是道器上下之圓頓表示。惟圓頓始須默識，惟默識方顯圓頓。(此猶如維摩詰當下默然，便是不二法門，乃是頓教也。頓卽函圓。故曰圓頓。)在此，不容分解籌度，而須默識心通，當下卽是。

後來伊川與朱子，對「一陰一陽之謂道」之句，卻只作分解表示。依伊川，「一陰一陽」並不是道，「所以一陰一陽」纔是道。依朱子，陰陽不是道，所以陰陽纔是道(一陰一陽之「一」字，卽表示「所以」)。二人之說，是對此句作分解表示，而成爲「分解地截得上下最分明」。(陰陽是形下之氣，道是形上之理，而且「只是理」。)在明道，亦並非不承認道器上下之分，他明明說「陰陽是形而下者」，又說「形而上爲道，形而下爲器，須着如說說」。但對此「一陰一陽之謂道」之句，他卻不作分解表示，而作一圓頓觀，融分解表示於圓頓表示之中，特顯其圓頓之智慧以通之；此則更爲活潑而不失上下之分，故成爲「圓融地截得上下最分明」。

二、道亙古而常存，超有無而遍在

「一陰一陽之謂道」，自然之道也。「繼之者善也」，有道卽有用，「元者善之長也」。「成之者」卻只是性，「各正性命」也。故曰：「仁者見之謂之仁，智者見之謂之智，百姓日用而不知，故君子之道鮮矣」。如此，則亦無

始，亦無終；亦無因甚有，亦無因甚無；亦無有處有，亦無無處無。——〔二程遺書第十二，明道先生語二。〕

按、繫傳上第五章云：「一陰一陽之謂道，繼之者善也，成之者性也。仁者見之謂仁，智者見之謂之智，百姓日用而不知，故君子之道鮮矣。」明道先疏解此段文，而語甚簡略。此即謝上蔡所謂「只轉卻一二字，點掇地念過，便教人省悟」者是也。「一陰一陽之謂道，自然之道也」，此所謂「自然」，是說道之自然而本然，而非一般自然之義。「繼之者善」，是說把這「道」繼續下來而不斷絕，便是善，這是「善」之「宇宙論的規定」，是動態地說。「成之者卻只是性」，是說能成就或完成此「道」者，便是吾人之性（性，能完成此道），這是實踐地說「性之義用」。性何以能成就道？因爲性是道德創造之眞幾，能盡性，便是完成此道之生化於一己之生命中，亦是重現此道於一己的道德行爲之純亦不已中。這顯然是「率性之謂道」之義。但一般人大都不能充分而圓滿地各盡其性，所以下文有仁者見之、智者見之云云，而結之曰「故君子之道鮮矣」。

明道點掇地念過此段文字，目的在說明：道自身「亙萬古而常存，超有無而遍在」。故下文又說「如此，則亦無始，亦無終」云云。意謂人對於道雖然見仁見智，而皆不能盡道之全，但道本身卻無有始終，亙古常存，而永遠呈現其生化之大用。「亦無因甚有，亦無因甚無」，是說道之存有，是自存自有，不是因着甚麼旁的東西而存有，亦不因旁的東西而歸於無；這表示「道」乃超越有無者，不可以相對的有無而論之。又，「亦無有處有，亦無無處無」，是指出道之遍在，無所謂「有處有」、「無處無」。若說有的地方就有，便函着無的地方便無。如此，則道不遍在。所以不能以「有」或「無」說「道」。

一陰一陽之道，其生化大用，永恆而常存，超有無而遍在，無所謂始終，亦無所謂有無。牟先生指出：此便是儒家肯認一「本體宇宙論的」即存有即活動的「道德創生之實體、宇宙生化之實體」、所顯示的彌滿一切之「充盈性的智慧」。（與佛老空無型之智慧不同。）——惟明道此條之意猶嫌隱晦而不顯豁，試再看遺書第二上一條云：

這個義理，仁者又看做仁了也，智者又看做智了也，百姓又日用而不知，此所以「君子之道鮮矣」！此箇亦不少，亦不剩，只是人看他不見。

所謂「此箇亦不少，亦不剩」，即是前條無始終、無有無之簡述。而承接仁者見仁、智者見智而言之，亦與前條同。但此條意甚顯明，以此條爲準，則前條之意亦顯明而無隱晦。又遺書第十一，明道先生語一，有一條云：

言有無，則多有字。言無無，則多無字。有無與動靜同。如冬至之前，天地閉，可謂靜矣，而日月星辰亦自運行不息，謂之無動可乎？但人不識有無動靜爾。

此與前兩條所謂無始終、無有無，以及亦不少、亦不剩之理境，完全相同。橫渠正蒙大易篇第十四有云：「大易不言有無。言有無，諸子之陋也」。又太和篇第一亦云：「知虛空即氣，則有無、隱顯、神化、性命，通一無二」。又云：「知太虛卽氣，則無無」。橫渠所說之義，正與明道相同。凡承中庸、易傳而來者。對儒家這種充盈型之智慧，皆有共同之契會。

三、天道生生

「生生之謂易」，是天之所以爲道也。天只是以生爲道。繼此生理者卽是善也。善便有一個元底意思。「元者善之長」。萬物皆有春意，便是「繼之者善也」。「成之者性也」，成却待他萬物自成其性始得。——〔二程遺書第二上，二先生語上。觀其語脈，自係明道語無疑。宋元學案列於明道學案，是。〕

天以「生」爲道。此道是「生道」，亦卽「爲物不貳，生物不測」的創生之道。此「生道」亦曰「生理」，是所以能「生生不息」的超越之理。這個生道、生理，亦可名曰：易體、神體、於穆不已之體。「一陰一陽之謂道」，卽是指點這個道（「一陰一陽」亦猶「生生」之義）。由生生不息指點「易體」，卽可顯示「天之所以爲道」卽是生生之道。能繼復而呈現此生道、生理，便是善。善，「便有一個元底意思」。「元」底意思，是由「繼復而呈現之」而言。元是始，是首，是一價値觀念，是衆善之長，萬善之源；這是提起來而超越地說。「萬物皆有春意，便是繼之者善也」，則是落實於萬物而內在地說。亦卽由萬物之春意、生意、生機洋溢，便可指點出生道生理之無所不在，以見天道生生之「於穆不已」。——此條又解釋「成之者性也」，而說「成卻待他萬物自成其性始得」。牟先生以爲，此與前引

「成之者卻只是性，各正性命也」，同是隱晦之語。此問題容下第十一章論生之謂性時，再加論述。

遺書第十一，明道先生語一，有數條論「生物不測」之神用，茲錄於後：

1.「生生之謂易」，生生之用則神也。

2.「窮神知化」，化之妙者，神也。

3.天地只是設位，易行乎其中者，神也。

4.中庸言誠，便是神。

5.氣外無神，神外無氣。或者謂清者神，則濁者非神乎？

6.冬夏寒暑，陰陽也。所以運動變化者，神也。神無方故易無體。如若或者別立一天，謂人不可以包天，則有方矣，是二本也。

7.「鼓萬物而不與聖人同憂」。聖人、人也，故不能無憂。天則不為堯存、不為桀亡者也。

第⑴條指點繫傳上「生生之謂易」之義，曰：「生生之用，則神也」。道之自體是易，易體能起生生之妙用，卽是神。神與易是道之本質的全蘊，神用與易體，一也。第⑵條指點繫傳下「窮神知化」，曰：「化之妙者，神也」。於生化不測之妙，卽可見易體之神用。說卦傳謂「神也者，妙萬物而為言者也」，妙運萬物而使之生化不測，卽是神。繫傳上又謂「陰陽不測之謂神」，又謂「知變化之道者，其知神之所為乎」！故「窮神」卽所以「知化」，能知「變化之道」者，卽知「神之所為」矣。神之所為，亦就是神之妙用。第⑶條指點繫傳上「天地設位，而易行乎其中矣」，曰：「易行乎其中者，神也」。天地設位是虛，神與易則是實。繫傳上又謂「夫易，廣矣大矣。以言乎遠則不禦，以言乎邇則靜而正，以言乎天地之間則備矣」。「遠則不禦」（禦，止也。不禦，無盡也），即是「感而遂通天下之故」；「邇則靜以正」，即是「寂然不動」，亦即無思無爲，純正不二也；「天地之間」，只是這個易體神用之普遍充滿，故曰「備矣」。第⑷條指點「中庸言誠，便是神」。神，不是以氣言之神，而是誠體之神。

第⑸條所謂「氣外無神，神外無氣」，亦猶「道亦器，器亦道」，乃是圓頓之語。分解地說，陰陽，乃是氣（清者濁者皆然），神、易、理，則是道。但圓融地說，則全神是氣，全氣是神。依全氣是神而言，清者固是神，濁者亦是神也；依全神是氣而言，神固在清，亦在濁也。輕清者爲天，重濁者爲地，天固然是神用以成其爲天，地豈不亦是神用以成其爲地？於此，須知圓融不礙分解，故第⑹條又曰：「冬夏寒暑，陰陽也。所以運動變化者，神也」。此便是不泯道器上下之分的分解表示。而分解亦不礙圓融，圓融是盡性踐形之化境，即所謂「窮神知化，德之盛也。」（德之盛，即是誠之至。）「神、化」是客觀地實理實事，「窮之、知之」則是主觀的證悟。繫傳上云：「神無方而易無體」。神用遍在無方所，易體（易之自體）遍運無形體。無論在「天」在「人」，神用一也，只是一誠體之神的「靜正」與「不禦」。而「誠體之神」便是天。作爲有限存在的現實之人，自不可以包天；但人之所以爲人的超越的誠體，實即天也，此便是人而天矣。自誠體之一而言，是無方、是一本。（一本義，詳見下第十章。）若自己封限於現實之有限存在而不能通於誠體，則是自封自限，故象山曰「宇宙不曾限隔人，人自限隔宇宙耳」。以爲「人不可以包天」，乃是人之自封，故人是人，天是天，是謂二本。

第(7)條鼓萬物句，見繫傳上：「一陰一陽之謂道……顯諸仁，藏諸用，鼓萬物而不與聖人同憂，盛德大業至矣哉」！此言天道顯之於仁，藏之於生化之大用，於穆不已地「鼓萬物而不與聖人同憂」。明道於此指點曰：「聖人，人也，故不能無憂」。聖人之憂即是聖人之仁。既言天道「顯諸仁」，則聖人憂患之仁心，又實即天道之見證。參贊天地之化育，亦即聖人仁心之化育。在內容之意義上，聖人仁心之化育（存神過化），與天地之道的化育等同爲一，此便是所謂一本。而亦正因聖人仁心之化育，故能證知天道之「顯諸仁」。天道之生化，即是道德之創造，兩者實無二義。（註五）

天道之生化，雖然不爲堯存、不爲桀亡，不與聖人同其憂患，但在「一本」之下，亦必須重視聖人仁心之化育，以證實天道生化的全幅義蘊，以肯認天道即仁體，以成其爲眞一本。明道眞切於此義，故能首先正視孔子之仁，而謂「學者須先識仁，仁者渾然與物同體」；又能正視孟子之盡心知性知天，而謂「只心便是天」。

天以「生」爲道〈爲物不貳／生物不測〉生生之妙—易體神用〈神用遍在無方所／易體遍運無形體〉

天道生生顯諸仁—聖人仁心之化育與天道之生化通而爲一（天人一也）

以上是明道對天道之體悟，雖甚爲透徹，但尚多就易傳之言而點掇之。下節更換一名而曰「天理」，復就天理而重新體悟，此乃其自意語，更可顯出明道之姿態。

第四節　天理：本體宇宙論的實有、實體

二程全書、外書第十二，有一條云：

> 吾學雖有所受，「天理」二字，卻是自家體貼出來。

「天理」這兩個字，早見於禮記樂記篇；天理之實蘊，亦是先秦儒家與宋明儒者共許之義；而且橫渠亦已就道體說「天理」；然則，明道所謂「天理二字」是他「自家體貼出來」，當然不是說「天理」這個概念或這二個字是他獨創新造。以往的「帝、天、天道、天命、太極、太虛、誠體、性體、心體、仁體、中體、神體，乃至天倫、天敘、天德、秉彝……」等種種名，全都是他體貼「天理」二字的底據。他是眞能理會得這種種名之實義，而首先提出「天理」二字以代表之。分別地從各種分際上說，有上述種種名；總起來說，只是一個天理。明道說這二個字，是表示儒家言性命天道，乃澈底而嚴整的道德意識之充其極。把握了這一點，便一下子可以定住講「性理」與講「空理」的意識之不同。

一、天理恒常自存，是形上實有，亦是生化之理

遺書第二上、二先生語二上，有三條云：

「天理」云者，這一個道理更有甚窮已？不為堯存，不為桀亡。人得之者，故大行不加，窮居不損。這上頭來更怎生說得存亡加減？是他原無少欠，百理俱備。

所以謂萬物一體者，皆有此理。只為從那裡來。「生生之謂易」，生則一時生，皆完此理。人則能推，物則氣昏，推不得；不可道他物不與有也。……「萬物皆備於我」，不獨人爾，物皆然。都自這裡出去。只是物不能推，人則能推之。雖能推之，幾時添得一分？不能推之，幾時減得一分？百理俱在，平鋪放着。幾時道堯盡君道、添得君道多；舜盡子道、添得子道多？元來依舊。

以上三條相連而生，必須連在一起看。宋元學案明道學案只列第三條，卻不列前兩條，遂使人有突兀之感，而莫知其實義與來歷。黃百家於第三條下作案語云：「此則未免說得太高。人與物自有差等。何必更進一層，翻孟子案，以蹈生物平等、撞破乾坤？只一家禪詮！」此眞不解實義，大驚小怪之懵懂語。試看明道之意畢竟是如何。

第一條是說「天理」這一個道理，無有「存亡加減」。無存亡，是說天理永恆常存自存，不因堯而存在，不因桀而消亡。無加減，是說就「人得之」以爲性而言，乃圓滿窮盡者，不因大行而增加，不因窮居而減損。它是「一」，但卻中含萬理，而可顯示多相。

以第一第二兩條相比觀，牟先生指出：

一、前條是靜態地視天理爲「本體論的實有」，次條則是動態地視天理爲「宇宙論的生化眞幾」或「道德創造的創生實體」。

二、前條是靜態地默識天理之一相與多相（元無少欠，百理俱備），而次條則是動態地會觀百理之根源，而見天理之一相。

次條所謂「只爲從那裡來」句中的「那裡」，是指示一個本源。這本源卽從「生生之謂易」來了解。「上天之載，無聲無臭，其體則謂之易」（已引見上第一節之一），天道之自體卽是生生之易。此生生之本源乃是創生之眞幾，萬物「生則一時生，皆完此理」，卽是皆完具此創生之眞幾；此實表示「神用無方」的生理（天理）之遍在性：人具備，物亦具備。只是(1)人「能推」，能盡性而推擴，故能重現一道德之創造，能彰顯天理而使之燦然明著；而(2)物卻「不能推」，故不能重現一道德之創造，不能彰顯天理而使之燦然明著。但物亦本體論地具有此理，而無少欠。所以人以外的他物雖不能推，卻不能說他物不有此理。綜此第一第二兩條之動靜兩觀，是表示：天理之爲本體論的實有（恆常自存），與天理之爲宇宙論的生化眞幾（易道生生），這二者是同一的——恆常自存者，卽是那能生化不息者。

第三條借孟子「萬物皆備於我」之語而說「不獨人爾，物皆然。都從這裡出去」。依第二條所說，人與物皆完具此創生之眞幾（皆完此理），故一方面固然可以「只爲從那裡來」而說「萬物一體」；一方面亦可以因爲「都從這裡出去」而說「萬物皆備於我」。當明道說「萬物皆備於我」時，非必卽是孟子之理路，而實是透到「生生之謂易」的本源，根據萬物「皆從那裡來」而說。所謂「從那裡來」與「從這裡出去」，前者是從客觀說，後者是從主觀說，內容的意義並無不同。只爲「從那裡來」，皆完具此理，所以每一主體（我）皆可以彰顯地或潛存地函攝一切；換言之，一切亦皆可以彰顯地或潛存地「都從這裡出去」。「都從這裡出去」，卽是「萬物皆備於我」。蓋我「從那裡來」所完具的天理性體，實際上卽是一創造之眞幾。一切行爲實事皆爲創造眞幾所創生、所函攝。一切存在亦卽是道德創造上的應當存在。總起來說，是天地之化；落在個體上分別說，則每一個體皆完具此理，皆是一創造之中心，故皆函攝一切。是故，皆備此創造眞幾之「一理」，卽已具備彰顯於事上之「百理、衆理、乃至萬理」，同時亦卽具備（函攝）表現天理之每一事。此便是「萬物皆備於我」之究極義。

從本源上根據「皆從那裡來」而說「皆完此理」，這是本體論地言之。當然，「皆從那裡來」不一定邏輯上能必然地函着「皆完此理」，例如基督教，雖可說萬物皆由上帝創造而來，卻並不能說每一個體皆完具上帝那樣的創造之眞幾。但在儒家，則必然要貫下來，而說每一個體皆完具這樣絕對的創造眞幾。（所以儒家說道體，必然是旣超越而又內在。此中關鍵，卽在天道性命相貫通。）若從道德上、人實能作道德的創造而言之，此便是明道所謂「推」。「皆完此理、皆備於我」之實，卽從此「推」之實上見。不過，每一個體雖皆完此理，卻並非每一個體皆能推。故第二條說「人則能推，物則氣昏，推不得」，第三條亦說「只是物不能推，人則能推之」。但「雖能推之，幾時添得一分？不能推之，幾時減得一分」？此表示能推不能推，只是充盡不充盡的問題，而於天理並不能有所增減。

後來朱子曾說：「論萬物之源，則理同而氣異」。本體論地說「皆完此理」，是人與物平等，是所謂「理同」。而道德實踐地說，則人與物有差別，此便是所謂「氣異」。據此，則明道所說，又何嘗是黃百家所謂「翻孟子案以蹈生物平等」？何嘗抹煞人與物之差別？而且此三條實是重在表示天理之恆常自存、不增不減；表示天理之爲本體論的實有；表示天理之客觀而超越的尊嚴性；同時亦本體論地表示天理之遍在性，而爲人與物所同具。此正是挺立乾坤、貞定乾坤，而人物之別亦不泯，又何嘗是「撞破乾坤，只一家禪詮」？自家懵而無識，好爲驚怪，於明道何尤乎？

(一)天理
- 無存亡—恆常自存
- 無加減—不加不損

〉天理遍在，萬物俱備
- 人能推—能盡性推擴作道德創造
- 物不能推—只本體論地完具此理

(二)天理
- 靜態地爲本體論的「實有」
- 動態地宇宙論的生化之理

〉即存有即活動

是理(道)、亦是
- 誠
- 心
- 神

〉寂感眞幾—本體宇宙論的實有實體

二、天理寂感

「寂然不動，感而遂通」者，天理俱備，元無欠少，不爲堯存，不爲桀亡。父子君臣常理不易，何曾動來？因不動，故言寂然。雖不動，感便動；感非自外也。——〔二程遺書第二上，二先生語二上，未注明誰語。宋元學案列於明道學案，是。」

此條另換一開端，從「寂感眞幾」說天理。在「寂然不動感而遂通」的誠體之神中，「天理俱備，元無欠少」，是恆常自存、不增不減的。總持地說，寂感眞幾就是生化之理，此生化之理的內容就是所謂「百理」，合寂感與百理而爲一，則統曰天理。此所謂「天理」，不是脫落了誠體之「神」的「只是理」，它是理，亦是道、是誠、是心、是神。（理、道是誠、心、神之客觀義；誠、心、神是理、道之主觀義。）若「只是理」，如何能說寂感？如何能說生物不測、妙用無方？父子君臣乃至於隨事而見的種種理（所謂百理、衆理、萬理），皆渾然完具於此寂體之中，而又隨感而顯現於萬事之中以成其爲實事：如對父母便顯現爲孝以成孝行，對子女便顯現爲慈以成慈行，對君臣等亦然，皆各有定常之理。凡此等等，皆是寂感眞幾、誠體之神之所顯發，所以無一欠少。

但有一點亦須辨明。所謂「父子君臣，常理不易，何曾動來？因不動，故言寂然」。此是以「寂然」說此「不易」（不變動）之常理。實則，「常理不易」之不動，與「寂然」之不動並不相同。就不易之常理本身而言，實無所謂寂然不寂然。「寂然不動，感而遂通」處之不動，並非「不易」之不動，而是「動而無動、靜而無靜」的寂然神用。此數句之實意，牟先生解之最爲切當：父子君臣之常理，永恆常在而不變易。當吾人之性體「寂然不動」之時，則此常理亦寂然於性體中而不顯現，雖不顯現，而實潛隱具在，並無欠少；當吾人之性體「感而遂通」之時，則此常理燦然明著，雖燦然明著，而實亦並無增添。下又云「雖不動，感便動；感非自外也」。感非自外，意即此感並非來自於外之他感，而是天理之自感、能感；

此所以為寂感眞幾。

此條與上引三條，義相承接，皆是表示天理為一本體宇宙論的、即存有即活動的實體。

三、天理之尊嚴與崇高

> 得此義理在此，甚事不盡？更有甚事出得？視世之功名事業，真譬如閑！視世之仁義者真煦煦孑孑，如匹夫匹婦之為諒也！自是天來大事，處以此理，又曾何足論？若知得這個道理，便有進處。若不知得，則何緣仰高鑽堅，在前在後也；竭吾才，則又見其卓爾？——〔二程遺書第二上、二先生語二上，未注明誰語。宋元學案列於明道學案，是。〕

此條綜言天理之尊嚴與崇高，無有能超越之者。所以說「得此義理在此，甚事不盡？更有甚事出得」？人「若知得這個道理」，其德性生命「便有進處」。末後以顏子為例，便是「知得這個道理」者，故能「仰高鑽堅」（註六），精進不已。此乃道德意識之透體挺立。而其所透顯而面對的體，即是那超越一切而定然如此的「天理」。

文中之「義理」「道理」，是泛說字，「天理」則是實說字。此義理道理所意指的「天理」，不只是靜態的道德法則，亦不只是屬於「本體論的存有」之靜態的實理（實體）。燦然明著的百理，一起皆統攝於寂感眞幾，而為誠體之神所顯發，它就是這樣「一多不二」、「神理不二」、「存有活動不二」的實體，綜名之，則曰「天理」。此已函象山所說：「萬物森然於方寸之中，滿心而發，充塞宇宙，無非斯理」。明道所說的超越一切的天理，即是這樣的天理。象山嘗言：知此卽是「知至」，明此卽是「明善」，達此卽是「達天德」。（見答胡季隨書）。而明道則謂「若知得這個道理，便有進處」。知，是吾人正面之目標；有進處，便是遷善改過、克己復禮，以這個道理（天理）來徹底清澈吾人之生命。而此步工作，亦卽顏子仰高鑽堅、竭吾才、立卓爾，乃是德性人格之發展與進步，以及德性生命之精進而不已，人若不能終日乾乾、對越在天，則生命隨時可以昏墮，而封於墮性以自安，固結於習氣之私以自便；如此，如何能「有進處」？如何能光暢其生命而上達天德？唯有樹立此天理之尊嚴，方是照體獨立之關鍵。

又，遺書第三，二先生語三，謝顯道（上蔡）記明道之言有云：

> 太山爲高矣，然太山頂上已不屬於太山。雖堯舜之事，亦只如太虛一點浮雲過目。

此條是表示，現實的存在或現實的事業，無論如何高、大，它總是一個有限，而不是最後的、絕對的。只有「天理」纔是最後的、絕對的。天理是一切價值之標準，是價值本身，一切事業因它而可能，亦因它而有價值。「雖堯舜之事，亦只如太虛中一點浮雲過目」，與前條「自是天大來事，處以此理，又曾何足論」，兩句意義相同。這只是偏顯天理之尊嚴與崇高，無有能與之倫比者；而並不是抹殺或輕忽事業。

若通體達用，自其「曲成萬物而不遺」而言，則天理所曲成之事事物物（如功名事業），亦皆因天理流行於其中而有絕對之意義。所以，就「事」而言，無論堯舜之事與桀紂之事，皆如浮雲過目；但就「意義」而言，堯舜事業畢竟與桀紂之事截然有別。堯舜之事是因堯舜之德而成，其德是天理、實理，其事是天行、實事。事象本身雖如同「浮雲過目」，而其意義則普遍而永恆。牟先生並指出，若進一步圓融地說，堯舜之德，是「全體是用，全理是事」之德；堯舜之事，是「全用是體，全事是理」之事。而桀紂則既無體、又無用，焉可同日而語！明道又何至小看堯舜事業？而所以如此言者，唯在顯示天理之自己及天理之尊嚴與崇高耳。

四、天理秉彝與死生存亡之理

「立人之道，曰仁與義」。據今日，合人道廢則是；今尚不廢者，猶只是有那些秉彝卒殄滅不得。以此思之，天壤間可謂孤立！其將誰告耶？——〔二程遺書第二上，二先生語二上。觀其語脈，必是明道語無疑。〕

此條以感慨語氣出之，字字句句，皆是實感實見，皆是眞實性情之流露。當時士大夫大率皆談禪（註七），而眞能正視「那些秉彝」（註八）以覿體立定者，實只是寥寥幾個人，此所以明道有「孤立」之感也。此感是眞正地存在的實感，而其有見於「那些秉彝」，亦是眞正地實見、灼見。實見、灼見不在多，只是這一些子秉彝，便足以貞定乾坤，更無有能殄滅之者。當下在此立定，任何奇詭瑰麗之辭，皆不足以搖動它。此眞正是儒家道德意識透體挺立所洞悟的定常之體，據此卽足以判開苦業意識之空理，而不相混淆。這點秉彝，是眞正的實有，終極的實有，是「先天而天弗違」者。無論人自覺或不自覺，無論人或繞出去說諸般教義，皆無有離此定常之體而能自足者。此眞有如空氣，在你身外，亦在你身內，當下卽是，反身自見。若問人生立處，此便是終極的立處。若問人生定盤針，此便是終極的定盤針。天理、實理、天道性命，皆從這裡說。乃至於種種名、種種說，亦無非要顯示這點秉彝，顯示這「本體宇宙論的」實體、實有。這是儒家的本質，亦是宋明儒共同的認定。而見之最透切、最明澈、最圓熟者，則無過於明道。

人若仍以爲明道之言太高、渾論，易使人流入禪去，而引此爲戒；則明道天上地下，必將更增孤立無告之感，而千古歎煞！牟先生曰：「夫高只是聖道之高，圓只是聖道之圓，流於禪者只是其人之不諦與不澈。若必以此爲忌，則必高者圓者專讓與禪家，而儒者只合居於塵下矣。至謂明道本人卽是一家禪詮、或陽儒陰釋者，則尤下士鄙夫誣枉之見，乃俚耳不堪聞大音者也。」（註九）

死生存亡皆知所從來，胸中瑩然無疑，止此理爾。孔子言「未知生，焉知死」，蓋略言之。死之事卽生是也。更無別理。——〔同上。此條下注一「明」字，示爲明道語。〕

若欲判儒佛，此亦是肯要之點。所謂「死生存亡皆知所從來」，既不是生物學地知，亦不是依無明業識去知、或依根塵四大之分析去知；而是就道德價值而盡人道以知之。盡道而生，生其所應當生；盡道而死，死其所應當死。死生存亡皆盡道，以完成其道德之價值，此便是「死生存亡所從來」之理。於此胸中瑩徹，便見只此一理，「更無別理」。此理，卽是天道性命之理，卽是道德創造之眞幾。人生在世，不是要在緣起性空上證空寂以求解脫，而是要盡此理以成德，此纔是眞解脫，纔是大自在、大貞定。

孔子所謂「未知生，焉知死」，實際上卽已函說：旣知生之道，卽知死之道。人生只此一道，更無他道。所以明道云「死之事卽生是也，更無別理」；西哲維特根什坦有言：「人從未過過死」。牟先生謂，此只是邏輯頭腦之聰明人語，是懸在空中說風涼話。他從未過過死，他實亦從未過過生。（在邏輯世界中，不能接觸生理、生道與眞實的道德生活）。而今之存在主義者，卻知把死含在人生內一同來正視。（只可惜猶未透澈而有歧出。存在主義之所以不能成正果，其最基本的關鍵，乃因西方文化無有心性之學的傳統。）然則，明道所說，乃眞不躲閃之透澈語也。

※　　※　　※　　※

總上所述，可知明道所體悟之「天理」，雖是本體論的實有，但決不只是靜態的實有，而是卽活動卽存有的動態的實有；決不只是理，而乃「亦是心、亦是神、亦是誠、亦是寂感眞幾」之理。牟先生名此爲「本體宇宙論的實有、實體」。若是專以「本體論的實有」名之，則易使人想像爲只是靜態的實有，或只是理。當然，當靜態地自顯天理之尊嚴與崇高，或默識天理之恆常自足與遍在之時，天理之爲「靜態的實有」義之意味確亦甚重。但當豎起來觀其生化之源時，則它亦是宇宙論的寂感眞幾、創造實體。此時，「理」是存於寂感眞幾中的動態的理，「實有」亦是統攝於「動而無動、靜而無靜」之活動中的實有。

明道提出「天理」或「理」之後，經過伊川之分解，漸漸傾向於只是靜態的實有、實理（即，只是理）。到朱子，更明確地理解爲「只是理」，而將「心、神」一條鞭地視爲「氣」。如是，理只成爲靜態的、本體論的實有（存有）；而豎立起來作爲生化之源的那「動態的、宇宙論的寂感眞幾、創造的實體」之意義，便顯然喪失而不能保住。此當然不是明道之原意。——伊川有言：「書言天敍天秩。天有是理，聖人循而行之，所謂道也。聖人本天，釋氏本心。」（註十）牟先生指出，重視客觀面之天、道、理，是儒家的共同意識，伊川由天敍天秩悟天理，亦並不錯。但說「聖人本天，釋氏本心」（伊川此二語，膾炙人口），以此判別儒佛，便有偏差而不周遍。明道告神宗曰：「先聖後聖，若合符節。非傳聖人之道，傳聖人之心也。非傳聖人之心，傳己之心也。己之心無異於聖人之心：廣大無垠，萬善皆備。欲傳聖人之道，擴充聖人之道，擴充此心焉耳。」（註十一）此顯然是本於孟子而言。而尚書所謂「道心惟微，人心惟危，惟精惟一，允執厥中。」此亦是宋儒以爲歷聖相傳之心法，聖人豈不本心乎？可見伊川所說顯然有偏差。須知釋氏本心，聖人亦本心，只是各本其所本而已。聖人所本之心，是道德創造之心，是與理爲一之心。釋氏所本之心，是識心，進一步是如來藏自性清淨心，但總是無道德的天理以實之的心。伊川若只說「聖人本天」則甚好，而又以「釋氏本心」來對顯，則成偏差，亦有流弊。後來朱子對於「以心爲性、以心爲理」而言「心」者，一概視之爲禪，此則眞成只本天而不敢本心矣。於此亦可見割截心、神以言天理之非是。

第五節　第二義的天理

明道言「天理」，除了就體而言的第一義之天理，還有第二義的天理。牟先生「心體與性體」書中曾加以簡別，玆承其意，述之於後。

1. 天下善惡皆天理。謂之惡者非本惡，但或過不及，便如此，如楊墨之類。——〔二程遺書第二上、二先生語二上。此條下注一「明」，示爲明道語。〕
2. 事有善有惡，皆天理也。天理中物，須有善惡。蓋物之不齊，物之情也。但當察之，不可自入於惡，流於一物。——〔同上。此條下亦注一「明」字。〕
3. 聖人卽天地也。天地中何物不有？天地豈當有心揀別善惡？一切涵容覆載，但處之有道爾。若善者親之，不善者遠之，則物不與者多矣；安得爲天地。故聖人之志，止欲「老者安之，朋友信之，少者懷之」。——〔同上。未注明誰語，觀其語脈，自當是明道語無疑。〕
4. 天地萬物之理，無獨必有對，皆自然而然，非有安排也。每中夜以思，不知手之舞之，足之蹈之也。——〔二程遺書第十一，明道先生語一。〕
5. 以物待物，不以己待物，則無我也。聖人制行不以己。言則是矣，而理似未盡於此言。夫天之生物也，有長有短，有大有小；君子得其大矣，安可使小者亦大乎？天理如此，豈可逆哉？以天下之大、萬物之多，用一心而處之，必得其要斯可矣。然則，古人處事豈不優乎！——〔同上〕

6.服牛乘馬，皆因其性而爲之。胡不乘牛而服馬乎？理之所不可。——〔同上〕

7.詩曰：「天生烝民，有物有則；民之秉彝，好是懿德」。故有物必有則，民之秉彝也，故好是懿德。（按、此上皆孟子書中之文）。萬物皆有理，順之則易，逆之則難。各循其理，何勞於己力哉？——〔同上〕

此七條中，除第七條須另斟酌之外，(1)至(6)條皆是落在實然上、就現實存在之種種自然曲折之勢而言「理」，皆是第二義的天理。就氣質之偏雜與物情物狀之差異而說一種自然之勢，其中自有物情物勢上善惡美醜之不同、長短大小之不同、以及宜此而不宜彼或宜彼而不宜此之不同。就此而言「理」，則此理是虛說，並無實義，其實處只在物情物勢之曲折上。如：

第(1)條之「天下善惡皆天理」，

第(2)條之「事有善有惡，皆天理也，天理中物，須有善惡」，

此皆是就事之不齊或表現出之過與不及而說天理，所以是虛說；而不是就體上實說天理之自身。所謂善與惡，亦就是好與不好。而不好的「惡」，亦「非本惡，但或過不及，便如此」。（見第(1)條）。過與不及，便成不好、不合中道。如楊子「爲我」，墨子「兼愛」，其本意豈不亦是想爲好，想要表現眞理？只爲見處有差，便成過與不及之惡。凡此類，皆是表現上的事、物勢上的事。故此諸語句中之「天理」或「理」字，皆是就物情物勢之必然而自然而言，並無超越的意義，亦無道德價值的意義。否則，若說那第一義的天理有善有惡，豈不成大悖謬？明道雖有「人生氣稟，理有善惡」之言（引見下第十一章第三節），但此「理」字顯然是虛說，不是就體上說的第一義之天理。第二義的天理，雖可觀賞，但「體」卻不從這

裡立。第⑵條所謂「但當察之，不可自入於惡，流於一物」，即是表示：不可順那物勢滾下去，而須有一種逆反工夫以證體，來提住自己。逆反所證得之體，纔是超越的天理、第一義的天理、自體上而言的天理。當此體證現，纔能使吾人不「入於惡」，不「流於一物」。

第⑶條「天地中何物不有？天地豈嘗有心揀別善惡」？天地無心揀別物之善惡，故物皆「與」之。（若親善、遠不善，則物不與者多矣，安得為天地？）此亦是順「天地中何物不有」之實然的物情之不齊、而言其自然之勢的理。——〔唯此條亦說及天地聖人「一切涵容覆載」，就此涵容覆載處說，是就體上而言的天理；下句「但處之有道爾」的「道」字，亦是就體上而言的第一義的天理。〕

第⑷條「天地萬物之理，無獨必有對，皆自然而然，非有安排也」。萬物「無獨有對」之理，亦是物勢物情自然之理。此理雖可觀賞，但卻不是超越義的天理。只為「自然而然，非有安排」，無己無我，而物各付物，故中夜以思，不覺手舞足蹈。

第⑸條「天生物，有長有短，有大有小……天理如此，豈可逆哉」？天是超越的實體，是「為物不貳，生物不測」的「天地之道」，而其所生之物的長短大小，則是物情之不齊。長短大小，不可互易，此亦是物情物勢之必然。天理如此而不可逆，此所謂「天理」亦是自然物勢上的天理，而不是那「生物不測」的「天地之道」的天理。蓋就聖人之「制行」與「處事」而言，亦須先明白此物情之不齊而順之（以物待物，不以己待物），而後方能「制行不以己」，此便是「處之」之「要」。聖人處事之所以優裕而能無己無我，正因他明白此自然之勢的天理之故。

第⑹條「服牛乘馬，皆因其性而為之」。此亦是因物情物勢之自然而言理。若乘牛服馬，便是「理之所不可」。「因其性」之性，不是性體之性，而是物性之性，亦卽就氣之結聚而說的性。

至於第(7)條所謂「萬物皆有理，順之則易，逆之則難；各循其理，何勞己力哉」？乃是順烝民之詩說下來，在此，兩種意義的天理皆可以說。順烝民之詩旨而言，自當就第一義之天理而說；若單就「順萬物之理則易，逆之則難」而言，則說爲第二義之天理，亦自可通。義在兩可，故難說必定是講的自然之勢的天理。

明道說此第二義之天理，心目中實亦透到第一義之天理而言之，故籠統地亦用「天理」二字加以概括。（理字虛實高下使用最爲廣泛，故古人常隨語意文勢方便使用）。凡存在之「然」，皆由第一義之天理所代表的「所以然」以實現之，所以全都是理上定然如此，自然如此。以是，落於自然的曲折之相上，便亦籠統地說是「天理如此」。總之，若是割截其「所以然」處那超越意義的天理，而只看此自然之勢、自然曲折之相的理，則此理便是「虛說的、第二義的天理」。

附註

註一：參見「心體與性體」第二册二五至二七頁。

註二：朱子以實在論之態度，一條鞭地、直線地、定然地將心與神全看做是氣，是形而下者。

註三：參見朱子語類卷九十五、程子之書一，討論「其體則謂之易」處之語。

註四：見「心體與性體」第二册四三至四四頁。

註五：老子云：「天地不仁，以萬物爲芻狗；聖人不仁，以百姓爲芻狗」。老子是以其無造作之「自然」義，等同於聖人與天地；故聖人對百姓、天地對萬物，皆視同「芻狗」而無「仁」之可言（施仁，則是有造作而不自然矣），故曰天地不仁、聖人不仁。而儒聖則以仁體之生化，等同於聖人與天地；天地無心而成化，所以「鼓萬物而不與聖人同憂」，而聖人則不能無憂也。儒家是以仁體證實天道、充實天道，並以仁體之創造，提挈天地之化，故道德之創造等同於天道之生化；此所以絕異於道家者也。聖人雖有憂患，卻無「意、必、固、我」之私；而無思無爲之誠體實亦函有自然義，所謂「所存者神，所過者化」，神化當然不能有絲毫之造作；然此諸義所示之「自然」，皆是「誠體仁體之自然」，與道家純由遮撥人爲造作之遮詮、所顯之虛無而無道德實體以實之的「自然」並不相同也。

註六：論語子罕篇：「顏淵喟然歎曰：仰之彌高，鑽之彌堅，瞻之在前，忽焉在後。夫子循循然善誘人，博我以文，約我以禮，欲罷不能。既竭吾才，如有所立，卓爾；雖欲從之，末由也已。」

註七：二程遺書第二上，有一條云：「昨日之會，大率談禪，使人情思不樂，歸而恨之者久之。此說，天下已成風，其何能救？古有釋氏盛時，尚只是崇設像教，其害至小。今日成風，便先言性命道德，先驅了智者。才愈高明，則其陷溺愈深。在某則才卑德薄，無可奈何他。……直須置而不論，更休曰「嘗試」。若嘗試，則已化而自爲之矣！要之，決無取。」

註八：詩經大雅烝民之詩有云：「天生烝民，有物有則，民之秉彝，好是懿德」。孔子謂「爲此詩者，其知道乎！」孟子亦引此詩以證性善之說。

註九：見「心體與性體」第二冊七四頁。

註十：見二程遺書第二十一下，伊川先生語七下。

註十一：引見宋元學案卷十三，明道學案上。

第十章 程明道㈢：圓頓化境之一本

「一本」之論，最能顯出明道圓頓之智慧，亦唯明道特顯此圓頓之智慧。牟先生抉隱發微，闡發此「一本」之義蘊，實最爲明道知音。玆再加條理，分節述之於後。

第一節 天人是一、心性天是一、先天後天是一

> 天人本無二，不必言合。——〔二程遺書第六，二先生語六。未注明誰語。宋元學案列於明道學案，是。〕

天理本與人不相隔，到得天理如如呈現，則人就是天，天亦就是人。這時說天人合一，或說合天人，皆多一「合」字。遺書第二上有云：

> 「合天人，已是為不知者引而致之。天人無間。夫不充塞，則不能贊化育。言贊化育，已離人而言之。」

就現實而言，天人常相間隔，由現實嚮往理想，便說「合」，此即所謂「爲不知者引而致之」。若知天人本無間，便不必說「合」。聖人生命通體是天，更無所謂「合」。通體是天，意即通體是理之充塞。此理，即是至誠盡性的誠體性體之理。通體是理之充塞，意即通體是性體之呈現，亦即通體是誠體之流行、誠體之於穆不已。中庸云：「誠則形，形則著，著則明，明則動，動則變，變則化。唯天下之至誠爲能化。」據此可知，誠體之充塞流行即是化育（若不充塞，自非化育，抑且不能贊化育），而至誠盡性之極，則人這裡之化育亦即「天地之化育」，人與天地渾然一體，更無彼此之分，只是一誠體之流行。如此，自不必言「贊」，所以說「言贊化育，已是離人而言之」。按、中庸說至誠盡性可以贊天地之化育，是就「人」而言，是爲了顯人能；明道則是直就「化育」而言，天人本無間，人與天地渾然是一化育，故不能離「人」而單就「天地」一面而言化育，如此，自可不必言「贊」。

言體天地之化，已賸一體字。只此便是天地之化，不可對此個別有天地之化。——〔二程遺書第二上，二先生語二上，未注明誰語。宋元學案列於明道學案，是。〕

此條用「體」字，與「贊」字「合」字詞意類同。不是我去體驗、體會、或體貼那「天地之化」，只我這裡便是天地之化，只我的生命便通體是一誠體之沛然，不可對「此個」別有天地之化。否則，便是兩個路頭，便是二本。

若不一本，則安得「先天而天弗違，後天而奉天時」？——〔二程遺書第二上，二先生語二上。未注明誰語。宋元學案列於明道學案，是。唯與上引「天人本無二，不必言合」併爲一條，則非是。〕

易乾文言云：「夫大人者，與天地合其德，與日月合其明，與四時合其序，與鬼神合其吉凶；先天而天弗違，後天而奉天時。天且弗違，而況於人乎？況於鬼神乎？」按此處所說之天、人、鬼神，皆作現實存在看。大人卽是聖人，大人生命通體是天，通體是理。自理道而言，透體立極，天亦不能違之，何況人與鬼神？由此而言，便是「先天而天弗違」——此是大人之先天性。但體道之大人亦仍然有其個體生命之現實性與局限性。由此而言，便是「後天而奉天時」——此是大人之後天性。所謂「奉天時」，卽是奉天地之化；在此，大人亦須奉之。

但進一步圓頓地說，只大人便是天地之化，便是天時。大人盡其先天性之理、道，則理、道與其現實生命乃通潤而爲一；凡其現實生命所應有的一切姿態，皆是「一體」之化育流行，奉天地之化亦卽奉其自己之化。此時，先天後天之分，卽泯消而化掉。此便是圓頓之教的一本論。若仍有先天、後天之分，便是分解地言之，便仍有二本之迹。如此便不能至於圓頓之境，而其「奉天時」亦不必眞能奉，卽使勉强奉之，亦不必眞能一體而化。不必眞能一體而化，則其先天性亦遂不必眞能具體而眞實。故凡明道言「一本」，皆非只是分解地抽象地反顯理、道以爲本體，而是圓頓地言之。——從「先天而天弗違」，容易看出一本之義，但這只是從體上顯一本。從「體」上顯一本，人易識之；從「用」上顯一本，便不易識。然而，眞正的一本，卻必須在「通體達用、一體而化」上顯，此卽圓頓化境之一本。明道所謂「若不一本，則安得先天而天弗違，後天而奉天時」？正是先天後天一起貫起來說的。

又，同卷一條有云：

> 只心便是天，盡之便知性，知性便知天。當處便認取，更不可外求。

按孟子曰：「盡其心者，知其性也；知其性，則知天矣。」而明道於此教人當下認取，不可外求（以心去知天，便是外求），此亦是圓頓地言之。「只心便是天」，卽心卽性卽天，心、性、天，一也。

通體達用，一體而化—圓頓化境之一本
- 只心便是天
- 盡之便知性
- 知性則知天

　　—心性天是一

先天後天貫而爲一
- 先天而天弗違
- 後天而奉天時

　　—只大人便是天地之化（天人本無二）

第二節　窮理、盡性、至命，三事一時並了

「窮理盡性以至於命」，三事一時並了，元無次序。不可將窮理作知之事。若實窮得理，卽性命亦可了。——〔二程遺書第二上，二先生語二上。此條下注一「明」字，示爲明道語。〕

理則須窮，性則須盡，命則不可言窮與盡，只是至於命也。橫渠昔嘗譬命是源，窮理盡性如穿渠引源。然則，渠與源是兩物！然後此議必改來。——〔同上〕

「窮理盡性以至於命」，一物也。——〔二程遺書第十一，明道先生語一。〕

按、「窮理盡性以至於命」，語見易說卦傳。明道說「窮理盡性以至於命，三事一時並了，元無次序」。所謂「一時並了」，這「了」字，是了當之了，不是明了、了解之了。一時並了，自然無先後次序之分。在此三事中，「窮理」是重要關鍵。「不可將窮理作知之事。若實窮得理，卽性命亦可了」。此句已函有「知行合一」之義。所謂不可將「窮理」作「知」之事，意卽不可視窮理爲外在之知解。如只視爲外在之知解，則與盡性、至命便有了次序，而三事便不能一時並了。只有窮理是究明「性命之理」而澈知之，澈知至極而朗現之，纔可以說「若實窮得理，卽性命亦可了」。能「了」，則「盡」字「至」字皆含於其中。澈知「性命之理」而朗現之，則「性」自然盡，而亦自然可「至於命」。故次條曰：「理則須窮，性則須盡，命則不可言窮與盡，只是至於命也」。這表示「命」處之「至」，並無工夫可言；積極的工夫，只在「窮」與「盡」處。

命，可從正面說，亦可從負面說。正面的命，是內部性體之所命，是命令之命，依此命而說「分」(讀去聲)。即孟子所謂「大行不加，窮居不損，分定故也」的「分」。負面的命，是從個體生命與客觀氣化(宇宙的或歷史的)之間的距離參差而見。這是來自於外的限制，依此而說「限」，此便是所謂「命限」。屬於「分」的是正面的義命(德命、理命)，屬於「限」的是負面的福命(祿命、氣命)。(註一)

如果福命方面亦有「分」義，則此「分」是就吉凶禍福、死生壽夭而言，是氣之凝聚與遭際之必然，而無法躲藏而改變者，此是屬於「氣之分」(與從正面之義命而說的「理之分」不同)。反之，如果義命方面亦有「限」之義，則此「限」是就行爲之義不義而言，是性之命所給予吾人之行爲方向，必須盡而至之，而責無旁貸者，此是屬於「理之限」(與從負面之福命而說的「氣之限」不同)。再者，「理之限」是積極的，由之以成就吾人之德，使吾人積極地成仁取義；故理之限實即「理之分」。而「氣之分」則是消極的，由之以節制吾人之欲，使吾人消極地不行險僥倖、不投機取巧、不妄冀非分；故氣之分實即「氣之限」。說卦傳「窮理盡性以至於命」的「命」，應該即是由性向前看的「理之分、氣之限」之命，而不是由性向後看的「天命之謂性」的源頭處之命。因爲：

一、源頭處的天命之命，其命於人即爲吾人之性。在此，「性」字有獨立的意義，而「命」字則無獨立的意義。

二、由性向前看，則性體所給予吾人之命令以及其所定之方向，乃是吾人之大分、本分。就此而說「理之分」(理命、義命)，固然有獨立的意義；在盡此性時所見的「氣之限」(氣命、福命)，亦同樣有獨立的意義。——所謂「盡性至命」，便是至於這由性向前看的兩種命。

以是，「窮理」既然是究明「性命之理」，則所謂「至命」自是經過「盡性」之後，而向前看、向前推致以至於「性之分」的理命，以及安於「氣之限」的氣命。但明道說「窮理盡性以至於命」時，並未說明「至於命」之「命」，是指從性處向後看的源頭處的天命之命，或是指從性處向前看的「性之分」與「氣之限」的命。

⑴如果命是指源頭處的天命之命，則「至命」是向後至，而理也、性也、命也，實是一物。理，是天命不已之理；性，卽是此理之具於吾人；命，亦卽此理之命於吾人。如是，不但「三事一時並了」，而且三事卽一事。

⑵如果命是指從性處向前看的「性之分」與「氣之限」之命，則1「性之分」的「理命」，其內容的意義與源頭處的天命之命完全相同，皆是命令義的命；而2「氣之限」的「氣命」，則是命遇、命運、命限之命，此則不同於源頭處的天命之命。——如此，則窮理、盡性、至命，三事不是一事，但亦仍然可以因工夫之函蘊而「一時並了」。「至命」如依⑵向前至，則在道德踐履上爲嚴切，而有獨立之意義。如依⑴向後至，則只是至於性之源，而將喪失「至命」之獨立意義，亦將喪失道德踐履上之嚴切義。說卦傳之本意恐不如此。而明道是一條鞭地從正面說「三事一時並了」，與孟子「盡心知性知天」甚爲相同。但孟子除「盡心知性知天，存心養性事天」之外，還有「夭壽不貳，修身以俟」之「立命」。以是，所謂「窮理盡性以至於命」，似不能只同於「盡知、存養」一面，而亦應兼顧「修身以俟」之一面。故「至命」不宜意解爲「向後至」，而應該是「向前至」以保住道德實踐上的嚴切義。

至於所引次條提到橫渠「譬命是源，窮理盡性如穿渠引源」之言，明道以爲若是如此，則「渠與源是兩物」。實則，「譬命是源」，命是源頭處的天命之命，則「穿渠引源」以通之，亦並無多大問題。開始施設渠源之喻，好像是兩物，但引而通之，亦是一物。橫渠之喻是分解的展示。不能因爲圓頓地說爲一物，便抹去此分解之展示，而且分解的展示亦非必定爲二物也。橫渠言天、道、虛、神，皆結穴於性。如果命是天道天命之命，則「窮理盡性以至於命」，不但可以「三事一時並了」，而且實卽一事。唯二程遺書第十，洛陽議論中，載有蘇季明一段記錄，說到橫渠以「三事一時並了」爲「失之太快」，認爲「學者須是窮理爲先，如此方是學」。窮理盡性至命，「此義儘有次序」，「其間煞有事」。明道所謂「橫渠昔嘗譬命是源」云云，大概卽指洛陽議論時而言。當時橫渠視「窮理」爲「學」，似正是「將窮理作知之事」。但只要橫渠所意謂的「窮理」，是窮天道生化之理、天命於穆不已之理，則雖在實際次序上先將「窮理」視爲「知之事」，亦並不礙本質上三事只是一事，而亦可以「一時並了」。橫渠在洛陽議論時或有未澈，故辯駁明道；若據其正蒙之思理，他實不能在本質上反對「一時並了」。而且，漸教之態度與「一時並了」之頓教，兩者亦並不相礙。

但伊川亦說三事「只是一事」，此卻有問題。因爲伊川是落在大學格物上講「窮理」，而且又從實然看心、無實體性的本心義，心與性爲二，故「盡性」亦有殊指，是則窮理與盡性並不能爲一事。他說三事只是一事，或者是隨着明道如此說，或者是一時之乍見，但與他自己的思理，在本質上實不相合。

第三節　一本而現之道

道，一本也。或謂：以心包誠，不若以誠包心；以至誠參天地，不若以至誠體人物。——是二本也。知不二本，便是「篤恭而天下平」之道。——〔二程遺書第十一，明道先生語一。〕

或人認爲，以誠包心，或許比以心包誠好些；以至誠體人物，或許比以至誠參天地好些。但依明道，凡言「包」言「參」言「體」，皆表示彼此之對待，凡此種兩端之關係，便是二本，而不是一本之道，若言一本，只應是：只心便是誠，只誠便是心，只心便是天，只誠便是天；此心此誠之形著、明動、變化，即是天地之化，更無所謂參、亦無所謂體。包、參、體皆是多餘之字。如此，方是圓頓之一本，亦纔是具體而眞實之道——道之圓頓表現。

所謂「道、一本也」，不是分解地就道體本身說一本（道本身原就是一，無須再說一本），而是就人之「爲道」上說。人爲道而至於明澈之境，成爲圓頓之顯現，此方是具體而眞實之道。故明道說「道、一本也」之實意，應是「道，一本而現也」。若言包、參、體，便不是一本而現之道，而是二本而現之道。若知「道不二本」，便是「篤慕而天下平」之道。一篤恭而天下平，正是一本而現之道。反之，若以「篤恭」只是篤恭，另外還有個「天下平」之道，便不是一本而現之道，亦不是道之圓頓表現。

至誠可以贊天地之化育，則可以與天地參者，參贊之義，「先天而天弗違，後天而奉天時」之謂也。非謂贊助；只有一個誠，何助之有？——〔同上〕

依明道，「至誠」即是「天地之化」，所以不必再說參贊。中庸言「可以贊天地之化育」，「可以與天地參」，還是「離人而言」天地之化，人不過去贊它、參它，此中仍然有彼此之別，仍然是二本。

從字面看，「本」字是根本、根源之意。但明道所說一本二本之本，則較輕鬆，牟先生以爲實卽「路頭」之意。例如「天地之化」處是一個路頭，我這裡因至誠而能去參贊它，又是一個路頭，這便是二本。並不是說，我這裡的本體與天地之化處的本體是二，所以爲二本。本體自是一，何來二？但只要有我這裡與它那裡之別，便是二本。消融這分別而泯除參字贊字，「只有一個誠」，只此至誠之形著，明動，變化，便是天地之化，更無所謂參贊，亦無所謂別有一個（與人相離的）天地之化。——這就是一本、一個路頭。抽象地自顯一個本體以爲一本，此易知曉，人亦能言之。消融彼此的對待而成爲一個路頭，這是圓頓之境，是圓頓之一本；此則不易通澈而知。而明道特喜言此境，故朱子說他「渾淪、難看」。實則，此乃明道創闢智慧之無礙處，圓熟、明澈處。吾人是通過明道以述其義，但憑空卻說不出，體之於身，尤非易易。

明道說此條，其目的，在於消除或化掉參贊之對待，而使參贊之義成爲「先天而天弗違，後天而奉天時」之「只有一個誠」的形著明動變化之一本。此是順中庸推進一步說，並非對中庸言參贊有不滿。（關於先天後天貫而爲一的一本義，已解見本章第一節，茲不贅。）

「大人者，與天地合其德，與日月合其明」，非在外也。——（同上）

此是就乾文言推進一步說。大人既是「先天而天弗違，後天而奉天時」，則大人之德卽是天地之德，大人之明卽是天地之明，渾然一體而化，無所謂以此合彼。合其德、合其明，合，「非在外也」，故「合」之義亦泯。

「範圍天地之化而不過」者，模範出一天地耳。非在外也。如此，「曲成萬物」豈有遺哉？——〔同上〕

易繫傳上第四章云：「易與天地準，故能彌綸天地之道，……範圍天地之化而不過，曲成萬物而不遺，通乎晝夜之道而知，故神無方而易無體。」按、首句「易與天地準」之易，是指易書而言，意謂易書所說之道，乃相應天地如如而言之，故能「彌綸天地之道」而無過不及之差；其所說之道，乃內在於萬物而恰恰卽是天地萬物自身之道。易書模範出天地之道（模範，作動詞看），自易這本書而言，當然是在外；但其所說之道則與「天地之化」相應如如，恰恰卽是天地之道自身，就此而言，則「非在外也」。聖人「作易」，乃是其精誠之心的寫照。「聖人以此洗心，退藏於密，吉凶與民同患，神以知來，智以藏往」。故聖人之心卽是「天地之化」，卽是「先天而天弗違，後天而奉天時」。其作易乃是從天而降，所以能模範出天地之化，亦自能「曲成萬物而不遺」，所以外而非外，實與天地之化如如爲一。

明道解「範圍」爲「模範出」，是虛靈地超越地總言之，而「曲成」句則是細密地內在地分言之。「範圍天地之化而不過」，是「大德敦化」（註二）而無外。蓋天地之化，函蓋一切，至大而無外；聖人作易以模範出此天地之化，雖虛靈而卻不蕩，雖超越而卻不過，故能相應如如而無外。過，則有外矣。「曲成萬物而不遺」，是「小德川流」而無內。蓋萬事萬物，細如毫芒，至小而無內；易道一一曲成之而無遺漏，亦即是相應如如而無內。如有內，則內之又內而無窮盡，便是有遺；唯其無內，故雖無窮複雜而一一盡皆呈現。無內，則雖小而非小，小德亦即大德；無外，則雖大而無大，大德亦即小德。大小之分既泯，則範圍與曲成之分亦泯化而爲一體。此便是具體而眞實的「天地之化」。——天地是萬物之總名。在範圍與曲成兩句中，天地與萬物對言，只是一時之權說，並非眞離萬物之化而別有天地之化也。

㈠道、一本而現—至誠之｛形、著／明、動／變、化｝即是天地之化—不離人而言化育（非在外也）

聖人之心與天地之化如如爲一—言｛參、贊／體、合｝者，是二本（有對待、兩個路頭）

㈡聖人作易之心｛範圍天地而不過：大德敦化而無外／曲成萬物而不遺：小德川流而無內｝體物不遺（大人之心即是天地之化）

以上四條（劉質夫錄）皆極言「一本」之義，與上第一節所引各條（呂與叔錄）意旨完全相同。明道之所以言「一本」，無非要烘托出「純亦不已」這個本體宇宙論的、創生直貫之實體而已。而當下由誠敬體證這個「純亦不已」之實體，只是一個誠，只是這實體直上直下的立體的直貫，此便是所以極成一本者。下節所錄述，仍然是精言此義。——（附識：熊十力先生亦有「萬化一本」之言。謂萬化皆一理之流行，萬物皆一理之散著。人己非異體，物

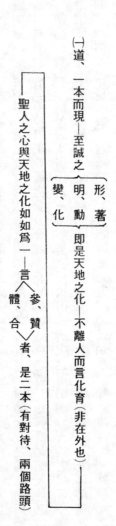

我無二本，究萬物而歸一本，要在反之此心。又謂盡人道以合天（即人而天），體萬化不測之妙於人倫日用之中，莫美於中國儒聖之學。見新唯識論自序及印行記。」

第四節 誠敬實體之立體直貫

「天地設位，而易行乎其中」，只是敬也。敬則無間斷。體物而不可遺者，誠敬而已矣。不誠則無物也。詩曰：「維天之命，於穆不已。於乎不顯，文王之德之純」。「純亦不已」。純則無間斷。——〔二程遺書第十一，明道先生語一。〕

按、此條已引見上第九章第一節之二。周頌「維天之命」四句詩，是開發「本體宇宙論的實體」之最原初而亦最根源的智慧。首先正視此詩，由之以明「天之所以爲天」與「文王之所以爲文」的，是中庸。其言云：「詩云：維天之命，於穆不已。蓋曰，天之所以爲天也。於乎不顯，文王之德之純。蓋曰，文王之所以爲文也。純亦不已。」宋儒興起，講天道性命，亦無非要展示這個實體。而體會得最恰當而明澈的，是明道。

這個實體，亦曰誠體。誠敬連言，所以亦可曰敬體。「敬」本是工夫字，但即工夫即本體，故即可通過此「敬」字以體證「純亦不已」的實體，明道正是以此敬字指實體，故可曰「敬體」。敬，同時是作用的（工夫的），同時亦是實體的（本體的），所以說「天地設位，而易行乎其中，只是敬也」。「敬則無間斷。體物而不可遺者，誠敬而已矣」。這「純亦不已」的誠敬之體，亦實卽「於穆不已」之易體。再具體地說，只是一寂感眞幾，故亦可曰神體。它是心、是神、亦是理。（但不是「只是理」。）此理是動態的理，是本體宇宙論的、卽存有卽活動的理；而並非只是靜態的理，只是本體論的存有之理。

「居處恭，執事敬，與人忠」。此是澈上澈下語，聖人原無二語。——〔二程遺書第二上，二先生語二上。此條下注一「明」字，示爲明道語。〕

恭、敬、忠，只是一個「純亦不已」。通體是一「純亦不已」。澈上澈下只此一語，並無二語。此三句是孔子答樊遲問仁之言。恭、敬、忠直通仁體，所以說「此是澈上澈下語」。這是明道圓頓的洞悟，其創闢性之智慧實不可及。

中也者，天下之大本，天地之間亭亭當當、直上直下之正理。出則不是。唯敬而無失最盡。——〔二程遺書第十一，明道先生語一。〕

中，乃天下之大本，亦卽天地間「亭亭當當、直上直下」的正理。（註三）此大本正理，亦實卽本體宇宙論的實體，可曰「中體」。出離此「中」則不是。唯「敬而無失」者最能「盡」，敬之盡（盡敬），則亦可曰敬體。遺書第十三又有一條云：「灑掃應對，便是形而上者，理無大小故也。故君子只在愼獨。」理無大小，能盡敬愼獨而無失，則「灑掃應對」之理，亦卽形而上的實體之理，這是由「盡敬、愼獨」以見中體、誠體、乃至心體、性體之直貫，亦卽由「愼獨」以明一本也。

「民受天地之中以生」，天命之謂性也。「人之生也直」，意亦如此。——〔二程遺書第十二，明道先生語二。〕

明道以爲左傳「民受天地之中以生」之言（註四），與中庸「天命之謂性」之意相同，明道是借此現成語句以說中體卽性體。下句又謂「人之生也直，意亦如此」，這是直下以人之原初之直生爲體，可曰直體，直卽體也。

且喚做中，若以四方之中爲中，則四邊無中乎？若以中外之中爲中，則外面無中乎？如「生生之謂易」，「天地設位而易行乎其中」，豈可以今之易書爲易乎？中者且謂之中，不可捉一個中來爲中。——〔同上〕

首句「且喚做中」，牟先生以爲「且」字上疑脫一「中」字。句意當是「中，且只喚做中」，與末句「中者且謂之中，不可捉一個中來爲中」，意正相同。中卽是體，無有內外，必須直下稱體印證，不可東指西指予以限定，而鬧出無謂的膠着。中，不是一個物，亦不是有方所的觀念。以此衡之，則伊川論中之意，差之甚遠，未得明道之風範。

明道曰：「維天之命，於穆不已，不其忠乎？天地變化草木蕃，不其恕

乎？」——〔二程全書，外書第七，胡氏本拾遺。〕

或問明道先生，如何斯可謂之恕？先生曰：「充擴得去，則為恕」。心如何是充擴得去底氣象？曰：「天地變化草木蕃」。充擴不去時如何？曰：「天地閉，賢人隱」。——〔二程全書，外書第十二，傳聞雜記，見上蔡語錄。〕

此二條由忠恕以明誠體之直貫。前條說忠恕，後條單說恕。忠即函恕，忠恕連言，亦猶誠敬連言。誠體可曰敬體，亦可曰忠體。總之，名有種種，其義則一，皆是本體宇宙論的實體之直貫。

蘇季明嘗以治經為傳道居業之實，居常講習，只是空言無益，質之兩先生。伯淳先生曰：「修辭立其誠」，不可不仔細理會。言能修省言辭，便是要立誠。若只是修飾言辭為心，只是為偽也。若修其言辭，正為立己之誠意，卻是體當自家「敬以直內、義以方外」之實事。道之浩浩，何處下手？惟立誠才有可居之處。有可居之處，則可以修業也。終日乾乾，大小大事，卻只是「忠信所以進德」為實下手處，「修辭立其誠」為實修業處。——〔二程遺書第一，二先生語一。——下有伊川所說一段，從略。〕

明道此一段答語，主要是表示「惟立誠才有可居之處」。立誠以「體當自家敬以直內義以方外之實事」，即是立誠以復誠體。如是，則一切德業皆是誠體之流行，皆是「敬以直內，義以方外」之敬義實體之所貫。「大道浩浩，何處下手」？唯有立誠以實之，乃有可居之地。誠，是形著明動變化之基點。而誠之形著明動變化，卽是天地之化。不然，「道之浩浩」，便只是光景，亦只是虛脫。誠以實之，則一切皆實；此亦是攝於一點而爲一本。「當處便認取，更不可外求」；當下在此立定，便是「亭亭當當、直上直下」之大本。

「敬以直內，義以方外」。合內外之道也。（原注：釋氏，內外之道不備者也。）——〔二程遺書第十一，明道先生語一。〕

「敬以直內，義以方外」，語出坤卦文言。敬體卽義體，義代表理，理由中出以方外，則事事物物皆得其理。義以方之，卽是貞定而成之；故理爲實理而非空理，事爲實事而非幻妄。所謂「敬以直內，義以方外」，卽是表示內外唯是一敬體義體之所直貫。而佛家無論言定、言慧、言菩提、言般若、以及言清淨心，總是以「緣起性空、諸行無常、諸法無我、涅槃寂靜」爲底子，與此敬義實體之直貫自不相類。遺書第二上有云：「他有一個覺之理，可以敬以直內矣；然無義以方外，其直內者，要之其本亦不是。」此所謂「可以敬以直內」，是就其戒、定、慧說。「無義以方外」，是就其緣起性空、如幻如化說。既然「無義以方外」，則所謂「可以敬以直內」，亦只是類比地說，其內容意義畢竟不是儒家的敬體義體，所以又說「要之其本亦不是」。此條注語「釋氏，內外之道不備者也」，亦卽指「可以敬以直內，然無義以方外」而言。這是以敬義實體爲標準而作如此之判語。——若從佛家而言，不毀世間而證菩提，則入世、出世亦可圓融爲一，生死涅槃亦可圓融爲一，這亦可以說「合內外之道」。但其底子終究是緣起性空，是空理，不是實理、不是敬義實體之直貫；故其合內外亦與儒家不同。此方是最後的、最本質的判別。

誠敬實體 ｛本體宇宙論的實體／道德之創造的實體｝ 之立體直貫：

- 敬則無間斷／純則無間斷 〉體物而不可遺者，誠敬而已矣
- 恭、敬、忠：通體是仁──只是個純亦不已
- 亭亭當當／直上直下 〉之大本正理：中 〈由盡敬見中體／由愼獨明一本
- 維天之命於穆不已／天地變化草木蕃息 〉由忠恕以明誠體之直貫
- 立誠體當實事 〈敬以直內／義以方外〉 敬義實體之直貫

第五節　「天命流行之體」之切義與緣起性空

韓持國學禪三十年，而明道不信禪，持國提出若有人「明得了」時，明道能信他否？明道以孟子之言答之。遺書第十四記此事云：

> 持國曰：若有人便明得了者，伯淳信否？曰：若有人，則豈不信？蓋必有生知者，然未之見也。凡云為學者，皆為此。以下論孟子曰：盡其心者，知其性也，知其性則知天矣；存其心，養其性，所以事天：便是至言。

孟子所說「盡心知性知天」、「存心養性事天」、「夭壽不貳，修身以俟，所以立命」，此三義便是大中至正之道的綱維，便是「明得了」的「至言」。要說「信」，便是信此理、信此道（實理、實道），而不是信「緣起性空」。象山曾說「夫子以仁發明斯道，其言渾無罅縫；孟子十字打開，更無隱遁」。此便是天縱之「生知」，是眞正「明得了」者。故牟先生曰：明道述而明之，可謂「明」矣。

明道又說：「佛氏不識陰陽晝夜死生古今，安得謂形而上者與聖人同乎？」（遺書第十四）。佛氏所識之陰陽、晝夜、死生、古今，乃是無明業識之幻妄，是「緣起性空」下之幻現，是「流轉、還滅」對翻下的流轉邊之事；而儒者所識之陰陽晝夜死生古今，則是天道之神化，太虛神體之大用。這仍然是「實理」與「空理」之異。佛氏之形而上固與儒家不相同也。（註五）

> 佛言前後際斷，「純亦不已」是也；彼安知此哉？子在川上曰：「逝者如斯夫，不舍晝夜！」自漢以來，儒者皆不識此義。此見聖人之心純亦不已也。詩曰：維天之命，於穆不已。蓋曰天之所以為天也。於乎不顯。文王之德之純。蓋曰文王之所以為文也，純亦不已。此乃天德也。有天德，便可語王道。其要只在愼獨。——〔二程遺書第十四，明道先生語四。〕

此條總歸到「於穆不已」、「純亦不已」的實體。原詩只四句，明道是連中庸的申述語一併引據以爲說。就「天之所以爲天」而言，是本體宇宙論的實體；就「文王之所以爲文，純亦不已」而言，是道德創生的實體；實則，其義一也，總是立體直貫的實體。

對這個實體，以往名曰「天命流行之體」。（此乃儒家專用之辭，不可隨意混比。）「流行」二字必須善會，是就「天」之「不已其命」而言。命，是命令之命，「不已」其「命」，亦即後來王船山所謂「命日降」之意。天，不已地時時在降命；形而上地說，即是不已地在起創生作用。尅就此不已地起作用而言，便稱之爲「流行」。實則，亦無所謂流，亦無所謂行。以是，所謂「天命流行」，並不是指氣邊事，不是氣化之過程，不是現實存在之變化過程；而是指「體」而言，是指誠體神體寂感眞幾之「神用」而言，故曰「流行之體」。流行之體，是指目此體爲「即活動即存有」之體，亦即「動而無動、靜而無靜」之神體，而不是「動了又靜、靜了又動」而有動靜過程的流行。須知，有此創生之眞幾不已地起作用，纔有氣化之實事；在氣化上纔可以說動了又靜、靜了又動之過程。然則，所謂「天命流行」，亦只是假托氣化之動靜過程而顯現耳，亦即憑藉氣化以顯現其不已之作用以及其無所不在耳。孔子在川上，見「逝者如斯，不舍晝夜」，如果就此而說「流行之體」，亦不是以此「逝者如水流」之本身爲體；而是由此逝者如水流的氣化之事，悟到生化之所以爲生化之眞幾，悟到天命之不已地起作用，所以明道說：「此見聖人之心純亦不已也」。聖人之心，當然不是像水之流蕩。此是借這水之流以象徵聖人之心之「純亦不已」。「純則無間斷」，這仍然是「顚沛在於是，造次在於是」之義。假若說，聖人之心「生滅起伏如水流」，則成大荒謬，如何能「純亦不已」而爲體？

此「純亦不已」之心，即是仁心，以此爲體，即曰仁體。故天命之不容已，亦即仁體之不容已。凡天命、天道、太極、太虛、誠體、神體、中體、性體、心體、仁體，以至敬體、義體、忠體、直體，其義一也。總是指這「於穆不已」的實體（易體）而言。若從理而言，此便是天理、實理。其「範圍天地之化而不過，曲成萬物而不遺」，正所以使實事成其爲實事（不是幻妄）。此一本體宇宙論的實有之立體直貫的骨幹、道德創生的骨幹，顯然不同於佛家緣起性空、涅槃寂滅的骨幹。佛家並沒有這「天命流行之體」；若有，便是儒而非佛，便有自性而非性空矣。即使講到如來藏自性清淨心，眞空妙有，亦仍然不是「天命流行之體」之道德創生的立體直貫之意。「實理實事」與「空理幻妄」固不相同。此乃儒佛最核心最本質的差異，不可混濫。其他種種相似之處，皆不足影響此本質的差異。

佛家言「前後際斷」，是說衆生無盡，世間相無盡。「前際斷」即無始，「後際斷」即無終。這好像亦是「純亦不已」，其實，只是無明煩惱之不已，緣起之不已。無明法性不離，菩提煩惱不離，去病不去法，這是圓融不離下之不已不盡；而並不是從體上客觀地、創生地肯定「生生不息」。菩提並不創生煩惱，法性並不創生無明。（此所以其不離只是圓融下之不離）。分解地說，無明煩惱是無根的，說斷即斷，說滅即滅，執着即有，不執着即無。無前際無後際的不斷不滅之無盡，只是圓融地無礙說，只是順應而無礙地不已不盡，是消極地無盡，不是積極地無盡。維摩詰經所謂「衆生即涅槃，不復更滅」，即依此義而說不已不盡。當體即空，當體即寂，即在此當體不離之義下、而無礙地繫着衆生之不已無盡，不增不減。雖然無礙地不復更滅，卻亦仍然不是從體上客觀地、創生地肯定其「生生不息」也。這種不已無盡、不增不減，似乎亦有一種必然性。但這種必然性是以圓教爲根據，是由圓教涅槃而虛籠着而顯示的必然性，而並不是由肯定一「本體宇宙論的實體」而然也。明道顯然已看出此中本質之差異，所以雖以「純亦不已」比之，而下句又緊接曰：「彼安知此哉」？（至於工夫上之精進不已，是另一義，不可混擾。）儒家之「純亦不已」「於穆不已」，實表示一道德創生之實體、本體宇宙論的實體、之立體的直貫。體爲「實體」，理爲「實理」，事爲「實事」，此自非緣起性空如幻如化之論也。（註六）

氣化流行 { 動了又靜 / 靜了又動 } 有動靜過程—是眞實的流行

天命流行之體 { 天命日降 / 不已其命 } 乃誠體不已地起創生作用

} 天命流行藉資氣化而顯現其大用

{ 於穆不已 / 純亦不已 } 而生生不息—「即活動即存有」的道德創生實體之立體的直貫

※無論 { 天命、天道、太極、太虛。誠體、神體 / 性體、中性、心體、仁體、敬體…… } 皆意指生生之易體、天命流行之體（若以理言，此即天理、實理）

儒家道德的創生實體之直貫、所顯發的實理實事系統，由明道之一本論，反覆鄭重「於穆不已」之義，而全盤朗現。只須了澈此義，儒佛之判便甚顯然。後之來者，除象山外，未有如明道之明澈而全盡者。牟先生「心體與性體」第二册明道章第四節附識，曾詳論黃宗羲對於「天命流行之體」之誤解，精徹透闢，得未曾有，最後，可綜結爲兩點：

第一、「天命於穆不已」之實體，是卽活動卽存有之實體。朱子對此實體，通過太極之觀念，只了解爲本體論的存有，而活動義則脫落，如此，則無法講說「天命於穆不已」之義。朱子之不足，主要只在這一點，而不在他分理氣爲二與理能生氣。而此第一義又函以下二義：

1「於穆不已」之所以爲於穆不已，卽因此實體中含有心、神等義，而不只是理。而此處所說的心、神，不能以氣論。

2孟子之盡心知性知天，是由道德的心性以明此於穆不已之實體，而心爲本心，不能以氣論。惻隱羞惡等四端之心，亦只是本心之具體呈現，亦不能以氣論。

第二、自本心處而言心卽理，心理爲一，與理氣一、道器一，並不是同義語。心卽理、心理爲一，是本心概念之建立上的斷定語句；而理氣一、道器一，則是圓頓語句。（註七）此第二義亦函以下二義：

1心卽理函蘊心卽性；心性是一，乃至心性天亦是一。

2心卽理、心理爲一，心卽性、心性爲一，皆是說「體」自身，皆是概念斷定語句。而由此進一步言其具體表現之理氣一、道器一、乃至於形上形下一，則皆是圓頓語句。圓頓之一是於至變中見不變，與概念斷定之一不同。

此第一第二兩總義，(1)足以盡先秦儒家之古義，(2)亦足以點示出宋明儒自朱子開始所以分派之故。(3)以此爲綱領，並足以鑑別一切不成熟之雜論，以及語意混擾之語句。

附註

註一：命，可以理言，亦可以氣言。請參看上第六章第二節之三。

註二：「大德敦化」與「小德川流」，語見中庸三十章。

註三：中庸首章云：「中也者，天下之大本也。和也者，天下之達道也。致中和，天地位焉，萬物育焉。」中庸言中和，乃承上文「戒愼恐懼」與「君子愼獨」而言。故明道曰：「唯敬而無失最盡」。

註四：左傳成公十三年：「劉康公曰：吾聞之，民受天地之中以生，所謂命也。是以有動作威儀之則，以定命也。」

註五：按，明道此條，是根據易繫辭傳上第四章而說。茲錄其文於此，以便參看。文曰：「易與天地準，故能彌綸天地之道。仰以觀於天文，俯以察於地理，是故知幽明之故。原始反終，故知死生之說。精氣爲物，游魂爲變，是故知鬼神之情狀。與天地相似，故不違。知（智）周乎萬物而道濟天下，故不過。旁行而不流（朱子注云：旁行者，權行之智也；不流者，守正之仁也，）樂天知命故不憂。安土敦乎仁，故能愛。範圍天地之化而不過，曲成萬物而不遺，通乎晝夜之道而知。故神無方而易無體。」

註六：以上辨儒佛，義本牟先生。其詳，請參看「心體與性體」第一册附錄：佛家體用義之衡定。以及「智的直覺與中國哲學」，與新近出版之「佛性與般若」。

註七：關此，上第九章第一節後段，曾有論及，可覆按。

第十一章　程明道㈣·「生之謂性」新義

第一節　「成之者性也」解義

「生生之謂易」，是天之所以為道也，天只是以生為道。繼此生理者卽是善也。善便有一個元的意思。元者善之長。萬物皆有春意，便是「繼之者善也」。「成之者性也」，成卻待他萬物自成其性始得。——（二程遺書第二上，二先生語二上。）

此條已引見上第九章第三節之三，該處是着重說「天道生生」之義。當時作疏解時，亦曾順便指出：

「成之者性也，成卻待他萬物自成其性始得」之句，與另一條——

「成之者卻只是性，各正性命也。」（已引見第九章第三節之二。）

此二句語意隱晦模稜，難以確定。明道常順經典原文加幾個口語字、予以轉換點撥，便順適條暢，教人省悟。但此處點撥地念過，卻並不能使人豁然省悟。從字面上看，「成卻待他萬物自成其性始得」，是將「成之者性也」句中的「之」字代表「性」，解做「所成的是性」。然而萬物如何「自成」其性，又如何是「自成其性」呢？實在很難落在原文「成之者性也」上講。另句「成之者卻只是性，各正性命也」，是據乾彖「乾道變化，各正性命」而說。但所謂「成之者卻只是性」，畢竟是⑴所成的是性呢？還是⑵性去成就它呢？依「各正性命」而言，似乎是所成的是性。然則，「繼之者善也」，亦當解爲所繼的是善。如此一來，繫辭傳「繼之者善也，成之者性也」二句之「之」字，便成爲一指「善」，一指「性」，豈有如此不一律之句法？如果解爲「性去成就它」，則這個它字（之字）又代表什麼呢？性如何去成就它呢？又將如何連貫「各正性命」之句意呢？可見明道這個語句，不但與原文「成之者性也」有不合，而且其點掇之語句本身，亦有着表意不表意的問題。

依牟先生之意（註一）「成之者性也」，可有三種解釋：

第一種解釋，是：成就此道者，是性也。

繫傳上第五章云：「一陰一陽之謂道，繼之者善也，成之者性也」。繼之、成之兩「之」字正代表「道」，兩句句法一律。如此解釋，語意亦確定。孔穎達易疏便是如此解釋。性如何能成就此道？曰：盡性以成德行之純亦不已，即是成就此道於一己之身。性是道德創造之眞幾，能充分盡之，便是道之再現。（此亦即中庸「率性之謂道」之義。）成就是形著或再現的成就，不是「本無今有」的成就。這是盡性的實踐義，重點落在「道」上，意謂：能重新成就或完成此道者，乃是吾人之性也。——明道所謂「成之者卻只是性」，似乎亦可向這方面想。「之」字代表「道」，「性」能去成就道。但如此解釋卻與「各正性命」連貫不上。而明道心目中實是想着「乾道變化，各正性命」那本體宇宙論的順成義，重點是落在性命」上（不是落在「道」上）。但他由「成之者性也」之句來表示此義，卻顯得別扭而模稜難明。

第二種解釋，是：萬物各具斯道以爲性。

此是朱子之說。朱子周易本義註繼之、成之兩句云：「道具於陰而行乎陽。繼，言其發也，善，言其化育之功：陽之事也。成，言其具也，性，謂物之所受，言物生則有性而各具斯道也：陰之事也。」朱子說「成，言其具也」，是表示道爲物所具，而物具斯道的關鍵是在「性」字。所謂「物生則有性，而各具斯道」，意卽物各具斯道以爲性。吾人所以能說道之被具或物之具道，其關鍵卽在「物生而有性」。物所有之性，卽是其所具之道。而並非「物生有性」是一事，「各具斯道」又是另一事。若以性與道爲平行之兩事，分性與道爲二，則非朱子之意。故依朱子之解說，「成之者性」意卽「物各具斯道以爲性」。如此，則「成之者性也」一語，實卽「天命之謂性」之轉換表示，此乃「性之存有」義，重點落在「性」字上，而「成」字則須解爲「具」。誰具？曰：物具。所具者何？曰：具道（物生而具斯道以爲己之性）。朱子此解，實以「乾道變化，各正性命」爲背景。——明道所說，若其意果眞在於「各正性命」義上，則亦須解「成」爲「具」，「之」字仍代表「道」，如此纔可通。然而明道那兩句隨便「點撥」之語句，一句是「自成其性」，「成之」之「之」字顯然代表「性」；一句是「成之者卻只是性，各正性命也」，依上半句，「之」字當是代表「道」，依下半句，則又似乎不然，此眞是難解難通。如果明道之意，確實在於「乾道變化，各正性命」那本體宇宙論的順成義，則他那兩句點撥語，便須順其大端意向加以改造與補充。（改造補充以後之實意，見下文。）

第三種解釋，是：人所要成就者，卽是性。

這是張橫渠所轉生之另一義。他解「成之者性」爲「成性」，「性」必須由吾人繼善化氣來成就，所成就者卽是性。此解並不合易傳原句之意，但其觀念卻甚清楚。正蒙誠明篇云：「性未成，則善惡混。故亹亹而繼善者，斯爲善矣。惡盡去，則善因以亡；故舍曰善，而曰成之者性。」（註二）易傳原句，「之」字代表「道」，意謂繼道者是善，成道者是性。橫渠之說，則兩「之」字實已略去，而成爲繼善以成性。此自不合原句之意。——明道所謂「成卻待他萬物自成其性」，以及「成之者卻只是性」，似乎亦可向橫渠之義想，但細究其實，則又並非此「亹亹繼善以成性」之實踐義。蓋明道之大端意向，實是定在「乾道變化，各正性命」那本體宇宙論的順成義上。他實在是想類比「天命之謂性」而說「性之存有義」。

乾象所謂「乾道變化，各正性命」。意思是說，在乾道「元亨利貞」的變化過程中，萬物皆得以各各「正其性命」。乾文言申之曰：「乾元（亨）者，始而亨者也；利貞者，性情也。」乾道之「利貞」處，卽是個體之「成」處。所以濂溪亦說「元亨，誠之通，利貞，誠之復」。又說「乾道變化，各正性命，誠斯立焉。」（註三）不至於「各正性命」，則誠體亦將流逝無收煞而不能立。中庸云：「誠者物之終始，不誠無物」。反之，若無物，則誠亦無由自見、無由自立。誠體之終始，卽是乾道變化之終始。——元亨是始，利貞是終；元亨是生，利貞是成。「成」，是成其爲個體。在利貞之終成處，表示個體之成，亦卽表示「各正性命」。「各正」卽是「各成」。此乃天命流行之轉換表示。天命於穆不已，命到那裡卽是流行到那裡，流行到那裡，卽形成該物之性。命於人卽爲人之性，命於物卽爲物之性，故曰「各正性命」。

「生成」、「終始」，是易傳「本體宇宙論」之格局的重要概念。「大哉乾元，萬物資始」，是資之而有其始生（生之始）；「至哉坤元，萬物資生」，是藉之而有其終成（資生之「生」，是個體之終成義、存在義）。有乾元之創始，即有坤元之終成。乾元是創造原則，坤元是終成原則；故由坤元而說終成。（註四）繫傳下第九章：「易之爲書也，原始要終以爲質也」。繫傳上第四章：「原始反終，故知死生之說」。第一章：「乾知大始，坤作成物」。終始、生成，最後總歸於乾始坤終、乾生坤成。知終始，即知死生幽明；知生成，即知乾道之創造。由此生成終始的本體宇宙論之格局，以明個體之成與性命之正，便是本體宇宙論的直貫順成義。依此而言「個體之成」，是宇宙論的成；依此而言「各正性命」，亦是宇宙論的正；正，即成也。此一意識，是北宋諸儒自中庸易傳言「天道性命相貫通」之共同的意識，亦確是儒家本有的意識。——明道正是在此意識下解說「成之者性也」一語。他只重視此本體宇宙論的格局之義理綱維，而不甚重視語句與語意，所以常不顧語句原意而渾淪於一起。例如：「一陰一陽之謂道，繼之者善也，成之者性也」三語，本來自成一義，原不必與「乾道變化，各正性命」拉在一起說。但明道一見「成之者性也」，便向那「宇宙論地成」去想，而忽略了「成之者性」並不即是「各正性命」之義。又朱子解「成」爲「具」，雖可將兩句連起來，但亦失之迂曲。而孔疏實較合易傳原意。

但將「成之者性」與「各正性命」兩系義理拉在一起以明本體宇宙論的直貫順成義，實際上亦不始於明道，濂溪便已如此。通書誠上第一云：

誠者，聖人之本。「大哉乾元，萬物資始」，誠之源也。「乾道變化，各正性命」，誠斯立焉。純粹至善者也。故曰：「一陰一陽之謂道，繼之者善也。成之者性也」。「元亨」，誠之通；「利貞」，誠之復。大哉易也，性命之源乎！

此便是兩系拉在一起說。不過濂溪只引原文，未加「點撥」。而以「元亨利貞」點示乾道變化（誠體流行）之終始，卻非常精到而諦當。最後贊曰「大哉易也，性命之源乎」，此明顯地是本體宇宙論的直貫順成義。中間配入「一陰一陽之謂道」三語，看來亦很順適。「一陰一陽之謂道」，是總說「道」義、「乾道變化」義；「繼之者善也」，是說元亨義、生始義；「成之者性也」，是說利貞義、終成義。兩「之」字皆代表「道」，亦很一律。成，是終成義，終成此道而具之於個體之中，即是性。此亦很明順。這是本體宇宙論的直貫順成義。順成是成「個體」，在個體之成處表示「道」之終成與利貞，亦表示「性」之名與實之所以立。（註五）這是「道、個體、性」三者關聯在一起說，故顯得很複雜。若由「成之者性也」一語來表示，明道輕鬆儱侗之點撥，是着眼在成性，但卻與原句合不上，故成別扭而模稜難明。然而，若依本體宇宙論的直貫順成義，以觀明道之點撥語，則其實意當如是：

(1)「成之者卻只是性，各正性命也」，意謂：在乾道變化而至於個體之成處，始形成「性」之觀念，而個體卽因此而得以正其性命。

(2)「成，卻待他萬物自成其性始得」，意謂：在乾道變化而至於個體之成處，萬物始得「自成其性」。若不提「乾道變化」這個帽子，而直接從個體說，則意當如是：所謂「成」者，「卻」須「待他萬物」在其個體形成時，卽「自成其性，始得」。（始得，即「纔可以」之意。）

以上承述牟先生之意，以疏解明道兩句「點撥」語，目的在於烘托出「本體宇宙論的直貫順成」之格局。此義既明，則其所謂「生之謂性」之義，亦可得而明。

成之者性也
- 孔疏：成就此道者，是性也—盡性，則可以成就道
- 朱子：萬物各具斯道以爲性—物生而有性，性即道
- 橫渠：人所要成就者即是性—繼善以成性，成性義

—明道之大端意向

是定在「乾道變化　各正性命」之「本體宇宙論的直貫順成義上」。而將

- 成之者性
- 各正性命

渾淪於一起—依此而言
- 個體之成—是宇宙論的成
- 各正性命—是宇宙論的正

—正，即成也

在「個體之成」處，表示
- 「道」之終成或道之利貞
- 「性」之名與實之所以立

—道、個體、性三者關聯爲一

第二節　「生之謂性」的兩個義理模式

「天地之大德曰生」。「天地絪縕，萬物化醇」。「生之謂性」。萬物之生意最可觀。此「元者善之長也」，斯所謂仁也。人與天地一物也，而人特自小之，何耶？——〔二程遺書第十一，明道先生語一。按、「生之謂性」下，有原注云：告子此言是。而謂犬之性猶牛之性，牛之性猶人之性，則非也。〕

「天地之大德曰生」，語見易繫傳下第一章。「天地絪縕，萬物化醇」，語見繫傳下第五章。關此諸義，已屢見前解。此下只疏解「生之謂性」之義為主。

「生之謂性」，是告子之說。明道是借用此現成語而另轉注新義。就轉注新義而言，是明道之創造。但他亦不是憑空新造，而實有一套義理模式為其根據，此便是中庸易傳所表示的「本體宇宙論的直貫順成」之格局。若再就歷史背景或思想背景而言，左傳成公十三年劉康公所謂「民受天地之中以生，所謂命也」，以及大戴禮記「分於道謂之命，形於一謂之性」，亦是此一義理模式。依左傳文意看，劉康公之言（整段原文見上第十章註四），雖是說命（根命）而不是說性，但從個體之成以說此命，與從個體之成以說性，實乃同一義理模式。而大戴禮記之言，尤其近於「乾道變化，各正性命」之義。所謂「分於道謂之命」，自「個體」方面說是「分得」，分得大道流行之所命。自「道」方面說是「流命」，天命（大道）流行而命之。分得是分得於道，流命是道之流命，皆表示一個源於理的「定向」。此定向是在分得與流命之過程活動上顯，「命」就在這裡說。這命令義與定向義的命，形著而落實於一一之個體，便名曰「性」。此一義理模式顯然與「乾道變化，各正性命」相同，亦顯然是本體宇宙論的直貫順成之模式。明道便是依此模式而說其新創的「生之謂性」義。「生之謂性」一語雖借自告子，但依義理模式而言，則是明道之創發。以是，「生之謂性」一語，實可表示兩個義理模式：

一、本體宇宙論的直貫順成之模式下的「生之謂性」。

二、經驗主義或自然主義之描述模式下的「生之謂性」。

前者是明道所創發，後者是告子之所說。告子說此語，實以「性者，生也」之古訓（老傳統）爲背景。而明道新創所依據之義理模式則較爲後起。

牟先生指出，無論在任何義理模式下，「生之謂性」總是「成之謂性」之意。「成」，即是形成或成爲一個個體；「生」，即是一個個體之存在。（註六）⑴「生之謂性」，意即：任何一物，在有其個體存在時，方可說性；亦即就任何一物之有個體存在，而說其性。⑵「成之謂性」，意即：任何一物，在其成爲一個個體時，方可說性；亦即就其成爲一個個體，而說其性。——依此而言，「生之謂性」不是性之定義，而是講性或理解性的原則。但「生之謂性」之生、存在、成爲一個個體，實因其所依據之義理模式而有不同之意義，而亦必須對之作不同之理解。依「本體宇宙論的直貫順成」之模式而言，「生」字所表示的「個體存在」是宇宙論地說的存在，它所表示的「成爲一個個體」是宇宙論地說的「成」。依「經驗主義」之描述模式而言，「生」字所表示的「個體存在」是現象學說的存在，它所表示的「成爲一個個體」亦是現象學地說的「成」，或邏輯地說的「成」，而可不問其本體宇宙論的根源。

由於生（存在）與成，可因義理模式之不同而有不同之意義，所以「生之謂性」雖然是講性或理解性的一個原則，但亦可以由這個原則之應用，而指點出或呈現出「生」（個體存在）或「成」（個體之成）這兩個字所表示的客觀的實際內容。例如：

⑴在直貫順成之模式下，一物之性，是通生道、生理、生德、於穆不已之眞幾，而關聯着個體之「宇宙論地成」而說；此便是「生」字在此模式下所呈現出的客觀實際的內容，而卽依於此一內容而說「生之謂性」。

⑵在經驗描述之模式下，一物之性，是直接就一個個體之「現象學地或邏輯地成」所具有的種種實然之質性而說，或直接就個體之自然生命或自然存在所呈現的種種實然之徵象而說；這亦就是「生」字在此模式下、所呈現出的客觀實際的內容，而卽依於此一內容而說「生之謂性」。

在以往，無論告子或明道，皆只是直接就客觀實際的內容而說「生之謂性」，而對於「生之謂性」乃是講性或理解性之原則這一點，却並未覺察到。

明道由「天地之大德曰生」說起，天以創生爲德，其實義卽是「維天之命，於穆不已」。天道「於穆不已」之生德，引生陰陽之氣化，「天地絪緼，萬物化醇」，便是就陰陽之氣的生化而言。（天地絪緼之「天地」，是以氣言，不以德言。）明道由天道之生德說到陰陽之氣化（生意），接着卽說「生之謂性」，好像是直接由此「生德」「生意」而說「生之謂性」；實則，此中有許多關聯。——說陰陽之氣的絪緼化醇，是爲了要說個體之成（個體乃由陰陽之氣之絪緼結聚而成）。「生之謂性」是對應個體之成而說性，不是寡頭地直接以生德生意爲性。「性」之實際的內容或內容的意義，當然就是那生德生意，但說「性」時則必須具體地對應個體之成而說。所謂「生之謂性」，意卽：在個體之成（宇宙論地成）上說性，復卽以「於穆不已」之生德、爲此性之本質的內容。由此本體宇宙論的直貫順成之義理模式、而說生之謂性（成之謂性），實甚明順而恰當。（前條由「成之者性也」說下來，則成別扭。）

但亦須知：對應個體之成而說性，性之本質的內容不一定就是那「於穆不已」的生德，亦可以是那發自個體的種種實然之徵象。在個體之成上說「各正性命」，所正的亦不一定就是以理言的性命，亦可以是以氣言的性命。——但如果此「成」是「宇宙論的成」，則正宗儒家必然地是以「於穆不已」之生德爲性之本義、爲性之當體（自體）；而所正的性命，亦必然地是直指「理之性命」而言。明道自亦不例外。如此，則顯然不是告子所說的「生之謂性」。唯明道似乎不甚覺察他所說的「生之謂性」所依據的義理模式、並不同於告子，故原注中有「告子此言是」之語。當然，單就「對應個體之成而說性」這一點而言，告子說「生之謂性」自無不是。但若認爲告子此言之意同於自己之所說，因而謂其「是」，則並不妥當。

告子說「生之謂性」所依據的義理模式，是經驗主義、自然主義的描述模式，絲毫沒有以「於穆不已」之生德爲性的意思。告子之語，只是「性者、生也」此一古訓（老傳統）之綜結。就實際內容而言，其意指正如董仲舒所說「如其生之自然之質，謂之性」。董生這句話，實可視爲此描述模式下一個十分恰當的定義。（就客觀實際之內容說，纔可成爲定義）。告子自己的「性猶杞柳」、「性猶湍水」之喻，以及「性無善無不善」、「食色性也」之義，皆是就「如其生之自然之質」而言之。但若就明道所說「生之謂性」所依據之義理模式而言，則其客觀的實際內容方面之恰當的定義，應當是：性者、生德也，如其於穆不已之生德而能起道德創造之純亦不已者，謂之性。

生之謂性
- 告子：依據經驗主義自然主義之描述模式
- 明道：依據本體宇宙論的直貫順成之模式

→ 生之謂性，即是成之謂性

- 生：個體存在
- 成：個體之成

→ 凡言性，必須對應個體之成
- 現象學地成
- 宇宙論地成

而說

- 依告子：性者生也，如其生之自然之質、謂之性（直就個體所具之實然的質性說）
- 依明道：性者生德也，如其於穆不已之生德而能起道德創造之純亦不已，謂之性

明道繼「告子此言是」之後，又說告子「謂犬之性猶牛之性，牛之性猶人之性，則非是」。按孟子告子篇上之原文如下：

> 告子曰：「生之謂性」。孟子曰：「生之謂性也，猶白之謂白與？曰：「然」。「白羽之白也，猶白雪之白；白雪之白，猶白玉之白與？」曰：「然」。「然則，犬之性猶牛之性，牛之性猶人之性與？」（註七）

據此可知，明道所引二語，非告子之言，而是孟子推論之詞。由孟子與告子之辯論，可知言「性」有兩個層面：

(1)是經驗描述之義理模式下之「生之謂性」所說的實然之性、類不同之性。——告子所說者，屬於此一層面。

(2)是從道德創造之眞幾說人之性，此是作爲實現之理的性，而不是類不同之性。——孟子所說者，屬於此一層面。

類不同之性，是作爲「形構之理」的性，是實然之性；而道德創造之眞幾之性，則是作爲「實現之理」的性，是縱貫的創造之性。人具有此雙重之性，而犬牛等則只有作爲形構之理的類不同之性，而並無創造之性。「生之謂性」是就個體生命之自然之質而說性，這是理解性的一個原則。將此原則應用於人，可以如人之自然生命之自然之質而說人之性；應用於犬牛等，亦可如犬牛等之自然生命之自然之質而說犬牛等之性；此便是所謂「如其生之自然之質，謂之性」。在原則上雖同是「生之謂性」，但「如其生之自然之質」而說的性，卻仍可各不相同。故「生之謂性」，並不函「犬之性猶牛之性，牛之性猶人之性」。而孟子之推辯實不能成立。只因告子對此亦不透徹，故在孟子之逼問下，直承曰：然、然，最後終於受窘而語塞。實則，告子所說的性是實然的性，亦是類不同之性；對於犬牛類與人類，乃至於犬類與牛類，是可以加以區別的。而孟子是就人之內在道德性、道德創造之眞幾說人之性，以顯示人之殊勝；告子所說的「生之謂性」當然透視不到這一點。但卻不能因爲他透視不到人的道德創造眞幾之性，便判定告子必然將泯除「犬、牛、人」之類不同的分別。孟子與告子言性之層次不同，實不能相混以致辯。孟子以「道德創造眞幾之性」的思想，摻入告子實然之性的層次中以推辯，固有未當。

宋儒興起，明道本於中庸易傳本體宇宙論的直貫順成之義理模式，而說另一種意義的

「生之謂性」。此雖亦是就個體之成而說性，但卻不是就個體之成所呈現的種種自然之質而說實然之性、類不同之性；乃是就個體之「宇宙論的成」而透視其本源，而以於穆不已之眞幾爲眞性。此則同於孟子，而不同於告子。但明道所說的「性之實」（性之客觀的實際內容）雖等同於穆不已之眞幾（生德），而「性之名」卻必須對應個體之成而立；告子正是從個體之成而說性，所以明道便說「告子之言是」。明道不知此乃兩個不同義理模式下的「生之謂性」，亦未察覺或不過問告子言性之實際內容；他若一察及雙方所說的「生之謂性」之實際內容，則必以告子爲「不是」矣。故牟先生以爲，「生之謂性」作一原則看，則可；若只依經驗描述之義理模式、應用此原則於個體之自然生命、而就其種種自然之質而說性，則於「性」義有不盡。——當然，進一步分性爲兩層，而就自然生命之種種質性而說一種性，亦未嘗不可；只是此種氣質之性，並非正宗儒家所說之正性眞性。所以橫渠說：「氣質之性，君子有弗性焉」。（弗性，並非不承認此一面之性，不過不認它爲人之正性眞性耳。）

第三節　「生之謂性」下「性即氣、氣即性」之實義

「生之謂性」。性卽氣，氣卽性，生之謂也。人生氣稟，理有善惡。然不是性中元有此兩物相對而生也。有自幼而善，有自幼而惡，是氣稟有然也（有然，一作自然）。善固性也，然惡亦不可不謂之性也。蓋「生之謂性」，「人生而靜」以上、不容說，才說性時，便已不是性也。凡人說性，只是說「繼之

者善也」，孟子言人性善是也。

夫所謂「繼之者善也」者，猶水流而就下也。皆水也，有流而至海，終無所汙；此何煩人力之為也？有流而未遠，固已漸濁；有出甚遠，方有所濁；有濁之多者，有濁之少者；清濁雖不同，然不可以濁者不為水也。如此，則人不可以不加澄治之功。故用力敏勇，則疾清；用力緩怠，則遲清；及其清也，則卻只是元初水也。亦不是將清來換卻濁，亦不是取出濁來置於一隅也。水之清，則性善之謂也。故不是善與惡在性中為兩物相對，各自出來。

此理，天命也。順而循之，則道也。循此而修之，各得其分，則教也。自天命以至於教，我無加損焉。此「舜有天下而不與焉」者也。

——〔二程遺書第一、二先生語一，朱子以此為明道語，宋元學案亦列於明道學案，是。〕

此三小段是一整條，爲便於觀省，分爲三段。首段所謂「性卽氣，氣卽性，生之謂也」。這是性氣滾在一起說。此「氣」字不是宇宙論的氣化中之氣，而是指「氣稟」而言。因爲既就個體之成而說性，則性體之實，固然是就「於穆不已之眞幾」而立，但一有個體，便不能沒有「氣稟」之殊。個體之成原就是本於氣化而來，「於穆不已」之天命生德常帶着氣化以俱行，因而有個體之形成。有了氣化而成之個體，便有由氣之結聚而成的清濁厚薄、剛柔緩急，此便是「氣稟」。有氣方面的稟受，則性體便不能離此氣稟而獨存。明道正是就此「性體與氣稟混而不離」而說「性卽氣，氣卽性」。這並不是概念斷定上的陳述語（指謂語），而只是性體與氣稟滾在一起的關聯語。若是概念之斷定語，便將泯滅性氣之分；而關聯語則並不泯滅性氣之分。又，「性卽氣，氣卽性，生之謂也」這一整句，亦不是說，在不已的生化中，性與氣混融同流；而仍是指說，有生以後，性體與氣稟就是滾在一起的。故「生之謂也」，卽是「生之謂性之謂也」的簡化語。這是表示，性是斷自有生以後，個體形成時說，至於那作爲性體之實的於穆不已之生德（生道、生理），則不在此「生」字中見，而是隱藏在「性」字中。不過此條之「生」雖斷自有生以後，但由於個體之成乃是本體宇宙論地成，因之就個體之成而說性，亦必然隱含那於穆不已之生德，以爲性體之實。

其次，「人生氣稟，理有善惡」，此「理」字是虛說。上第九章說「第二義之天理」，引有「天下善惡皆天理」，「事有善有惡，皆天理也」之句，句中之「天理」與此處之「理」字，同是虛說之理，而不是第一義的天理或性理之理。若指性體而說，則是純粹至善，何來善惡之對待？故下句曰：「不是性中元有此兩物相對而生也」。只爲人生氣稟不齊，故有善惡之分，是乃自然之理如此，亦卽氣稟之本性如此，此便是「理有善惡」之實意。性，既與氣稟滾在一起說，則氣稟善者（如清者厚者），性體自能在此自然呈現而不失其純；而氣稟不善者（如濁者薄者），性體便不免爲其所拘蔽、所染汚，而不能在此自然呈現。下文「善固性也，然惡亦不可不謂之性也」，此所謂善與惡，亦仍然不是指性之自體，而是指性之表現而言。因氣稟之善而成爲善的表現，固然是屬於性之事（性之善的表現）；卽使因氣稟之不善而成爲惡的表現，亦仍然是屬於性之事（性之惡的表現）。表現上雖有種種殊異，但總是性之事。故次段有清水濁水之喻，有清水濁水皆是水之說。可知此所謂善惡，乃是表現上的事、流變上的事。

性既斷自有生以後說，則有生以前便沒有「性」之可言，而只是一本體宇宙論地說的「天命生德之於穆不已」。故又曰「人生而靜以上不容說。才說性時，便已不是性也」。「人生而靜，天之性也」，乃樂記之語。明道是借用「人生而靜」一語（但不着實於樂記之原意），表示只從有生以後、個體形成時說性。至於有生以前，則不容說。「不容說」，是無性之名與實可說，並不是言語道斷、不可思議之意。有生以上既不容說性，則一說性時，便是在有生以後，便與氣稟滾在一起，便有因氣稟之不齊與拘蔽而形成的善惡不同之表現，便已不是那本然而粹然的性體自己，所以說「才說性時，便已不是性也」。「不是性」云者，意即：便已不是作爲性體之「實」的、那「於穆不已眞幾」之粹然而自然地呈現。而並非說，已不是性而轉成別的（如氣之類）；亦不意謂，若眞是性時、便須指有生以前那不可說不可說的物事。

「人生而靜」既不容說，故「凡人說性，只是繼之善也，孟子言人性是也」。明道是借用易傳「繼之者善也」一語，以指出「性體自然呈現而不失其純」的善之表現，即是一般所謂「性善」之意。明道以爲孟子亦是這樣說「性善」。所以次段又取孟子「人性之善也，猶水之就下也」之意，而解析地說：「夫所謂繼之者善也者，猶水之就下也」。人之性如無外力之阻撓與拘蔽，便如水之就下，它自能向善而爲善，自能自然呈現而不失其純；自然就下，自然呈現，便是所謂「繼」。而性體之爲至善，即由此自然呈現之「繼」上見。（註八）但性體之善有時並不能自然呈現，此乃氣稟之限制，非性之本性如此。故下文又以水流爲喻。(1)水本身（元初水）之清，比喻性體之善；(2)如「元初水」之清而流（清水），比喻性之自然呈現而不失其純；(3)混有泥沙而爲濁水，比喻性因氣稟之不善而有惡之表現。總之，水只是一水，清濁相對，乃流變上之事（非水之本性如此）；加以澄清之功，則仍只是「元初水」，故「不是將淸來換卻濁，亦不是取出濁來置於一隅也」。性只是一性，善惡相對，乃表現上之事（非性之本性如此）；「不是性中元有此兩物相對而生」，「不是善惡在性中爲兩物相對、各自出來」。對氣稟之不齊加以澄治之功，以復其性之自體，便仍只是純然之至善。

明道之意，已藉此次段之比喻表示得很清楚。此意既明，則首段所謂「性卽氣，氣卽性，生之謂也」，「人生氣稟，理有善惡……善固性也，惡亦不可不謂之性也」，以及「人生而靜以上不容說，才說性時，便已不是性也」諸語，亦可貫通而解。至於第三段數句，乃本於中庸首三句以爲說，無問題。

生之謂性
- 就有生以後、個體形成時說性〈性卽氣／氣卽性〉性體與氣稟混而不離
- 性體至善，而性之表現則因氣稟之不齊而有〈善之表現／惡之表現〉（在表現上說善惡）
- 有生以前無性可說，纔說性〈便已是有生以後之性氣混雜／而非本然而粹然之性體自己〉故須加澄治之功以復性

依牟先生之意，此整條總起來看，實卽孟子「堯舜性之也，湯武反之也」，或中庸「自

誠明謂之性，自明誠謂之教」之義。⑴自然呈現而不失其純的表現，卽是「堯舜性之也」，亦卽「自誠明謂之性」。此是「由仁義行」，故明道云「何煩人力之爲也」？⑵然常人不如堯舜氣禀之善，不免因氣禀之累而有不善之表現，故須加澄治之功以復性，此便是「湯武反之也」，亦卽「自明誠謂之教」。到功夫純熟，全是繼之者善，性體流行，而一無拘蔽與染汚，則全性是氣、全氣是性，全體是用、全用是體；此便是圓融之一體而化。——但「體用圓融」義，與此條「性卽氣，氣卽性，生之謂也」之性體與氣禀滾在一起，並不同。性體與氣禀混而不離，是尅就有生以後、個體形成時而說，不是通貫生化之體用而說。用雖不能離氣禀，但只是氣禀則並不就是用。氣禀之善者能永永繼善，是用；而氣禀不善者不能自然呈現，便不可說用。此意須加分別，不可顢頇。又，善惡旣是表現上的事，則性體自己固是粹然至善，而無有善惡之對待相者。後來胡五峯說性不可以善惡言，王陽明說良知心體無善無惡，皆是此義。而決不是告子「性無善無不善」之中性義。當然，只說性體至善，便已甚好。若義理精透時，說個無善無惡，亦並無礙；在此不可以辭害意，更不值得張皇。朱子之辯駁五峯，劉蕺山之辯駁陽明與王龍溪，便是在此不明澈。（實則，劉蕺山自己亦說：「夫性無性也，況可以善惡言」？）據此，亦可反顯明道言性之明透與正大。（唯其從「繼之者善也」處會通孟子之言性善，則不諦。說已見註八。）

再者，「氣禀」與氣性、才性、氣質之性，實皆相通。明道就「於穆不已」之生德生理，而帶着個體之宇宙論地成以說「性」，只說到氣禀對於性體之限制，而並未指說另一種性（如氣性才性之類）。但一時沒有說到氣性、才性、氣質之性，並不表示明道否認氣性、才性、氣質之性，並不表示他否認義理之性與氣質之性的分別。而相應個體之成，以說氣禀對於性體之限制，並指點澄治之功以復性體之善，此卻正是明道言「生之謂性」之切義。——所以不管就個體之成而只言氣稟對性體之限制，或進一步就之而言氣性、才性、氣質之性，皆表示：本體宇宙論的直貫順成之義理模式下之「生之謂性」，實可統攝告子經驗描述模式下之「生之謂性」。如是，遂成功了宋儒「既透本源、又明限制」的完備的人性論。而所謂「論性不論氣、不備，論氣不論性、不明，二之則不是」，亦遂成為一有名之「法語」，而為宋明儒者論心性時所共同遵守之規範。（程子此一法語，留待下第十五章再加論述。）

又，牟先生「心體與性體」第二册明道章，曾以近五十頁之篇幅疏解伊川、朱子、象山、陽明、蕺山對「生之謂性」之評說，請參看。

附註

註一：見「心體與性體」第二册、明道章第五節。

註二：橫渠此段文，已解見上第六章第三節之三。請參看。

註三：見周子通書誠上第一，並請參看上第一章第二節。

註四：按、在乾道變化之利貞處，坤元之凝聚卽已含攝在內；故「乾道變化，各正性命」句，只說乾而不說坤，此是以乾元統坤元。蓋尊乾而法坤，乾元實爲宗主之故。

註五：按、乾文言云：「利貞者，性情也」。性情，實卽是性。性可攝情。故道之利貞、終成處（亦卽個體之成處），實卽表示「性」之名與實之所以立。

註六：生，是意指一個「個體」之存在。如左傳「民受天地之中以生」，卽是「民受天地之中」以有其個體之存在。老子「有物混成，先天地生」，先天地生，卽是「先天地」而存在。

註七：告子所謂「生之謂性」，若從古訓「生」與「性」字有時通用、性之名是就「生」而言，則同於「白之謂白」。否則，「生之謂性」便不能「猶白之謂白」。「白之謂白」是套套邏輯；而「生之謂性」，㈠就其爲講性或理解性之原則而言，不是套套邏輯，㈡就其指點實際內容而說「如其生之自然之質謂之性」而言，亦不是套套邏輯，㈢從個體生命或個體存在到它所呈現的種種自然之質，乃是綜和命題，亦與「白之謂白」之爲分析命題不同。至於「白羽、白雪、白玉之「白」乃一普遍之屬性，所謂「共相」是也。雖同爲「白」，而白羽、白雪、白玉仍然類不同。而且，「犬之性猶牛之性、牛之性猶人之性」，亦不能從「白羽之白猶白雪之白、白雪之白猶白玉之白」推下來。因「白」是個體之屬性，而「性」字乃「如其生之自然之質謂之性」

中的「性」，是就個體生命種種自然之質而總說，並不是一屬性。白與性並非同一類型之概念。

註八：按、明道此說，是由「以於穆不已之體言性」之義會通孟子。若單就孟子自身而言，則明道此說並不諦當。依孟子，本心即性，他是自人之「內在道德性」而言性善。而明道謂「凡人說性，只是說繼之者善也，孟子言人性善是也」，乃是混漫孟子言性善與自於穆不已之體言性者之分際，而自「繼之者善」處會通而一之。實則兩者並不相同。孟子說人性之善猶水流之就下，只是一喻，以喻性體自然向善爲善之能。本心呈現，沛然莫之能禦，亦猶水之就下也。但此只是說至善的性體之自然流露，而並不是單從「繼」處說善。明道所意謂的「繼之者善」，是「流相」上的「善相」，是在氣稟中流繼上的「善相」，是以氣稟之清爲條件者。此乃表現上的相對之善，並非孟子說「性善」之意。故不能以其「水之就下」，等同於易傳之「繼之者善」。孟子所說之性善，是「體」善，不是「事」善。故並非性之「流相」上的善，亦非其流相上的善還須預定一「不容說」的「於穆不已」之性體自己也。故明道此一會通並不諦當。——然則其會通之道如何？依牟先生之意，首先須知二者言性之路有不同。自於穆不已之體言性，是形而上地（本體宇宙論地）統體言之；自內在道德性言性，則是經由道德自覺而道德實踐地言之。此是二者進路之異。進路雖有不同，而兩者所言之性皆是體，所言之善皆是稱體而言。而且道德實踐地言之的「內在道德性」之性，即是人之道德創造、道德行爲之「純亦不已」的性，此正可以印證、證實、並滲透那於穆不已的奧體之性。此在孟子，便是「盡心知性知天」；到胡五峯，便是「盡心以成性」、「以心著性」。最後，此兩路所言之性爲一（內容意義完全相同），而心性亦爲一。在孟子，心性本已是一，進一步是心性天之爲一。在五峯，統體言之的性體無外，「盡心以成性」之心體亦無外，此便是在「以心著性」中的心性爲一。如此方是會通之諦義。（此義，明道尚未意識到，而爲胡五峯之思路所代表，後來之劉蕺山尤其精切於此義。）

第十二章 程明道(五)：識仁與定性

第一節 「識仁篇」之義理疏解

黃梨洲說：「明道之學，以識仁爲主」。明道言「仁」的文獻，自以「識仁篇」最爲重要。這是明道答呂大臨（與叔）之問，而由大臨作成的記錄。後來編列在二程遺書第二上。因爲素爲學者所重視，所以特別標名爲「識仁篇」。原文如左：

學者須先識仁。仁者渾然與物同體。義、禮、智、信，皆仁也。識得此理，以誠敬存之而已。不須防檢，不須窮索。若心懈，則有防；心苟不懈，何防之有？理有未得，故須窮索；存久自明，安待窮索？

此道與物無對，大、不足以明之。天地之用，皆我之用。孟子言「萬物皆備於我」，須「反身而誠」，乃為大樂。若反身未誠，則猶是二物有對，以己合彼，終未有之，又安得樂？訂頑（西銘）意思，乃備言此體；以此意存之，更有何事？

「必有事焉而勿正，心勿忘，勿助長」，未嘗致纖毫之力；此其存之之道。

> 若存得，便合有得。蓋良知良能元不喪失。以昔日習心未除，卻須存習此心，久則可奪舊習。此理至約，惟患不能守；既能體之而樂，亦不患不能守也。

宋元學案卷三十一，呂范諸儒學案云：「大臨初學於橫渠。橫渠卒，乃東見二程先生。故（固）深淳近道，而以防檢窮索爲學。明道語以識仁，且以不須防檢、不須窮索開之。先生默識心契，豁如也。」凡人有志於道而又尚未明澈之時，「防檢」「窮索」實所難免。心有懈怠便是「忘」，爲求勿忘，所以要「防檢」；防範懈怠而忘，檢制心思紛馳而入於歧邪。理有不得於心，於是便要「窮索」；强探力索以明理，使理窮盡無漏地呈現我心。一般做工夫，大體都是這樣入手着力的。不過，這雖是不可免的工夫過程，但如果直接的卽「以防檢窮索爲學」，便不妥，亦不足夠。明道以「須先識仁」與「以誠敬存之」指點呂與叔，是要使他端正爲道的趨向（識仁），並且進一步爲他指出一個簡易的工夫（以誠敬存之）。所謂「爲道」，卽是道德實踐。而道德實踐亦卽「道德行爲之純亦不已」。如何使道德行爲「純」而且「不已」？照明道的意思，就是要先「識仁」。「先識仁體」卽是道德實踐所以可能之本質的關鍵，亦卽道德實踐之明確的方向。而「以誠敬存之」，則是實踐此道德行爲之「純亦不已」的簡易工夫。這個道德實踐的方向及其簡易的工夫把握住了，便可以此心不懈而不須防檢，可以「存久自明」而不須窮索。

這「識仁篇」通篇都是說「仁」，而用詞則隨文而異；仁體、仁理、仁道、仁心，四詞通用。

明道曾說：「學者識得仁體，實有諸己，只要義理栽培」。又說：「欲令如是觀仁，可以體仁之體」。（皆見下引）。兩處皆說「仁體」，仁卽是體，識仁就是識仁體。照明道的理解，仁體是遍體一切而「與物無對」者。所以說「仁者渾然與物同體」。句中的「同體」，乃是「一體」之意，而不是說「同一本體」。（本體義的「萬物同體」，與「以萬物爲一體」，義有別。）以天地萬物爲一體，渾然無「物與我、內與外」之分隔，便是仁的境界，亦就是以「仁者」表「仁體」之實義。（註一）目的本在說「仁」，只是藉着「仁者」之境界（與天地萬物爲一體之境界）、以表示之耳。所以接着說：「義、禮、智、信，皆仁也。識得此理（仁理），以誠敬存之而已」。次段又說：「此道（仁道）與物無對，大、不足以明之」。因爲仁道徹通物我內外之分隔，所以不與物爲對；而「大」則仍是一個對待的概念，所以不足以表明此「與物無對」的仁道。孟子盡心上云：「萬物皆備於我矣，反身而誠，樂莫大焉」。亦是說的這個與物無對、與萬物爲一體的「仁」。人一念警覺，反身而誠，「上下與天地同流」（亦盡心上語）則我的生命與天地生命通而爲一，天地之仁實卽我心之仁。所以說「天地之用，皆我之用」。反之，若不能反身而誠，則猶是與物爲對，內外分隔。既是分隔對立之二物，縱然想要湊泊求合，亦是湊泊不上的。而一個與物有隔的生命，乃是封閉窒息而不能感通不能覺潤的生命，當然沒有「大樂」之可言。所以又說：「若反身未誠，則猶是二物有對，以己合彼，終未有之，又安得樂」？之後，明道又舉橫渠西銘之意來作印證。西銘素爲明道所推崇，他曾說：「西銘，某得此意。只是須他子厚有此筆力，他人無緣做得……要之，仁孝之理備於此。」（註二）而此識仁篇，卽是明道說他自己所得之意；這是可以與西銘「天地之塞吾其體，天地之帥吾其性。民，吾同胞，物，吾與也」的意思相互印證的。所以說「訂頑（西銘）意思，乃備言此體」。此體卽是「仁體」。

「識仁」之後，如何存養？明道除了提出「以誠敬存之」之外，又引述了孟子之言：「必有事焉而勿正，心勿忘，勿助長」。必有事焉，便是勿忘；勿正，便是勿助長。（正，期也。凡預期功效，卽是助長，如宋人「揠苗」便是。）勿忘勿助長，是消極的告誡語，正面工夫只在「必有事焉」。（註三）所謂必有事焉，亦不是「硬把捉」。如以緊緊把捉為必有事焉，則便是「助長」了。故「必有事焉」只是良知之靈昭不昧，眞誠惻怛，此處「未嘗致纖毫之力」，只是反身以循理；此便是「存之之道」。能「存」便能「有」，因為「良知良能元不喪失」之故。不過，雖然良知良能本不喪失，但常人總不免「習心未除」；既有習染，便須「存習此心」。此心卽是仁心。而存習之「習」，當作習熟講。常言「義精仁熟」、「操存益熟」，與此所謂「存習此心」，皆是存養本心仁體以達習熟之境的意思。存習既久，昔日的習染自然烟消雲散，所以說「久則可奪舊習」。到此地步，便能「體仁之體」，「反身而誠，樂莫大焉」，當然可以「不患不能守」了。

㈠
學者須先識仁：以端正道德實踐之方向
以誠敬存之：開出道德實踐之簡易工夫 ＞ 必有事焉 ｛ 勿忘勿助，存久自明 ／ 存養仁心，習染自去 ｝

從本源開工夫 — 體仁之體 ＜ 不須防檢 ／ 不須窮索

(二)識仁
- 仁體─仁，即是體，識仁即是識仁體（以仁者之境界，表仁體之實義）
- 仁理─能識得此理、以誠敬存之而已
- 仁道─此道與物無對、徹通物我內外
- 仁心─良知良能元不喪失：以心說仁

（仁理、仁道、仁心）─仁者渾然與物同體（以天地萬物爲一體）─萬物皆備於我，反身而誠，樂莫大焉

又，遺書第二上有一條云：

> 學者識得仁體，實有諸己，只要義理栽培。如求經義，皆栽培之意。──
>
> 〔按、朱子語類卷九十五、論程子之書時，以此條爲明道語，是。〕

「仁體」二字出於此條。「實有諸己」，即是仁心仁體之呈現。此亦孟子「反身而誠」之意。「義理栽培」與「以誠敬存之」之語意相同。凡經典中言及存養之義，亦皆是栽培之意。

第二節　仁體之實義

上節是約略照顧「識仁篇」之行文順序，作一義理的疏解。本節再就仁體之實義加以申述。要了解仁體之實義，可以從兩面說：一是「反身而誠，樂莫大焉」。二是「感通無隔，

覺潤無方」。前者是孟子之所說，後者則是明道之所獨悟。玆再將明道有關說仁的語句，舉而述之。

> 醫書言手足痿痺為不仁，此言最善名狀。仁者以天地萬物為一體，莫非己也。認得為己，何所不至？若不有諸己，自與己不相干；如手足不仁，氣已不貫，皆不屬己。故博施濟衆，乃聖人之功用；仁至難言，故曰：「己欲立而立人，己欲達而達人；能近取譬，可謂仁之方也已」。欲令如是觀仁，可以體仁之體。——（二程遺書第二上，二先生語二上。此條下注一「明」字，示爲明道語。）

「仁者」以天地萬物爲一體，物我內外通而爲一，萬物皆備於我，反身而誠，故曰「莫非己也」。此「一體」之言，明明標注爲明道所說，朱子卻說：伊川語錄中，說「仁者以天地萬物爲一體」，說得太深，無捉摸處。（註四）可見他對明道思路之漠視。又同卷有一條云：

> 「醫家以不認痛癢，謂之不仁。人以不知覺、不認義理，為不仁。譬最近。」

此條雖未注「明」字，但依前條語脈看，自亦係明道語。從「手足痿痺不仁」這句話，實最能反顯「仁」的意義，所以說「最善名狀」。而麻木「不知痛癢」，就是沒有感覺，是死的，所以謂之「不仁」，這是「身的不仁」。人痲木而不覺，不識義理，不明是非，則是「心的不仁」。反之，不安、不忍而有感覺，卽是仁心之呈露、仁體之呈現。而義理、是非，乃是仁心之自發；有知覺、認義理，亦卽認這仁心的自發之理。二程弟子謝上蔡以「覺」言「仁」，正是本於明道之意而說。但朱子語類卷一百一、程子門人、論謝顯道（上蔡）處，有一條云：「問上蔡說仁，本起於程先生引醫家之說而誤。曰：伊川有一段說「不認義理」，最好。只以覺爲仁，若不認義理，只守着一個空心覺何事？」朱子只單抓「認義理」一語，又將此條歸於伊川，非是。須知「人以不知覺、不認義理，爲不仁」數語，是緊承上文「醫家以不認痛癢，謂之不仁」說下來。而此條又顯然與上條「醫書言手足痿痺爲不仁，此言最善名狀」之語脈語意相同。「覺」字應該順着「不認痛癢」之意而反證作解，這是就仁心之覺情說；有知覺、認義理，亦是認仁心自發之理。朱子卻意解爲心有知覺是要知覺義理，「若不認義理，只守着一個空心覺何事」？這是以「覺」爲認知意義的知覺之覺；以心之知覺去認知義理，正是「心性爲二、心理爲二」之思路。朱子旣混智心之知覺與仁心之覺情而爲一，而又不許在仁（性）上說覺，只許在智（心）上說覺；故不解明道「以此覺爲仁」之意，因而亦反對上蔡以覺言仁。

孟子曰：「仁也者，人也；合而言之，道也」。中庸所謂「率性之謂道」是也。仁者、人此者也。「敬以直內，義以方外」，仁也。若以敬直內，則便不直矣。行仁義，豈有直乎？「必有事焉而勿正」，直也。夫能「敬以直內、義以方外」，則與物同矣。故曰：「敬義立而德不孤」。是以仁者無對。放之東海而準，放之西海而準，放之南海而準，放之北海而準。醫家言四體不仁，最能體仁之名也。——（二程遺書第十一，明道先生語一。按原注云：醫家以下，一本別爲一章。）

此條義最賅貫，牟先生以爲可視爲明道言仁之綜括。「一體」之義、「覺」之義，皆含在內。由「敬以直內、義以方外」體悟仁體，由「必有事焉而勿正」體悟仁心覺情之於穆不已、純亦不已；此便是吾人之性體。由此而合釋「率性之謂道」以及孟子「仁也者人也，合而言之，道也」之義。「仁」，是人之所以爲人（發展其德性人格）的超越根據，亦同時是內在的實體。人而體仁於生活行事中便是道，此便是所謂「合而言之，道也」。人而體仁於身，實即「率性」之謂，故從「人體仁以與仁合一」而言道，與「率性」之謂道，義正相同。從道再說到仁，則人體此道便是仁。「仁者人此者也」句之「人」字是動詞，「此」字指道，所謂「仁者，人此者也」，意即「仁者，以人體道者也」。以人體之，則形式而客觀地說的道，便成爲一具體而眞實的成人之道。——但此條中「敬以直內，義以方外，仁也」，與「若以敬直內，則便不直矣。行仁義，豈有直乎」？前後語意似有衝突不順。「敬以直內，義以方外」，若翻爲語體句，便是「以敬來直我們內部的生命，以義來方正外部的事物」。然則下句何以說「若以敬直內，則便不直矣」？如此，豈不與上句「敬以直內」相衝突？但細看，卻又不然。語法上翻爲「以敬」，是造句之必然，是語法問題。而明道說「以敬直內，則便不直矣」，其實意只在表示：拿一個外在的敬去直內，是無法直得起來的。故下句云「行仁義，豈有直乎」？「行仁義」與「由仁義行」不同。由仁義行，是敬以直內；行仁義，則是以敬直內。明道說「以敬直內便不直」，意在點示「敬」不是外在的東西，拿外在的敬去直我們內部的生命，便直不起來，即使一時能直，亦只是偶然，並沒有稱體而發的必然性。伊川朱子所謂「涵養須用敬」，是落在實然的心氣上說，卻正是這外在的後天的敬。而明道說「敬以直內」，則是發自仁體的敬；敬以直內，即是仁體流行。敬，直通於穆不已之仁體而自內而發，亦猶仁義之由中而出，此皆非向外襲取，故敬義實即仁體。所以說「敬以直內，義以方外，仁也」。

(一)
由{知痛癢／認義理}而印證
由{必有事焉／勿忘勿助}體悟
→ 仁心覺情之{於穆不已／純亦不已} → 仁心之覺即性體之覺{心性爲一／心理爲一}

(二)以人體道（率性之謂道）、人與仁合：成人之道{敬以直內—仁之主觀作用／義以方外—仁之客觀作用}
敬義即是仁體：無對無外{與萬物爲一體／放之四海而準} 敬義立而德不孤

以下再引錄有關語句，以見明道言「仁」之意：

1.滿腔子是惻隱之心。——〔二程遺書第三，二先生語三，標明爲明道語。〕

2.切脈最可體仁。——〔同上〕

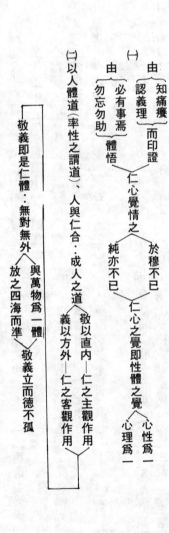

3.觀鷄雛，此可觀仁。——〔同上〕

4.觀天地生物氣象。——〔二程遺書第六，二先生語六。〕

5.靜後見萬物，自然皆有春意。——〔同上〕

6.只理會生是如何。——〔二程遺書第七，二先生語七。〕

7.萬物之生意最可觀。此「元者善之長也」，斯所謂仁也。——〔二程遺書第十一，明道先生語一，已引見第十一章第二節。〕

8.人心常要活，則周流無窮，而不滯於一隅。——〔二程遺書第五，二先生語五。〕

9.堯舜知他幾千年？其心至今在。——〔二程遺書第七，二先生語七。〕

10.復卦非天地之心，復、則見天地之心。聖人無復，故未嘗見其心。——〔二程遺書第六，二先生語六。〕

以上十條中，4 5 6 8 9 10六條，雖未注明爲誰語，但依語脈語意看，自係明道語無疑。第⑴條點示人之生命中，只是惻隱之仁之充滿。第⑵條指點脈動處、即是生機、生意之呈露，於此最可體仁。第⑶條指點觀鷄雛可以觀仁。鷄雛本身卽是一團生意，觀生卽可觀仁。而且人觀鷄雛，最易流露唯恐傷之的愛惜之意，此卽惻隱、不忍之仁心。第⑷條指點由天地生物氣象以觀仁。第⑸條點示靜後看萬物，自然能見春意（生機）洋溢，亦是觀春生以觀仁之義。第⑹⑺兩條亦是觀生以觀仁之義。第⑻條從心之生意活潑、周流不滯，點示仁體之流行。第⑼條點示聖人之心（天心仁體）之永恆常存，亦卽象山「斯人千古不磨心」之義。第⑽條言易之「復卦」並非天地之心，通過人之「復」，乃能見天地之心。而聖人則是「性之」，他只是本心仁體之如如地呈現，無所謂「復」。復，乃是逆覺，是「湯武反之也」。通過逆覺可以見心之自體，聖人「性之」、是超自覺，故亦「未嘗見其心」，而只是如如呈現、一體流行。

滿腔子是惻隱、人心周流不滯
聖心千古常在、復見天地之心
→「純亦不已」的天心仁體

由切脈以體仁、觀鷄雛以觀仁
天地生物氣象、靜觀萬物生意
理會生是如何、萬物生意可觀
→於穆不已的天命流行之體

→仁體即是天命流行之體

以上各條，決不只是一些玄妙的渾淪話頭，它後面的義理背景以及它所指點的，乃是「純亦不已」之仁體，與「於穆不已」的天命流行之體。而天命流行之體的眞實意義，必須由天心仁體來證實。所以至乎其極，二者完全同一，仁體卽是天命流行之體。而明道這種體悟，又不只是他的獨悟而已，在孔子答弟子問仁的言語中，正可發現其義理的根據。

論語所載孔子之說「仁」，大體是指點語，從生活上隨機指點仁之實義，以開啓人的不安、不忍、憤悱、不容已之眞實生命。論語記孔子曰：「不憤不啓、不悱不發」。此言雖就教學而說，但收回到自家道德實踐上亦是一樣。憤悱是眞實生命之躍動，一切德性之表現皆由憤悱而出。憤悱卽是不安，卽是不忍。孟子以「不忍人之心」、「惻隱之心」說仁，雖係另撰新詞，而與孔子言仁之意實相契接。仁，代表人的眞實生命之不容已。所以，第一、「仁」必須超脫字義訓詁來了悟，如孟子引子貢之言曰：「學不厭，智也；教不倦，仁也。仁且智，夫子既聖矣」。不厭不倦，只是孔子眞實生命之「純亦不已」。子貢有此生命之感應，所以能由孔子之「學不厭、教不倦」而體悟仁與智，這根本不是字義訓詁的事，而是眞實生命之指點與啓悟的事。第二、「仁」不能作固定的德目看，亦不能爲任何德目所限定。孔子自己就根本沒有將仁視爲一個固定的德目。恭、敬、忠，可以表示「仁」，恭、寬、信、敏、惠，亦足以表示「仁」。克己復禮爲仁，「出門如見大賓，使民如承大祭，己所不欲，勿施於人」，亦是仁。「夫仁者，己欲立而立人，己欲達而達人，能近取譬，可謂仁之方也已」。「仁者先難而後獲，可謂仁矣」。又說「剛毅木訥近仁」，「仁者其言也訒」，「不仁者不可以久處約，不可以長處樂」，「巧言令色，鮮矣仁」，「唯仁者能好人，能惡人」，「觀過，斯知仁矣」。（觀人與己之過，而警覺策勵，不留滯，不固結，卽可進悟仁道或仁體。知，是覺知義。顏子不遷怒、不貳過，卽是「觀過知仁」之最佳例證。）此外，如「仁者樂山」，「仁者靜」，「仁者壽」……凡此等等，如果從字面解釋，似乎沒有一個字是與仁有關的。（唯一的例外，是「樊遲問仁，子曰愛人」。但以愛解釋仁，實是最簡單而淺顯的答覆。）——據上面的引述，可知孔子並不是以「字義訓詁」或「下定義」的方式說仁，而是從「仁者」如何如何、「不仁者」如何如何，來指點「仁」。一方面，仁不爲任何德目所限定，而另一方面，任何德目又皆足以指點仁。「仁」是超越一切德目而又綜攝一切德目的。仁是一切德性表現與道德創造的總根源，所以仁爲「全德」。明道說「義、禮、智、信皆仁也」。這並不是明道的推論之言，孔子說仁時便本已函有這種綜攝的意思。孟子所謂「仁也者人也，合而言之，道也」，亦是根據孔子之指點而作綜說，以表示人之所以成全其爲一個人，成全其爲一德性生命，乃是以「仁」爲其道、爲其總根據的。

由不安、不忍、憤悱、不容已而言，是「感通之無隔，覺潤之無方」；是必然與物無對，與萬物爲一體的。雖然「親親、仁民、愛物」的差等之序不容泯除，但最後如不達致與天地萬物爲一體，不達致萬物各得其所、各遂其生，則我終將不安、不忍。這不安、不忍、憤悱、不容已，直接函着「健行不息」「純亦不已」。所以牟先生常說仁以感通爲性，以潤物爲用。又說仁有二特性：一曰「覺」，一曰「健」。健可爲覺所函，此覺此健是精神生命之覺與健，不是自然生命之生理心理的感覺或體型氣力之健美健壯。覺，是感通覺潤，是由不安、不忍、憤悱之感來說；這是生命之洋溢，是溫暖之貫注，有如時雨之潤，故曰「覺潤」。此覺潤覺到那裡，潤到那裡，就使那裡有生意、能生長，這是由於我們覺潤之而誘發了它的生機；所以覺潤亦就是創生：橫說是「覺潤」，縱說便是「創生」（創造生化）。

綜攝覺潤與創生二義而言，仁固然是仁道，實亦是仁心。仁心就是我們不安、不忍、憤悱、不容已的本心；是觸之卽動、動之卽覺、活潑潑的本心。而這亦就是我們的眞實生命。仁心遍潤一切，遍攝一切，而與物無對。所以仁的感通覺潤不能劃定界限，不能說只許與此感通而不能與彼感通，亦不能說只可覺潤到此而不能覺潤到彼。說到極處，必然「與天地萬物爲一體」。因此，仁又是具有絕對普遍性的本體，亦是道德創造之眞幾，所以亦名曰「仁體」。說到這裡，仁心、仁道、仁體，卽與「維天之命，於穆不已」的天命流行之體合而爲一。此亦卽明道所謂「一本」。我們能識此「渾然與物同體」、「與物無對」的仁體仁道，而「以誠敬存之」（存養此仁理仁心），而「反身而誠」（仁心呈現）、「體之而樂」，這就是明道「識仁篇」的中心義旨。

仁：不安、不忍、憤悱、不容已之本心：眞實生命之覺與健（感通無隔、覺潤無方）與天地萬物爲一體

天心仁體（遍潤一切、遍攝一切）與物無對，是：（絕對普遍之本體、道德創造之眞幾）

第三節　「定性書」各節之分疏

定性書原是明道「答橫渠先生」之書信，後來纔標名爲「定性書」。當橫渠提出「定性」這個問題時，他的「正蒙」還沒有寫成。他是二程的表叔，長於明道十二歲，而虛心求教於明道，可謂「大君子之心」。明道成熟早，此書雖是青年時期的作品，但卻是成熟之作。茲將全文分爲七節，分疏於後。

> 承敎諭，以定性未能不動，猶累於外物。此賢者慮之熟矣，尚何俟小子之多言？然嘗思之矣，敢貢其說於左右。

「定性未能不動，猶累於外物」，這可能是橫渠來書的原句，亦可能是明道對橫渠之綜

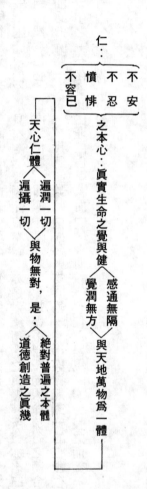

括語。橫渠原書不存，他當時的說法如何，我們已無從猜測。但很明顯的，這是討論工夫上的問題，是在工夫中要求心性之定。

所謂定者，動亦定，靜亦定，無將迎，無內外。苟以外物為外，牽己而從之，是以己性為有內外也。且以性為隨物於外，則當其在外時，何者為在內？是有意於絕外誘，而不知性之無內外也。既以內外為二本，則又烏可遽語定哉？

此節說明本心性體之貞定，是無間於動靜的，不能以靜爲定，而以動爲不定。當本心性體朗現之時，是「動亦定，靜亦定」的；而且是「無將迎，無內外」的。（註五）當應物時，不是有所迎，亦不是隨物而在外；不應物時，不是有所送，亦不是隔絕了物而在內。如果「以外物爲外」，則應物之時，豈不就是牽己以隨物，而將自己之性亦推置於外了？性既已隨物而在外，則此時又是誰在我生命之內作主？——人總覺得自己的心性不易收攝，常易隨物而紛馳，所以便有意地想要隔絕外物的引誘。但人又不能不應物，一旦應物，便又以爲是己性隨物而動，而受牽累；於是乃產生「定性未能不動，猶累於外物」之工夫上的困擾。而明道認爲，這正是「以己性爲有內外」、「以內外爲二本」（不能通內外而爲一）而形成的結果。在這種情形之下，無論將性逼限於內，或推置於外，都是不可能「定」的：在內，靜亦不安；在外，動亦有病。但如果了解「性無內外」，便不會有這種曲折與跌宕。

夫天地之常，以其心普萬物而無心；聖人之常，以其情順萬事而無情。故君子之學，莫如廓然而大公，物來而順應。易曰：「貞吉，悔亡。憧憧往來，朋從爾思」。苟規規於外誘之除，將滅於東而生於西也。非惟日之不足，顧其端無窮，不可得而除也。

首二句言天地聖人之常。在天地方面是「心普萬物而無心」（普、遍及遍潤之意）。天地以生物爲心，其心遍及遍潤於萬物，無私覆，無私載，故亦遂無心可見；而且天地之生化萬物，是「無心而成化」的，而並非有意而爲，所以可曰無心。在聖人方面是「情順萬事而無情」。聖人之情，隨事而應，不着意，不偏注，「老者安之，少者懷之，朋友信之」，亦只是合當如此，自然而然，而並未用情，其情亦遂不可見，故亦可曰無情。君子之學，當以天地聖人爲法，「廓然而大公，物來而順應」。如此，自然無須「規規於外誘之除」（規規、細小貌，亦卽煩瑣之意）。否則，以物爲外，則外物之誘，端緒無窮，隔亦隔不斷，除亦不勝除，勢將「滅於東」而又「生於西」；結果不但心性不能貞定，且將勞擾紛馳，疲於奔命。——「易曰」各句，是咸卦九四之爻辭。咸、感也。照伊川易傳的解釋：「四在中而居上，當心之位，故以感爲主。而言感之道，貞正則吉，而悔（咎尤）則亡」。憧憧，心意不定也，亦卽心思紛馳之謂。朋從，謂以類相從。「憧憧往來，朋從爾思」，意思是說：人用私心以感物，則爾心思所及之人或能有感而動（朋從爾思），但你所感者畢竟只能及於一偏之隅，而不能順應萬物，感應周遍。

人之情各有所蔽，故不能適道。大率患在自私而用智。自私，則不能以有

> 為為應迹；用智，則不能以明覺為自然。今以惡外物之心，而求照無物之地，是反鑑而索照也。易曰：「艮其背，不獲其身；行其庭，不見其人」。孟氏亦曰：「所惡於智者，為其鑿也」。與其非外而是內，不若內外之兩忘也。兩忘則澄然無事矣。無事則定，定則明，明則尚何應物之為累哉？

此節首先指出，人之所以不能至於道，主要是因爲「自私」「用智」而蒙蔽了本心之明覺。

(1)心本「無爲」(廓然大公，物來順應，卽是無爲、無所爲而爲)，但人要保持物來順應的無爲境界，亦不是一件容易的事，故有時亦不免有所爲而爲。但這偶而有所爲而爲的「有爲」，實乃一時之「應迹」，只是一時之權宜，此便是所謂「以有爲爲應迹」(下爲字讀去聲)。可是，當人有了私心之時，則他根本就是有所爲而爲，隨事隨處，徹頭徹尾，全都是有爲(事事皆是爲了一特定的私欲利便而爲之)；當他如此一往是「有爲」之時，便不僅是爲了「應迹」而已。所以說：「自私，則不能以有爲爲應迹」。

(2)心本「明覺」，其明覺是自然而然的，此之謂「以明覺爲自然」(自然知是知非)。但當人用其私智時，雖有時亦能顯示明覺之用，但那只是以察察爲明，常只是一孔之見，甚至穿鑿附會，似是而非；如此，便不是智周於物的自然朗照，所以說：「用智，則不能以明覺爲自然」。「反鑑索照」，意卽背鏡而求照。鏡之虛明，就如心之明覺、心之無爲。廓然大公之心，物來卽應；不送不迎之鏡，物至卽現。假若厭惡外物之誘，而將物隔絕於外，則心之明覺便無由盡其應物之用；猶如將鏡子反過來，則鏡之虛明，亦就不能顯出其照物之功。

「易曰」各句，是艮卦之卦辭。艮、止也，止於其所當止。「背」止而不動，象徵所當止之處所。「艮其背」，意卽「止於其所當止之處所」。止字，只是退藏之義，亦卽淵默潛藏之意。「不獲其身」的「身」，己也，我也。除艮其背之「其」字，是指「止之處所」外，其餘三「其」字，皆指「止者」而言。既已淵藏，則是止於其所當止，故不自見其有我，所以說「艮其背，不獲其身」。不自見有我，則無人之相與，既不相與而淵藏，則各止於其所當止，而無人我之相形；故不但他自己不自見其有我，卽使外人來到此止者之庭，亦不能見到此止者之人，所以說「行其庭，不見其人」。所謂「不獲其身」、「不見其人」，皆是順「止者」而言，只是說明一個淵默潛藏之「止藏」義。其身、其人，實只是一義。並不是「不獲其身」是無我，「不見其人」是無人也。不自見有我，亦不見有人，是就「淵藏不相與、無人我之相形」而引申，是就「艮其背」之「止」而綜說。明道之意，並不是分別地以「艮其背，不獲其身」是忘內，「行其庭，不見其人」是忘外；乃是就艮之止之「不相與」而進一步引申此四句卦辭以明「內外之兩忘」。卦辭只表示「不相與」之「止」義，明道引申之以言「內外兩忘」，則是進一步言「止」言「定」。此一引申，乃是可允許之引申。（註六）

總之，明道引此艮卦之卦辭，意在說明「內外兩忘」之大定。亦卽引申「止」之義以言「定」，以「定」顯示「澄然無事」、「內外兩忘」。若是厭惡外物之誘而想隔絕它，便不是內外兩忘，而是「是內而非外」（以外爲非而以內爲是）。如此，便是强分物我內外，正是孟子所謂智者之穿鑿用智，而不是「行所無事」的明覺之自然，不是物來而順應。必須內外兩忘，纔能澄然無事；無事，則是大貞定。在貞定之中，自然明覺朗照，物來則應，還有什麼「累」之可言？

聖人之喜，以物之當喜；聖人之怒，以物之當怒。是聖人之喜怒，不繫於心，而繫於物也。是則聖人豈不應於物哉？烏得以外者為非、而更求在內者為是也？今以自私用智之喜怒，而視聖人喜怒之正為何如哉？

前文有云「聖人之常，以其情順萬事而無情」。所以聖人之喜怒，能不繫於心而繫於物。所謂「繫於物」，亦就是順於事、應於物的意思。事物之當喜者則喜，事物之當怒者則怒，這仍然是「廓然而大公，物來而順應」。情既發而迹亦隨之泯，內外兩忘，歸於無事，未嘗因爲應物而累心。若是以從外應物爲「非」，而欲另求一個在內不動者而以之爲「是」，這就是喜內而怒外（厭惡外物之誘，卽是怒外）。如此，則與聖人相反，而是喜怒繫於心，而不是繫於物。凡是自私、用智，總不免會這樣喜怒不得其正的。

夫人之情，易發而難制者，唯怒為甚。第能於怒時，遽忘其怒，而觀理之是非，亦可見外誘之不足惡，而於道亦思過半矣。

人之情，怒最難制。但如喜怒繫於物而不繫於心，當怒發之時，立卽息其怒而平心就事理之當然而觀，是者還其爲是，非者還其爲非，則又何至於因爲厭惡外物之誘，以使心常爲外物所牽引而浮盪不安？明乎此，則知定心定性之工夫，正不在「規規於外誘之除」，而應直接使此本心當體呈現。本心性體朗現，便卽是「動亦定、靜亦定」之大貞定。而亦庶幾近道，而可以至於道了。

心之精微，口不能宣。加以素拙於文辭，又吏事匆匆，未能精慮。當否？佇報。然擧其大要，亦當近之矣。道近求遠，古人所非，惟聰明裁之。

此爲最後一節，大體是酬答之謙辭。佇報，是期待回音之意。道近求遠，乃孟子「道在邇而求諸遠」一句之簡化。明道這裡所謂「近」，卽指本心性體之呈現；所謂「遠」，卽指「以己性爲有內外」而「規規於外誘之除」。「聰明」二字，是用爲對第二人稱之敬辭。裁、卽裁度之意。

第四節 定性與定心：綜述義旨

定性書雖以「定性」名篇，而實義則是「定心」。

凡道德實踐，都應該「稱性體而動」，應該順性體發出的道德律令而行。性體之發出道德律令，是物來順應、自然而然的。那末，我們在表現性體的時候，亦就應該順性體之所命自然而動纔是。但事實上卻並不眞能常常如此，所以靜時旣感覺寂寞無聊，而動時又不免爲外物所牽引。如此一來，便顯得性不貞定。實則，並不是性不貞定，甚至亦不是在表現中的性自己不貞定，而只是我們在工夫過程中表現「性」時，表現得不順適，因而使得「心」不貞定。由於心不貞定，就連帶地說性不貞定，所以纔有「定性」這個詞語。其實，我們要求性之貞定，乃是要求如何使「心」不爲外物所累，因而使我們能夠獲得「性之表現」時的常貞定。然則，所謂定性，並不是要求「性」之定，而是要求性之表現時的「心」定。所以明道此文，亦大半就心而言。

何以討論「定性」而卻就「心」而說？這是因爲表現性體，必須靠心之自覺活動；沒有心之自覺活動，性體便只是潛存的，而無法彰著顯現。所以凡是講到心性工夫的問題，總不直接就性而說，都是就心而言。而同時須知，心之活動又有本心之呈現與習心之作用兩方面。⑴就「本心」而言，其呈現自是常貞定；而「本心卽性」，本心旣常貞定，性體之表現（流行）自然亦常貞定。在這一方面，固無所謂浮動亂動，亦無所謂爲外物所累。⑵另一方面的「習心」，則是心理學的心、經驗的心、感性的心。這方面的心，卻易爲外物所牽引、所制約，因而爲外物所累而不能常貞定。——據此可知，性無所謂定不定，定不定是落在心上說，而且是落在「習心」一面說。

一般而言，人在應事接物之時，總不免是落在感性制約之處境中的，所以很容易爲外物牽引而累於物，而顯得動盪而不定。因此，亦就必須有一工夫來貞定它。這個貞定的工夫，⑴消極地說，是要從感性的制約中超拔解脫，不再爲耳目見聞所蒙蔽，不再爲外物所牽引，而回歸到自作主宰、自發命令、自定方向之本心（性體）。⑵積極地說，是直接使本心毫無隱曲地當體呈現。本心性體一呈現，則一切蔽於耳目、累於外物之事，便自然消失於無形。橫渠所說，是消極工夫之問題，是就心易爲感性所制約而累於外物而言。明道之答，則是積極工夫上的問題，是就本心性體之自身而說。——（按、依橫渠正蒙「合天心」之本心，「體事無不盡」之仁心，以及「心能盡性」之義，心如能充盡而朗現之，便可以彰著性體，性體彰著（盡性），則「客感客形與無感無形」乃能得其貫通之統一。盡性而一之，則心體貞定，性體之表現自亦常貞定，而不至於爲客感客形所累。如此，則「定性未能不動，猶累於外物」的困難，便自然克服而消解。由此可知，此一難題之解答，必須歸到「本心之充盡」的積極工夫上。當橫渠致書明道討論此一問題時，是在著正蒙之前，當時或者未能十分明澈；到著正蒙之時，則已透進一步，其形上的本心義亦已不算弱，但橫渠客觀面之比重終嫌太重，主觀面不十分能凸顯挺立，因爲他畢竟還沒有以孔子之仁與孟子之本心爲主之故。所以不如明道之顯豁。又，縱然已透到從積極工夫上說，亦仍然不可廢棄消極工夫之磨練。朱子便完全從消極工夫上說，而亦能顯示他的實踐工夫之緊切。朱子之不足處，是在他沒有「形上的本心義」，他視心爲氣之實然，所以沒有從本心性體上說的積極工夫。）

定性書所陳述的理境自然很高，但明道既是就本心性體而言之，則全文的義旨亦可得而解。他是就本心性體之「無將迎，無內外」而言大定，亦卽「動亦定、靜亦定」之大貞定。本心性體原本就不能將它限制於內或外。當它朗現時，既不能將它隔絕地逼限於內、而不通於事，亦不能將它逐物地推置於外、以致內失其主。「靜」既不空守孤明、或空虛寂莫，「動」亦不徇物喪心、或爲物所累。如此，自然能常貞定，而無處不灑然。否則，逼限於內，靜亦不安；推置於外，動亦有病。這是從習心着眼而作消極工夫時、所不能免的曲折與跌宕。假若從本心性體而作積極工夫，便不會有這些動盪的波浪。明道說：「天地之常，以其心普萬物而無心；聖人之常，以其情順萬事而無情」。這二句名言，就是要證實這種常貞定的境界。而「自私」「用智」則是習心一面的事，從這裡騰躍一步而翻上來，便是天心（本心性體）之朗現。這就是全篇的總要。

(一)性體本自淵然貞定—但表現性體時，心常為
- 感性所約制
- 外物所牽引

而不能貞定

- 本心即性，不為物累
- 習心浮動，常累於物

故定不定，是落在「習心」上說

- 使習心從感性之制約中超脫，以回歸於
  - 自作主宰
  - 自發命令
  - 自定方向

  之本心—消極的貞定工夫
- 直接使本心無隱曲地當體呈現—積極的貞定工夫（本心貞定，性體自亦貞定）

(二)就本心性體朗現之
- 無將迎
- 無內外

而言大貞定
- 動亦定—其動不徇物喪心
- 靜亦定—其靜非空守孤明

性無內外
- 若逐物地推置於外，則內將失其主
- 若隔絕地逼限於內，則外不通於事

(三)
- 天地之常：心普萬物而無心—不偏注，故心不可見
- 聖人之常：情順萬事而無情—不着意，故情不可見

廓然大公、物來順應（大貞定）

(四)
心本無為
- 廓然大公，物來順應：物當喜則喜，物當怒則怒
- 自私則事事計較：是有所為而為，非應迹之有為

廓然大公之心，物來則應

心本明覺
- 智周於物，自然朗照：事是則是之，事非則非之
- 用智則察察為明，是作意之穿鑿，非明覺之自然

不送不迎之鏡，物至則現

內外兩忘、澄然無事（大貞定）—否則
- 是內非外，何有明覺應物之用
- 反鏡索照，亦無虛明照物之功

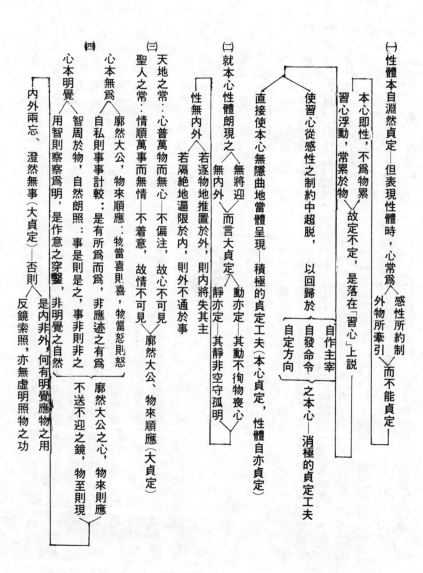

上面說到，明道是就本心性體之呈現以指說一積極之貞定工夫。若問：如何能有這種積極的工夫，以達到這常貞定的境界？此則必須「頓悟」。就本心性體之朗現而言大定，這裡並無「修」之可言。在本心性體這裡，不能說修；在習心那裡，纔要對治，纔要修。所以一講到修，便已落於習心，便是漸教而不是頓悟。漸教之修，當然亦有助緣促成的作用，但本質地說，須是頓悟。這裡有一個本質的關鍵，是即牟先生所謂「逆覺的體證」。一般地說，逆覺體證即是反己的工夫。反己是「反求諸己」，不是求諸外。孟子說「求則得之，舍則失之，是求有益於得也，求在我者也。」（註七）可見要反身覺察以透顯本心性體，必須是逆覺的體證。孟子所謂「求放心」，明道所謂「識仁」，這「求」字「識」字所函的義蘊，即是「逆覺的體證」。在工夫的層次上，可以這樣說：

一、漸修可以使習心凝聚，而不易昏墮濫肆。

二、逆覺體證可以使人透顯本心性體。

三、要使本心性體朗現而大貞定，則必須頓悟。

由「修」到「逆覺」，是異質的跳躍，是突變，是從習心之漸修進到本心性體之透顯。由「逆覺」到「頓悟朗現」，亦是異質的跳躍，是突變。因爲逆覺是在工夫過程中逆覺，可以覺上去以透顯本心性體，但亦可以覺下來而透顯不出本心性體；而頓悟則無工夫層次，而是一純全純（不是一點一點使它純），一現全現（不是一點一點使它呈現），覺是頓覺（並無所謂慢慢覺到、一步步覺到），行是頓行（只是本心之不容已，以引生道德行爲之純亦不已）。所以，逆覺並不即是朗現，它與頓悟之間，仍然是突變，是異質之跳躍。

其實，頓悟亦沒有什麼神秘可言。它只是相應道德本性，直下使我們純道德的心體，毫無隱曲毫無雜染地朗現，以引生道德行爲之「純亦不已」。孟子說：「舜居深山之中，與木石居，與鹿豕遊，其異於深山之野人者幾希！及其聞一善言，見一善行，若決江河、沛然莫之能禦也。」（註八）這「沛然莫之能禦」，即是「頓悟」（亦是頓行），即是就本心性體之朗現以言大貞定的積極工夫，亦卽直下覺到本心之不容已而卽承之而行——這就是頓悟以成行。明道之後，象山陽明善於就「一心之朗現」以言爲道工夫，亦就是這種工夫、這種境界。——〔頓悟是一下子的，但如不能「頓悟以成行」（必有事焉），則其所謂頓悟，便只是儻來之一悟，靈光一閃，隨卽又歸烏有，此便不是眞頓悟。〕

定性書所說的「定」義，在遺書中還有一些有關的語句，並錄於此以助解：

1. 須要有止。（止於仁、止於孝、止於大分）。
2. 艮卦只明使萬物各有止。止分、便定。（艮其背，不獲其身，不見其人）。
3. 看一部華嚴經，不如看一艮卦。（華嚴經只言一止觀）。
4. 勿忘、勿助長，必有事焉，只中道上行。
5. 愚者指東爲東，指西爲西，隨衆所見而已。智者知東不必爲東，西不必爲西。惟聖人明於定分，須以東爲東，以西爲西。

以上五條，前四條見遺書第六，二先生語六，未註明誰語。伊川亦可說此諸語，然依語脈看，當是明道之言。第五條見遺書第七，二先生語七，宋元學案列於明道學案，是。明於分、止於分，物各付物。正是定性書所謂「聖人喜怒不繫於心，而繫於物」之義。老安、少懷、朋友信，以及萬物各得其所、各遂其生，亦仍然是此明分、止分之分。止於分，便能「定」。天地位、萬物育，亦只是分定也。遺書第二上又有一條云：

萬物皆只是一個天理，己何與焉？至如言「天討有罪，五刑五用哉！天命有德，五服五章哉！」（註九）此都只是天理，自然當如此，人幾時與？與則便是私意。有善有惡，善、則理當喜，如五服自有一個次第以彰顯之；惡、則理當惡，彼自絕於理，故五刑五用。曷嘗容心喜怒於其間哉？舜舉十六相，堯豈不知？只以他善未著，故不自舉。舜誅四凶，堯豈不察？只為他惡未著，那誅得他？舉與誅，曷嘗有毫髮廁於其間哉？只一個義理，義之與比。

一切事物皆爲天理所綱紀（或曲成而彰顯之，或制限而去除之），只是個物各付物，順理而行；自然容不得個人私意參與其中。「廓然而大公」，不容參與己私，「與則便是私意」。「物來而順應」，喜是理當喜、怒是理當怒，故喜而無喜，怒而無怒（情順萬事而無情），好惡賞罰以及舉賢誅惡，亦皆然。總之，一切只是個「義之與比」，只是個天理自然，不容人之私意私智參與其中。「與」便是私，「不與」便是公。此是明道所樂談之觀念。牟先生以爲此條所說，甚至天理篇各條之意，皆可視爲「定性書」之闡釋發明。

附註

註一：按、通過「仁者」之境界以說「仁」，王陽明亦善言之。大學問云：「大人者，以天地萬物爲一體者也」。又云：「大人之能以天地萬物爲一體也，非意之也，其心之仁本若是其與天地萬物而爲一也」。這最後一句便是說「仁心」，義最顯豁。「本若是其」四字，表意亦極佳極諦。大人卽是仁者，陽明之意，亦正是由「大人」境界、以直接透示其本心仁體。

註二：語出二程遺書第二上。張子西銘之義理，解見上第四章第二節，請參看。

註三：按、此義，陽明論之最精，見傳習錄中卷答聶文蔚書。拙著「王陽明哲學」第六章第四節曾加論述，可參看。

註四：見朱子語類卷九十五，論程子之書一。

註五：按、將迎，謂送迎。莊子知北遊：「無有所將，無有所迎」。成玄英疏云：聖人如鏡，不送不迎。

註六：按、艮卦卦辭數句之解釋，義本牟先生「心體與性體」第二册明道章第七節。此一解釋，最能切合明道引此數句卦辭之意指。至於易書文句之異解，可暫置不論。

註七：語見孟子盡心篇上。

註八：同註七。

註九：語見尚書臯陶謨。五刑，謂墨、劓、剕、宮、大辟。五用，意謂分別用五刑以討有罪。五服，謂天子、諸侯、卿、大夫、士之服。五章，意謂依次以五服彰顯有德。

第十三章　程伊川㈠：義理之轉向、與理氣說

第一節　伊川之轉向

一、傳略

伊川，名頤，字正叔。生於宋仁宗明道二年，卒於徽宗大觀一年（西元一〇三三——一一〇七），七十五歲。學者稱伊川先生。與兄明道齊名，並稱二程。後世稱明道爲大程子，稱伊川爲小程子。

年十八，遊太學，時胡安定（瑗）爲直講，以「顏子所好何學」試諸生，見伊川「學以至聖人之道」之論（註一），大爲驚喜，立即延見，處以學職。同學呂希哲（註二）欽服他的學問，首先以師禮事之。英宗、神宗兩朝，大臣屢次薦舉他，皆不出仕。

哲宗卽位，以司馬光諸人之薦，召爲崇政殿侍講。時文彥博爲太師，侍立帝旁，終日不懈，帝告以稍事休息，亦不離去。而伊川爲講官，容貌莊嚴，在帝前亦不稍事假借。有人對伊川說：「君之嚴，視文公之恭，孰爲得失」？答道：「文公四朝大臣，事幼主不得不恭。某以布衣職輔導，亦不敢不自重也」。每當進講，伊川「必宿齋豫戒，潛思存誠」，希望感

動君上之意。而講書之時，更是反復推明，總要將道理關聯到君王身心上來。某日，呂公著與范純仁入侍經筵，聽了伊川的講說，出而歎曰：眞侍講也。一時士人多歸伊川門下，伊川亦以天下自任，議論褒貶，無所顧避。時蘇軾在翰林，有重名，門下文士亦甚盛。文士不樂拘檢，自蘇軾以下，皆以伊川爲迂執，終於釀成洛黨蜀黨之紛爭。紹聖年間，朝廷復行新政，蘇軾遭貶，伊川更削籍竄放涪州（今四川涪陵縣）。三年後，纔得放還。後又遭講學之禁，四方學者相從不捨，伊川告諭曰：「尊所聞，行所知，可矣；不必及吾門也」。崇寧五年，復宣議郎致仕，次年，卒於家。（註三）

伊川以師道自任，接學者以嚴毅。冬月某日，閉目靜坐，楊龜山、游定夫立侍不敢去。久之，開目對二人說：「日暮矣，姑就舍」。二人辭出，門外積雪一尺餘矣。這就是所謂「程門立雪」的故事。有時學者議論有異同，若是明道，便說「更有商量」。在伊川，則直接批駁道：「不然」。明道曾說：「異日能尊嚴師道者，是二哥。若接引後學，隨人才而成就之，則某不得讓焉」。

二、不自覺地義理之轉向

二程兄弟，不但一般性格有差別，心態與思路亦有不同。牟先生說明道妙悟道體，喜作圓頓表示；伊川則質實，多偏於分解表示。（註四）質實者易傾向於切實。所謂切實，亦就是下學上達、循循有序之意。但這樣泛說的切實，很可能只是一般的教學態度，只能對治普通所謂儱侗、顢頇、虛浮、蹈空之病；而並不能對本質問題有所決定。伊川與後來之朱子，都比較重視下學上達，重視「下面着實工夫」，而其表示下學與下面着實工夫的途徑，則落在大學的致知格物上。但濂溪、橫渠從不提大學一書，明道亦很少說到大學，這是否就表示三人皆是「太高」，只有「上一截」，而缺少「下面着實工夫」？顯然不能這樣說。他們並非儱侗、顢頇、虛浮、蹈空之人，亦非不切實者。此三大家雖沒有積極地專門講出一個確定的工夫入路，但指點實踐工夫的話語，則隨在而有。所謂「高」，有指虛浮蹈空而言，有指本質而言。所謂「切實」，有時指補充助緣的下學而說，有時則相應本質而說。這要看所講的是什麼問題，是那一層次上的義理，而後纔能衡定所謂「高」、所謂「切實」的眞實意指。

內聖之學，是要自覺地相應道德本性而作道德實踐（道德行爲之純亦不已）。所以，它的中心問題必然落在心性上，亦就是說，必然要肯認並且明澈一個超越的實體（道體、仁體、心體、性體，於穆不已之體），以爲道德實踐所以可能的超越根據。以是，對於這超越實體的體悟與明澈，便成爲內聖之學本質的關鍵所在。而內聖之學的道德實踐，必以「成聖」爲終極目標，聖的內容與境界是「大而化之」，是「與天地合德」，是要在有限的個體生命中直下取得一永恆而無限的意義；所以他所體悟的超越實體，便不能不「體物而不可遺」，不能不「妙萬物而爲言」，這是因爲聖心無外之故。「聖心」之所以「無外」，是由於他體現了這超越的實體。但這卻不是他個人的秘密，而是人人都有的，不過聖人獨能「先得我心之同然」，而「賢者能勿喪耳」（皆孟子語）。這是先秦儒家之舊義，是講仁體、性體、心體乃至於穆不已之體者所共許之義，亦是宋明儒學的中心課題，沒有人能夠違背。

然則，明道專言「仁體」、妙悟「於穆不已」之體、盛言「一本」之論，並無朱子所謂「太高」，亦無所謂單屬「上一截」。這根本不是高不高的問題，乃是內聖道德實踐的本質問題。人之儱侗、恍惚、虛蕩、蹈空，只是其人道德意識之不眞切、對道德實踐之本性認識不明透，而與內聖之學實在了不相干。明道說：「道之浩浩，何處下手？唯立誠才有可居之處。有可居之處，則可以修業也。終日乾乾，大小大事，都只是忠信所以進德爲實下手處，修辭立其誠爲實修業處。」（註五）這就是相應道德本性而來的切實、不蹈空。要說「下面着實工夫」，此便是下面着實工夫；要說「近」，此便是近，並不遠也。要說「下學上達」，此便是下學上達；要說「循循有序」，此便是循循有序。——若必以書册句讀、致知格物、即物窮理的方式，纔算下學上達，纔是下面着實工夫，以爲只是如此纔能接近上一截，纔是道德實踐以成聖的決定性之關鍵，纔可以不流入禪學去；那就是迷失問題之本質，而有所歧出而轉向。所以，「高」有本質與蹈空之分，「切實」亦有相應本質與不相應本質之別。書册句讀、格物窮理，當然可爲內聖之學的助緣，亦有補充作用，但決不能說只有這些纔是內聖之學的本質。

二程講學之時，主要觀念發自明道。明道既卒之次年，伊川爲侍講，此後有二十年獨立講學之時間，終於使他自己的生命與思路逐漸透顯出來，而着重於分解表示，並轉而從大學之致知格物以表示下學之切實。在伊川當時並不覺得自己之所說，與明道所談論之本體有若何之衝突或不相應，亦從未如朱子般以明道之言談爲太高、近禪，而生忌諱。但由於伊川以大學表示下學之切實而引發的不自覺地轉向，卻導致他對道體性體的體悟，漸漸有了偏差與迷失，而不能保住明道所透悟到的意義與境界。——按、平常說明道卒後，若無伊川，則洛學之緒，或將散塌而無由光大。此言自可說。伊川之義理轉向，他自己既不自覺，二程門人於明道卒後，亦皆繼續師事伊川，而並不以爲兩程夫子有義理系統之不同。後來，謝上蔡、楊龜山亦皆秉承以明道爲主之二程學而發展（參看下第十八章第二節）。義理之轉向與系統分裂之機，雖由伊川所開啓，而其明朗化，則要到朱子之舍明道而極成伊川之思理，纔清楚地顯出來。故指說伊川在義理上有不自覺之轉向，並不表示貶抑伊川繼明道而光大洛學之功。反之，亦不能因爲承認伊川光大洛學之功，便無視於其義理之轉向、與對道體性體之體悟有偏差。

伊川依着他質實的直線分解的思考方式，將北宋前三家所講論的太極眞體、太虛神體、於穆不已之體，只分解地體會爲「只是理」，將性體亦清楚割截地直說爲只是理（性卽理也）。他所說的「性」，既與廣泛的存有之理（不活動的）合流，又與格物窮理之理接頭而以卽物窮理（由實然推證其所以然）的方式來把握，而不以逆覺體證的方式來把握。如此一來，性理的觀念雖很清楚而確定，但前三家（實則，先秦儒家亦然）講論「性體」以爲道德實踐所以可能的超越根據之義，便漸次泯失而不可見。而且，正因爲性卽理（只是理）之觀念確定而清楚，「心」便被逼顯得浮泛而不切、恍惚而不定。所以伊川論心之言，有時看來很好，有時卻又不然。實則，在此情形之下，伊川心目中的「心」所意指的函義，固已逼顯得呼之欲出。朱子便是順着伊川的思路，清楚地說出心是屬於氣之靈的實然的心，而特別着重心的「認知之明」義，於是孟子所說的實體性的本心義，便完全無法講，而心與性（理）亦終於判而爲二。

由於伊川直說「性卽理」（心不是性，亦不是理），所以對於「仁」的理解亦不同於明道，而直說仁是性，愛（惻隱）是情，終於開啓了後來朱子所極成的心性情三分的思想格局。

伊川既已認定道體性體只是理，則中和之「中」，實在只須以「性卽理」解之卽可。但他似乎又感到中庸所說的未發之中，不能直說爲卽性卽理，其中亦含有「心」字之義。所以對於中和問題的論辨，便顯得糾結而不明透。他既反對「中卽性」，又反對以「本心」言「中」。中，到底是性呢？還是心呢？心性是一呢？還是二呢？若是一，如何一？若是二，如何二？在伊川，皆顯得不夠明澈而確定。牟先生以爲，若依伊川之思理看，「中」只是指此不發未形之實然的心境而言，並不是指超越的性體或孟子義的本心而說。（註六）中既不是性體，則吾人無法於未發之前求個中，而只能在喜怒哀樂未發之時，以敬心來涵養它，所以說「涵養須用敬，進學則在致知」。中和問題後來亦嚴重地困惑朱子，費數年之苦思與論辯，終於爲他所釐清，而順成了伊川「涵養須用敬，進學則在致知」的工夫格局。（朱子所謂先涵養後察識，涵養於未發、察識於已發，以及靜養動察之說，皆本此而來。）

伊川對
- 客觀地言之的「於穆不已」之體
- 主觀地言之的仁體、心體、性體

皆未有明確而相應之體會
- 將「於穆不已」之體收縮割截爲「只是理」—只存有而不活動
- 將孟子的「本心即性」析而爲心性情三分
  - 性只是理、性中只有仁義禮智
  - 仁性愛情、惻隱羞惡只是情
  - 心是實然的心氣，是經驗的心
- 心與性成爲
  - 後天的與先天的
  - 經驗的與超越的
  - 能知的與所知的

  相對之二。故工夫入路定爲
  - 由後天的凝聚之敬心說涵養
  - 由「心知之明」說致知格物

三、朱子貫徹伊川之理路

伊川所開啓的端緒，朱子皆一步一步繼續貫徹而加以確定。他的心態與伊川相應，思路與伊川相同，他順承伊川而完成的橫攝系統，終於與明道諸人所代表的縱貫系統形成對立。但在朱子自己，卻認爲先秦儒家舊義以及濂溪、橫渠、明道所體悟的道體義，原本就是這樣，所以他並沒有覺識到這個對立。但亦正因如此，北宋諸儒所體悟的道體、性體、心體、仁體之義，遂在朱子大規模的注釋、編錄、與廣泛地講論之下（註七），蒙上了一層烟霧，而不易窺見本眞。尤其是明道的義理綱維，在朱子的講習中幾乎完全見不到，所見到的只是一些零碎風光。朱子對明道雖有推尊之言，但亦常指明道說話渾淪太高；只是不好意思直說明道是禪而已。而對於順承明道之義理綱維、而不走大學致知格物之路者，自謝上蔡楊龜山以下，朱子便以爲是「下梢皆入禪學去」，有時且直斥某人爲禪而深以爲忌。他對明道，實在全不契應。所以牟先生認爲在朱子義理系統之構成上，幾乎與明道完全無緣。但對於伊川，朱子卻是最大之知己與功臣。朱子語類第九十三，有以下各條，可以看出朱子對伊川眞是「無所不悅」。

1.伊川說話，中間寧無小小不同？只是大綱統體說得極善。如「性卽理也」一語，直自孔子後，惟是伊川說得盡。這句便是千萬世說性之根基。（下略）

朱子對伊川「性卽理」一語，有着無比的親切與明徹，此語在朱子系統中，佔有極重大的關鍵性之地位。但眞正說來，此「性卽理也」語中之「性」，實只有形式的意義。順此形式的意義先虛籠地提一下，自亦未爲不可。但若順此形式的意義執實了，以爲「性」就「只是理」矣，則此語便有不盡；如何能看做「千萬世說性之根基」？如今朱子把此語看得這樣嚴重而驚動，便自然將性體中所涵的其他的意義與內容（如心、神、寂感等），全都汰濾在外了。

2.（上略）某說、大處自與伊川合。小處卻持意見不同。（下略）

3.問：明道、濂溪俱高，不如伊川精切。曰：明道說話超邁，不如伊川說得的確。

第2條朱子說得很客氣。實則，凡伊川欠明澈確定之處，皆是由朱子貫徹下去而得其究極之完成。朱子之全盡與明確，實非伊川所能及。其所謂「大處」，乃指陰陽是氣、所以陰陽是道；性卽理也；仁是性、愛是情；心性情三分，理氣二分；涵養察識之分屬；以及致知格物，等義而言。至於「小處」，自然各有異同，不可能人人一樣。第3條所謂說得「的確」，卽指上條「大處」諸義，伊川皆能說得確切分明。實則，伊川亦只是對他所能把握的部分「說得的確」而已。

4.明道語宏大，伊川語親切。

5.明道說話渾淪，煞高，學者難看。

6.明道說底話，恁地動彈流轉。

由於明道對道體之體會不同於朱子，所以在朱子心目中便顯示出「超邁、宏大、渾淪、煞高、動彈流轉」等種種相。朱子只望見此種種相，而不知其義理之實，遂將義理之實歸於伊川；以爲二程同一義理規模，只是說法不同而已。朱子這個意思甚具影響，致使後人亦莫能辨別。黃梨洲說「朱子得力於伊川，故於明道之學未必盡其傳也。」（註八）這話是對的。但朱子之所以不能傳明道，只在於他不能契知明道所體悟的道體（含易體、性體、心體、仁體、誠敬之體等）之實義；此意梨洲卻不能詳確而知，故亦順着朱子之意，說明道「言語流轉如彈丸」。如此，則仍只是欣賞明道之零碎風光耳。

7.明道說話，一看便好，轉看轉好。伊川說話，初看未甚好，久看方好。

朱子以爲伊川說話「久看方好」，是實情，而且亦確是落在義理之實上見得伊川之好。至於說明道之言「一看便好，轉看轉好」，一則是欣賞他的超邁宏大、動彈流轉，二則是由於明道顯赫之地位，雖覺其言渾淪太高、學者難看，卻亦不便於說他不好。但朱子既不能契知明道的義理之實，則他看明道之言，很可能是轉看轉不好，如「識仁篇」那樣重要的文字，朱子編近思錄時便棄而不取。他雖說識仁篇「乃地位高者之事」，不宜入「近思錄」；實則，高妙之言而編入近思錄者，不一而見，何獨不取識仁篇？可知朱子之不取識仁篇，只是反對以「一體」說「仁」耳。

8.明道說話亦有說過處，如堯舜有天下不與。又，其說濶、人有難曉處，如說鳶飛魚躍，謂心勿忘、勿助長處。伊川較子細，說較無過。然亦有不可理會處。

「堯舜有天下而不與」，是孔子之言，亦即「無爲而治者，其舜也與」之義。（註九）畢竟「過」在何處？「鳶飛魚躍」，象徵天地間活潑潑地生機呈現、生意洋溢，人能「心勿忘、勿助長」，在「必有事焉」的「於穆不已」「純亦不已」之中，證見此「活潑潑地」（鳶飛魚躍）生機生意之呈現洋溢，又有何「疏濶」「難曉」之處？（註十）朱子只是不契明道所說之道體義，故如此云云耳。伊川說話，朱子便覺得親切。至於說「亦有不可理會處」。不知指何而言。依牟先生之考察，伊川存留之思想，大抵已爲朱子所繼承而釐清，若還有不可理會處，蓋亦甚少。唯有「性之有形者謂之心」一句，朱子曾說「難曉，不知有形二字合如何說」？關此，解見下章第一節。

9.（上略）明道當初想明得煞容易，便無那查滓；只一再見濂溪，當時又不如而今，有許多語言出來；不是他天資高，見得易，如何便明得？

德明問：「遺書中載明道語便自然灑脫明快」。曰：「自是他見得容易。伊川易傳却只管修改，晚年方出其書。若使明道作，想無許多事。」（下略）

朱子於此，亦稱賞明道，但只是說他天資高，見得容易。實則亦不是見得容易，而是生命相應，故能妙契千載之上而明透徹盡。明道雖未作易傳，但對易體的體悟與生生之理的發揮，遠非伊川之所及。詩之「維天之命，於穆不已」，孔子之仁，孟子之本心、中庸易傳之誠體神化、寂感眞幾，這纔眞是說「性」之根基。而伊川於此，卻未有相應之明透。只一句「性卽理」，如何能爲「千萬世說性之根基」？體上旣爲「性卽理」（只是理）一語所割截止煞，則自此以往，伊川朱子之所說，皆成必然（就朱子自身說，其思理確甚明澈而一致，此所以爲大家）。但以大學爲定本，轉成橫攝系統，便與先秦儒家本有的縱貫系統形成對立，而生動活潑、健康軒昂、「直、方、大」之理想主義的情調亦隨之而泯失，並於不自覺之間而轉成「靜攝存有」之實在論的情調之他律道德。——此義，伊川朱子不自知，數百年來人亦莫能明辨。直到牟先生費八年之心血，釐清各家之語意，確定各系之義理，方使宋明六百年之學術眞相，朗然而現。而其中伊川之轉向與朱子之貫徹伊川思路而完成一系之義理，又實爲了解宋儒之學的一大關鍵。此處明澈，則宋明儒學分系之故可得而明，而濂溪橫渠明道的義理之實、湖湘學統的眞實義旨、與象山之所以不滿於朱子，等等一連串的問題，亦皆可次第而得其確解。而此亦卽牟先生「心體與性體」一書有重大貢獻之所在。

第二節　理氣說

一、陰陽是氣，所以一陰一陽是道，道「只是理」

「一陰一陽之謂道」。道非陰陽也，所以一陰一陽、道也。如一闢一闔之謂變。——〔二程遺書第三、二先生語三，標明爲伊川語。〕

離了陰陽更無道。所以陰陽者，是道也，陰陽，氣也。氣是形而下者，道是形而上者。形而上者則是密也。——〔二程遺書第十五、伊川先生語一。〕

「一陰一陽之謂道」。此理固深，說則無可說。所以陰陽者道。既曰氣，則便是二。言開闔，已是感。既二，則便有感。所以開闔者道，開闔便是陰陽。（下略）——〔同上〕。

陰陽是氣，所以陰陽者是道；氣是形而下者，道是形而上者。如果伊川只說這些，吾人亦很難論定他所說的形上之「道」爲「只是理」、「只存有而不活動」。因爲「於穆不已」之體、如從其爲實現之理或存在之理而言，亦同樣可以說是超越的（動態的）所以然。不過，這作爲「氣化之所以然」的「於穆不已」之體，却是「卽存有卽活動」者；它是心、是神、亦是理，是「心神理爲一」者；它是誠體、神體，是寂感眞幾、創生實體。這是濂溪、橫渠、明道所體悟的道體。然則，伊川說「所以一陰一陽、道也」或「所以陰陽者是道」，何以便「只是理」、「只存有而不活動」？因爲：

一、伊川表示此「所以然」的方式，是對陰陽氣化之「然」作存有論的解析；或者說，是由陰陽氣化之「然」推證「所以然」之理（道），這是「存有論的推證」。（註十一）——而並不是由「於穆不已」之體的創生妙運之直貫、來表示一超越的（動態的）所以然。

二、伊川是通過「格物窮理」的方式來把握這所以然。——而並不是通過「逆覺體證」的方式以把握之。

三、依伊川之推證，不能明澈地說「神」義、「寂感」義。

四、在心性方面，伊川亦不能明澈地說「心性是一」，他所凸顯的主張，是性卽理，仁是性、愛是情等等。

由此四點，便可看出伊川由所以然而表示的形上之道，爲「只是理」、「只存有而不活動」。在⑴神與寂感方面，伊川的態度不甚明確，亦從無一字說到神體，說寂感則並不透澈。但他說「旣曰氣，則便是二。言開闔，已是感。旣二，則便有感」。這已是落在氣上說「感」，而不是從神體說寂感。（伊川對「於穆不已之體」並不透澈）。而⑵心性方面，伊川有時好像亦表示心性是一（實則只是關聯性的合一，見下），但他顯明的主張，却是性卽理；是仁性愛情；是心如穀種，生之理是性，發出來是情；等義。如此，則「心性情三分」之意已顯然可見。性、只是理，寂感生發則就心與情上說；在形上之道的「理（性）」上，並無所謂「感與未感」（見下）。如此，則其所謂形上之道，遂與誠體、神體、寂感眞幾之創生義，成爲兩不相干。道，只是個（靜態的形式的）所以然之理，而不是創造實體之本身。——伊川極少談實體義，他所親切把握的，是工夫意義的「敬」（不是明道所說的敬體），是格物窮理的致知，以及天理之靜態的存有義。

又，伊川有時亦直接說「屈伸往來只是理」、「生生之理自然不息」。（註十二）這是對於氣化本身之體會。此二句之「理」字，是說氣化之自然之理，是虛位字。而其所以往來屈伸之「理」、所以生生之「理」，則是有超越意義的形上之「道」；此就形上之道而說的理，乃是實現之理，是實位字。雖然「離了陰陽更無道」，但「氣是形而下者，道是形而上者」，陰陽自然之化本身，總不是道（理）也。以是，不可忘記「所以陰陽者是道」，而單只就氣化的自然之理（虛位字的理）、便以爲是伊川言「理」之實意。伊川雖於「於穆不已之體」不透澈，但並不以爲自然之化便是道。（若如此，便成爲自然主義。伊川當然不至於此。）

二、道(理)無寂感，就「氣」與「心」言寂感

「寂然不動，感而遂通」，此已言人分上事。若論道，則萬理皆具，更不說感與未感。——〔二程遺書第十五，伊川先生語一。〕

據此條，可知伊川不以寂感說道體。他心目中意謂的道（道體），只是理。理無所謂感與未感，所以說「若論道，則萬理皆具，更不能說感與未感」。實則，易傳言寂感，正是從

誠體神體自身說，不是從氣上說。繫傳上云：「易無思也，無爲也，寂然不動，感而遂通天下之故。非天下之至神，其孰能與於此」！濂溪與明道言寂感，皆是從誠體神體上說，而明道更以此寂感眞幾代表易體。誠體、神體、易體、寂感眞幾，即是於穆不已之體。這個實體當然亦是「理」，但它既具萬理，同時亦統攝一切事或創生妙運一切事，它是既存有亦活動者。而伊川卻分判地說寂感是「人分上事」，於「道」處「更不說感與未感」。如此，則

(1)統天地萬物而言，是就「氣」上說感與未感；

(2)在人分上而言，是就「心」上說感與未感；

(3)在形而上的理、道、性上，則不說感與未感。

於此，可見伊川思理之殊特。橫渠所謂「客感」雖然亦從氣上說，但又說「客感客形與無感無形，惟盡性者一之」（註十三）。所謂無感無形，即指感而無感之神體。盡性者能統客感於寂體神感之中而一之。不能盡性者，則「物交之客感」與寂體神感脫節，其感亦只是交引日下之亂感而已。故知橫渠亦是從體上言寂感，不過就氣一面另立「客感」之義而已。（客非主，則客感自非體上之神感。）伊川從氣上言感與應，而不從體上言寂感，實已落於下乘。（氣之感與應，與體上之寂感並非同一層次，伊川不自覺地入客而出主，自非高明。）

同卷又有一條云：

> 寂然不動，萬物森然已具。感而遂通，感則只是自內感，不是外面將一件物來感於此也。

上條對於「道」而說「萬理皆具」，是偏就理說；此條對於「寂然不動」則說「萬物森然已具」（對「冲穆無朕」亦說萬象森然已具，見下），是偏於事說。關此，須略加說明。就寂感以言道體，亦可以說於穆不已之體中「萬象森然已具」。如濂溪所謂「誠、五常之本，百行之源也。靜無而動有，至正而明達者也」。又如明道所謂「萬物皆備於我，不獨人爾，物皆然，都自這裡出去」。又說「只此便是天地之化」。（皆已見前）。再如象山所謂「萬物森然於方寸之中，滿心而發，充塞宇宙，無非斯理」。三人所說，皆表示此義。今伊川亦說「萬物森然已具」，似乎亦可以是就體上說，而不必是就氣機之渾然寂然說；而所謂「寂然不動」與「冲穆無朕」、「無形無兆」，亦似不必是說氣機之渾然寂然。但據上條之分判，寂感是「人分上事」，「道」則「更不能說感與未感」，則實可看出伊川所謂「萬物森然已具」，乃是就那可以言「感與未感」的氣機之渾然寂然上說；而「寂然不動」「冲穆無朕」等語，亦實是說的氣機之渾然寂然。至於下一句「感而遂通，感則只是自內感，不是外面將一件物來感於此也」。此與其兄明道所謂「雖不動，感便通，感非自外也」之語，實相類似。可能伊川常聽明道說此義，所以亦如此說。但明道是就誠體神體說，並不落在氣上說。而伊川既已落在氣上說感，便不能說「只是內感」，亦可以是外感。對於這一條，朱子便是如此加以疏通。（註十四）

三、理氣爲二：所以感應是理，感者應者是氣

天地間只有一個感與應而已，更有何事？——（二程遺書第十五、伊川先

生語一。」

冲漠無朕，萬象森然已具。未應不是先，已應不是後。如百尺之木，自根本至枝葉，皆是一貫。不可道上面一段事，無形無兆，卻待人旋安排、引入來、教入塗轍。既是塗轍，只是一個塗轍！——〔同上〕

所謂「天地間只有一個感與應而已」。若依上條之說是「自內感」，則「感」亦便是「應」。而伊川卻將感與應分開說，如此，便好像感是自外感，應則是自內應。但依伊川「既曰氣，則便是二；言開闔，已是感；既二，則便有感」之語看來，則此條之實義，仍是落於氣說感與應，意謂天地之間，都只是一個氣之感與應而已。氣之感應乃屬於形而下者；而所以感、所以應，則是理，是形而上者。而此形上之理（道），實只是一個模式，一個理型，而其材質因與動力因，則在氣與心。朱子後來便是依此義而予以順成。

後條伊川說得很圓融。依牟先生之疏解（註十五），「冲穆無朕，萬象森然已具」（無朕，即無形無兆之意），亦可以說是意謂「上天之載，無聲無臭」，是寂然不動之體，是寂感之眞幾。「未應」卽是寂，「已應」卽是感。未應已應並無先後可言，不是人在「無形無兆」上安排一段事，而是自然一體的「一貫」之事。這個意思已說得甚好。但前一條言「感與應」既是落在氣上說，則此條「未應、已應」豈不亦可以落在氣上說？所謂「冲穆無朕」「無形無兆」之「未應」，豈不亦可以只是氣之渾然？未感未應時，是渾然寂然；已感已應時，是粲然著然。而粲然著然者，實早已「森然」隱具於寂然渾然之中，所以實無先後可言。未應已應，若隱若顯，乃是分別相示的權言，而實則只是一氣之化而已。

如果伊川之實意是如此，則此條之寂（未應）感（已應）圓融，乃然是落在氣上說，而並不是由寂感以言誠體、神體、於穆不已之體。伊川擧例云「如百尺之木，自根本至枝葉，皆是一貫」，樹木之根本與枝葉，並不是體用之異質，所以「一貫」亦不是體用圓融之一貫，而只是一個具體物之有機的一貫。當然，這只是一個例，用此例以喻體用圓融之一貫亦未嘗不可。但伊川此條言未應已應之一貫，却不甚能明顯地表示體用圓融之一貫，很可能只是氣機渾然之一貫。又「塗轍」一詞，是順「安排」說下來，是意指由人安排造作的軌道。「未應」時的「冲穆無朕」並不是一個隔截的「上面一段事」，而「已應」後之一切事亦不是人把它「安排、引入」進來「敎入塗轍」。若是人安排造作地納入於一定的軌道中，便不是氣機之化的自然一體之一貫。所以塗轍是對自然而說，亦是對隔截不貫而說。末句「既是塗轍，便只是一個塗轍」，意思是說，既是人安排造作的軌道，便只是一個人爲的軌道而已；而並不是自然一體之化。

若問，如果一貫只是氣機之一貫，便仍然是形而下者；如此，則形上之理何在？將如何講？曰：未應之寂、已應之感，或未感之靜（陰）、已感之動（陽），是氣；而所以寂、所以感，或所以動靜、所以陰陽者，則是形上之理。總之，所以感應是理，而感者應者則是氣。（而形上之理（道），並無所謂感與未感。）——朱子承伊川之思路，便明確地將寂感落在氣上說，並統於氣之動靜以明之。「寂然不動」卽是氣之靜而陰，而氣之靜而陰卽是太極之體之所以立，然而太極並無所謂靜。「感而遂通」卽是氣之動而陽，而氣之動而陽卽是太極之用（隸屬於太極下的動用）之所以行，然而太極並無所謂動。朱子此一申述，正合於伊川「若論道，則萬理皆具，更不說感與未感」。然則，感與未感之動靜，實只是屬於氣也。

陰陽是氣不是道
所以陰陽者是道
道只是理（只存有而不活動）
靜態的、本體論的存有之實理
存在之「然」的「所以然」之理

理是形而上者，氣是形而下者
統天地萬物而言之：就「氣」上說寂感
在「人分上」而言：就「心」上說寂感

在形上之道（理）處、不說感與未感——所以感應是理，感者應者則是氣

四、靜態的、本體論的存有之實理

又語及太虛。先生曰：「亦無太虛」。遂指虛曰：「皆是理，安得謂之虛？天下無實於理者。」——〔二程遺書第三、二先生語三，標明為伊川語。〕

或謂：許大太虛。先生謂：此語便不是。這裡論甚大與小？——〔同上〕

此二條表示伊川不契於橫渠言太虛之思路。橫渠言太虛是就清通之神而言，他所體悟之道體，是「即活動即存有」者。而伊川並不能正視此義，他只把這道體理解為：只是靜態的、本體論的存有，只是一個實理。伊川說「皆是理」，「無實於理者」，這當然都不錯。但道體之為實理，並不只是靜態的存有之理，而同時亦是心、亦是神、亦是理，是「心神理為一」

者。伊川指虛曰：「皆是理，安得謂之虛」？由這一個對遮的語句，便可看出伊川並沒有理解到橫渠言「虛」的實義；橫渠所說之太虛神體，如何可以用手指向空指說？可見伊川心中所想之虛，乃是虛的空間，猶如今人所謂太空。他那句話的意思是說，充塞於這宇宙之中的都是實理，那有虛空之可言？這話亦並不錯，而且橫渠言虛體、神體，亦正是要就太和之道的創生義、太虛神體的寂感神用，以說明萬物生成之廣大昭著。伊川不解此義而予以遮撥，正表示他對橫渠天道性命相貫通的義理規模甚為隔閡。明道雖亦對正蒙有誤會，但那只是一時未能契會而相知，實則，明道對道體之體悟，在實義上，與橫渠固無差異。上第四章第一節曾述及此意，可覆按。

後條言「許大太虛」之語，不見於正蒙。或者因當時橫渠言太虛而有此誤傳。正蒙大心篇言「天大無外」，故就虛而說大，亦未嘗不可。但說「許大太虛」則不通。此必是傳言之誤。伊川說「這裡論甚大與小」，仍然是就實理而言。實則，虛體亦不可論大小，故知橫渠必無此言，必係誤傳無疑。

又，二程全書、外書第十二，傳聞雜記有一條：

（尹和靖）問伊川，鳶飛戾天，魚躍於淵，莫是上下一理否？伊川曰：到這裡只得點頭。

按、中庸第十二章：「詩云，鳶飛戾天，魚躍於淵，言其上下察也」。戾、至也。察、昭也。中庸引此大雅旱麓篇之句，以明化育流行而上下昭著，莫非此理。尹和靖（伊川弟子）

說鳶飛魚躍是「上下一理」，伊川加以首肯，此自較合中庸引述詩語之原意。明道則說中庸此段話，是子思吃緊爲人處，與孟子「必有事焉而勿正」之意，同樣是「活潑潑地」。（明道之言，已引見上第八章第四節附錄。）明道所說，雖不合中庸引詩之原義，但他「活潑潑地」這一新的意義之引申，則影響後世甚大，此亦不可不知。明道是就「於穆不已、純亦不已」上說，伊川則從實理之遍在而言之。充塞於天地之間，無往而非普遍的存有之「實理」（故曰：天下無實於理者），伊川（朱子亦然）以其道德的嚴肅感，對此汰濾割截後的「只是理」、「只存有而不活動」的理之超越與尊嚴，確有眞切之實感，而且眞能面對此超越之實理而不敢放逸。只因不能相應「於穆不已、純亦不已」而言道體、性體、心體，故性體之道德意義與道德力量遂減殺，此卽伊川朱子所以必須加强涵養敬心與格物窮理等後天工夫之故。關此，以下將隨文論及。

附註

註一：伊川「顏子所好何學論」原文，錄於宋元學案卷十六、伊川學案下，可參看。

註二：呂希哲，呂公著之子。事見宋元學案卷二十三、滎陽學案。

註三：伊川沒，黨禁方嚴，洛人畏黨禍，送喪者惟門人尹和靖等四人而已。由此可見伊川晚年處境之艱。見宋元學案伊川學案下、附錄黃東發語。

註四：見「心體與性體」第二册伊川章引言。

註五：全條已引見上第十章第四節，可覆按。

註六：見「心體與性體第二册三六二頁。

註七：按、朱子對北宋諸儒之學，表彰甚力。濂溪之通書、太極圖說，橫渠之西銘，朱子皆有疏解，對正蒙與二程以下諸儒之重要文獻，亦皆有廣泛之講論。朱子語類一百五十卷，卽其講論之紀錄。此外，又編有近思錄、二程遺書、伊洛淵源錄。

註八：見宋元學案明道學案黃梨洲之案語。已引見上第八章第一節。

註九：論語泰伯篇：「子曰：巍巍乎，舜禹有天下而不與焉」。又衛靈公篇：「子曰：無爲而治者，其舜也與！夫何言者，恭己正南面而已矣。」

註十：爲朱子所指評的明道之原文，已引見上第八章第四節附錄第三條。又下第二節之四、末段亦略及此意。可參看。

註十一：按、凡「然」，必有其「所以然」，這是一般常見的直線思考之方式。惟「所以然」，有是㈠內在於個體物中的、現象的經驗的所以然，凡定義中的「本質」，卽是此種所以然。有是

(二)超越的所以然，這是本體宇宙論地由實然的氣化推證其越超的所以然之理，是存有論的推證。此後者卽伊川所表示者。並請參看下第十七章註二。

註十二：語見二程遺書第十五、伊川先生語一。

註十三：語見正蒙太和篇。其義可參看上第五章第二節。

註十四：朱子語類卷九十五、程子之書一，答人問「感只是內感」云：「物固有自內感者，然亦不專自內感，固有自外感者。所謂內感者，如一動一靜，一往一來，此只是一物先後自相感；如人語極須默，默極須語，此便是內感。若有人自外來喚自家，只得喚做外感。感於內自是內，感於外自是外。如此看，方周遍平正。只做內感便偏頗了。」朱子此解，亦完全就氣說寂感。伊川旣自氣上言感，而又說「只是自內感」，此不過是彷彿之辭，與明道所謂「感非自外」，並不同義。

註十五：見「心體與性體」第二册伊川章第一節。

第十四章　程伊川㈡：對性與情之理解

第一節　性即理：性與命、天、心、情之關係

性卽是理，亦只是理。這是伊川論性之中心觀念。伊川有云：「性之有形者謂之心，性之有動者謂之情」。此二語所關甚大，必須先加疏解。二程遺書第二十五，伊川先生語十一，有一條云：

> 稱性之善謂之道，道與性一也。以性之善如此，故謂之性善。性之本謂之命，性之自然謂之天，性之有形者謂之心，性之有動者謂之情。凡此數者皆一也。聖人因事以制名，故不同若此。後之學者隨文析義，求奇異之說，而去聖人之意遠矣。

「道與性一也」，此語自無問題。但會通伊川之意來看，「道」與「性」是被理解爲「只是理」，亦卽只是本體論的存有義，而活動義則喪失。道，當然是理，但不只是理；道是靜態的本體論的存有，但亦不只是這存有。道是形上實體之代名，它是理、是神、是易（由

「於穆不已」定），是卽存有卽活動的，因而亦是動態的。故平常說「道」，實含有三義：

⑴靜態的存有義、亦卽「理」義；

⑵動態的「於穆不已」義；

⑶帶著氣化之用的行程義。

有時雖可偏就其中一義而說，但必意許其餘二義；必須總合三義，方是道之全義：形上的實體。而在伊川之分解表示中，乃是偏靜態的存有義而說，（其餘二義則脫落而不可見），道只是理，性亦只是理，因此亦說「道與性一也」。性之善，是由於它純然是理而爲善，就理說善，就善說道，故曰「稱性之善謂之道」。以存有之理說性、說道，尙非「心性爲一、存有活動爲一」而說性、說道。在伊川是如此，在朱子，亦然。

一、性與命、與天

「性之本謂之命」，是根據中庸「天命之謂性」而言。性，源於天之所命、天之所賦，而「本」字是虛說，只是天定如此義、先天本有義；並不是性之上還有一層天命（道體）作爲它的本。蓋性體道體是一，同是最後的。總宇宙而言之，曰道體；就個體而言之，則曰性體。二者外延廣狹之分際雖有不同，而內容的意義則一。外延地說，有層次之不同，道體好像高一層，那只是隨外延廣狹而言說時、所帶出來的假象；因此，外延地說的層次之不同，並不影響其內容上是一。若取外延義，而視「本」字爲實說，則個體處的「性體」，本於總天地萬物而言的「道體」；但這實說的外延上之兩層，仍然不影響其內容上之一。明道便是就此而盛言「一本」。這是儒家思想之殊特處。此義，不僅以「卽存有卽活動」之「於穆不已」之體而說道體性體者，是如此；就是伊川朱子偏言道體性體爲「只是理」，亦是如此。總之，性體道體是一，非有兩層。（若外延上有兩層，內容上亦有兩層，則性體與道體便不能是一。基督教型之思想，便是此類。）

「性之自然謂之天」，「自然」二字，是先天本然義、本自如此義。「天」只是性體道體之自然而本然，所以牟先生認爲這個「天」字，只應作形容之屬性看，「實」處是在性體道體。就性體而言，亦不是性體之上另外還有「天」一層。性卽是天，所以亦說「性天」。

二、性與心：心是性之形像化

「性之有形者謂之心」，此句在伊川思想中不易解說。上兩句是說性體本身，而此句則關聯着心說。朱子曾說此句「難曉，不知有形二字合如何說」。因爲性只是理，本無痕迹，亦無形像。然則，「性之有形」當如何講？看來「有形」當從心自身說。伊川有言：「如言志，有甚迹？然亦儘有形像。」（見遺書十五）。志是心之表現的一種形態，所以心志連言。志有形像，心亦可說「儘有形像」。心的本性是覺識活動，有覺識活動便有形像。（雖不似形體物之有形像，但亦總有形像）。所以心之形像，卽以覺識活動來規定。「性之有形」是以心之有形而有形。心之有形何以能形像化性理、而使性理亦有形？因爲性只是理，而理之具體表現，一般地說，不能不有賴於心之覺識活動。如無心之覺識活動貫注到理上，則性理之爲理便只是自存、潛存，而不是具體呈現的現實的理。因此，性之有形是通過心之覺識活動的貫注、而呈現爲現實的具體的理、而有形。心，乃是性的形像化，所以說「性之有形者謂之心」。

伊川這句話，與「以心著性」的形著義，實有關聯。「性之有形」，是因心之形著以形像化之、而有形。

(1)心之覺識活動，若是道德本心之實踐的活動，則其形著性體之奧密，便是道德實踐地形著而全部澈盡朗現之，以使性體成爲具體而眞實的性體；結果，心性是一，是本體論的直貫創生之實體性的自一：心體之內容的意義完全澈盡性體之內容的意義，而性體之奧秘亦完全融於心體而爲具體之呈現。

(2)心之覺識活動，若是實然的心之覺識活動，則心之形著而形像化性理，便是認知地形著而形像化之，而且是依動靜之情的存在之「然」而推證其「所以然」（註一）而形著而形像化之；這是一種「認知地關聯的」且是「本體論地上溯的」形著與形像化。在此，心性不能是一。雖然伊川說「凡此數者皆一也」，但在心與性上實不能是一。縱然要說一，亦是關聯地一，而不是實體性的自一。

伊川說「性之有形者謂之心」一語的本意，畢竟是向實體性的自一走，還是向關聯性的合一走，孤立地單看這一句，並不能決定。若照顧伊川其他觀念而貫通地看，則應該是後者。

三、性與情：情是依性而動者

「性之有動者謂之情」，性只是理，實不能有動。普通說性，本有「性能」義。但性能可以向上講，亦可以向下講。(1)如果向下講，則「性能」是指氣性而言，是氣之凝聚而成此底子，因而有發動種種徵象之能。告子所謂「生之謂性」，「食色性也」；荀子所謂「生之和所生，精合感應，不事而自然謂之性」，「生之所以然者謂之性」；董仲舒所謂「性之名，非生與？如其生之自然之質謂之性」；樂記所謂「人生而靜，天之性也，感於物而動，性之欲也」。凡此等等，皆意指這種性能。⑵如果向上講，便是通於「於穆不已」之天命道體講，此即宋儒所說之性。伊川自然不是向下講，但亦不是向上就「於穆不已」而講的即存有即活動之性，或就本心而講的內在道德性之性。他向上講的形而上之性，是那「只是理」的性。依於他分解的思考，亦很能把這普遍的性理挺立起，而顯示其道德的尊嚴。但這種清楚割截的「只存有而不活動」的性理，嚴格地說是不能「有動」的，亦不能說「能」的。可是伊川卻常不自覺地隨著普通所說的「性能」、或樂記所說的「性之欲」（感於物而動）而說「性之動」「性之有動」。實則，他所謂「性之有動者謂之情」，其意只是：依性而動而爲性所統馭者，謂之情。而性之有動的實義，亦只是因動者繫屬於性而說爲性之有動，並非性本身眞會動。

依伊川之思理，「性」與「情」二者中間，實有一形上形下的異質之間隔，有一「相對應而不是一」的罅縫。「性」是理，而「情」是氣。（此與孟子心性情三者是一之義不同。在孟子，心是本心，性、情亦是本性、本情。）伊川雖說「凡此數者皆一也」，這只是在與明道共同講學之氣氛中，而籠統地如此說，依他自己之思理，則心與性、性與情皆不能一。若一定要說一，亦只是關聯之一，而不是明道的「一本」之一。故朱子順伊川之思理加以釐清，便成心性情三分之格局。

性即理〈就理說善／就善說道〉道與性一也

性之本謂之命：性是源於天之所命者
性之自然謂之天：性是自然而本然者
性之有形者謂之心：心是性之形像化　　心與性不一
性之有動者謂之情：情是依性而動者　　性與情不一

第二節 仁是性，愛是情，性與情有形上形下之異

問仁，曰：此在諸公自思之，將聖賢所言仁處，類聚觀之，體認出來。孟子曰：「惻隱之心，仁也」。後人遂以愛為仁。惻隱，固是愛也。愛自是情，仁自是性，豈可專以愛為仁？孟子言惻隱為仁，蓋謂前已言「惻隱之心，仁之端也」。既曰仁之端，則便不可便謂之仁。退之言博愛之謂仁，非也。仁者固博愛，然便以博愛為仁，則不可。——〔二程遺書第十八、伊川先生語四。〕

此條分別仁與愛(惻隱)之不同，以點明性與情有形上形下之異。愛是情，而所以為愛之理，纔是仁。依伊川，凡愛、惻隱、孝弟、乃至博施濟衆等等，全都是統馭於仁性下而為其所主宰的具體情變之一相。而仁性則是對應此等等情變之相而為其所以然之理。仁如此，其他理對於它所對應的情變亦是如此。關於這作為情變之「然」之「所以然的普遍之理」，牟先生曾舉示六義以為解：(註二)

⑴情變之然是「存在之然」，而它的所以然之理，則無所謂存在不存在，而只是存有或實有，此可名曰本體論的存有(道德的本體論的存有)。「存有」是形而上者，是理、是道；而「存在」則是形而下者，是氣、是器。

⑵形而下者，是具體的、特殊的。形而上者，是普遍的，但却不是抽象的。這形上之理

是一個本體論上的實有、實理，它自身卽是如此，（並非由種種情變概括起來抽象而成的一個類名概念或一般的概念），所以它是「實體」。凡實體，都是形上地具體的。具體而不礙其爲普遍；蓋「具體」一詞，並不單屬於「存在之然」也。（註三）

⑶此具體而普遍的實體，是存在之然的所以然之理；而此「所以然」是超越的，不是現象的。唯荀子所謂「生之所以然者謂之性」句中的「所以然」，卻是現象的，而不是超越的，是就自然生命本身的「絪縕之和」而說，這是屬於氣的；故與伊川所說的形而上的理不同。伊川說「心如穀種，生之理是性，陽氣發動是情」（解見下第十六章第二節），此「生之理」必須解爲超越的所以然，而不可向荀子的方向走而解爲現象的所以然。

⑷此超越的所以然，在伊川朱子的說統中，乃是靜態的，而不是創生地動態的；因爲二人所理解的實體、性理，「只存有而不活動」之故。

⑸此靜態的超越的所以然，亦可曰存在之然的「實現之理」或「存在之理」。存在之理，是存在之存在性，是單只負責事物之存在者；而實現之理，則是「使然者然」者。實現之卽是存在之。但此「實現之」或「存在之」並不是創生之動態地，而是靜態地，是靜態地「定然之」。此與「卽存有卽活動」者之爲實現之理或存在之理，不同。

⑹此靜態地超越的所以然，雖對情變之不同（如惻隱、羞惡之類）而有種種名（如仁義禮智之類），但最後實只是一實體、一性理。此在朱子，卽名曰太極眞體或太極性理。此一眞體，對惻隱而言卽爲仁、對羞惡而言卽爲義、等等，但在天地萬物處便無名可給，而只是一個「所以然之理」。至於它所以有種種名，實只是權言，只是表示一理之局限相，而並非有既成的定多之理也。

以上六義，前五義由伊川思想中便可以抽引出，第(6)義則由朱子盛言「太極」而彰顯出。總此六義，皆是由朱子順承伊川而充盡發展與剖解、所明確地表現出者。其詳將於下卷講述朱子時，隨文加以顯示。

由伊川仁性愛情之分，便轉爲朱子「仁者，心之德、愛之理」之說。但這種分別並不合孟子義。孟子雖說「惻隱之心，仁之端也」，那只是表示，惻隱是仁之端緒，尚非仁之全體；但如此分別解說，與伊川判「仁是性是理，而惻隱之心是情」並不一樣。孟子以本心說仁，惻隱之心本質上實卽是仁。（故又有「惻隱之心，仁也」之言）。卽使是端緒，亦只有開展上的廣狹之差，並非本質上有形上形下之異。故孟子亦說擴而充之，則仁不可勝用。而伊川卻把惻隱羞惡恭敬是非之心（本心）、全視爲形而下之情，與喜怒哀樂等一律相看，這當然不合孟子的義理。（註四）朱子緊守伊川之綱維，所以有關孟子的講解，在重大關節上皆不諦當。他承接伊川之綱維而完成之，終於成爲另一系統：主觀地說是靜涵靜攝系統，客觀地說是本體論的存有系統。其不合先秦儒家之舊義，實甚顯然。

> 仁義禮智信，於性上要有此五事，須要分別出。若仁則固一，一所以爲仁。惻隱則屬愛，乃情也。非性也。恕者、入仁之門，而恕非仁也。因其惻隱之心、知其有仁。（下略）——〔二程遺書第十五，伊川先生語一。〕

此條分別仁是性、愛是情，與上條同。由於有惻隱之心，故能逆知有仁之理，這亦是「由存在之然推證其所以然之理以爲性」之義。孟子有云「强恕而行，求仁莫近焉」，故伊川以「恕」爲「入仁之門」，而恕非即是仁。伊川曾說「仁、所以能恕，所以能愛；恕則仁之施，愛則仁之用。」（見下節第一條）。可知恕與愛爲同一層面，同屬於實際存在之心與情。依此類推，忠亦是實際存在之心情。愛、恕、忠皆非仁，依性中之仁理，故能愛、能恕、能忠。仁是存有之理，無所謂存在不存在，所以仁亦不是能實際存在地（生發地）發出這愛、恕、忠。愛、恕、忠乃是心之所發（不從性發），心依仁理而有推己及人之恕，從其主者而言，故繫屬於仁而說「恕者仁之施」；實則，並非仁之理能實際存在地發出此推施之用。同理，心依仁理而表現愛人惜物之作用，從其主者而言，亦繫屬於仁而說「愛者仁之用」；實則，亦非仁之理能實際存在地發出愛之情用。——性情對應而言，仁是性、是體，愛是情、是用。但此體用，是繫屬的體用，在體用之間有一間隔的罅縫；並非就孟子所說之本心、明道所體會之仁體而說的「顯微無間，體用一原」。（就「即存有即活動」之實體說，是顯微無間、體用一原；就伊川之分解而言，則不能如此說。雖然「顯微無間，體用一原」是伊川易傳序文之句，但依其仁性愛情之分解，即可知他並未諦當於此二語之實義，其造詣亦未至於此。又，伊川此條開頭說性中須分別要有仁義禮智信五事，當依上引牟先生所說之第(6)義去理解。）

仁是性——形而上的存有之理
愛是情——形而下的存在之然
} 仁是愛（恕）之然的所以然之理

而心之所發的 { 惻隱、羞惡、恭敬、是非 } 之四端，皆只是 { 統馭於仁性下、爲仁性所主宰 } 的、具體情變之一相

第三節　以公字說仁，與所謂性中無孝弟

仁之道，要之只消道一公字。公卽是仁之理。不可將公便喚作仁。公而以人體之，故爲仁。只爲公，則物兼照。故仁所以能恕，所以能愛。恕則仁之施，愛則仁之用也。〔二程遺書第十五、伊川先生語一。〕

仁之道難名，惟公近之。非以公爲仁。——〔二程遺書第三、二先生語三，標明爲伊川語。〕

謝收問學於伊川，答曰：學之大、無如仁。汝謂仁是如何？謝久之，無入處。一日，再問曰：愛人是仁否？伊川曰：愛人乃仁之端，非仁也。謝收去，（和靖）先生曰：某謂仁者公而已矣。伊川曰：何謂也？先生曰：仁者能好人，能惡人。伊川曰：善涵養。——〔二程全書、外書第十二、傳聞雜記，祁寬記尹和靖語。〕

此三條皆以「公」說「仁」。公是不偏不黨，是就仁之爲理而分析出的一個形式特性。前條所謂「公卽是仁之理」，是就仁之自身而分析地說「公」是仁之爲理的本性，意卽仁之所以爲仁、可由公而見之。這是邏輯地分解地言之，（註五）不是存有論地超越地言之。（說「仁是愛之理」方是存有論地超越地說；仁爲形上之性，愛爲形下之情，有異層異質之

別。）由此邏輯地分解地言之的形式特性（公）可以接近仁，可使吾人領悟仁，但卻不能說公便是仁。因爲仁是實體字，而公只是屬性字。

雖然「不可將公便喚做仁」，但「公而以人體之，故爲仁」。依「公」這個形式特性，而以具體的人道（如愛、惻隱、孝弟、恕等）以體現而充實之，便成爲「仁」。這時，「公」便由屬性字轉成實體字。朱子謂「細觀此語，卻是人字裡面帶得仁字過來。」（註六）牟先生以爲朱子這個體會，甚合伊川之意。依「公」而由「人」字帶過「仁」字來，是就「公爲仁之形式特性」而先虛擬一形式原則，再依此原則以生發具體的人道，「仁」字之義卽凸顯矣。由公字接近仁，是形式的接近；「公而以人體之」，便成爲實際的接近。後條尹和靖以「仁者能好人、能惡人」表仁之「公」義，亦是實際的接近。這是表示依「公」之原則去好去惡，不要愛之欲其生、惡之欲其死，則仁之義便凸顯出來；而眞能如此實行的人，便是「仁者」。孔子說「唯仁者能好人、能惡人」，好惡之情既得其正（依公字而來），則其超越的所以然之仁理亦得而明著。這時，那虛擬之「公」字便歸於實，而「以人體之」（用力之方）亦便成爲實際的道德實踐；因而有客觀的正情（善情）之實際存在，而用力之方的「方」字亦遂落實矣。這一種解說亦自成一系統，但與明道之言「仁」，則不相同。

明道就仁心覺情而言仁體之感通無隔，覺潤無方，以及於穆不已、純亦不已，並由此而言「一體」之義，與伊川仁性愛情之路並不同。仁體呈現，自然「廓然而大公，物來而順應」，此亦可以說「公」。但這個「公」字是仁體呈現之境界，不是就仁理而分析出的形式特性。依明道，工夫只在通過逆覺以使仁體呈現（先識仁、由麻木不仁之指點、當下體證之），而不在先虛擬一公字，而依公發情以接近之。伊川之講法必歸於他律道德，而明道所言則是自律道德。二人對「仁體」之體會不同，明道所言者是「卽活動卽存有」之實體，而伊川所言者卻是「只存有而不活動」的普遍之理。朱子特喜伊川之綱維，對於伊川「仁是性，愛是情」，「公而以人體之、故爲仁」這兩點，把握得最爲確切而親切。

> 問：孝弟爲仁之本，此是由孝弟可以至仁否？曰：非也。謂行仁自孝弟始。蓋孝弟是仁之一事，謂之行仁之本則可，謂之是仁之本則不可。蓋仁是性也，孝弟是用也。性中只有仁義禮智四者，幾曾有孝弟來？仁主於愛，愛孰大於愛親？故曰孝弟也者，其爲仁之本與？——〔二程遺書第十八、伊川先生語四。〕

「仁是性，孝弟是用」，「孝弟是仁之一事」，伊川如此分別仁與孝弟，益發顯出仁只是一個普遍的理。孝弟是體現仁道仁理之一事，其他慈愛、惻隱、忠恕等自亦是體現仁道仁理之一事。仁性對孝而言，卽爲孝之事的理，對應弟而言，卽爲弟之事的理；但仁理自身卻不是孝弟等等之事。孝弟等等是心氣情變依理而發、繫屬於理，因而便說是仁理之用，實則，並非仁理自身眞能發用也。就「仁」說是如此，就「義、禮、智」說亦是如此。義對應義之事（如羞惡）而爲其理，禮對應禮之事（如恭敬辭讓）而爲其理，智對應智之事（如是非之辨）而爲其理。「性中只有仁義禮智四者，幾曾有孝弟來」？這是表示：性中只有一些普遍的理，或只以一些普遍的理爲性；而並不以具體的實際存在的情變之事爲性。（按、性、實只一性，理、實只一理，本無所謂一些或許多；只因對應多種情變之事而顯爲許多局限之相，遂儼若有許多理耳。其說爲多理者，乃是權言，所謂「一理多相」是也。）

至於說孝弟不是「仁之本」，而是「行仁之本」，直接以「行仁」解「爲仁」，於原句語法雖似不合，但於語意所表示的義理之實，則未嘗不合。有子說「孝弟也者，其爲仁之本與」，是緊承「君子務本，本立而道生」而說，其語意亦實是表示：孝弟乃仁道顯現或表現之根本。而顯現或表現仁道，正是「行仁」之事；伊川將此「表現」之義收到「爲」字上講，故以「行仁」解「爲仁」。有子當時雖未必有「以仁爲吾人之性」的思想，但既以仁爲道，則仁道自比孝弟更廣大而普遍，因此，說孝弟只是表現仁道之根本，此義實無可疑。然則，伊川說孝弟是「行仁之本」而不是「仁之本」，在義理上自亦可通而無礙。故明道亦說：

「孝弟也者，其爲仁之本與！言爲仁之本，非言仁之本。」（註七）

但「性中只有仁義禮智，幾曾有孝弟來」一語，畢竟是驚人之筆。意思好像是說孝弟不出於吾人之性，不是吾人性分中之所固有。這纔是震動人心、使人驚訝而以爲奇突之處。雖然依伊川仁性愛情之分，性只是理，自不可以孝弟言。其所謂性中無孝弟，只是依性情上下之名義說，並不表示孝弟不本於仁性。然而，伊川之說雖可成立，但與孟子說愛親敬兄之良知良能乃發於吾人之本心者，畢竟不同。孟子說仁義內在，並不把仁義看做普遍的理，亦不是只以此普遍的理爲性。仁義之爲理是由於道德本心之自發自律而見，仁義之理卽是仁義之心，本心卽性，本心卽理。並不是仁義爲理、爲性、爲形而上，而愛敬羞惡之心爲情、爲氣、爲形而下。愛敬羞惡之心是本心之具體呈現，縱然是情，亦是以「本心卽性、本心卽理」而說的本情，而不是以氣言之的形而下之情。必須如此纔可以講「性能」，而性纔可以發孝弟，而孝弟亦纔是我性分中所固有者。如此說性，性體之道德力量亦纔足夠而充沛。依明道對仁體的體會，仁體固然亦不限於愛敬孝弟等德目，而是超越一切德目之上的絕對的普遍，但卻亦不是如伊川朱子般只把仁看做普遍的理、只以此普遍的理為性，亦不是性中只有理、而無其他。明道所說的仁體，是諸德之源而無一物之能外，以此仁體為性，則這個性體乃是「即存有即活動」的性體，其道德力量亦足夠而充沛。而孝弟自然亦是性體之所發，是我性分之所固有。但依伊川朱子之理解，性只是理，只以仁義禮智等普遍的理為性，其餘（如惻隱、羞惡……以及孝弟等等）皆視為形而下之情，即使是心亦屬於氣，亦是形而下者；如此而言性，性理之道德力量便減殺。雖說人之心氣情變可以依理而發為孝弟之情，但心既屬於氣，則心便不即是性、不即是理，又何以知心所依的理必為吾人之性？為此，伊川朱子便只有通過格物窮理所窮究的所以然之理、而肯認它以為性，再以此性為吾人心氣情變之所依；如此便顯出性理的道德力量不足夠，不是沛然而發，而所謂道德亦終於成為他律道德。此所以伊川朱子不得為儒家之正宗也。

(一) 公是仁理之形式特性〈仁是實體字／公是屬性字〉公不是仁——公而以人體之、方為仁

(二) 〈仁是性、是理、是體／孝弟是情用、是事行〉孝弟是仁之一事〈乃行仁之本／而非仁之本〉

性是理（如仁義禮智）而〈情用／事行〉不是性、故曰性中無孝弟〈此乃依性情之名義說／非謂孝弟不本於性理〉

附註

註一：依朱子，心不但有認知的活動，而且亦有實然的存在的動靜之情（如喜怒哀樂未發已發之類）、乃至於惻隱、羞惡、恭敬、是非之心等等之活動；此等活動亦皆是存在之「然」，因而亦皆有其對應的所以然以為其性理。譬如對應動之然而為動之理，對應靜之然而為靜之理，對應惻隱羞惡等之然而為惻隱羞惡等之理（是則仁義禮智是也）。

註二：見「心體與性體」第二册，伊川章第二節。

註三：隔離情變而單只默識此具體而普遍的實體自己，亦可曰抽象（此時，實體在抽象狀態中），此是「抽象」一詞之借用，以表示隔離；與抽象概念、類名概念之為「抽象」並不同。又，如果此實體在情變之如理中節中，而為具體之顯現，所謂日用熟，體用合，一切皆天理流行，這時實體便不隔，此亦可曰具體。（此具體是就實體在工夫中顯現明著而言）。在此具體狀態中，實體之為普遍，可曰「具體的普遍」，（與在隔離中單默識其自己而為「抽象的普遍」者相對）。「具體的普遍」一語中之「具體」，是形容「普遍」的；與分別體會實體本身為「具體的、抽象的」中之「具體」又不同。（此後者是就實體本身說，而前者是就此實體在工夫中明著而為具體的顯現而說。）——凡此「具體、普遍」之使用，皆有其分際，不容混亂。

註四：按，高麗學者有四端七情之辯，以為「情」有以理言者，有以氣言者：四端之情（惻隱、羞惡等）以「理」言，七情之情（喜怒哀樂愛惡欲）以「氣」言。此義簡切扼要，甚佳甚諦。

註五：牟先生指出，伊川朱子皆有濃厚的邏輯分解之興趣，而所表現的分解思考大體可概括為二項：(一)是就「存在之然」而分解其「所以然」之「存有論的超越的分解」，(二)是就一概念（一個字詞）之自身而分解其意義之「邏輯的形式的分解」。朱子以爲經由此兩種分解，可以確定把一字之名義。朱子語類卷五、性情心意等之名義，卷六仁義禮智等名義，即屬於此種分解。

註六：語見朱子與張南軒論「仁說」之書信，其詳將於下卷朱子篇中論之。

註七：語見二程遺書第十一、明道先生語一。

第十五章　程伊川㈢：氣稟與才性

第一節　論性不論氣不備，論氣不論性不明

論性不論氣，不備，論氣不論性，不明。（一本此下云：二之則不是。）

——〔二程遺書第六、二先生語六。未定誰語。〕

此條乃是論性之法語。牟先生以爲，無論是明道所說，或是伊川所說，皆可視爲二人之所共許；而且不止二程之所共許，亦是宋明儒者所共同遵守之法語，無人能反對。「論性不論氣、不備」，不備，是不足夠之意。朱子曾舉孟子爲例。孟子說「性善」，未曾說到氣稟之限制。對於人何以「爲不善」，孟子以爲是由於人之「陷溺其心」、「不能盡其才」，而並「非天之降才爾殊也」。孟子的說法，就發明道德心性以及道德地鼓勵人而言，自然足夠；但就說明氣稟之限制而言，則亦可說有不足夠處。經過程子接一接，加以引申補足，當然很好。

「氣」這個觀念有兩面作用：⑴氣的積極作用：就「理氣」而言，理離了氣便無掛搭處、

無頓放處（朱子常如此說），這表示：氣是表現理的。就「性情」言，情屬於氣，亦是顯現或明著性理的。這二點都是氣的積極作用。進一步就人之「實踐」而言，氣稟之清濁、厚薄、剛柔、緩急，以及智愚、賢不肖等等，既足以顯示個性之差異與人格之不齊，亦足以顯出道德實踐上的限制。人由道德實踐以體現性理或體現本心性體，必須依藉氣稟來體現。就此而言，亦是氣的積極作用。⑵氣的消極作用：當人依藉此氣稟氣質以體現性理，亦就不免同時受到氣稟氣質的限制，卽使已化去了氣質的偏雜，亦仍然是有限體，仍然有限制性。因而人的道德實踐，亦仍將受到限制。就此限制而言，便是氣的消極作用。再推進一步說，人體現道，是通過個體生命而體現，個體生命體現了道，同時亦就限制了道。所以正反兩面的作用是同時顯現的。在常人是如此，在孔子、釋迦、耶穌，亦然。他們以聖者純淨的生命體現了道，亦同樣地給了道以限制。否則，何以有孔子、釋迦、耶穌之不同。是故，孟子曰：「聖人之於天道也，命也；有性焉，君子不謂命也」。雖不謂命，但畢竟是有命，此所謂「命」亦卽氣稟之限制。

「論氣不論性、不明」。如告子、荀子，以及董仲舒、揚雄、王充、劉劭等言氣性與才性者皆是。程子所謂「不論性」，是指見不到超越的內在道德性或「天命之謂性」的性而言，並不是說這些人不討論人性問題。告子等亦皆論性，但他們所說的性是就「氣」一面而言的氣性、才性，是「生之謂性」這個原則下之性，是依「性者生也」這一古訓所理解的性。這一面的性，是就自然生命的種種特質而言之，而不是就道德生命而言性。這在程子（甚至整個宋明儒者）看來，便是「論氣不論性」。

所謂「不明」，是說見不到或不能說明人之道德實踐所以可能的超越的先天根據。此先天根據，依孟子而言，是就本心而見到的「內在道德性」之性；依中庸易傳而言，是就「於穆不已」的天命流行之體而說的「天命之謂性」的那個性，或者說是形而上的本體宇宙論的「道德創造性」之性。如此而說的性，乃是人生的眞本源，亦卽人之道德實踐所以可能的眞根據。這眞本源、眞根據，就其自身而言之，亦曰眞體，或道德的實體、創造的實體；就性而言之，此便是本然之性，或本源之性。這個「性」卽是那個「眞體、實體」，所以亦曰「性體」，性卽是體。宋明儒所說的性卽是這種性。肯定這種性，道德實踐纔有先天的根據，纔能成爲眞實地可能。若是就那自然生命所呈現的種種特質而說的氣性才性，便不能作爲道德實踐的根據。

- ㈠論性不論氣不備
  - 氣的積極作用
    - 就理氣言：氣可表現理，理離了氣則無掛搭頓放處
    - 就性情言：屬於氣的情，有顯現或明著性理之作用
    - 就實踐言：體現性理或本心性體，須藉氣稟來體現
  - 氣的消極作用：限制作用
    - 個體生命體現了道
    - 同時亦就限制了道
    - → 氣稟之限制（命）
- ㈡論氣不論性不明
  - 不論性：是意謂見不到超越的「內在道德性」或「天命之謂性」的性
  - 不　明：意謂見不到或不能說明人之道德實踐所以可能的超越的先天根據

但亦須知：北宋諸儒對孟子「本心卽性」義的理解，實猶有一間未達（須至南宋象山出，

始眞能充分彰顯孟子之義）。因爲北宋諸儒之論性，是直接從中庸易傳入，以「於穆不已」之天命流行之體爲首出，論及孟子之性善義亦是由此一路去理解，而不甚能切解孟子就本心言性之義。卽使是明道盛唱「一本」之論，言「仁體」、言「誠體」、言「只心便是天」，雖較切合孟子本心卽性之義，但亦爲「於穆不已」之意味所籠罩，終嫌稍弱。明道尚且如此，橫渠比明道又較弱，而濂溪且根本未曾接觸到孟子之性善義。至於伊川，則不但弱，而且對性體之了解有偏差，他所理會的道體不能說寂感，而性體則只是理，道體性體成爲「只存有而不活動」，因而喪失了道體之「於穆不已」義；而對於孟子之「本心卽性」義，則不但無所契會，而且有誤解，這就是所謂偏差。此一偏差爲朱子所繼承，而完成了心性情三分、理氣二分之格局。

第二節　性無不善，氣與才則有不善

問：人性本明，因何有蔽？曰：此須索理會也。孟子言人性善是也。雖荀、揚亦不知性。孟子所以獨出諸儒者，以能明性也。性無不善，而有不善者、才也。性卽是理，理、則自堯舜至於途人，一也。才稟於氣，氣有清濁，稟其清者爲賢，稟其濁者爲愚。

又問：愚可變否？曰：孔子謂上智下愚不移。然亦有可移之理，惟自暴自棄者則不可移也。曰：下愚所以自暴自棄者，才乎？曰：固是也。然卻道他不可移不得。性只一般，豈不可移？卻被他自暴自棄，不肯去學，故移不得。但肯學時，亦有可移之理。——〔二程遺書第十八、伊川先生語四。〕

此條分二小段。後段論上智下愚可移不可移，說見本節之末。前段贊孟子「能明性」，但伊川對孟子所以「能明性」之實義，卻無相應之理解。因此，其所謂「性無不善」、「性卽是理」，皆非孟子就本心說性的「本心卽性」義，而必須依伊川朱子之系統來了解。再如「有不善者才也」、「才稟於氣」這個說法，亦與孟子所說之「才」不同。孟子所謂才，實是指性而言；故曰「非才之罪也」，「非天之降才爾殊也」。孟子言「乃若其情」，這個情字，亦指性而言。說「才」「情」，是虛說，二字的實指，乃是「性」。「才」卽是那自然向善自然爲善之能的「性能」，亦可以說卽是孟子所說的「良能」。所以，⑴它是普遍的，人人皆有；⑵是道德的，亦無不善。這決不是以氣言的清濁、厚薄、智愚、賢不肖之類的才質、才能。伊川見到「以氣言」之「才」，而說「才稟於氣」；氣有清濁，故才有善不善。伊川此義自可成立。但他既不解孟子言性言才之實義，而又欲以己意會合孟子，故常有不相應的「曲爲辯解」的說法。遺書十九有一條云：

問：先生云性無不善，才有善不善，揚雄韓愈皆說着才。（註一）然觀孟子意，却似才亦無有不善。及言所以不善處，只是云「舍則失之」，不肯言初稟時有不善之才。如云「非天之降才爾殊」，是不善不在才，但以遇凶歲、陷溺之耳。又觀「牛山之木，人見其濯濯也，以爲未嘗有才（材）焉，此豈山之性」？是山之性未嘗無才（材），只為斧斤牛羊害之耳。又云「人見其禽獸也，以為未嘗有才焉，是豈人之情也哉」？所以無才者，只為旦晝之所為又梏亡之耳。又云「乃若其情，則可以為善矣，乃所謂善。若夫為不善，非才之罪也」。則是以情觀之，而才未嘗不善。觀此數處，窃疑才只是一個為善之資。譬如作一器械，須是有器械材料方可為也。如云惻隱之心仁也云云。故曰：「求則得之，舍則失之，或相倍蓰而無算者，不能盡其才者也」。則四端便是為善之才。所以不善者，以不能盡此四端之才也。觀孟子意，似言性、情、才三者皆無不善，亦不肯於所稟處說不善。今謂才有善不善，何也？或云：「善之地便是性，欲為善便是情，能為善便是才」。如何？

先生曰：上智下愚，便是才。以堯為君而有象，以瞽瞍為父而有舜，亦是才。然孟子只云「非才之罪」者，蓋公都子正問性善，孟子且答他正意，不暇一一辨之，又恐失其本意。如萬章問象殺舜事，夫堯妻之二女，迭為賓主，當是時已自近君，豈復有完廩浚井之事？象欲使二嫂治棲，當是時堯在上，象還自度得殺却舜後取其二女，堯便了得否？必無此事。然孟子未暇與辨，且答他正意。

此條文甚長，前段乃問者之言，後段則是伊川之答語。問者以為「觀孟子意，似言性情才三者皆無不善，亦不肯於所稟處說不善」。其順通孟子之意，並無差誤。牟先生以為末後引或人所云「善之地便是性，欲為善便是情，能為善便是才」三語，尤佳。問者已看出孟子所言之才與伊川所言之才有衝突：一是無不善，一是有善與不善。問者雖未能明澈其所以，以判開兩種「才」各有殊指，所屬之範疇有不同；但問者鄭重致問於伊川，正是希望獲得一個明確的解答。而伊川卻只以自己「才稟於氣」之義概括孟子。才既稟於氣，便必然函着有善與不善。若只以此「才稟於氣」一義範律孟子，則孟子言「才」之語，豈不成爲妄言？但伊川又不便判孟子爲非，所以便說：「孟子只云非才之罪者，蓋公都子正問性善，孟子且答他正意，不暇一一辨之」。依伊川之意，好像孟子所言之「才」，亦是稟於氣而有善有不善者，只爲順着公都子之問性善，纔答以「非才之罪」。若果眞如此，孟子下文接四端之後又說「求則得之，舍則失之，或相倍蓰而無算者，不能盡其才者也」。此又將如何解說？孟子明顯表示，只要盡其才，便能無不善，此正與「若夫爲不善，非才之罪也」句意相承相呼應。此豈是順人之問，便只答他正意，卻將「才之善否」的問題，輕置一旁而無暇辨之者？而且，「非才之罪」定然函着「才無不善」，「才稟於氣」定然函着「有善與不善」，此乃所屬範疇有不同之問題，而不是正意與非正意的問題。如果以「才稟於氣」之義範律孟子，則「才有善與不善」必眞，而「非才之罪」（才無不善）必妄。反之，如果「非才之罪」成立，則「才有善與不善」必不成立。如此嚴重對立之觀念，豈能以「不暇一一辨之」加以解說？其實，孟子所說之「才」乃虛位字，無獨立意義，其所指之實，是「本心卽性」，屬於「性」之範疇。而伊川「才稟於氣」之才，屬於「氣」之範疇，有獨立之意義，是有實義的才。若不知二者所指之殊，而視爲相同，又以己意會合孟子，便顯然有衝突。反之，只須明澈自己所說之才，與孟子所說之才意指有別，則二者雖不相同，卻亦不必有衝突；分判開以「物各付物」，自可並立而不相悖。伊川能提出以氣言的「才」，亦自有獨立之價值。至於舉「象欲殺舜事」爲例，則實有不類（註二），茲不贅。

又，遺書同卷有一條：

性出於天，才出於氣。氣清則才清，氣濁則才濁。譬如木焉，曲直者性也，可以為棟梁、可以為榱桷者，才也。才則有善與不善，性則無不善。「惟上智與下愚不移」。非謂不可移也，而有不移之理。所以不移者，只有兩般：為自暴、自棄，不肯學也。使其肯學，不自暴、自棄，安得不可移哉？

此條後半，與本節開端所引之第二問答，皆說上智下愚非不可移。現實地看雖常有不可移，但理想地說，則總有可移之理，有移之可能性，所以說「性只一般，豈不可移」？但依伊川，性只是理，只存有而不活動，則其「可移」的先天根據便不堅强，可移的力量便減殺，故結果只以「肯學不肯學」爲言，此已落於後天之漸教。前條說「有可移之理」，此條却說了一句「非謂不可移也，而有不移之理」。牟先生謂「不移之理」，意卽「不移之故」，甚是。伊川的意思是說，並不是不可移，而是有其不移的緣故（理由）。故下文緊接著便說出所以不移之故有「兩般」，一是自暴，一是自棄，總之，是「不肯學也」。又，「曲直者性也」一句亦說得不妥貼。若僅就曲直之木有爲棟梁、爲榱桷之才而言，則此性字似是材質之性。但此句乃承上文「性出於天，才出於氣」說下來，而下文又緊接「才則有善與不善，性則無不善」。合此承上啓下而觀之，則「曲直者性也」之性，當是「性出於天」而「無不善」之性。如此則不當以「曲直」二字說此「出於天」之性。牟先生以爲應修改爲「譬猶木焉，曲直而可以爲棟梁、可以爲榱桷者，才也（才出於氣，故有曲直）。所以爲曲爲直的超越之理，則是性也（性出於天，只是一理）。」如此，便可以合乎伊川之思理。

性出於天〈性即是理／理無不善〉故性無不善
才稟於氣〈氣有清濁／賢愚斯分〉故才有善惡
〉性只一般，故有可移之理〈自暴自棄／而不肯學〉則移不得

第三節　氣性、才性、與氣質之性

「生之謂性」與「天命之謂性」，同乎？曰：性字不可一概論。「生之謂性」，止訓所稟受也。「天命之謂性」，此言性之理也。今人言天性柔緩，天性剛急，俗言天成，皆生來如此；此訓所稟受也。若性之理也，則無不善。曰「天」者，自然之理也。——〔二程遺書第二十四、伊川先生語十。〕

伊川從稟受說「生之謂性」，主要是就個體生命形成時、稟受於氣之凝聚所呈現的種種顏色、種種特質、種種強度而言。這種性屬於自然徵象，亦即從人所受於氣之自然而說性。

故可曰氣性，亦可曰才性。

⑴就「氣性」而言，說氣稟、氣質之不同；如清濁、厚薄、剛柔、緩急之類。此亦可曰「氣質之性」。

⑵就「才性」而言，說材質、資質、才資、才能等之差別；如智愚、賢不肖之類。此亦可曰「材質之性」。

而「氣質之性」（氣性）與「材質之性」（才性）亦可總稱爲「氣質之性」，而概括於「生之謂性」這個原則之下。告子之說、荀子之說、董仲舒、揚雄、王充之說，以及劉劭人物志所說之才性等，全都是這個原則下之種種說法，是屬於氣之自然所本有的種種顏色、徵象與強度，王充所謂「用氣爲性，性成命定」是也。（註三）到了宋儒皆以氣稟視之，而總括爲「氣質之性」。

但伊川論「氣質之性」，還不是朱子後來所解釋的、以爲是「義理之性之墜在氣質裡邊」。伊川之意，仍只是就氣稟氣質之不同而說一種「人的自然」之性。此種性與「天命之謂性」的性不同，亦與孟子之就「本心言性、本心卽性」之性不同，所以說「性字不可一概而論」，意卽承認有二種性。而朱子則只是一性之兩面說：一是自其本身之本然而說，一是自其墜於氣質裡邊而說，實則只是一「義理之性」纔是性，此卻成爲「一概」而論矣。故不合伊川之意。一般說「氣質之性」，亦不是朱子之說法。

伊川能正視氣稟氣質之不同，而就之說一種性（氣性才性），以吸納「生之謂性」一流，實很有意義。遺書第十八有一條云：

「性相近也，習相遠也」。性一也，何以言相近？曰：此只是言氣質之性，如俗言性急性緩之類。性安有緩急？此言性者，「生之謂性」也。

孔子所謂「性相近」，其本意究如何，不易確定。若以孟子「以其好惡與人相近也者幾希」之「相近」爲解，則相近便是相同。而性卽是普遍一同的本源之性，不可視爲氣質之性。但若輕鬆一點看，伊川解爲氣質之性，亦非必不可說。因爲氣質之性亦本有相近似處。當然，亦有相差甚遠者，如上智下愚、賢不肖之類。不過，無論相近似或相差甚遠，皆可以說氣稟之本然。所以解相近爲相近似，亦未必不合孔子之語意；伊川之解說，至少總是一種可以成立的說法。

伊川由氣質之性（氣稟之殊的氣性，如性急性緩之類），進而說此卽是「生之謂性」，此處所謂「生之謂性」亦近合告子之原義，卽「性者生也」，「如其生之自然之質謂之性」，是就自然生命所呈現之種種特質而言。

氣清則才善，氣濁則才惡。稟得至清之氣生者，爲聖人。稟得至濁之氣生者。爲惡人。……若夫學而知之，氣無清濁，皆可至於善而復之本。所謂「堯舜性之」，是生知之。「湯武反之」，是學而知之也。——〔二程遺書二十二上、伊川先生語八上。〕

性無不善，其所以不善者、才也。受於天之謂性，稟於氣之謂才。才之善不善，由氣之有偏正也。……然而才之不善亦可變之，在養其氣以復其善爾。

故能持其志、養其氣，亦可以為善。故孟子曰：人皆可以為堯舜。惟自暴自棄，則不可以為善。——〔二程全書、外書第七。胡氏本拾遺。〕

前條言人雖有氣稟清濁之不同，若「學而知之」，則「皆可至於善」而「復性之本」。後條言性無不善，不善的是才，而「才之不善，亦皆可以變之」，變是變化氣之偏，故變之之道，在於「養其氣以復其善」。此已說到進德之學的工夫。

氣性〈 氣稟：有清濁、厚薄之異
氣質：有剛柔、緩急之別 〉氣質之性

才性〈 材質、資質、才資、才能
有智與愚、賢與不肖之分 〉材質之性

〉總名氣質之性，以吸納「生之謂性」一流

第四節　變化氣質是進德之學，大賢以上不論才

問：人有日誦萬言，或妙絕技藝，此可學否？曰：不可。大凡所受之才雖加勉強，止可少進，而鈍者不可使之利也。惟理可進。除是積學既久，能變化得氣質，則愚必明，柔必強。蓋大賢以下卽論才，大賢以上卽不論才。聖人與

> 天地合德，與日月合明。六尺之軀，能有多少技藝？人有身，須有才。聖人忘己，更不論才。——〔二程遺書第十八、伊川先生語四。〕

此條指出技藝方面之天才不可學；唯變化氣質，可以進德；而「大賢以上卽不論才」。因爲成人格之本質，在德不在才。聖賢自有其才，但不以才論，亦不以才爲貴。所以孔子亦說：「如有周公之才之美，使驕且吝，其餘不足觀也已」。成德性，成人格，是宋明儒學的本質所在，亦是其工夫眞切落實處。

> 或問：人有恥不能之心，如何？曰：人恥其不能而為之，可也。恥其不能而掩藏之，不可也。問：技藝之事，恥己之不能，何如？曰：技藝不能，安足恥？為士者，當知道；己不知道，可恥也。恥之何如？亦曰勉之而已。人安可嫉人之能而諱己之不能也？——〔同上〕。

不可嫉人之能而諱已之不能，當恥己之不能而爲之。至於說「技藝不能，安足恥」，亦不是說技藝不可學，而是技藝之能，關乎才分，而人之稟受各有所限，故不必强己之所未能。而且，學有本末，人格價值有層級，以進德之學爲本爲主，以成聖成賢爲最高目標；這是儒家內聖之學的本質，宋明儒者自覺地弘揚此學，不誤也。內聖之學與一般哲學思想不同，它是「亦義理、亦德行」，「亦哲學、亦道德、亦宗教」的學問，是生命的學問。此所以不以詞章考據與見聞之知爲主，而以進德之學與德性之知爲主。

生而知之，學而知之，亦是才。問：生而知之，要學否？曰：生而知固不待學，然聖人必須學。——〔二程遺書第十九、伊川先生語五。〕

「生而知之」，是天縱之才，「學而知之」，是學以成其才。「生而知」者固然不待於學，但「聖人必須學」。伊川此言，極爲諦當。蓋進德之學無止境，天地間亦無現成之聖人，「學」豈可以「已」？從「於穆不已」起「純亦不已」，是誠而明，是卽本體卽工夫；從「純亦不已」證「於穆不已」，是明而誠，是卽工夫卽本體。文王如此，孔子亦如此。凡言心性之學、成德之教者，不冀生知、而必崇聖。孟子曰：聖人者，人倫之至也。

遺書第十八，有一條論「天資之量」與「知道者之量」，甚好：

問：人議論多欲己直，無涵容之氣，是氣不平否？

曰：固是氣不平，亦是量狹。人量隨識長。亦有識高而量不長者，是識實未至也。大凡別事，人都強得，惟識量，人強不得。今人有斗筲之量，有釜斛之量，有鍾鼎之量，有江河之量。江河量亦大矣，然有涯。有涯，亦有時而滿。惟天地之量則無滿。故聖人者，天地之量也。聖人之量、道也。常人有量者，天資也；天資有量者須有限。大抵六尺之軀，力量只如此；雖欲不滿，不可得。且如人，有得一薦而滿者，有得一官而滿者，有改京官而滿者。滿雖有先後，而卒不免。譬如器盛物，初滿時尚可蔽護，更滿則必出。皆天資之量，非知道者也。——昔王隨甚有器量，仁宗有飛白書曰：「王隨器量，李淑文章」。當時以德行稱，名望甚重。及為相，有一人求作三路轉運使，王薄之，出鄙言，當時人多驚怪。到這裡位高後，便動了。人之量只如此。古之人亦有如此者多：如鄧艾位三公，年七十，處得甚好；及因下蜀有功，便動了，言姜維云云。（註四）謝安聞謝玄破苻堅，對客圍棋，報至不喜，及歸，折屐齒；終強不得也。更如人大醉後益謹者，只益恭便動了；雖與放肆者不同，其為酒所動則一也。又如貴公子，位益高、益謙卑，只益謙卑便動了；雖與驕傲者不同，其為位所動一也。——然彼知道者，量自然宏大，不勉強而成。今人有所見卑下者，無他，亦是識量不足也。

伊川此段議論，有進於劉劭人物志之論才性。（註五）人物志從人之材質一面說，不從人之德性一面說。（註六）故只由美學之觀點對人之才性或情性的種種姿態作品鑒的論述。對於聖人亦只從才性一面來了解，故不相應。聖人之天資才性所呈現的姿態，在成德之學中為其德性所潤所化，轉而表現為聖人之「氣象」，故二程不說觀聖人之風姿或神采，而總說觀聖賢氣象。「聖人」是德性人格之目，而不是才性人格之目。聖人的根基在超越的理性，而不在才性，故「大賢以上不論才」。了解聖人，必須就德性、德量或識量看。開闢德性生命之領域，極成儒家內聖成德之教，此即宋儒超邁前代處。

變化氣質以進德
大賢以上不論才〉進德之學無止境〈生知之才
學知之才〉皆須成人格、成德性〈生知者不待學
而聖人必須學

附註

註一：按、二程遺書第十九，載伊川曰：「揚雄、韓愈說性，正說著才也。」此「才」字亦是伊川所意謂之才，非孟子所說之「才」。

註二：事見孟子萬章上篇第二章。伊川以爲舜「完廩、浚井」，象欲使二嫂「治棲」，必無其事；而孟子不暇辨此，故只說「象憂亦憂，象喜亦喜」，以表示「兄弟之情自有所不容已」的正面意思。伊川舉此例以答問，實不類。蓋「完廩浚井」有無其事，並無礙於「象憂亦憂，象喜亦喜」的「兄弟之情之不容已」。無此事，舜如此；有此事，舜亦如此，此舜之所以爲舜也。

註三：語見王充論衡無形篇第七。關於此一系論性之義蘊，牟先生「才性與玄理」第一章有詳確之疏導，請參看。

註四：鄧艾，仕魏官至太尉。旣平蜀，深自矜伐，謂蜀士大夫曰：「姜維，自一時雄兒也。與某相值，故窮耳」。識者笑之。鄧艾平蜀不數月，卽爲鍾會構陷謀反受誅。三國志鄧艾傳有「七十老公，欲反何求」之語，則鄧艾平蜀時，年蓋七十許矣。

註五：關於人物志系統所依據之基本原理，以及此原理所函之意義，牟先生「才性與玄理」第二章有旣精且美之講述，請參看。

註六：按、知人論世，素爲古人之所重。班固漢書有古今人表（上自伏羲，下至項羽），可以代表漢代人衡量人物之標準，亦可視爲人物志以前，論定人品之一大結集。其表分古今人物爲三等九級，玆略舉以見一斑：(1)上上爲「聖人」：如伏羲、神農、黃帝、少昊、顓頊、帝嚳、堯、舜、禹、湯、文、武、周公、孔子，又今本漢書人表亦列老子爲上上之聖人，此乃唐玄宗尊奉老子而以詔令移入，後宋徽宗以信道教之故，亦有類似之詔令，故官本漢書人表列老子爲上上。而民間版本則仍班固之舊，列老子爲「中上」。王先謙漢書補註有說。⑵上中爲「仁人」：如唐虞廷臣諸賢，伊尹、傅說、微子、箕子、比干、伯夷、叔齊、姜尚、管仲、寧武子、子產、叔向、季札、晏平仲、蘧伯玉、顏淵、閔子、伯牛、仲弓、子思、孟子、屈原、魯仲連、藺相如、荀子等。⑶上下爲「智人」：如倉頡、少康、老彭、尹吉甫、鮑叔牙、宮之奇、百里奚、令尹子文、孫叔敖、趙衰、介之推、董狐、齊太史、季文子、宰我、子貢、冉有、子路、子游、子夏、曾子、子張、有若、范蠡、段干木、田子方、西門豹、樂毅、廉頗等。⑷中上：如秦穆公、晉文公、趙盾、叔孫豹、伍子胥、勾踐、文種、墨子、孫臏、商鞅、尹文子、告子、聶政、高漸離、韓非子等。⑸中中：如齊桓公、師曠、申包胥、列子、鄒衍、田駢、宋玉、孟嘗君、呂不韋、荊軻等。⑹中下：如吳起、梁惠王、齊宣王、申子、莊子、惠施、公孫龍、秦始皇、李斯、項羽等。⑺下上：如齊景公、魯哀公、楚懷王、專諸等。⑻下中：如丹朱、夏桀、鄭莊公、公叔段、晉獻公、魯定公等。⑼下下爲「愚人」：如象、商均、商紂、周幽王、吳王夫差、趙高等。

第十六章 程伊川㈣：心與中和問題

第一節 論「心」語之模稜與簡別

伊川論「心」之語，頗有模稜依似之言，茲先作一簡別，以透出其論心之實義。

> 聖人之心未嘗有在，亦無不在。蓋其道合內外、體萬物。——〔二程遺書第三、二先生語三，標明爲伊川語。〕

> 正叔言：不當以體會為非心。以體會為非心，故有心小性大之說。聖人之心與天為一，安得有二？至於不勉而中，不思而得，莫不在此。此心卽與天地無異，不可小了他；不可將心滯在知識上，故反以心為小。——〔二程遺書第二上，二先生語二上，標明爲伊川語。〕

> 一人之心，卽天地之心；一物之理，卽萬物之理；一日之運，卽一歲之運。——〔同上〕

此三條所說皆甚好。但就伊川全部思想貫通而看，牟先生認爲此三條在其義理系統上並不能有決定性之作用。因爲前條言聖人之心合內外、體萬物、無在無不在，次條言聖人之心與天爲一，皆只是就聖人之境界說，並不能決定「心」在內聖成德之學上的地位究如何，亦不能決定伊川對心概念自身之本質如何理解。如果能就聖人境界之心、進一步從本體論的存有上肯認一實體性的心，此心不獨聖人有之，而且人皆有之。（只是常人不易充分體現，而聖人能體現，故有此境界耳。）如此，則此心不但是「果」上的境界，而且是「因」上的實有，是本卽如此、人皆有之的。若能如此理解而肯認之，則於義理系統有決定性之作用。此便是孟子學，象山陽明便是如此着眼，明道言「一本」、言「仁體」，亦合此意。但在伊川，似不能自覺地正視此義，故當他正視心概念自身時，其分解的思考並不能貫徹地肯認一實體性的心。如此，則境界是境界，聖人是聖人，而並不能從本體論的存有上、肯認一普遍的實體性的心、以呼應此聖人境界而實之。至於後條三句，籠統地如此說，亦甚好。第二句「一物之理卽萬物之理」，此理應是「性卽理」之理，亦卽「所以陰陽是道」的那個「道」字。如是，則第一句「一人之心卽天地之心」，此心亦應該是超越的、普遍的心，而不會是經驗地心理學的心。但伊川似乎不能正視一個超越的、普遍的、實體性的本心，以證實「一人之心卽天地之心」這句話。如果這種話頭只是一時之靈感，便不能對其義理系統有決定性之作用。

伊川論「心」之言，顯得很模稜、依似，很難得其確定之條理及其立言之一貫的分際，亦很難了解其概念的、本質的主張究竟何在？是以必須簡別。

孟子言：「盡其心者知其性也，知其性則知天矣」。心也、性也、天也，

非有異也。——〔二程遺書第二十五、伊川先生語十一。〕

此條順孟子語意說，字面上全對。但在伊川系統中，心與性與天，實有異層異質之不同。故此條不能視爲伊川學之本質。上第十四章第一節所引「性之有形者謂之心」一語，亦不能理解爲心性是一的系統，已見前，可覆按。

心具天德。心有未盡處，是天德處未能盡，何緣知性知天？盡己心，則能盡人盡物，與天地參，贊化育。贊則直養之而已。——〔二程遺書第五、二先生語五，未注明誰語。宋元學案列於伊川學案。〕

此條前半據孟子盡心知性知天而言，但孟子不說「心具天德」，因爲本心卽性，心卽天德。朱子喜說「心具衆理」（註一），但象山不說「心具性」，只說「心卽理」。明道亦說「只心便是天」，「只此便是天地之化」，其言「一本」，並以「體天地之化」之體字、「贊化育」之贊字，皆不必要，心卽是天德，則「具」字亦不必要，故「心具天德」，不應是明道之言，此條當係伊川所說。又，中庸言「盡己之性，則能盡人之性，盡人之性，則能盡物之性」，而此云「盡己心，則能盡人盡物」，畢竟是盡人物之心、還是盡人物之性？上文據孟子是說盡心，下文接贊化育，則又似是說盡性。若心性是一，如此說自無大礙，但亦不通順；若心性不能是一，便成模稜依似之言。又末句「贊則直養之而已」，「養之」之「之」字，代表上文之「心」字，「養」字則是順上文「盡」字變換而言。其意是說，所謂「贊化育」者，亦不是如何去贊它，只是直養此心而已。——大抵明道有些圓頓逕直話頭，伊川亦常隨著說。但因感受不同，常變換語意，又因他着實理會的底子不同於明道，故時有似之而非處。如明道說窮理盡性至命，「三事一時並了，元無次序」，伊川亦說「三事只是一事」；明道說「只心便是天」，伊川亦說「心性天，非有異也」，「凡此數者皆一也」。而究其實，明道說一是眞能從體上見到一，說圓一時亦眞是一本之圓一；在伊川，則只是籠統地隨着說，故或語意不圓澈，或一加變換便欠諦當。（註二）故此條若眞是伊川語，則亦對其義理系統無決定性之作用。

理與心一，而人不能會之為一。——〔二程遺書第五、二先生語五，未注明誰語。〕

此所謂「理與心一」，實乃「合一」之一。意思是說，理與心本應合一，而事實上人常「不能會之為一」。心順理，理內在於心，便是理與心合一；心不順理，理與心不相干，便是不合一。如此說合一，是預設心與理爲二，說「一」只是兩者合順而爲一，而不是實體性的心之「心卽是理」的自一。故所謂心理合一，可有二義：

一、是兩物而待合，此合一是關聯性的合一。

二、是一物而不待合，故實只是一，而不是合一；言「合一」者，只是虛設之權言。

關聯性的合一，是朱子義；實體性的自一，是孟子義，而象山陽明繼之。（明道亦意許此實體性的心之自一）。關聯性的合一中之「心」，是經驗的心、實然的心；而「理」則是超越的、只存有而不活動的。心如理爲道心，不如理爲人心。此則合乎伊川之思理，故此條當係伊川語。

「人心惟危，道心惟微」。心、道之所在，微、道之體也。心與道、渾然一也。對放其良心者言之，則謂之道心。放其良心，則危矣。「惟精惟一」，所以行道也。——〔二程遺書第二十一下、伊川先生語七下。〕

「危」、「微」二字，本皆形容「心」字。而伊川却將「道心惟微」拆開，說「心、道之所在，微、道之體也」。如此，則「微」字變成形容「道」字，而非形容「心」字。「心」是「道之所在」，則心與道爲二，雖說「渾然一也」，實則，仍只是關聯的合一，並非實體性的心卽是理之自一。人不「放其良心」，則良心自然易於合道，可謂之「道心」；放其良心，則不順理合道，便謂之「人心」。如此意解良心，亦不合孟子說「良心」之本義。依孟子義說，良心（本心）卽是性、卽是理、卽是道；無所謂易不易順理合道。

心，生道也。有是心，斯有是形以生。惻隱之心，人之生道也。雖桀、跖不能無是以生，但戕賊之以滅天耳。始則不知愛物，俄而至於忍，安之以至於殺，充之以至於好殺，豈人理也哉？——〔同上〕。

說「心」是「生道」，惻隱之心是人之生道。籠統地如此說，自無問題。但理解這作爲

「生道」之「心」的義理背景，則有不同：

一、是依實體的本心之道德創造（孟子所謂沛然莫之能禦）而說「生道」，或依仁體之感通無隔、覺潤無方而說「生道」。

二、是依仁性愛情之分而說心（或惻隱之心）爲「生道」。

前者是本心卽性，本心卽理，惻隱之心卽是仁體；此性、此理、此體，純以道德的（亦是形上的）本心言，而不以氣言，故是卽活動卽存有者。後者則性是理，愛是情，惻隱之心亦是情，心或惻隱之心不卽是性，不卽是理；心與情皆以氣言，是實然的、中性的。如理合道則爲生道，不如理合道則未必能爲生道（心或惻隱之心自身，不能決定它自己爲生道）。前者是孟子義，明道義，象山陽明繼之。後者是朱子義，伊川此條當順朱子義爲解，此並非以朱子決定伊川，乃是由伊川開朱子。伊川之論「心」，向朱子所貫徹的理路走，纔眞能與其全部思理順適而一貫。

問孟子言心性天，只是一理否？曰：然。自理言之謂之天，自稟受言之謂之性，自存諸人言之謂之心。又問：凡運用處，是心否？曰：是意也。問：意是心之所發否？曰：有心而後有意。問：孟子言心出入無時、如何？曰：心本無出入，孟子只是據操舍言之。又問：人有逐物，是心之逐否？曰：心則無出入矣，逐物是欲。——〔二程遺書第二十二上、伊川先生語八上。〕

有言：未感時，知心何所寓？曰：操則存，舍則亡，莫知其鄉，更怎生尋所寓？只是有操而已。操之之道，敬以直內也。——〔二程遺書第十五、伊川先生語一。）

問：「舍則亡」，心有何亡也？曰：否。此是說心無形體，凡主着事時，便在這裡；纔過了，便不見。如「出入無時，莫知其鄉」，此句亦須要人理會。心豈有出入，亦以操舍而言也。放心，謂心本善而流於不善，是放也。——〔二程遺書第十八、伊川先生語四。〕

以上三條，體會「操則存，舍則亡，出入無時，莫知其鄉」之義，並無誤差。但亦只是順孟子所引孔子之語（註三）、而如此解說，對於伊川之義理系統並無決定性之作用。而且，縱然如此體會已能盡孟子所說的「本心」之一義，但通貫伊川其他論心之言而觀，他實不能盡孟子所說的「本心」之全蘊與實義。

又前條開端，謂「自理言之謂之天，自禀受言之謂之性，自存諸人言之謂之心」。此三語背後之義理間架，並不同於孟子。在伊川，天與性是一理，天、性與心則不必是一理。

第二節 「心」之實義

一、心譬如穀種，生之性是仁，生發處是情

問：仁與心何異？曰：心是所主言，仁是就事言。曰：若是，則仁是心之

用否？曰：固是。若說仁者心之用，則不可。心譬如身，四端如四肢；四肢固是身所用，只可謂身之四肢。如四端固具於心，然亦未可便謂之心之用。或曰：譬如五穀之種，必得陽氣而生。曰：非是。陽氣發動處却是情也。心譬如穀種，生之性便是仁也。——〔二程遺書第十八、伊川先生語四。〕」

此條三問三答。首答「仁」與「心」之分別。(1)「心是所主言」，意卽：心是就所以爲主者而言。主，是心主於身之謂，故下條有云「主於身爲心」，此卽普通所謂「心作主」之意。(2)「仁是就事言」，意卽：仁是就事之發用而言。事之發用，或就惻隱之心說，或就愛之情說，而仁乃是事之發用的所以然之理。然則，所謂「仁是就事言」的確切意義，當是：就惻隱（或愛）之事的所以然之理而言，則爲仁。——仁對應惻隱（或愛）之事而爲其「理」，卽是吾人身上發用惻隱（或愛）之事的「性」。散開就事之本身而言，說爲「理」；就事之發用皆統於人之個體而言，此理卽說爲「性」，意卽：性（仁）乃吾人發用此事的形式根據。〔因爲性只是理，只存有而不活動，所以只可說爲形式根據，而不可說爲「性能」。〕

次答「仁是心之用否」。伊川以爲不可說「仁者心之用」。如果仁是性、是理，自不可說「仁者心之用」。「心譬如身」，是綜說；「四端如四肢」，是散說。以下數句，語意頗曲折，玆分述如左：

甲、如果四端是指「情」（惻隱、羞惡等）而言，則心爲體，情爲用；如此，則可以說四端爲心之用。——但伊川說四端，乃順首項問答「仁」與「心」之分別說下來，故四端是指仁義禮智之爲理而言。

乙、如果四端是就仁義禮智之爲「理」而言，便不可說四端是心之用。蓋「四端（之理）固具於心，然亦未可便謂之心之用」。（故此處並不表示心爲體、四端之理爲用。）

唯此答中間兩句「四肢固是心之所用，只可謂身之四肢」，意思卻不易於說明。依牟先生之疏解是如此：若依體用而言，身是體，知覺運動與語默是其用，但卻不可說四肢是身之用。因爲四肢是身之部分，四肢自己亦各有其體用，如手爲體，寫字持物是其用。四肢固是身所使用者，但不能說：四肢是身之「用」，身是四肢之「體」。故「所用」，是用之以爲身之部分以便成就此身體之用，所以說「四肢固是身之所用，只可謂身之四肢」。這個語句的表意雖不夠顯豁，但伊川以此爲喻（以身喻心，以四肢喻四端），卻有其精察之處。——伊川的實意，當然是要說四端與心。四端（仁義禮智）之理固然具於心而爲心所用，這是用之以爲心之發用的所以然之理、以成就此發用之事；但不能說心是「體」，而四端之理是「用」。（故不可說：仁者心之用。）若就體用而言，(1)綜說的心，是體，它所生發的種種情變是其用；至於作爲性理的仁義禮智，則並不是心之用，而是成就心之用的形式根據。(2)若轉而以此形式根據（性理）爲體，則心之情變亦可說爲此性理之用。（因爲心之情變，爲此性理所統馭、而繫屬於此性理之故）。但須知：性與情（理與氣）之體用，與「心與情」之體用，並不相同。一、心與情之體用，是無間之體用，是有機的生發之體用。心眞能生發此情，心之發用卽是此情。二、性與情之體用，是有間之體用，是統馭繫屬的體用，有如主之與僕，性並不眞能發用此情。所以，情的「發用之體」，是「心」而不是性；而情的「綱紀之體」，則是「性」而不是心。伊川是通過這些曲折而認定四端之理不可爲心之用。（註四）

故曰「若說仁者心之用，則不可」。其意甚爲確定，但不易說得出。牟先生疏而通之，義最諦當。

最後第三問答，或人之意，似乎以爲五穀之種是心，陽氣鼓動是仁。而伊川依形上形下之分，很容易看出其非。故直答曰：「非是，陽氣發處卻是情也。心譬如穀種，生之性便是仁也」。依伊川，「心」是總持地說，故可曰「譬如穀種」。分而言之，其所以生之理是「性」（仁），實際之生發（陽氣發動）則是「情」。此義，最爲朱子所印持。朱子語類卷五有云：「程子曰，心譬如穀種，其中具生之理是性，陽氣發生處是情。推而論之，物物皆然。」朱子對於伊川論心之言，特別注重此義，則其重要可知。朱子並就心之總持義，而極賞橫渠「心統性情」之語。伊川所說「性卽理也」、「仁性愛情」、與橫渠之「心統性情」，朱子皆視爲顚撲不破之法語。（但朱子所理解的「心統性情」，是否卽是橫渠之本意，此則不易論定。詳見下卷朱子篇。）

二、心與情之分，以及心本善之問題

> 問：心有善惡否？曰：在天爲命，在義爲理，在人爲性，主於身爲心，其實一也。心本善，發於思慮則有善與不善。若旣發，則可謂之情，不可謂之心。譬如水，只謂之水，至於流而爲派，或行於東，或行於西，卻謂之流也。——〔同上〕

此條首先指出命、理、性、心，「其實一也」。在伊川思想中，此話果眞可說否？⑴如果心是「本心卽性」之心，是實體性的卽存有卽活動之心，則說「命、理、性、心」是一，無問題；說「心、性、天」是一，亦無問題；乃至於以性爲主，而說「性之本謂之命，性之自然謂之天，性之有形者謂之心，性之有動者謂之情」（已引見上第十四章第一節），亦同樣無問題。⑵若依上條心性情三分之間架，便不能說「命理性心是一」、「心性天是一」。依伊川之分解，「命、理、性」可說是一，「天、性」亦可說是一，但說「命、理、性、天」與「心」「情」亦是一，便有問題。要說一，亦只是關聯的合一。因爲依心性情三分之格局，伊川所說之心，實只是一個「實然」而不是「理」的屬於「氣」的心，只是一個只活動而不存有（但可以說存在）的心。此卽表示，「心」與「性、天、命、理」不能是本體論的、卽活動卽存有的實體性之自一，而只是某種關聯方式下之關聯的合一。

下文伊川又以水之與流，喻心之與情。心與情，只有動靜之異，或「總持地就其自身說」與「分散地就其發用說」之異。⑴總持地就心之自身說，是心之自體，此亦可以說是靜；⑵分散地就心之發用說，是情，是心之流變，此亦可以說是動。總括地說，情，是心之已發；心，是情之未發。——（但不可說情是具體的心，心是抽象的情。因爲心亦是具體的。靜斂見心之自體，發散見心之動用；心之自體與動用並非抽象與具體之別。）

心有已發未發，而性理則無所謂已發未發。性之善是以其爲理而善，這裡可以絕對地定得住。但心若不是「本心卽性」的實體性的心，則「心本善」將依何而爲善？其爲善將如何說？伊川以爲「發於思慮，則有善與不善」，而既發的乃是情，是則善不善是落在「情」上說，而心之本善則是就其未發之渾然狀態說。發時有物欲之引誘，有利害之牽累，所以有善不善的問題。而未發時的渾然狀態，則可意想爲寂靜潔白，無那許多引誘牽累之纏夾。如此，則所謂寂靜潔白只是以「無引誘牽累之纏夾」來規定，此便是渾然狀態，亦就是所謂善。但這種善並不一定是道德地善，其爲善亦並不眞能挺得住，因爲這只是一個實然的偶然狀態，並沒有理上的必然性。這表示：如果不是實體性的卽存有卽活動的心，它自身便不能決定它自己必然是道德地善的。所以牟先生說，在伊川，「性之善」是一必然命題，而「心之善」則是一事實命題。由於心之渾然狀態不能決定它自己必爲道德地善，而必須看它是否順性如理來決定：如理，則爲道德地善；不如理，則爲道德地惡。所以它不是自決自定，而是他決他定。人雖可意想心之渾然狀態爲寂靜潔白，無有許多纏夾，但亦只是事實上「無有」，而並非道德上必然的純潔。所以伊川又必須言「涵養須用敬，進學則在致知」，以期心之發能順性如理。此與中和問題有關，見下節。

大抵伊川論「性」，取先驗主義、理性主義的態度，肯定性爲一超越的實有，重客觀性，其積極的道德意識卽從性理之體上建立起來。論「心」則取經驗主義、實在論的態度，直就心理學的心而順說平看，於此而持敬存誠、施以涵養之功；並格物窮理、施以致知之功；以期漸次清淨而貞定之、使之如理合道。此是基於後天工夫的消極意義的道德意識。順著經典而言，他所說的心，大都有道德的與形上的意義；但其底子，則仍然是實然的、心理學的、心氣之心。

三、心是實然的心氣之心

問：人之形體有限量，心有限量否？曰：論心之形，則安得無限量？又問：心之妙用有限量否？曰：自是人有限量。以有限之形、有限之氣，苟不通之以道，安得無限量？孟子曰：盡其心，知其性。心卽道也。在天爲命，在人爲性，論其所主曰心，其實只是一個道。苟能通之以道，又豈有限量？天下更無性外之物。若曰有限量，除是性外有物始得。——〔同上〕。

所謂「論心之形，則安得無限量」，心之形亦卽心之形像，這是心之表現時的一種「相」或「形態」。此可從兩方面說，⑴孟子所謂惻隱、羞惡、恭敬、是非之心，王陽明所謂「良知」，劉蕺山所謂「意」（意與念分說的意），凡此諸詞所表示的「心」，皆是道德的超越的本心，不是「心氣」之心，而其表現之形態或相（形像）亦不可以氣論。（而是以理言）。而⑵伊川言心，則大抵是就實然的心氣之心說，是近乎心理學的心、經驗的心。心氣之氣雖比物氣之氣更精微，好像不可說「迹」，但亦「儘有形像」。有形像，卽有迹，不過其迹甚微而已。故心氣之心雖甚精微，但總是氣，屬形而下，所以是實然的心。（朱子後來便說：心是氣之靈。）就此而言，心之「形」——心之表現的形態或相，亦是形氣之形，是以氣言。以氣言的形像，材質意味重；以理言的形像，則形式意味重。

實然的心氣之心，只是一「氣之靈」的心，所以伊川說「以有限之形、有限之氣，苟不通之以道，安得無限量」。實然的心氣之心本身，並不卽是道，當然不能無限量，必須「通之以道」纔能無限量。這是以道（性、理）來提挈心，使心如理合道，漸近於無限量，使有限之心取得一無限之意義。下句又引孟子「盡其心，知其性」而說「心卽道也」。在孟子，本心卽性，性卽是道，心亦卽是道。但在伊川，雖然順孟子而如此說，實則，他所意解的心並不卽是道，而須「通之以道」，故與孟子不同。依孟子說心卽道，此「卽」字是本體論的眞體之「自卽」（實是一），而伊川之「卽」，卻是某種關聯方式下之關聯的「卽」；由「通之以道」而關聯上去，纔可以說「心卽道」。下又云「在天爲命，在人爲性，論其所主爲心，其實只是一個道」。就前二語說命與性「只是一個道」是可以的；就「心」而言，則必須關聯地「卽」了以後，纔可以說亦是道。所以必須緊接着加上「苟能通之以道，又豈有限量」這個條件語。若在孟子，則本心卽是道，何須「通之以道」？

最後三語「天下無性外之物。若曰有限量，除是性外有物始得」，是表示「性理」綱紀一切現實的存在。故曰「無性外之物」。形氣之心亦是現實的存在，所以亦不能列於性理的綱紀之外；心雖不在性理綱紀之外，但卻並不表示作爲現實存在的形氣之心本身卽是道、卽是性理。關聯地言之，可說「性外無物」，但性本身以外實仍有物，性與物並非同一。類比而言，亦可以關聯地說「心外無理」（通之以道，心卽如理合道，理道亦內在於心，此是關聯地心外無理），但心自身以外亦實仍有理，心與理並非同一。

以是，(1)在伊川朱子，「性外無物」與「性外有物」可以同時成立，「心外無理」與「心外有理」亦可同時成立。故其究也，心與理實仍是二。(2)若順孟子義（象山陽明承之），雖其言「性」之意義與伊川朱子不同，而「性外無物」與「性外有物」卻亦可以同時成立。但「心外無理」與「心外有理」則不能同時成立。因爲本心自體卽是理，理不在心外，故不能再說「心外有理」，因而亦必然要反對「心理爲二」。這就是伊川朱子與象山陽明根本差異之所在。

- (一)心（總持地說的心）：譬如穀種
  - 其所以生之理，是性
  - 陽氣實際發處，是情
  - → 心性情三分
- (二)心有已發未發
  - 心是情之未發—靜歛、見心之自體
  - 情是心之已發—發散、見心之動用
  - → 動用之「情」有善有不善
  - 心之善—是就未發時的渾然狀態說
    - 此不能決定其自己必爲道德地善
    - 故須涵養致知，以期其順性如理
- (三)實然的心氣之心
  - 心並不即是道、不即是性、不即是理
  - 須通之以道，心乃能順性如理而合道
  - → 故究其實
    - 心性爲二
    - 心理爲二

第三節　中和討論·在中與求中

二程遺書第五有伊川與呂大臨（與叔）論中之書，宋元學案卷三十一、呂范諸儒學案呂大臨案，列有此文而有刪略，題曰「未發問答」。遺書十八又有與蘇季明論中和之語。牟先生指出，伊川論中和雖有糾結而不明徹處，但他心中實有確定而明徹者在：

(1)以其嚴肅的道德意識、肯定一超越的實理。

(2)性卽理（只是理）。

(3)心，是實然的心氣之心。

(4)「中」只收縮於此實然的心、而就心之不發未形而說。

(5)「涵養須用敬，進學在致知」之後天漸教工夫。

〔甲〕在伊川與呂與叔之論辯中，主要有二個問題：

第一、中是否是性——(1)與叔以爲，中卽性也。由中而出者莫非道，與率性而行莫非道，義同。此並不表示性中別有一個道，或道中別有一個中。性與道、大本與達道，論其所同不容有二；別而言之，大本是言其體，達道是言其用，亦不可混爲一事。（與叔所謂「中者道之所由出」，「出」字正表示體用之殊、不可混爲一事。）(2)伊川以爲，「中」是狀性之體段，不容說中卽是性。——其實，「中」字由狀詞轉爲名詞，卽指目「性」字、而成實體字。猶如「誠」字之意爲「眞實無妄」，本是形容語句，但轉爲名詞，卽代表道體、成實體字，故曰誠體。中亦可曰「中體」，中卽體也。伊川旣以與叔言「中卽性」爲不妥，自己却又說「中卽道也」。「道」若是體，卽與「性」同，何以不容許說「中卽性也」？

第二、赤子之心是否爲中——這是以「喜怒哀樂之未發，謂之中」，關聯着孟子來說。(1)與叔以爲「赤子之心」卽是喜怒哀樂未發之「中」，而其實意，亦卽以孟子之「本心」爲中，說「赤子之心」只是取義（取其「純一無僞、無所偏倚」之義）。就中庸言，中卽性體。以中庸之說法會通於孟子，中卽是本心。心與性不容有二。中狀性，亦狀心，轉爲名詞，卽成實體字。(2)伊川從實然之觀點，不以赤子之心爲中，而說「赤子之心可謂之和，不可謂之中」，這是以赤子之心爲「已發」。——其實，若取實然之觀點，赤子之心只是停在自然的本能狀態中，其和只是「原始諧和」，而非「中節之和」。在中庸，是以喜怒哀樂之未發說中體，以已發中節說達道之和，明顯的是就自覺地道德實踐而言。赤子之心，若實然地看，並無此自覺；所以，既無所謂中，亦無所謂和。至於孟子所言「大人者，不失其赤子之心者也」，乃是以大人爲主，而赤子之心只是取義。（由取義的觀點說，赤子之心卽意指本心，故與叔之說，實不誤也。）

與叔以赤子之心說中，是取義而言，若指實，赤子之心卽是「本心」。依中庸說，中是指性體，而本心卽性，心與性實卽是一。而此「本心」或「性」必須於「喜怒哀樂未發之際」求之，此卽所謂「求中」之說。伊川對與叔「求中」之說，當時未加挑剔，但在與蘇季明論中和時，便直認此說爲「不可」。

〔乙〕在伊川與蘇季明之問答論辯中，重要而根本的論點有二：

一、是肯定「在中」之義——「喜怒哀樂未發，是言在中之義。」

二、是反對「求中」之義——「若言存養於喜怒哀樂未發時則可，若言求中於喜怒哀樂未發之前則不可。」

依牟先生之疏導，伊川之意是如此：中字可以狀道，亦可狀性，亦可狀不發未形之心境，這是以中字爲狀詞。但⑴在狀道狀性之處，中字亦可轉爲名詞，成爲實體字，此時，卽可以中代表道或性。——伊川反對與叔「中卽性」，是滯於狀詞而不准轉爲名詞，然既承認「中卽道」，而却不承認「中卽性」，是不通的。⑵而在狀不發未形之心境處，中字縱然轉爲名詞以代表此心境，此心境的中亦不必卽是道，亦不必卽是性。因爲在伊川，性卽是理，而心與性並不是一。就喜怒哀樂「不發便中」之心境說「中」，是內在於實然的心本身說一種實然的境況。此便是所謂「在中」。——伊川正是在「以實然的觀點看心，心性不是一」這個背景之下，不肯認呂與叔之所說。因爲從實然的觀點看心，心性不是一，故不發未形之「中」這一心境，並不卽是性，因而亦不卽是中庸之「性體」與孟子所說之「本心」。對於「中卽是性體，會通孟子而說，中卽本心、本心卽性」之義，伊川未能明澈，但他自己心中却有一套明澈的想法（見本節開端所列⑴至⑸五點），只是他自己不甚自覺，而又關聯中庸孟子以論辯，所以顯得糾結而不順暢。

「在中」之「中」，既然是指實然之心不發未形的實然之心境，而並不是超越喜怒哀樂之情變、異質地跳越一步、而指目那個超越的性體或本心（如呂與叔之所說）。因此，「中」便不能離此實然的喜怒哀樂，而空置爲別一物。換言之，不能離此實然的心之喜怒哀樂，而別有一個懸空的物而名之爲「中」。否則，此名爲「中」的物，便是虛空的物，而不是一個具體的「不發未形」之實然的心境。所以，無論「於喜怒哀樂未發之前」或甚至「於未發之際」以求所謂中，皆爲伊川所不許可。（註五）——〔但伊川又說「既思於喜怒哀樂未發之前而求之，又却是思也。既思，卽是已發」。此一分辨語，却是混亂層次、乖違名理之說。須知：⑴人於喜怒哀樂未發之前求中（說中、見中），或以不發爲中，乃是客觀地指實；而⑵人這樣去思去想的「思、想」之活動（已發），則是主觀的理解。⑴⑵兩者不可混而爲一。既容許人以已發之「思」的活動去思那「不發便中」之心境，亦同樣可以於未發之際或未發之前、去思（或肯認）那超越的性體或本心以爲中。豈可因爲「思」之活動爲已發，便不可於未發之前求中耶？所以這句分辨語只是層次之混擾、名理之錯亂。」

「中」既只收縮於實然的心這一層，而就其不發未形而說，則吾人之工夫亦唯是就此不發未形之心境直下加以「存養」，而無所謂於未發之前別求一個中。因爲「中」既不指性體而言，則於未發之前別求一個中，便成捕風捉影。所以伊川說「若言存養於喜怒哀樂未發之時，則可；若言求中於喜怒哀樂未發之前，則不可」。「存養於未發之時」，是當下收縮於此心境之自身而不外指；「求中於未發之前」，則是外指而別尋一物。以是，伊川特重存養。「涵養須用敬」的主張，便是依於這「在中」之義而建立。敬，是實然的心之振作、肅整、與凝聚。敬，則有主而定、專一而不紛歧。所以涵養是養這個敬的心，存養亦是存這個敬的心，存此養此以使那實然的心漸清淨而貞定、漸如理而合道。（並不是去直接存養那個實然的心本身。）「涵養久，則喜怒哀樂之發自中節」。中節，即是如理合道之意。未發之時，施以涵養，既發，則有可察，故又須用察識工夫。這是涵養察識之直接的意義。進一步，則又須順察識而言集義、窮理、格物致知，此便是「進學則在致知」一語之所由立。

附註

註一：依朱子，「心具衆理」與「性具」不同。性具是本具（性卽理故），心具則不是本具、而是「當具」，此須分別講，詳見下卷朱子篇。

註二：二程全書、外書第七，載明道曰：「維天之命，於穆不已，不其忠乎？天地變化草木蕃，不其恕乎」？而伊川曰：「維天之命，於穆不已，忠也；乾道變化，各正性命，恕也」。按恕，是充擴得去，故明道以「天地變化草木蕃」言之。伊川改以「乾道變化，各正性命」說「恕」，便不諦當。蓋乾道卽天道，亦卽天命之體。「乾道變化各正性命」與「維天之命於穆不已」，義實相同。「充擴得去」之「恕」的氣象，只能就事象之用說，不能就道體之體說。同樣之觀念，明道言之則皆實，在伊川，便言之不透澈。

註三：見孟子告子篇上、牛山之木章。

註四：按、在理氣上，朱子不以動靜爲太極之用，而說動靜是太極「所乘之機」，亦是由於有這些曲折之故。雖亦不甚好說，但依「性卽理」的綱維，朱子這個講法，亦恰如伊川之感到仁（性理）非心之用；蓋朱子亦易感到性理似並不眞能發用情變，亦不眞能動靜。

註五：按、後來朱子與張南軒亦反對「求中」之說。朱子之反對，是因爲不滿其師李延平「觀未發以前氣象」之偏於靜而反對；張南軒之反對，是根據其師胡五峯「求放心、識仁之體」之當下體證而反對。牟先生以爲此種反對實皆無謂。(1)在伊川，是無謂的挑剔（因其思理與中庸、孟子之義睽違不合之故）。(2)在朱子，是無謂的禁忌（因他不了解延平靜坐以觀未發氣象，是超越的逆覺體證，是靜復以見體，便誤以爲偏於靜而形成禁忌）；(3)在南軒，則是只知其一而不知其二的多餘（五峯之內在的逆覺體證與呂與叔所說之「求中」，實義不相礙）。

第十七章 程伊川㈤・居敬與格物窮理

第一節 居敬集義

閑邪則誠自存。……閑邪更着甚工夫？但惟是動容貌，正思慮，則自然生敬。敬只是主一。主一，則既不之東，又不之西，如是則只是中；既不之此，又不之彼，如是則只是內。存此，則自然天理明。學者須是將「敬以直內」涵養此意。直內是本。——〔二程遺書第十五、伊川先生語一。〕

伊川從「動容貌、正思慮」說閑邪、存誠、居敬，仍然是就實然的心氣之心，施以振作、肅整、凝聚之工夫以貞定之。在此，誠敬只是工夫字，是就振作、肅整、凝聚而說。故動容貌正思慮即是閑邪，閑邪即是存誠，存誠即是居敬，而居敬即是主一。（伊川云：主一之謂敬，無適之謂一。見遺書十五。）能閑邪、存誠、居敬，便是「敬以直內」。能常常如此，便是「涵養」。涵養久，則此心常貞定，亦即由自然的狀態進到道德的狀態，故自然能如理合度，而「天理」亦就隨之而彰明。這層意思，必須由涵養纔能做到。涵養工夫在敬字上著力。所以說「學者須是將敬以直內涵養此意」。如此說「敬以直內」，是由後起的敬心，來「直」此實然的心，以使它轉爲道德的。這是「經驗的直內」，是後天工夫。此與明道所說者不同。

明道言存誠，是存養「仁體」、存養「於穆不已」之體。言「敬以直內，義以方外」，亦是直通於穆不已之體而言。故敬曰敬體，誠曰誠體，所謂「純亦不已」是也。所以，明道是以直通道體的敬體誠體來直內，以清澈內部之生命。有敬體誠體清澈內部之生命，便自能沛然莫之能禦，舉凡語默動靜，一切後天身心之行爲，莫不順此眞體（敬體誠體）而化，亦卽莫非此眞體之流露。這是從先天的體上說工夫，不是從後天的實然的心上說工夫。而伊川則是從後天的實然之心上著眼，由涵養這個「由振作、肅整、凝聚而表現的敬心」，來漸漸迫近那本心、或漸漸迫近那「於穆不已」之體，以使實然的心轉爲道心。——就涵養工夫而言，是涵養敬心（不是涵養實然的心氣之心本身），就涵養之目的而言，是要使實然的心漸次清靜而貞定、漸次如理而合道、以轉爲道心。但卽使轉爲道心，亦仍然只是如理合道之心，而不是「卽是理」的實體性的本心，不是卽心、卽神、卽理的於穆不已之眞體，故仍然是心理爲二之心；不過涵養久，則時時能如理合道而已。以是，伊川朱子終竟是另一系統。

問：「必有事焉」，當用敬否？曰：敬只是涵養一事。「必有事焉」，須當集義。只知用敬，不知集義，却是都無事也。又問：義莫是中理否？曰：中理在事，義在心內。苟不主義，浩然之氣從何而生？理只是發而見於外者。且如恭敬，幣之未將者也。恭敬雖因幣帛威儀而後發見於外，然須心有恭敬，然後著見。若心無恭敬，何以能爾？所謂德者得也。須是得於己，然後謂之德也。問：敬義何別？曰：敬只是持己之道，義便知有是有非。順理而行，是爲義也。若只守一個敬，不知集義，卻是都無事也。且如欲爲孝，不成只守一個孝字？須是知所以爲孝之道，所以奉侍當如何，溫凊當如何，然後能盡孝道也。又問：義只在事上如何？曰：內外一理，豈事上求合義也？「敬以直內，義以方外」，合內外之道也。——〔二程遺書第十八、伊川先生語四。〕

此條四問回答：⑴首答分別：「敬只是涵養一事，必有事焉須當集義」。⑵次答分別：「中理在事，義在心內」。意即：內發於心爲義，著見於事、措之得宜，爲理。⑶三答申言：「敬只是持己之道，義須知有是非」。⑷四答說明：義在事，亦在心，「內外一理」。——伊川此條所說，皆順適妥貼，看來亦合孟子「義內」之說。但若關聯其思路之背景，亦宜有所簡別。若是由「經驗地直內」之經驗的敬心而說，則落在集義上所說的「義內」與所謂「內外一理」，雖是道德意義的，卻仍然是「心理學地道德的」。而且，不但「義」心如此，就是「仁心、禮心、智心」亦然。因爲後起的經驗的敬心，雖亦可以內發羞惡、惻隱、恭敬、是非，以著見於事，這亦是「合內外之道」，但卻是經驗的敬心之「合內外」，所謂「涵養久，則天理自然明」是也。

涵養須用敬，進學則在致知。——〔同上〕。

伊川雖說「涵養久、則天理自然明」（見遺書十五），但他不說心即理，不從先天的本心說，只從後天的敬心說；如此而發出的道德力量不能沛然莫之能禦，沒有必然的強度性與普遍的穩固性。故繼「涵養須用敬」之後，又曰「進學則在致知」。這是要以致知格物窮理來助強道德的力量，使之由「心理學地道德的」進到「認知地道德的」，而認知的道德雖已見到義之所當為，亦能去為其所當為，但終究不是直接地發自道德本心之「純亦不已」，所以是「他律道德」。

就〈動容貌／正思慮〉而言閑邪、存誠、居敬主一〈敬以直內：敬只是涵養、是持己之道／義以方外：義知是知非、在事亦在心〉

敬義夾持（守敬、集義）〈涵養須用敬—涵養久則天理明／集義必有事—義內發則事中理〉合內外之道

第二節　格物窮理以致知

就吾人實然的心氣之心而言，它有兩個作用（牟先生說）：⑴是由於心之振作、肅整、凝聚而表示的「敬」；依此敬、而說「涵養」。⑵是由心氣之靈所發的「知」；依此知、則順集義而說「窮理」，亦即格物窮理以致其知。

二程遺書第二十五、伊川先生語十一，有五條云：

1. 知者，吾之所固有，然不致，則不能得之。而致知必有道，故曰「致知在格物」。

2. 「致知在格物」，非由外鑠我也，我固有之也。因物有遷，迷而不知，則天理滅矣。故聖人欲格之。

3. 聞見之知非德性之知。物交物，則知之非內也，今之所謂博物多能者是也。德性之知，不假見聞。

4. 隨事觀理，而天下之理得矣。天下之理得，然後可以至於聖人。君子之學，將以反躬而已矣。反躬在致知，致知在格物。

5. （上略）格、猶窮也，物、猶理也，猶曰窮其理而已也。窮其理，然後足以致之。不窮，則不能致也。格物者、適道之始；欲思格物，則固已近道矣。是何也？以收其心而不放也。

此五條，正式落在大學上言致知格物。知，是吾人心氣之靈之所發，所以說是「吾之所固有」。這個「知」是著重於辨別是非的作用，重點在「知」而不在「知識」。前者是「能知」，後者是「所知」。但如眞要顯現這辨別的作用，則必落在與物相接上。在與物接之中，其辨別活動是「知」，而其所辨別者則是「知識」。而知必須「致」，不致則無所得。推致「知之能」而使它步步有所得而能明理，此便是「致知」。致知亦是在與物接上說。與物接即是「格物」。（格、至也。至於物即是與物接。）格物，即是致知之道。意即必依「與物接」之路，而後纔可以致其知。所以說「致知必有道，故曰致知在格物」。（見(1)條）。而格物以致知，「非由外鑠我也，我固有之也」。只爲外物紛然變遷，常使人昏蔽迷惘而不知，因之天理亦隨之泯滅而不明，所以聖人教人「格之」。（見(2)條）。通過格物而致得之知、所明得之理，並不是指一般的知識，所以伊川又分別「聞見之知」與「德性之知」。（見⑶條）。「聞見之知」卽今語所謂「經驗知識」，是假於見聞而落實於外物上所起的知，這是知之於外的博與多（所謂博物多能），而不是知之於內者。這種知與成德性成人格沒有本質的關係。孔子亦博學多能，但不以此爲貴，所以說「君子多乎哉，不多也」。而「德性之知」是依於德性而起的知，是知之於內者，此則與成德性成人格有本質之相關。就伊川的思理而言，德性之知當在「集義」上建立，亦卽依據「涵養敬心」以從事於集義，在此「集義」上卽函有「德性之知」。致知，卽是致此德性之知。

伊川旣然說「德性之知不假於見聞，却又要依「格物」方式去致此德性之知；格物則必須與物接，如何能不假於見聞？又如何能不知之於外？而且伊川又說：「君子之學，將以反躬而已矣。反躬在致知，致知在格物」。（見⑷條）。旣然是「格物」以致知，又如何能反躬？牟先生以爲，伊川言反躬，當是根據樂記而來。——

> 樂記云：「物至而知，知而好惡形焉。好惡無節於內，知誘於外，不能反躬，天理滅矣。夫物之感人無窮，而人之好惡無節，則是物至而人化物也。人化物也者，滅天理而窮人欲也。」

此所謂「知」，是感知、聞見之知。樂記就此「感知」而告誡人應「反躬」以復「天理」，伊川卽據此「反躬」義以說「致知」（致德性之知）。反躬，是從「知誘於外」轉回來而反之於己，亦卽從「聞見之知」而上越，以翻至「德性之知」。此德性之知是依據敬心之涵養而起，故在此可以說反躬。但依「格物」之方式去致德性之知，如何能說「反躬」？依敬心之涵養，說反之於己（反躬）；依格物致知，則說反之於上（超越見聞）。但在格物上，如何能「反之於上」而又「攝之於己」以成其爲「反躬」？

要解答這個問題，其中的關鍵是在：「德性之知」所知者畢竟是什麼？「聞見之知」所知者是見聞經驗之對象，如多識草木鳥獸之名，多有專門技藝之知識。而就「德性之知」而言，如依「格物」之方式以致此知，自然亦須假於見聞以及見聞所接觸之對象（即所謂至於物、與物接）；不過此處之「假」只是「經由」義、「憑藉以過」義，而不是「決定」義。它當初之「至於物、與物接」，好像是「假於物」「假於見聞」，其實只是憑藉乎物、經由乎物。它既不決定於經驗對象，亦不決定於見聞，而單是決定於超越的理。所以「德性之知」所知者，既不滯於零碎物件之記取，亦不滯於物件本身之量、質與關係；而是超越這一切，以期明曉其超越的所以然之理。（而當初之「假」只是因爲憑藉以過而關聯著而已。）此即伊川所謂「德性之知，不假於見聞」。（註一）後來朱子就此「憑藉乎物、經由乎物」之格物，便直說「即物而窮其理」。——伊川雖已解「格物」爲「窮理」（見⑸條），但「即物窮理」的理路，要到朱子纔正式完成。所謂「即物」，亦是至於物、與物接之意。如果「即物」是留住於物本身之曲折而窮究其量、質、關係之實然，便成經驗知識（聞見之知），如此，便是「決定義」的假於見聞與見聞之對象。但朱子所意謂的「即物」，目的是在窮究事物之超越的所以然之理，而不在留住於事物本身以窮究其實然的曲折之相；此則已越過見聞與見聞之對象，而正視那「超見聞」與「超見聞之對象」的理。換言之，「德性之知」所知的對象，只是那「超越的所以然之理」（註二），此便是所謂由「即物」（至於物）而「反之於上」。

但「反之於上」如何又能「攝之於己」以成其爲「反躬」？牟先生指出，此只能繫屬於「敬心之涵養」以明之。朱子所謂「心靜理明」（靜、無紛擾義），伊川所謂「未有能致知而不在敬者」（遺書第三），便是涵養此敬心，使之常常能肅整凝聚，不滯於見聞與見聞之對象，而能提起來以其「心知之明」去知那超越之理，此便是「德性之知」。敬心肅整凝聚是道德意義的，所謂「反躬」，卽是反之於道德意義的敬心。（然亦須知，有時雖肅整凝聚，但却不一定是道德意義的，如像成經驗知識與純形式的知識如數學，亦須振作肅整而凝聚，但却不是道德意義的，其所成之知識，亦不得曰德性之知。）由這敬心以明那超越的理，那超越的理亦就反過來「客觀地貞定」此敬心，（涵養，則是主觀地貞定），以使吾人可以依理而發，並依理而處（措施得宜），此便是「居敬集義」。所以，德性之知不是空知那超越的理（天理），而且亦要在集義上實踐地明那超越的理，此便是伊川所謂「反躬」以明天理的實義。

但此敬心本身却不能本體論地卽是理（故伊川不言心卽理），以是，伊川所謂「反躬」，仍然是「心與理爲二」之系統下的反躬。——不過，「反躬」亦可直下反之於本心性體。孟子言「反身而誠，樂莫大焉」，便是直下反之於本心性體以復天理之源。本心性體之呈現卽是天理之呈現（心與理一，心卽理），從本心性體所發之知亦是德性之知，但却不是依據「後天的敬心之涵養」而發，亦不須通過格物的方式以致之。德性之知與聞見之知的分別，本自橫渠始，但橫渠言德性之知，並未落在大學格物上說。如果就「反躬」而言，橫渠亦不是反之於「後天的敬心之涵養」，而是反之於「誠明之體」（亦實卽本心性體）。濂溪、橫渠皆不言大學，尤不言格物，明道有二三處說到致知格物，却是從體上說，語意不同於伊川。（見下第四節）。自伊川起，始正式言大學、正式言致知格物、格物窮理；在義理上雖有新發現，但亦開系統分裂之機，而由論、孟、中庸、易傳之縱貫型轉化而爲靜涵靜攝之橫列型。朱子極力完成此一系之義理，並斥縱貫型者爲禪，而論、孟、中庸、易傳之本義，遂益發隱微而難以辨識。

㈠格物以致知〈格物是窮究事物之理／致知是致其德性之知〉德性之知所知的對象是事物之「超越的所以然之理」

㈡反躬—反之於道德的敬心〈由敬心之涵養，而達於「心靜理明」—主觀地貞定／由敬心以明理，理反過來貞定此敬心—客觀地貞定〉

以使吾人〈依理而發／依理而處〉是謂居敬集義—故德性之知〈不是空知那超越的所以然之理／是在集義上實踐地知超越之理〉

第三節　泛格物論之趨向

朱子作大學格物補傳云：「所謂致知在格物者，言欲致吾之知，在卽物而窮其理也。蓋人心之靈莫不有知，而天下之物莫不有理。惟於理有未窮，故其知有不盡也。是以大學始教，必使學者卽凡天下之物，莫不因其已知之理而益窮之，以求至乎其極。至於用力之久，而一旦豁然貫通焉，則衆物之表裡精粗無不到，而吾心之全體大用無不明矣。此謂物格，此謂知之至也。」朱子此段補傳，表示一泛認知主義的格物論。而其綱領實本於伊川。玆錄有關各條於下：

1.今人欲致知，須要格物。物，不必謂事物然後謂之物也。自一身之中，至萬物之理，但理會得多，相次自然豁然有覺處。——〔二程遺書第十七、伊川先生語三。〕

2.或問：進修之術何先？曰：莫先於正心誠意。誠意在致知，致知在格物。格、至也，如祖考來格之格。凡一物上有一理，須要窮致其理。窮理亦多端：或讀書以明理，或論古今人物別其是非，或應事接物而處其當然，皆窮理也。——〔二程遺書第十八、伊川先生語四。〕

3.或問：格物須物物格之，還只格一物而萬理皆知？曰：怎生便會該通？若只格一物便通衆理，雖顏子亦不敢如此道。須是今日格一件，明日又格一件，積習既多，然後脫然自有貫通處。——〔同上〕

4.問：人有志於學，然知識固蔽，力量不至，則如之何？曰：只是致知。若致知，則知識當漸明。不曾見人有一件事終思不到也。智識明，則力量自進。問曰：何以致知？曰：在明理，或多識前言往行。識之多，則理明。然人全在勉強也。——〔同上〕

5.康仲問：人之學非願有差，只為不知之故，遂流於不同。不知如何持守？先生言：且未說到持守。持守甚事，須先在致知。致知，盡知也。窮理格物便是致知。——〔二程遺書第十五、伊川先生語一。〕(註三)

6.格物，亦須積累涵養。如治學詩者，其始未必善，到悠久，須差精。人則只是舊人，其見則別。——〔同上〕。

7.格物窮理，非是要窮盡天下之物；但於一事上窮盡，其他可以類推。至如言孝，其所以為孝如何？窮理、如一事上窮不得，且別窮一事。或先其易者，或先其難者，各隨人深淺。如千蹊萬徑，皆可適國。但得一道入得，便可。所以能窮者，只為萬物皆是一理。至如一事一物，雖小，皆有是理。——〔同上〕

8.人患事繫累，思慮蔽固，只是不得其要，要在明善。明善在乎格物窮理。窮至於物理，則漸久後，天下物皆能窮。只是一理。——〔同上〕。

9.觀物以察己，既能燭理，則無往而不識。天下物皆可以理照。有物必有則，一物須有一理。——〔二程遺書第十八、伊川先生語四。〕

10.問觀物察己，還因見物反求諸身否？曰：不必如此說。物我一理，纔明彼，卽曉此，合內外之道也。語其大、至天地之高厚，語其小、至一物之所以然，學者皆當理會。——〔同上〕。

11.問：格物是外物、是性分中物？曰：不拘。凡眼前無非物，皆各有理。如火之所以熱，水之所以寒，至於君臣父子間，皆是理。又問：只窮一物，見得此物還便見得諸理否？曰：須是徧求。雖顏子亦只能聞一知十。若到後來達理了，雖億萬亦可通。——〔二程遺書第十九、伊川先生語五。〕

12.所務於窮理者，非道須盡窮了天地萬物之理，又不道是窮得一理便到。只是要積累得多後，自然見去。——〔二程遺書第二上，二先生語二上。此條與第3.7.11.各條義同。當是伊川語。〕

13.致知在格物。格物之理，不若察之於身，其得尤切。——〔二程遺書第十七、伊川先生語三。牟先生曰：此條末二語不諦。依伊川格物義，似不當如此說。察己雖較切，然察己身與格物理，乃同層同質者，己身亦物也。在此不必有軒輊。〕

14.人要明理，若止一物上明之，亦未濟事。須是集衆理，然後脫然自有悟處。然於物上理會也得，不理會也得。——〔同上。〕

以上各條，其義可綜括爲六點：⑴「格物」之物，不只是指事物而言，自一身之事至於家國天下，以及天地萬物，皆是格物之「物」。⑵每一物，皆各有理。凡一物上有一理，便須窮致其理。⑶致其知，則知識自當漸明。識之多，則理明。致知，盡知也。窮理格物便是致知。⑷窮理亦多端。自灑掃應對，應事接物，讀書明理，知人物，別是非，以至於一草一木，水寒火熱……皆須理會。⑸格物窮理，須是今日格一件，明日格一件，積習久而後有貫通處。到達理了，雖億萬亦可通。⑹但亦不是要窮盡天下之物，只須一事上窮盡，其他可以類推。物我一理，纔明彼，卽曉此。如一事上窮不得，且別窮一事。或先其易者，或先其難者，各隨人深淺。但得一道而入，便可。——總之，遍天下皆是物，物皆有理，理必須窮，故物必須格。朱子承此意，便直說「卽物而窮其理」。這是向外「順取」的路，與反身逆覺體證之路不同。

既「即物」而窮其理，則今日格一物，明日格一物，久之，自有豁然貫通之處。此所謂「豁然貫通」，是就那「爲遍、爲常、爲一」的超越的所以然之理而說。此則既不能只格一物，亦不能盡格天下之物。因爲：(1)在「即物」上，必然函著「多即物」。到一旦豁然貫通之時，雖然即一物亦可，即多物亦可；但在漸磨的過程上，則不能只即一物。(2)人之生也有涯，無法盡格天下之物。但「即物窮理」只是漸磨的工夫，而漸磨是無窮無盡的，並不是磨久了、一旦豁然貫通，就可以不再即物。雖說「生也有涯」，亦須盡有涯之生以赴之，不容一息間斷。此雖與盡格天下之物不同，但卻是泛格物論，或泛認知主義的格物論。

凡「存在之然」皆是物─凡物皆有其理而須窮究之─窮理格物便是致知

致吾因涵養敬心而起之心知之明，以窮究存在之然的超越的「所以然」之理

必須〈今日格一物／明日格一物〉雖生也有涯，不能盡格天下之物〈但即物而格／亦不容間斷〉故成泛格物論

在此格物義下所牽連的其他問題，如：(1)心與理爲二的問題，(2)理在心內或在心外的問題，(3)此所窮之理是何意義之理的問題，(4)理之一相與多相的問題，(5)理與氣、性與心情之關係的問題，(6)理生氣的問題，(7)理同氣異、枯槁有性的問題。——凡此等等皆已爲朱子所釐清。伊川雖未曾討論到這些，但其綱領實已函有此等等之問題（故上文討論時亦已有所涉

及）。朱子的引申與充盡，確有其思想之一貫性，而亦決不悖於伊川。其詳將於下卷朱子篇加以論述。

第四節 附説：明道言致知格物

明道言及大學「致知在格物」者，有三條：

1.「致知在格物」。格、至也。或以格物為正物，是二本也。——〔二程遺書第十一、明道先生語一。〕

2.「致知在格物」。格、至也。窮理而至於物，則物理盡。——〔二程遺書第二上、二先生語二上，未註明誰語。宋元學案列於明道學案，是。〕

此二條一遮一表，雖就「致知格物」而說，但其意味却與伊川言致知格物不同。明道亦訓格為至。「格」字初義，本指祭祀時神之降臨而說，訓來、訓至，皆是恰當於初義之引申。二程、朱子、象山皆訓格為至，唐李習之（翺）復性書亦訓來訓至，此皆訓詁上之大路。而訓格為「正」，則是由訓「感」訓「改」而來。「格」有感義、改義，亦見於尚書。（註四）如明道從義理上認為「以格物為正物，是二本也」。遮二本，顯「一本」，乃明道之特色。如解「格物」為「正物」，便有以此正彼之意，有彼此兩個路頭，所以是二本。今訓格為至，如何「至於物」以致知？依至物以致知、是致的什麼知？若依伊川朱子之所講，是「即物窮理」向後返以致那繫屬於敬心的「德性之知」，則正是以「此敬心」去知「彼理」，有「知」與「所知」之相對而停在認知意義的「知」上，這亦是二本。如依明道之「一本」義來說「至於物」，便是窮究那遍在之天理而知其澈於物而不隔於物。全理皆澈於物，全物皆潤於理。故窮理而至於物，則物之理亦盡。「至於物」處則並無工夫，而窮究天理之遍在而知其「澈於物而不隔於物」之知的工夫，亦不須在「即物窮理」上以知之（如伊川朱子之所說）。窮究「天理遍在」的知之工夫，只是逆覺以體證本體的工夫，亦即「先識仁之體、而致吾對於本體之知」的知之工夫。故在明道說「窮理」，是繫屬於「致其證悟本體之知」的致知，而不繫屬於「至於物、不隔於物」的格物。而伊川朱子說「窮理」，則正是繫屬於「格物」（即物而窮其理），格物窮理以致其敬心之知，則認知的工夫正在於格物；所以是認知地向後返，而不是本體論地向前直貫。——此二條，明道說得言簡而意晦，但其「一本」之觀念則甚清楚。牟先生以「一本」通解其語意方向，甚爲確當。

依「一本」義說窮理而至於物—是窮究遍在之天理而知其通徹於物而不隔於物

〈全理皆徹於物／全物皆潤於理〉故窮理而至於物，則物之理亦盡—「至於物」處則並無工夫

故在明道說「窮理」〈不繫屬於「至於物而不隔於物」的格物／而繫屬於「致其證悟本體之知」的致知〉此非即物以窮理

而是〈逆覺以體證本體的功夫／先識仁之體的知之功夫〉此是本體之直貫

3.「致知在格物」。物來則知起。物各付物，不役其知，則意誠不動。意誠自定，則心正，始學之事也。——〔二程遺書第六，二先生語六，未註明誰語。宋元學案將此條與遺書第二上一條（見上第三節所錄第12條）混接爲一條而列於伊川學案，非是。牟先生判分此條爲明道語，是，玆從之。〕

此條關聯著意誠心正而說，並訓格爲來。牟先生指出此條之意，大體是根據定性書之思理而說，至少有類於定性書之思理。（註五）「物來則知起」，是應物之義，亦即定性書所謂「物來則順應」。「物各付物，不役其知」，即定性書「內外兩忘，澄然無事」，不「自私」「用智」之義。物來知起，是明覺自然之朗照，所謂「感而遂通」是也。物不來，則知與物同歸於寂，所謂「寂然不動」是也。寂然不動必然函著感而遂通，這是本心之明覺本自如此。亦即定性書所謂「動亦定，靜亦定，無將迎，無內外」之義。若自私用智，則必分內外、有將迎，物來（動）固不能定，物不來（靜）亦不能定。據此可知，從「物來知起以應物」的方式解說「致知在格物」，意即：欲致吾人明覺朗照之知，即在於物之來而物各付物地灑然無著以應之。如此說「致知」，是致吾人本心明覺朗照之知，「格物」是「物來而順應」（於物之來、灑然無著以應之）。這裡並沒有以「知」認「所知」的認知之意義，亦不是「即物而窮其理」以致吾人敬心之知。

本心明覺之灑然朗照，是以定性書的基本觀念「性無內外」爲背景。定性即定心。性體無內外亦即心體無內外。心體遍潤一切，亦即同時遍照一切。就「物來知起」而言，是偏重於照，實際上是以「體物不遺」之遍潤爲底子。潤即照，照即潤。故定性書云：「天地之常，以其心普萬物而無心；聖人之常，以其情順萬事而無情。故君子之學，莫如廓然而大公，物來而順應」。靜態地看，以心應物，以情順事，亦好像是平面的兩行之順應，其實，乃是以「實體性的本心性體」之立體直貫的遍潤遍照爲底子。攝物歸心，物在心；照潤於物，心在物。依此而說本心明覺之灑然朗照（朗潤），既不是局限於內，亦不是放失於外。故不以內外爲二本。（若局限於內則遺外，放失於外則遺內，如此便是以內外爲二本，亦就是役其知、而非明覺之自然。故「二本」是役其知所成之假象，「一本」則是心體「遍潤無內外」之本然。）而「致知在格物」，即是依「物來順應」（不役其知）之方式，以致此遍潤無內外的「一本」之知。一本之知，即是本心明覺之灑然朗照、常自貞定之「知」。這當然不是依「即物窮理」之方式以致敬心之認知的「知」。

物來則知起〈物各付物／不役其知〉此是以「物來知起以應物」之方式、說致知在格物

致知—致本心明覺朗照之知〈攝物歸心、物在心／照潤於物、心在物〉直從本體上言其無內外之一本

格物—於物之來，灑然無着以應之（物來而順應）—此非「即物窮理」以致知

以上三條皆就大學「致知在格物」而說。前二條訓格爲至，是依「通澈於物而不隔於物」（至於物）之方式，致吾人對於「天理本體」之知。（天理、是明道義之天理，非伊川朱子義之天理）。「知」是逆覺體證義，知字是虛說，只是本心仁體所透示的覺用之自證自明，而不是依平列的能所方式以「知」認「所知」之認知關係。第三條則訓格爲來，是依「物來而順應」之方式，致吾人「本心明覺之灑然朗照」之知。這是直從體上以言其無內外之一本。此「知」是本體字，與前二條逆覺體證之知雖有不同，但並無平列的能所關係之認知意義，則無二致。（註六）明道不常就大學言致知格物，偶而言之又言簡意晦，若不知其「一本」義、「識仁」義、「定性」義，則此三條之語意方向無法確定而知。明道並未落在大學之致知格物上講出一套格物論，他只是隨機借用致知格物之現成詞語、以表示自己的「一本」之義。

附註

註一：張橫渠亦謂「德性之知，不萌於見聞」。說「不萌於見聞」比伊川說「不假於見聞」較明顯而妥當。因「格物」之憑藉乎物、經由乎物，亦是「假」，如不加簡別，人易有矛盾之感。橫渠則並不通過「格物」以說德性之知，故不生問題。

註二：「所以然」即「所以之而然」者（所以之，意即所因之、所由之），故「所以然」亦即「所以然之理」（理字是由「所以然」而自然帶上去）。就荀子正名篇「生之所以然者謂之性」此一觀念下來（亦賅括告子、董仲舒之說），其所謂「所以然」實即「自然」之義（故董生云：如其生之自然之質謂之性），而並無超越的意義。此種自然義、描述義、形下義的「所以然之理」，牟先生名之曰「形構之理」。意謂依此理可以形成或構成一自然生命之特徵。如說為「性」，則此種所以然之理，即是當作自然生命看的個體之性。——但伊川朱子所說的「所以然之理」，則是形而上的、超越的、本體論的推證的「所以然之理」。此理不抒表一存在物或事之內容的曲曲折折之徵象，而單只是超越地、靜態地、形式地說明其存在，所以此「所以然之理」即曰「存在之理」，亦曰「實現之理」。此靜態的存在之理或實現之理，其分際相當於萊布尼茲所說之「充足理由原則」，是說明一現實存在何以單單如此而不如彼者。萊氏之「充足理由」最後是指上帝而言，而在朱子則指太極（理）。上帝、太極，皆非形構之理。

在西方，亞里斯多德有「本質」之說，本質是由之以界定物類者，亦是一物之所以爲此物之理。此所以然之理、是由定義而表示，亦當是形構之理，因而亦是「類概念」，是多而非一。同時，有此物必有此物之本質，但有此物之本質不必即有此物之存在。無論本質先於存在，或存在先於本質，本質與存在總是分離者。「人是理性的動物」表示出人之本質，但只表示一個人的理（形構之理），此一命題本身並不必函有具體的人存在。存在是一事，定義所表示的本質則只是一個抽象的概念（類概念），此又是一事。必須「存在」與「本質」結合爲一，始可有具體的個體物之存在。西方哲學所謂「實現之理」，便是使兩者結合爲一而產生一具體存在物者。故實現之理乃是一超越的概念。它與定義所表示的形構之理（本質）實屬兩層。形構之理只負責描述與說明，不負責創造與實現。但因朱子之太極、性理，亦是就存在之「然」而推證其「所以然」而表示，人遂誤會其「太極、性理」亦是形構之理。其實，朱子雖將「太極、性理」理解爲「只存有而不活動」，雖無「創造妙運」之實現義，但卻亦是「靜態地定然而規律之」的實現義；而與「卽存有卽活動」的創生妙運者之爲實現之理，固同一層次。所以它是使存在所以如此的「存在之理」，而非形構之理。與定義中所表示的本質之爲所以然，並不相同，不可誤混。

註三：按，此條宋元學案列於明道學案，非是。又案中於問語只錄「不知如何持守」一句，答語只錄「且未說到持守。持守甚事，須先在致知」。餘皆刪。朱子於遺書此條注云：「或云明道先生語」。學案或據朱子注而列爲明道語歟？然此實伊川之言也。

註四：堯典「格于上下」，格字卽「感」之義；臯陶謨「格則承之庸之，否則威之」，格字卽「改」之義；可見訓「格」爲「正」，亦非無來歷也。孟子「格君心之非」之格，卽是「正」之義。

註五：關於明道「定性書」之義理，請參看上第十二章第三四兩節。

註六：按、朱子語類第九十七、程子之書三，有一條云：「問：遺書有一段云，致知在格物，物來則知起，物各付物，不役其知，則意自誠。比其他說不同，却不曾下格物工夫。曰：不知此一段如何。又問：物來則知起，似無害。但以下不是。曰：亦須格方得。」又有一條云：「物各付物，不役其知，便是致知。然最難。此語未敢信，恐記者之誤」。實則記者並不誤。只是朱子不知遺書此條乃明道語，而卻從伊川義去想，故無法契會而解。

第十八章 關洛之學與洛學南傳的線索

第一節 關中學風之特色

在北宋諸儒中，濂溪一直在南方。他孤明先發，開千年學術之暗，對宋明儒學有深遠的影響。但在當時，却並不顯赫。二程年少時，雖嘗從學於濂溪，但後來並不師承於他。直到一百餘年以後的朱子，纔出來表彰周子太極圖說。雖然朱子並不眞能相應地了解濂溪體悟太極誠體的思路，但他極力表彰濂溪之學，却發生了很大的影響。而橫渠與二程的關洛之學，則皆顯揚於當世。橫渠雖年長於明道十二歲，但大器晚成，發皇較遲。所以關學與洛學，實同時並起，而又聲氣相通。不但橫渠與二程曾有數度之相聚講論，而且橫渠卒後（橫渠之卒，早於明道八年，早於伊川三十年），其門人呂氏兄弟與蘇季明等，亦先後從學於二程。然而，關中學者却亦自有一種篤於古道，以及切實於政事敎化的風貌。

橫渠門人，首推藍田呂氏。呂氏兄弟六人，四人列於學案。長曰大忠，字晉伯。次曰大防，字微仲。次曰大鈞，字和叔。又次曰大臨，字與叔。大防於哲宗元祐年間官居相職，位最貴顯。他與晉伯、與叔合居，相互切磋論道，考定冠昏喪葬之禮，一本於古；故關中言禮者，以呂氏爲首。伊川曾說：「子厚以禮敎學者，最善，使學者先有所據守」。關中學者用禮而漸以成俗，伊川以爲「自是關中人剛勁敢爲」。游定夫亦說：「關中學者躬行之多，與洛人並」。而和叔之鄉約，尤著成效。宋元學案列大防爲橫渠同調，見卷十九、范呂諸儒學案。而晉伯、和叔、與叔，則並爲橫渠弟子，見學案卷三十一、呂范諸儒學案。在呂氏兄弟中，惟與叔年少於二程（註一），而亦較深於學。橫渠既卒，東見二程先生，明道告以識仁，與叔默識心契，豁如也。伊川以爲：「和叔任道擔當，風力甚勁。然深潛縝密，有所不逮於與叔」。與叔與伊川論中和，言皆有本，反較伊川爲明通。伊川曾說：「與叔守橫渠說甚固。每橫渠無說處，皆相從；纔有說了，更不肯回」。伊川說此話，意若有所憾。實則，與叔並非固蔽不服善者。不然，明道告以「識仁」，勿以「防檢、窮索」爲學，何以虛心樂從？可知與叔固守橫渠之說，必是於師門義理有眞切之體悟與貞信。故能守其所當守，而不輕易從人。與叔卒，年僅四十七。朱子曾說：與叔惜乎年壽不永。若某只如呂年，亦不見得到此田地。

洛學以民間講學的方式，從事一種啓廸多士以開發文化新生命的思想運動，要求人在身心上做切己工夫，已立之後，自能了當得天下事物。而關學則更想落實到世事上，通過禮俗風教與經濟生活，來倡導新風氣，建立新人生。當橫渠倡學於關中之初，少有和者。和叔與橫渠爲同年友，心悅而好之，遂執弟子之禮，於是學者靡然知所趨向。橫渠慨然有志三代之法，以爲仁政必自經界始；和叔亦喜講井田兵制。橫渠之教，以禮爲先；和叔秉其意，訂爲「鄉約」，加以推行，關中風俗爲之一變。

呂氏鄉約分爲四大綱：一曰德業相勸，二曰過失相規，三曰禮俗相交，四曰患難相恤。每一綱皆列舉實踐之目，規定督責之法。（鄉約全文，請參看宋元學案卷三十一）。其精神主旨，是揭舉人人所能行者，而以團體力量來互相督勉。既自由自主，而又相爲夾持，引導而進。在一般宗教國家，可以靠宗教團體維繫禮俗。中國雖有佛教傳入，但它是出世教，所以社會風教與日常生活之軌道，仍需由儒家主持維繫。儒聖之學，本與社會人生不相離，而儒之爲教，亦正要將形上之道、理，落實於生活行事，貫徹到立身處事、待人接物上來。禮之與法，相輔相濟。法所不禁而爲理所不容者，亦須靠禮教來裁正。儒家之禮教，一面靠人自覺自律，一面亦須有社會公衆之制裁。呂氏鄉約之用意，正在於此。

唐末五代以來，風教大壞，民生凋弊，所以宋儒一方面注意學術教育，一方面亦注意社會經濟。胡安定講學，分經義、治事兩齋，同時兼顧學術人才與政治實務人才之培養。范仲淹倡導政治革新，主張全國興辦學校以代替科舉，所至獎掖人才，矯勵風節，並注意社會事業，創立義田制度。橫渠年少時亦受范公之激勵，而奮起爲學。他在關中曾有志試行井田均地的新農村經濟，未成而卒。呂氏鄉約，一方面是秉承橫渠鄉村運動之遺意，另一方面亦可說是「西銘」理想的初步具體化。可惜金人之禍，關中淪陷，鄉約運動亦告中斷。後來朱子亦很推許呂氏鄉約而想加以實行，可見呂氏所訂，確能切合當時社會現實之所需。

呂氏兄弟不但以進修成德、幹濟世事爲務，而且特嚴異端之教。大臣富弼告老在家，而崇信佛氏，與叔特別致書相責，曰：「古者三公，內則論道於朝，外則主教於鄉，此（指信佛氏）豈世之所望於公者」！富弼悚然，復書愧謝。（註二）二程亦嚴於辨儒佛，明道尤多正大中肯之論。然明道既卒，伊川復以「聖人本天，佛氏本心」爲言（已引見上第九章第三節之四、末段，請參看）。聖人果眞只本「天」而不本「心」乎？伊川此言，固不免太阿倒持，授人以柄。學者據此意，馴至以爲只有禪家言心，言心則必學禪；豈不謬哉？而程氏門下如游定夫輩，後來亦竟入於禪，以視關中學者之剛拔篤實，似有不及。

呂氏而外，橫渠弟子中尚有蘇昞，字季明，亦遊於二程之門，嘗與伊川論中和，二程遺書第十八，有錄。另有范育，字巽之。伊川哭門人朱光庭文中，言及同志共學之人，相繼而逝，其中有與叔、巽之。似范育亦嘗學於伊川之門。惟明道、伊川兩學案中，皆無范育。且范育所撰正蒙序（已引見上第五章之首），甚得肯要。則其人亦是能守師門義理者。全祖望云：「橫渠弟子，埒於洛中，而自呂蘇范以外，寥寥者！南渡之後，學者少宗關學。故洛中弟子，雖下中之才，皆得見於著錄，而張氏諸公泯然，可爲三歎！」

第二節　二程門人之傳述

二程門人甚盛，宋元學案卷二十四至卷三十皆其正傳。本節只就程氏門人對二程義理綱脈之傳述，作一簡要之指證，此外，不擬多論。

一、劉質夫、李端伯

劉絢，字質夫，河南人。生質明粹，自髫齡卽從二程受學，最爲程門早期弟子。明道嘗對人言：「他人之學，斂則有之，未易保也。斯人之至，吾無疑焉」。按，質夫記師訓，只記明道語，二程遺書卷十一至十四，皆其所錄，最能見明道之思理與風範。哲宗元祐間，質夫爲太學博士，旋卒，年僅四十三，後明道之卒一二年耳。伊川爲文哭之，稱其「信之篤，得之多，行之果，守之固」，有傳道失輔之痛。質夫少通春秋，專以孔孟之言斷經意，作傳

未就而卒。謝上蔡謂其得程先生旨意爲多。侯師聖云：「明道和平簡易，惟劉絢庶幾近之。」（註三）

李籲，字端伯，河南人。端伯與劉質夫才器志向頗相同，哲宗初，爲秘書省校書郎，元祐四年卒於任，較質夫之卒稍後耳。朱子伊洛淵源錄云：「李校書嘗記二程先生語一編，號師說，伊川稱之；而祭文亦有傳道之說，蓋自劉博士外，他人無此言也」。按，伊川謂端伯才識穎悟，所記明道語錄，不拘言語，却得其意。據伊川此說，可知端伯所錄二程遺書第一，雖標爲二先生語，主要亦當爲明道語錄。

二、謝上蔡

謝良佐，字顯道，河南上蔡人。生於仁宗皇祐二年，卒於徽宗崇寧二年（西元一〇五〇〇——一一〇三），五十四歲。明道知扶溝時，上蔡往從之。明道謂人曰：此秀才展拓得開，將來有望」。元豐八年，舉進士第，時年三十六。明道卒後，復從學於伊川。後儒論程門高第，多推上蔡爲第一。朱子亦說上蔡英特，過於楊游（謂龜山、定夫）。

然朱子對上蔡以「覺」訓「仁」，却極力反對。蓋朱子論仁，本於伊川仁性愛情之說，故曰「仁者，心之德，愛之理也」。仁是性，不是心，不是愛；而是心之德，愛之理。而心，只是氣之靈處。故誤以上蔡所說之「覺」或「知覺」，亦是認知意義的知覺（所謂心知之明），這當然是不相應的誤會。其實，上蔡之以覺訓仁，顯然是本於明道「人以不知覺、不認義理，爲不仁」之意而說（註四）。朱子論仁，既捨明道（故近思錄不選識仁篇）而取伊川，所以終於說出「上蔡說仁說覺，分明是禪」的話。實則，悱惻之覺、不安不忍之心，正是仁。以覺訓仁，不僅是本於明道，亦合於孔子孟子之意，如何便「分明是禪」？

上蔡之學，實是順明道之綱領走，其論仁、論心、論誠敬，以及論窮理，皆不同於伊川。如云：「心者何也？仁是已。仁者何也？活者爲仁，死者爲不仁。今人身體痲痺，不知痛癢，謂之不仁」。此正是本於明道之意而說。（朱子之師李延平對上蔡此言亦極讚賞。）又云：「聖門學者，大要以克己爲本。克己復禮，無私心焉，則天矣。孟子曰，仁、人心也。盡其心者，知其性也；知其性，則知天矣」。仁、心、性、天是一，亦合明道義，而不是伊川義。又云：「誠是實理，不是專一」。「敬是常惺惺法」。「事至應之，不與之往，非敬乎」？此言誠、敬，亦從體上說，與伊川說爲工夫字者不同。「常惺惺」亦是就仁心之覺說，不是說肅整專一之敬。而以「事至應之，不與之往」說敬，亦是就本心明覺應物之不送不迎、物來順應、而說貞定之敬。此亦是明道義而非伊川義。又云：「所謂格物窮理，須是認得天理始得。今人乍見孺子將入於井，皆有怵惕惻隱之心；方乍見時，其心怵惕，所謂天理也」。「學者須是窮理。物物皆有理。窮理，則能知人之所爲、知天之所爲，則與天爲一。與天爲一，無往而非理也。窮理，則是尋個是處。有我不能窮理，誰識眞我？何者爲我，理便是我。窮理之至，自然不勉而中、不思而得，從容中道。」（註五）觀上蔡之言格物窮理，顯然不取「能所對立」之方式，沒有以「知」認「所知」之認知的意義。此仍然不同於伊川義之格物窮理。伊川言致知格物、格物窮理之思路，要到朱子纔來貫徹順成；而當時二程門人言及格物窮理時，且大體皆順明道之意說。上蔡如此，龜山亦然。

上蔡天資高，善學。其得力於伊川者，大抵在鍛鍊之功，而不在義理綱領。上蔡學案有一條云：

問：太虛無盡，心有止，安得合一？曰：心有止，只為用。他若不用，安有止？問：吾丈莫已不用否？曰：未到此地。除是聖人，便不用。（按、聖人與天地合德，心普萬物而無心，情順萬事而無情，故不用。）當初曾發此口，被伊川一句壞了。（按、壞了，意謂轉撥了。）二十年曾往見伊川，伊川曰，近日事如何？某對曰，天下何思何慮。伊川曰，是則是有此理，賢卻發得太早在。（在、語尾助詞。唐宋人語錄多有之。）問：當時初發此語時如何？曰：見得這個事，經時無他念，接物亦應副得去。（按、應副，今作應付。）問：如此，卻何故被一句轉卻？曰：當了（猶言臨了）終須有不透處。當時若不得他一句救拔，便入禪家去矣。伊川直是鍛鍊得人。說了（發得太早）又卻道，恰好着工夫也。問：聞此語後如何？曰：至此（時）未敢道到何思何慮地位。始初進時速，後來遲。十數年過卻如夢。問：何故遲？曰：如挽弓，到滿時、愈難開。然此二十年聞見知識卻殺長。（按、伊川學案下、亦節錄此條。並附劉戢山之言曰：此事本不易承當。然不教人承當，亦不得。）

按、易繫言「天下何思何慮」，亦卽不自私用智之意。無適莫、無將迎、無意必固我，只是一個「廓然大公，物來順應」。但若僅只是智悟見得此意，而不是實到此境，便不免沉空守寂。故伊川一面警誡上蔡發得太早，一面又指點說：恰好著工夫也。伊川不愧為大師，故上蔡二十年後回憶此事，猶念念不忘鍛鍊之恩。

三、楊龜山

楊時，字中立，福建南劍州將樂縣人。二十四歲中進士，調官不赴，以師禮見明道於潁昌，明道喜甚，每言楊君會得最容易。其歸也，目送之曰：吾道南矣。明道卒後，龜山見伊川於洛陽，年已四十，而事伊川愈恭。所謂「程門立雪」，就是他與游定夫侍立伊川的故事。龜山之資性與上蔡不同，上蔡英果明決，龜山氣象和平，而同爲程門龍象。伊川自涪州歸，見學者凋落，獨龜山與上蔡不變，因歎曰：「學者皆流於夷狄（夷狄，意指佛氏），惟有楊謝長進。」龜山生於仁宗皇祐五年，卒於南宋高宗紹興五年（西元一〇五三——一一三五），八十三歲。

龜山文集有答李杭書云：

> 爲是道者，必先乎明善，然後知所以爲善也。明善在致知，致知在格物。號物之數至於萬，則物蓋有不可勝窮。若反身而誠，則舉天下之物在我。詩曰：天生烝民，有物有則。凡形色具於吾身者，無非物也，而各有則焉。反而求之，則天下之理得矣。由是而通天下之志，類萬物之情，參天地之化，其則不遠矣。（註六）

觀龜山言致知格物之義理背景，實近合於明道而遠於伊川。物各有則，猶言物各有理。「反身而誠，則舉天下之物在我」，「反而求之，則天下之理得矣」。此明顯地不是卽物而窮理，而是反身以體證，亦卽孟子「萬物皆備於我，反身而誠」之義。「由是而通天下之志，類萬物之情，參天地之化」，亦是通徹於物而不隔於物，而含有本體宇宙論地向前直貫之意義。胡安國嘗稱龜山所見在中庸，並說是「自明道先生所授」。（註七）龜山有云：

> 中庸曰：「喜怒哀樂之未發謂之中，發而皆中節謂之和」。學者當於喜怒哀樂未發之際，以心體之，則中之義自見。執而勿失，無人欲之私焉，發必中節矣。發而中節，中固未嘗忘也。
>
> 道心之微，非精一，其孰能執之？惟道心之微，驗之於喜怒哀樂未發之際，則其義自見；非言論所及也。堯咨舜，舜命禹，三聖相授，惟中而已。孔子之言，非略也。（按、此謂「孔子之言」，乃指論語堯曰篇「允執其中」一語。）

此兩條皆引見龜山學案。龜山言「中」，主張驗之於喜怒哀樂未發之際，此是靜復以見體，亦卽逆覺體證的工夫。龜山門人羅豫章以及豫章門人李延平，亦皆敎人於靜坐中見喜怒哀樂未發氣象。此卽朱子所謂「龜山門下相傳指訣」。（然朱子並不契切於此一工夫指訣）。此中函有一種「本體論的體證」，是體證中體（性體）的工夫，亦卽延平所謂「默坐澄心，體認天理」。這仍然不是伊川格物窮理的路，與伊川論中和之意亦不同，而是順明道體會天理的路而來。故黃梨洲以爲，此乃「明道以來，下及延平，一條血路也」。（註八）

龜山就惻隱說仁，以「萬物與我爲一」說仁之體，亦是承明道識仁篇「仁者渾然與物同體」之義而說。但朱子在其「仁說」中卻評斥「物我一體」是「認物爲己」，「使人含糊昏緩，而無警切之功」。實則，由仁心覺情之感通無隔、覺潤無方，而達於與萬物爲一體，此正是本心眞體之朗現，正表示生命之警策，如何會是「認物爲己」，又如何會「使人含糊昏緩，而無警切之功」？總因朱子不契於明道識仁篇之義理，故凡順明道而來者，皆不免加以揮斥。

又，龜山嘗疑張子西銘近乎兼愛，伊川以「理一分殊」之意爲之解惑，於是「理一分殊」亦成爲龜山以下所常講論之題目。關此，除請參看上第四章第二節之三、論西銘一段以外，其詳將於下卷朱子篇再加討論。

四、游定夫

游酢，字定夫，福建建陽人。伊川一見，便以爲其資可以進道。時明道知扶溝事，兄弟以倡明道學爲己任，設庠序聚邑人子弟而教之，召定夫來職學事。定夫欣然而往，得聞微言，遂受業爲弟子。在程門，定夫與上蔡龜山鼎足而三，稱高第。

定夫性穎悟，有治劇才。元豐六年中進士，歷任知縣、知府、監察御史，於民情騷然之際，處之裕如，民不勞而事集。他與龜山同年生，卒於徽宗宣和五年，七十一歲。

定夫後流於禪，胡五峯說他是程門罪人。其書不傳，弟子亦不振。（註九）定夫亦聰明有才者，其所以終於歧出走作，蓋以文化意識、道德意識未能眞切堅實之故。

五、尹和靖

尹焞，字彥明，尹洙（師魯）之從孫，世爲洛陽人。和靖在程門高第中年輩最晚，明道卒時，和靖年方十五，故不及師明道，後因蘇季明之介往見伊川，遂爲弟子。哲宗紹聖元年應進士試，策問有「元祐邪黨」之題，遂不試而出。欽宗靖康元年，召至京師，賜號曰：和靖處士。明年，北宋亡。和靖全家被害，隻身轉徙長安山谷中，流離至蜀。高宗紹興五年，召爲崇政殿侍講，累辭不得，乃設供祭伊川，而後上路。高宗謂朝臣曰：尹焞日間所行，全是一部論語。未幾，以反對秦檜和議求去。十二年卒於會稽。年七十二。

伊川嘗云：我死而不失其正者，尹氏子也。黃梨洲論曰：

> 和靖只就敬字上做工夫，故能有所成就。晦庵謂其只明得一半，蓋以伊川涵養須用敬，進學則在致知，和靖用得敬一半，缺卻致知一半也。愚以謂，知之未得，仍是敬之未盡處也。以識仁篇論之：防檢似用敬，窮索似致知。然曰「心苟不懈，何防之有」？則防檢者是敬之用，而不可恃防檢以為敬也。曰「存久自明，安用窮索」，則致知之功即在敬內，又可知也。今粗視敬為防檢，未有轉身處，故不得不以窮理幫助之，工夫如何守約？若和靖地位，謂其未到充實則可，於師門血脈，固絕無走作也。（註十）

按，梨洲以「致知之功即在敬內」爲和靖作辯解，頗能說中和靖工夫得力處。程門諸子雖亦講論到格物窮理，但從不落實於後來朱子所說的「即物窮理」上講學做工夫。因爲伊川之轉向，在伊川自己乃不自覺者，他並未意識到自己之所講與其兄明道有不同，故並未捨明道而另立宗旨。而程門諸子亦未覺察到兩程夫子有系統之分別。故程門高弟之論學，是遵循「以明道之義理綱維爲主的二程學」而發展，即使專師伊川之和靖，亦只守護一個居敬集義之工夫，而並未順伊川所開啓的泛格物論以爲學的。蓋內聖成德之教的本質工夫，本不在於格物窮理也。要到朱子出來，捨明道而極成伊川之學，纔落實於大學講即物窮理，終於轉成另一系統。而亦因此而顯出其中之問題性。故先有湖湘學者之致辯，後有陸象山之相抗。關此，將詳於下卷。

第三節　洛學南傳的線索

洛學的傳承，若就門人之分佈而言，便有全祖望所謂洛學入秦、入蜀、入楚、入吳、入浙、入閩之說（註十一）。但就學脈之承續而言，實只有二支：

一、上蔡湖湘一系

南渡以後，洛學人物見用於朝廷者，龜山、和靖之外，有胡安國與朱震。朱震爲上蔡門人，有漢上易、卦圖等傳世。然三易象數之說，未嘗見於上蔡之口，而漢上獨詳之。且漢上易主和會諸家，其論圖書授受之源委，又混雜爲言，辨識不明。其人立身雖無可議，而於洛學血脈，似未有實得。（註十二）而胡安國（文定）則與龜山、定夫、上蔡，皆義兼師友。（文定少上蔡二十四歲，少龜山二十一歲）。全祖望稱文定爲「私淑洛學而大成者」，並說「南渡昌明洛學之功，文定幾侔於龜山。」（註十三）文定二十四歲中進士第三人，出任湖北荆門教授，龜山接替他的職事，二人從此相識。他因龜山又識游定夫。後再出任湖北提舉，上蔡正在湖北應城做知縣。文定尊師道，特請龜山寫介紹書，以高位修後進之禮與上蔡相見。入縣署，見吏卒如木偶恭立於庭，心中肅然起敬，於是正式問學於上蔡。朱子曾說「上蔡英發，故胡文定喜之。想見與游楊說話時悶也」。蓋文定氣魄甚大，不易收拾，在楊、游、謝三人中，他對上蔡是比較更欽慕的。黃梨洲亦說，文定之學，「得力於上蔡爲多」。（註十四）

文定以春秋學名於世。對洛學而言，他的功績是在學脈之護持與承續。而眞能消化北宋諸儒之學而有所發明者，是文定之季子胡宏（五峯）。五峯年少時，曾隨兄長致堂問學於龜山，後數年，二程門人侯仲良（師聖）避亂荆州，五峯又奉父命從之遊，這是他早年與洛學的直接淵源。後來他優遊衡山二十餘年，「玩心神明，不舍晝夜」，「卒開湖湘學統」。（註十五）按、胡氏本福建崇安人，因爲文定數度爲官於荆湖，而得親接於上蔡，晚年又隱居於衡山。文定既卒，五峯家居不出，專事講學；五峯子弟門人，亦多從五峯隱迹於湘衡。故五峯一脈，稱湖湘之學。

五峯著「知言」一書，確能承北宋前三家之規範而繼續開發。(1)濂溪通書、精蘊第三十，有「易何止五經之原，其天地鬼神之奧乎」之句。此是以「天地鬼神之奧」說易道（天道），而五峯則以之說性體，曰：「性也者，天地鬼神之奧也」。又曰：「性也者，天地之所以立也」，「性、天下之大本也」。凡此，皆表示五峯於「性命天道相貫通」之大義，有眞切之體證。(2)橫渠言「心能盡性」，又言「成性」義，五峯承之，而說「盡心以成性」之義，以爲堯舜禹湯文王仲尼六君子者，盡心者也。「心也者，知天地宰萬物以成性者也」。性爲自性原則，以性爲尊；心爲形著原則，以心爲貴。通過心之形著義，則心性爲一。「聖人傳心，教天規。從主觀面說，是本於孟子「盡心知性知天」之弘下以仁」，性命天道，皆由盡心盡仁以成以立、以彰以著，此卽孟子「盡心知性知天」之弘規。從主觀面說，是本於孟子「盡心」之義以會通中庸易傳所說之道體與性體；從客觀面說，亦是由中庸易傳所說之道體性體，而落實於論語之仁與孟子之本心。(3)明道「識仁」之旨，五峯體之尤爲眞切。故曰「欲爲仁，必先識仁之體」。「一有見焉，操而存之，存而養之，養而充之，以至於大，大而不已，與天同矣。此心在人，其發見之端不同，要在識之而已」。就良心發見之端而警覺之，此正是逆覺體證的工夫。從逆覺體證之充盡上，以彰顯仁心之本來如此的眞體，則其永恆遍在，「與天同矣」。人能彰顯仁心眞體，卽是「仁者」，卽是「大人」。明道云「學者須先識仁，仁者渾然與物同體」，五峯承之，從逆覺以言「識仁之體」，可謂善於紹述矣。（註十六）

五峯門人胡廣仲、胡伯逢等，對上蔡「以覺訓仁」之義亦頗有發明。於此可知明道、上蔡言仁之旨，甚爲湖湘學者所鄭重。關此，將於下卷論湖湘學統時再加論述，玆不能詳。

二、龜山閩中一系

龜山後上蔡三十三年卒，故其門人亦遠較上蔡爲盛。其中以風節而光顯於世者，首推張九成（字子韶，號橫浦）。其論仁本於上蔡，亦以覺言。而朱子則仍然斥其入禪。又龜山之婿陳淵（字幾叟，號默堂），亦顯於一時。然龜山學脈之傳，終歸羅從彥（字仲素，學者稱豫章先生。與龜山同年卒，六十五歲）。默堂與豫章相交四十年，每見豫章，必竟日乃返，謂人曰：「自吾交仲素，日聞所不聞；奧學淸節，眞南州之冠冕也」。黃梨洲謂龜山門下，豫章最無氣燄，而傳道卒賴之。又引劉蕺山之言曰：「學脈甚微，不在氣魄上承當。證之豫章而益信。」豫章是一篤志躬行人。從學龜山，摳衣侍席二十餘載，推研義理，必欲到聖人止宿處。嘗曰：「古人所以進道者，必有由而然。夫中庸之書，學者盡心以知性、躬行以盡性者也。而其始則曰，喜怒哀樂之未發謂之中。其終曰，夫焉有所倚，肫肫其仁，淵淵其淵，浩浩其天。此言何謂也？差之毫釐，謬以千里。故大學之道，在知所止而已。苟知所止，則知學之先後；不知所止，則於學無由進矣。」（註十七）豫章所說，看似平平，却是不失矩矱之言。欲知其所止，必先證體以知本。豫章教人最切要之工夫，即在於靜中看喜怒哀樂未發時作何氣象。此一「靜復以見體」之體證工夫，是豫章眞得力處。

豫章門人李延平（名侗，字愿中，與龜山豫章同爲福建南劍州人，人稱南劍三先生），二十四歲卽從遊於豫章。家居四十餘年，簞瓢屢空，怡然自適。其始學也，默坐澄心，以驗夫喜怒哀樂未發之前氣象爲何如，久之而知天下之大本，眞在乎是也。既得其本，則凡出於是者，雖品節萬殊，曲折萬變，莫不該攝洞貫；以次融釋，各有條理，如川流脈絡之不可亂。大而天地之所以高厚，細而品彙之所以化育，以至經訓之微言，日用之小物，玩之於此，無一不得其衷焉。由是操存益固，涵養益熟，泛應曲酬，發必中節。（註十八）朱子二十四歲初見延平，二十九歲再一見，三十一歲始正式受學，三十四歲而延平卒。延平不講學，不著書，賴朱子之扣問，錄爲「延平答問」，其學始見知於世。然朱子後來終於直承伊川而另走蹊徑，於延平之學實不相契。論者雖謂「龜山三傳而得朱子，而其道益光。」（黃梨洲語）又謂「豫章在楊門，蓋在善人有恆之間，一傳而爲延平則邃矣，再傳而爲晦翁則大矣。甚矣，弟子之有光於師也。」（全祖望語）實則，龜山閩中一系，只到延平而止。——按、朱子既云「羅先生說，終恐有病」；於其師延平之教，亦謂其偏於靜而表示不滿；於龜山、上蔡亦時有微詞；於明道則推尊之而又謂其言渾淪太高。其契切於心而無不愉悅者，只伊川一人而已。故朱子實只承接伊川而光大之。朱子學之博實弘大，直曰「朱子學」可耳。不必目之為「閩學」。龜山一系不必有朱子而始立，朱子亦不必附於龜山豫章延平之門而始大。（朱子當然是延平弟子，此處是專就義理系統之脈傳而言）。伊川朱子是一系，而龜山南劍一系，實屬明道一脈（亦有承接濂溪之處，且亦不背於橫渠）。故南宋「閩學」，直歸之龜山、豫章、延平，可也。

※　※　※　※　※　※

當朱子正式受學於延平之時，張南軒（名栻，字欽夫，又作敬夫）亦在湘衡問學於胡五峯。五峯與延平同年輩（延平卒於孝宗元年，七十一歲。五峯卒年不詳，全祖望謂約在紹興之末，蓋早延平一二年卒）。二人皆精要中肯，同是逆覺體證的路。延平主靜坐以觀喜怒哀樂未發前之大本氣象，是「超越的逆覺體證」；此是靜復以見體，乃愼獨工夫所必函者。五峯就良心發見處，直下體證而肯認之以為體，是「內在的逆覺體證」；此是順孟子「求放心」與明道「識仁體」而來。靜坐以與現實生活隔離一下，此隔，即是超越；不隔離現實生活而「當下即是」，此便是內在。內在之體證與超越之體證，同是逆覺工夫，亦可說是逆覺的兩種形態。（此牟先生說。又，熊十力先生有言：體證，非神秘之謂，乃確實證會也。又云：學極於證，而後戲論息。）朱子既不契於延平，而南軒於五峯亦只一二見，對五峯之學，所得殊淺。後來朱子不滿五峯之「知言」，南軒雖與之論說，終守不住陣脚，常隨朱子之脚跟轉。五峯子弟門人出而與朱子辯（亦駁斥南軒），但學力既不及於朱子，而年壽又皆不永，故雖堅守師說，而終無由發皇。

洛學南傳，分兩支而結集於延平與五峯，二人皆能開出確定之工夫入路。然而，延平、五峯之學，亦皆不行於南宋。南宋一代的顯學，是朱子與象山，當於下卷加以論述。

附註

註一：按、大防卒於哲宗紹聖四年，七十一歲，而晉伯猶在。是年冬，伊川貶涪卅，年方六十五，可知晉伯與大防皆年長於二程。和叔與伊川同年生，而早明道而卒。與叔卒於李端伯之後（端伯卒於哲宗元祐四年），年四十七。推其年歲，當晚於二程十年以上。呂氏兄弟六人，與叔蓋其季也。

註二：見宋元學案卷三十一，呂范諸儒學案，呂大臨案下黃百家案語。百家又謂，與叔論選舉，欲立士規以養德勵行，更學制以量才進藝，定貢法以取賢歛才，立試法以區別賢否，修辟法以興能備用，嚴舉法以覈實得人，制考法以責任考功（考法、謂考核政事績效之法）。於此，亦可見關學經世實濟之特色。

註三：見宋元學案卷三十、劉李諸儒學案。又，李端伯亦見同卷。

註四：請覆按上第十二章第二節。

註五：以上所引各語句，皆見宋元學案卷二十四、上蔡學案。

註六：見宋元學案卷二十五、龜山學案。

註七：見龜山學案、附錄胡文定語。

註八：見宋元學案卷三十九、豫章學案，黃宗羲案語。

註九：見宋元學案卷二十六、廌山學案。又，學案謂定夫之易說、詩二南義、中庸義、論語孟子雜解各一卷，乃掇拾各書而成。其文集十卷，已佚。

註十：宋元學案卷二十七、和靖學案，黃宗羲案語。

註十一：見宋元學案卷二十九、震澤學案，附錄全祖望語。

註十二：按、朱震在太學爲諸生，偕弟初見上蔡於西京（洛陽）竹木場，時爲徽宗初年。不一二年，上蔡卽卒，故朱震所得於上蔡者蓋甚淺也。震中進士在政和間，年已三十餘，胡安國甚器重之；高宗紹興七年卒，年六十餘。

註十三：見宋元學案卷三十四、武夷學案，全祖望案語。

註十四：見武夷學案，文定傳後、黃宗羲案語。

註十五：見宋元學案卷四十二，五峯學案。

註十六：關於五峯之學，本書下卷湖湘學統篇，將再加詳論。

註十七：見宋元學案卷三十九，豫章學案所錄豫章問答。

註十八：參見宋元學案卷三十九、豫章學案，延平學案本傳。

代跋：關於「講習」與「師門之學」

近日，和幾位青年朋友相談甚樂。談話中曾說到我近年來寫的文章，多半是承述牟先生「心體與性體」書中的義旨，他們問我主要的用心是什麼？我說，爲了「講習」。這是我自覺地要這樣做的。

講習，可以有不同的形式和方法。就形式而言，講書是講習，討論亦是講習，寫文章介述義旨亦仍然是講習。就方法而言，或約取大意作一綜述，或選擇某些問題重加條理節次以作說明，或引申義旨而作發揮與補充。這些，亦皆可因人、因時、因文之不同，而有不同的表現。

每一個時代的學術，都是靠當時與後世人的反覆講習，而後乃能延續而光大。講之益精，習之益熟，便自能有推進，有開發，所以「講習」可以說是學術發展的必要條件（但非充足條件）。學術當然應該有創發。人能時時有創發，自然最好。但不經過對古學或前輩師儒之學的講習之功，便直接想要有創發，則其創發(1)是否眞能站得住？(2)如站得住，又能有多大價值？(3)如有價值，他是否能繼續有所創發？這三點恐怕都不是不成問題的。天才而不繼之以「學」（講習便是學），則他所發出的慧光，亦不過如電光石火，一現卽逝，豈能久乎？程伊川有言：「生而知者固不待學，然聖人必須學。」這眞是達旨之言。就宋明儒學來說，沒有二程門人之相續講習，那能有洛學之南傳與發展？沒有朱陸門人之講習，又豈有朱陸之學的緜衍？沒有王門諸子的講習，陽明良知之學豈能遍行天下？再如魏晉之玄學，南北朝隋唐之佛學，皆分別在歷史上佔有數百年的時間，而形成那個階段的學術主潮，這亦都是相續講習之功。

我近年講習牟先生之書、之學，一方面是「爲己」以增進學思，一方面亦是「爲人」以利便初學。如果有人問我：你的講習還會一直做下去嗎？我的第二個回答，將會斟酌地說：不會，亦不可能依此方式一直做下去。但我的第一個回答，卻很可能會直接說：是的。因爲講習「師門之學」，本來就是「爲學者」的基本義務之一。學生而不講習老師的學問，何以爲學生？（當然，各人講習的方式，自不必同。）何況，師門之「門」，非謂「門戶」。我向來只認師門，不識門戶。我只服從理性以辨眞僞、別是非，根本討厭門戶以相標榜、相吹捧。門戶中雖不一定沒有學問，但限於門戶中的學問，決不足以言眞學問，至少不足以言大學問。所謂大學問，亦不是說它有多大。只知去計較大小，便是量的意識。而價值是在「化量歸質」上見。世上「大而無當、大而不眞」的學問，便是有量而無質，說不上是眞學問、大學問。所以，大學問的實義：⑴消極地說，它不是私己的學問，因此絕無祕本、祕傳；它亦不是封閉的學問，所以門而無門，是永遠敞開的。⑵積極地說，它通於客觀而普遍的學術心靈與學術世界，亦通於歷史文化的傳統，同時，它還通貫着民族文化生命的方向與途徑，所以能「橫通天下之志，縱貫百世之心」。如果所謂師門之學不具備這樣的要件，我個人認爲，它便當不得「師門之學」這四個字。「師」與「學」是二個很莊嚴的字，沒有「公」「誠」，何足以爲師、爲學？能「公」能「誠」，又何與於門戶？須知學沒有「你的」「我的」之分，它是公器，非任何人可得而私。以私心講學，沾沾自喜，能講得出眞學問嗎？不以公誠之心，又能尊得了師嗎？不知尊師，或尊而不得其方，能傳道、能弘法嗎？這其中的道理，實在淺近得不言而可喻。如果我們常能如此自我省問，我相信是有益的。

現在再回頭說我的第二個回答。我雖然不會放棄講習師門之學的義務，但方式上總要隨宜調整。而且，我們所說的師門之學，本來就不是一個圈圈，它只是一個「軌轍」。你眞能走上一個學問的軌轍，便亦自然可以通往任何值得走的學問之路道。所以師門之學所顯示的軌轍，不是限制你的，而是引導你走上學問之路的。老師是帶路人，而步步踏實去走正路，還是要靠每一個人自己。所以任何人做學問，都得從頭開始。古今賢哲的書一部部擺在眼前，當我未讀時，或讀而不能了解時，那些書所代表的學問根本與我無關。當我讀懂了，而且印持其中的義理，接受其中的思想觀念，而自覺地加以信守時，那書中所代表的學問，事實上亦就轉而成爲我們自己的了。再進而用思以求開發，到了學問可以「不由書得，而由心發」之時，便表示在我們的生命中，已經有着學問的獨立生長了。這是我、亦是每一個爲學之士的企向，至於能做到多少，就要看各人努力的程度和事實的表現了。

多年前，唐君毅先生遊歷歐美回來，曾過台小住，我記得他說到過兩小段話。一是說：關於文化和思想的了解，並不一定要親目所見、親耳所聞——直接的見聞，常是表面的，亦是有限的。這一次遊歷所獲得的見聞，並不能增進我對西方文化思想的見解，只是爲自己昔時之所思所知，作了一個肯定的印證而已。二是說：當代西方哲學界雖然有其長處，而中國哲學學者的成就和造詣，亦並不在他們之下，在哲學的器識上且有超越他們之處。只因我們國家衰亂，加上中國文字不能流通於國際，所以「志不得伸」。自從聽了唐先生這兩段話之後，我常這樣想，當代中國哲學學者之志不得伸於國際，這是客觀情勢的限制，然而他們志不得伸於國內，難道我們後一輩的爲學之士，能夠不負其責？

在西方，當羅素、杜威、海德格等人在世之時，便到處有人講羅素哲學、杜威哲學、海德格哲學。然則，中國人爲什麼不能來講當代中國哲學學者的學問？（除非這些前輩先生的學問站不住，不值得講。然而，有誰能站出來說這樣的話？）而我個人又爲什麼不可以在某一階段，着重地來講習牟先生所開發的學問？何況牟先生所開發的學問層境，所確定的義理綱維，所釐清的思想脈絡，亦不是單屬於牟先生個人的。牟先生亦只是將中國傳統哲學中的本有之義，闡揚出來，以恢復其眞面貌、眞精神，他對中國哲學思想所作的推闡、引申、批判，都是本於他緜緜穆穆的文化意識與學術意識而發出，而且亦是義所應有，理所必然，並沒有隨意而爲增損，更沒有任意强加褒貶。對於西方哲學方面，牟先生主要的用心，是將其最能有助於中國文化學術之充實發展者，加以介譯說明，消納攝取，進而予以提挈升進，以爲中國文化乃至人類文化開啓新機運、新途徑。然則，我的講習豈有私意乎？再說，宋明儒的學問，受到幾百年的誤解詬詆，難道不值得我們平情地重新了解，重新認取嗎？宋明儒者在佛教入主中國思想界數百年之後，出來光復中華民族的文化大統，使中華民族的文化生命返本歸正，我們能夠懵懵然不知珍愛，不思承續光大嗎？我一連用了幾個問句，並不只是問人，同時亦是問自己。我個人雖然能力有限，但我總是在做我認爲有意義的事。而人生的價值，亦不過隨時隨事表現意義，以克盡己分而已。

最後，再附帶提一件事。爲了祝賀牟先生七十哲誕，我們編了一本祝壽集，書名爲「牟宗三先生的哲學與著作」，由學生書局出版。在輯文的方式上，我們沒有採取一般散篇論集的做法，而是介紹了牟先生的哲學思想與所著各書的旨趣大意。這亦可以說是一種講習師門之學的方式。我們也許做得不夠理想，但卻都是本乎公誠之心，來爲牟先生所開發的學問親作見證。因此，這本祝壽集的編印，並不只是主觀誠敬之表示，而亦有它學術上的客觀之意義。我們而且希望國內學界爲師長輩出祝壽論文集，頂好都能信實地介紹這些前輩學者的學問思想，向社會公開出來。我總認爲，學問之事不能靠夸奢吹噓，而要靠眞誠貫輸。多一分眞誠，學術的園地，就會多開放一些花果。這是起碼應該做到，亦是可以做得到的。

六十七年雙十前夕

國立中央圖書館出版品預行編目資料

宋明理學．北宋篇，心體與性體意旨述引／蔡仁厚撰述．-- 初版．-- 臺北市：臺灣學生，民66

面； 公分

ISBN 957-15-0263-4（精裝）．-- ISBN 957-15-0264-2（平裝）

1. 理學 - 中國 - 北宋（960-1126）

125 80003188

宋明理學 北宋篇（全一冊）

著作者：蔡仁厚

出版者：臺灣學生書局

發行人：丁文治

發行所：台灣學生書局

臺北市和平東路一段一九八號

郵政劃撥帳號〇〇〇二四六六八號

電話：三六三四一五六

FAX：三六三六三三四

本書局登記證字號：行政院新聞局局版臺業字第一一〇〇號

印刷所：常新印刷有限公司

地址：板橋市翠華街八巷一三號

電話：九五二四二一九

定價 精裝新臺幣四六〇元 平裝新臺幣四〇〇元

中華民國六十六年十月初版

中華民國八十四年八月初版七刷

12502

ISBN 957-15-0263-4（精裝）
ISBN 957-15-0264-2（平裝）

本書作者著述要目

孔孟荀哲學	臺北、學生書局
孔門弟子志行考述	臺北、商務印書館
墨家哲學	臺北、東大圖書公司
宋明理學北宋篇	臺北、學生書局
宋明理學南宋篇	臺北、學生書局
王陽明哲學	臺北、三民書局
新儒家的精神方向	臺北、學生書局
儒家思想的現代意義	臺北、文津出版社
熊十力先生學行年表	臺北、明文書局
中國哲學史大綱	臺北、學生書局